그림자 게임

그림자 게임

카린 알브테옌 지음 — 임소연 옮김

살림

내 삶의 근원, 내 가족에게 바칩니다.

1

　"딩동 하는 소리가 나면 책장을 넘기세요. 이제 시작합니다."
　테이프에서 흘러나오는 목소리가 처음과 달랐다. 원래는 여자 목
소리인데 이젠 거의 남자 목소리 같았다. 아이는 다시 한 번 동화책
『밤비』의 첫 장을 열고 카세트 플레이어가 들려주는 이야기에 귀를
기울였다. 아이는 그 이야기를 모조리 외우고 있었다.『밤비』이야기
를 안 지는 오래되었지만, 오늘은 테이프를 하도 많이 들어서 여자
의 목소리가 무겁게 늘어질 정도였다.
　날도 어두워지기 시작했고, 이제는 아이들과 함께 풍선을 들고
돌아다니는 부모들도 그리 많지 않았다. 아이는 배가 고팠다. 빵은
다 먹었고 주스 때문에 오줌이 마려웠지만, 꼼짝 말고 있으라고 한
그녀의 말을 떠올리며 감히 움직일 생각을 하지 않는다. 아이는 기
다리는 일에 익숙했다. 하지만 지금은 정말로 오줌을 눠야 했고, 엄
마가 금방 데리러 오지 않으면 바지에 오줌을 쌀지도 몰랐다. 엄마

에게 그 모습을 보이고 싶지는 않았다. 그랬다간 엄마에게 맞고 어둠 속에 혼자 남겨질지도 모르니까. 어제 엄마와 같이 가고 싶지 않다고 했다가 맞아서 욱신거리는 곳에 아이는 손을 올렸다. 엄마는 분노가 이글거리는 눈으로 쏘아보면서 버릇없는 녀석이라고 등을 철썩 때렸다. 엄마는 그 집에 굉장히 자주 가고 싶어 했다. 거기 가려면 먼저 버스를 탄 다음, 내려서 오랫동안 걸어야 했다. 엄마는 거기서 함께 있어 주기도 했지만 오랫동안 자리를 비우기도 했는데, 그럴 때면 엄마를 귀찮게 해서는 안 되었다. 정원에 유리로 만든 이상한 집이 있어서 그럭저럭 재미있게 놀 수도 있었지만, 항상 재미있지는 않았고 혼자서는 더더욱 아니었다. 정원에는 나무로 지은 작은 헛간도 있었는데, 아이는 그곳에서 원래 그가 갖고 놀면 안 되는 칼로 이것저것을 조각할 수 있었다. 때로 엄마는 날이 어두워질 때까지 아주 오랫동안 돌아오지 않기도 했다. 그러면 유령들과 도둑들이 스멀스멀 기어 나왔다. 아이를 지켜 줄 만한 것이라곤 헛간 안의 칼과, 거뭇한 점이 사람 눈처럼 보이는 마법의 마루판자뿐이었다. 한손에 칼을 들고 그 판자 위에 서서 '반짝반짝 작은 별' 노래를 부르면, 그 무서운 것들이 그를 공격하지 못할 것이다. 예전에 엄마는 언젠가 그 집—유리로 만든 집이나 헛간이 아닌 그 커다란 집—에 살게 되면 아이도 방을 갖게 될 거라고 종종 이야기했다. 그렇게 되면 다 잘될 거라고.

아이는 주위를 둘러보았다. 넓은 계단 꼭대기에 앉아 있는 아이의 뒤쪽에는 새들이 노니는 연못이 있었다. 아이는 잠깐 일어나 걸어 다니면서 구경 좀 해 볼까 하다가, 엄마의 명령을 기억해 내고는 앉은 자리에서 꼼짝도 하지 않았다. 돌계단이 차가워지기 시작했다.

카세트 플레이어에서 흘러나오는 목소리가 아까보다 더 느려졌다. 여자가 플레이어 안에서 잠들고 있는 듯했다. 마침내 플레이어 버튼이 탁 하고 튀어 오르자 목소리가 완전히 멈추었다. 갑자기 외로웠다. 조금만 지나면 오줌을 더 이상 참을 수 없을 것 같았다. 아이는 화장실이 어디에 있는지 몰랐고, 이젠 약간씩 슬퍼지려고 했다. 더 이상 여기 앉아 있고 싶지 않았다. 너무 오래 기다렸고 당장 오줌을 누러 가야 했다. 그리고 오줌을 누고 나면 이곳에서 떠나고 싶었다.

"안녕."

아이는 갑자기 들려온 목소리에 소스라쳤다. 눈앞에 녹색 옷을 입은 남자가 서 있었다. 남자의 옷은 경찰 제복처럼 보였지만 색깔이 달랐다. 가슴팍에는 경찰관 셔츠처럼 이름이 씌어 있었다.

"이름이 뭐니?"

아이는 대답하지 않았다. 엄마가 낯선 사람들과는 절대 이야기하지 말라고 했으니까. 아이는 눈을 내리깔고 돌계단을 뚫어지게 응시했다.

"이제 문 닫을 거야. 모두 집에 갈 시간이란다. 엄마아빠는 어디 계시니?"

화난 목소리는 아니었다. 오히려 친절하게 들리는 목소리였지만, 아이는 대답하면 안 된다는 것을 알았다. 하지만 어른에게 무례하게 굴어서도 안 되었다. 갑자기 어떻게 해야 할지 알 수가 없었다. 커다란 눈물방울이 발치로 뚝뚝 떨어지자 돌계단이 까맣게 얼룩졌다. 이내 두 개의 얼룩이 더 생겼다.

"엄마나 아빠랑 온 거니?"

아이는 고개를 천천히 흔들었다. 그렇게 하면 이야기하지 않아도 될 테니까.

"그럼 누구랑 왔어?"

아이는 어깨를 으쓱했다.

"그렇게 슬퍼하지 마. 아저씨는 스벤이고 여기 스칸센 놀이공원의 안전요원이란다. 여기서 도움이 필요한 사람은 누구든 아저씨한테 얘기해도 돼. 부모님을 잃어버렸든지, 길을 못 찾겠든지, 도움이 필요하든지 말이야."

잠시 침묵이 흘렀다.

"몇 살이니?"

아이는 조심스럽게 왼손을 내밀고, 오른손으로 왼손의 엄지와 새끼손가락을 접었다.

"세 살이라고?"

아이는 고개를 살짝 흔들었다.

"아뇨, 네 살."

아이는 손으로 입을 찰싹 때렸다. 낯선 사람에게 이야기해 버린 것이다. 이 나이 든 아저씨가 엄마한테 얘기하면 어떡하지?

아이는 시선을 땅에 고정한 채 조용히 앉아 있다가, 남자가 고자질할 사람처럼 생겼는지 확인하려고 흘끗 쳐다보았다. 남자는 미소 지었다.

"원한다면 저기 아저씨가 일하는 작은 집으로 같이 가도 돼. 부모님이 오실 때까지 거기서 기다리면 되니까."

아이는 너무나도 오줌이 마려웠다. 당장 화장실에 가지 않으면 금방 오줌을 싸 버릴 것 같았다. 그러면 엄마가 더 화를 내겠지.

"오줌 마려워요."

남자는 여전히 미소 지으면서 고개를 끄덕였다.

"화장실은 저 아래 있어. 얼른 다녀오렴. 아저씨가 네 짐을 봐 줄게. 저기 문 보이지?"

아이는 잠시 망설이다가 남자의 말에 따랐다.

스벤 요한손은 소년이 화장실로 뛰어가는 모습을 근심스레 지켜보며 계단에서 기다렸다. 소년이 눈에 띈 때가 오후였기에, 이제는 걱정스러웠다. 소년이 화장실 안으로 들어가자, 스벤은 쪼그리고 앉아서 아이의 물건을 살펴보았다. 카세트 플레이어, 동화책『밤비』, 빵 부스러기가 든 투명한 비닐봉지, 노란 플라스틱 뚜껑으로 닫혀 있고 내용물이 약간 남아 있는 작은 주스 병. 그는 아이의 이름이 적혀 있는지 보려고 책을 펼쳤다. 그러자 접힌 종잇조각이 땅으로 떨어졌다. 불길한 예감에 종이를 펼친 그는 최악의 우려가 현실이 되었음을 확인했다. 종이 위에는 짤막한 메시지가 유려한 필체로 쓰여 있었다.

'이 아이를 돌봐주세요. 죄송합니다.'

2

경찰에서 보낸 아파트 열쇠가 속을 덧댄 봉투에 담긴 채 도착했다. 시간이 흐르면서 낡아 버린 구식 계단통의 갈색 베니어합판 문을 여는 열쇠였다. 예르다 페르손은 죽은 지 사흘 만에 가사 도우미에게 발견되었다. 92년하고도 3개월 남짓한 세월을 보낸 뒤 마지막 숨을 내쉬고 기억 속으로 사라진 것이다. 마리안네 폴케손이 아는 것은 그 정도가 전부였다. 그리고 지금 아파트 문밖에 서 있는 사람이 자신이라는 사실로 미루어, 경찰도 가사 도우미도 세상을 떠난 사람의 여러 가지 뒤처리를 맡아 줄 수 있는 사람, 즉 노인의 친인척을 찾아내지 못한 것이 분명했다. 한 사람이라도 찾아냈다면 이 일이 자신에게 넘어오지는 않았을 테니까. 마리안네는 모르는 사람의 알려지지 않은 삶으로 들어가서 그 과거를 되살려 내야 했다.

전에도 이 근방에 와 본 적이 있었다. 소규모 아파트가 즐비한 지역으로, 주민들 상당수가 고령이어서 사회복지서비스의 도움을 받고 있었다. 그들 가운데는 세상을 떠나도 연락할 사람이 없는 경우가 종종 있었다. 지방위원회의 주택관리사인 마리안네 폴케손을 제외하면.

마리안네는 가방을 열고 얇은 비닐장갑을 꺼냈지만 마스크는 꺼내지 않았다. 문 안쪽에서 무엇이 자신을 기다리고 있을지 모르는 일이었으나, 죽은 사람을 존중해서 열린 마음으로 들어가려고 애썼다. 인형의 집처럼 깔끔하고 흠잡을 데 없는 모습으로 후손에게 남겨진 집—집주인이 생전에 공들여 관리한 소유물을 아무도 원하지 않으리라는 점이 문제지만—을 보게 되는 경우도 있었지만, 집 안에서 설명할 수 없는 존재감이 느껴지는 물건이 나오는 경우도 있었다. 사실 어떤 면에서 자신의 방문은 침입이나 마찬가지였으므로, 보기 흉한 마스크를 써서 상황을 악화시키고 싶지는 않았다. 마리안네는 일종의 협력자로서, 자신에게 맡겨진 낯선 사람들의 숨겨진 삶을 존중하는 마음으로 점잖게 조사하는 것뿐이라고 생각하고 싶었다. 집 안에서 발견한 물건들을 한데 모으고, 그 물건들을 의미 있게 여길 사람들을 능력껏 찾아내는 것이라고. 이제 죽음은 더 이상 두렵지 않았다. 지난 20년간 이 일을 하면서, 죽음이 삶의 자연스러운 일부라는 사실을 깨달았기 때문이다. 마리안네는 더 이상 삶의 의미를 찾지 않았는데, 자신이 의미를 찾았다고 생각해서는 아니었다. 삼라만상이 굳이 이렇게 존재하는 데는 분명 어떤 이유가 있을 터였다. 마리안네는 그것으로 만족하면서 그 신비로움을 기꺼이 믿었다.

삶. 두 영원 사이에 존재하는 아주 짧은 순간.

마리안네가 담당했던 사람들의 삶은 모두 외로움과는 거리가 멀었다. 물론 시간이 흐르면서 친구들이 점점 줄어들어 말년에 외롭게 지냈을지도 모르지만. 어떤 집은 깔끔한 인형의 집과는 정반대로 쓰레기장을 방불케 하는 난장판이어서 문지방을 넘어가기가 두려울 정도였다. 찢어진 벽지와 부서진 가구들을 보면 죽은 사람이 얼마나 깊은 절망을 느꼈는지 알 수 있었다. 그런 경우 마리안네의 보고서에는 정신적으로 불안정하고 사회적으로 연고가 없으며 정신과 치료를 받으면 그럭저럭 살아갈 수 있는 사람의 초상이 그려졌다. 아마도 그는 가족과 함께 살았지만, 마침내 증상이 나아졌다고 느꼈을 뿐만 아니라 극소수의 국립 요양원에서 한 자리 차지하기에는 너무 건강하다는 진단을 받았을지 모른다. 그래서 자립하라는 주위의 기대에 따라 아파트를 얻어 혼자 살게 됐지만, 고립된 생활 때문에 금세 병이 도지고 만 것이다. 보살핌을 받아야 하지만 거부당한 경험이 있는 외로운 사람에게는 으레 간청할 힘도 없었다. 따라서 마리안네는 일종의 보상을 해 주고자, 적어도 장례식에 와 줄 친인척을 찾으려고 힘닿는 데까지 애썼다. 가끔씩 아무도 찾아내지 못할 때는 마리안네와 목사, 장의사, 성가대 선창자만 장례식에 참석했다. 그런 경우 마리안네는 장례식에 사진과 유품을 내놓아 인간적인 느낌을 가미하여 고인을 이해하려고 노력했다. 그리고 관에 꽃을 놓는 사람이 자신밖에 없을 때마다, 죽은 사람이 혼자 불행을 견디게 내버려 둔 사회의 무능함을 용서해 달라고 기도했다.

마리안네는 몸을 돌려 동행인에게도 장갑을 건넸다. 죽은 사람의 집을 처음 방문할 때는 늘 주 의회에 소속된 사람을 대동해야 했다. 모든 것을 제대로 처리했음을 확인할 사람이 필요했기 때문이다. 동행인은 여러 명 가운데 시간 여유가 있는 사람이 낙점되는 식으로 매번 바뀌었다. 오늘은 노인복지 도우미가 함께 왔다. 마리안네는 동행인의 이름은 알았지만, 성은 기억하지 못했다.

솔베이그가 장갑을 끼자 마리안네는 문에 열쇠를 꽂았다. 현관 바닥은 전단지와 몇 부 안 되는 무료지역회보로 뒤덮여 있었다. 악취는 나지 않았지만, 곰팡내가 풍겨서 환기를 해야 했다. 마리안네는 우편물을 대강 훑어보면서 한 더미로 그러모아 현관 테이블에 올려놓았다. 요금을 지불해야 할 고지서나 구독을 취소해야 할 잡지는 없었다. 예르다에게 개인적으로 온 편지는 하나뿐이었다.

인터넷 광대역 서비스 제공회사에서 보낸 권유 편지.

아파트는 정리가 잘 되어 있는 듯했지만, 깨끗한 표면마다 먼지가 얇은 막처럼 앉아 있었다. 가사 도우미는 3주에 한 번씩 예르다의 집을 청소하고 매주 월요일에 먹을거리를 사 왔다고 했다. 예르다는 앞가림 정도는 혼자서 하고 싶다면서 그 외에는 달리 도움을 받지 않으려고 했단다. 먼지가 쌓인 것은 게으름 때문이 아니라 시력이 나빠서였다. 마리안네는 전에도 이런 광경—모든 것이 깔끔하게 정돈되어 있지만 먼지는 고스란히 앉아 있는 노인들의 아파트—을 본 적이 있었다.

부엌에는 식기 선반에 접시 한 장과 유리컵 한 잔이 놓여 있을 뿐, 그 외에는 아무것도 없었다. 라디에이터 위에는 키친타월이 한 장 걸려 있었고, 의자가 둘 딸린 작은 테이블은 방수 처리된 테이블보 위에 자리 잡은 고리버들 바구니를 제외하면 깨끗이 정리된 상태였다. 마리안네는 냉장고를 열었다. 음식 썩는 악취가 코를 찔렀다. 그녀는 가져온 비닐 봉투를 찾았다. 예르다가 세상을 떠난 지 2주가 지났고, 구급차가 시신을 실어 간 뒤 가사 도우미는 아파트 출입이

금지되었다. 마리안네는 개봉된 저지방 우유팩, 버터, 캐비아, 썩은 오이를 비닐 봉투에 집어넣고 재빨리 밀봉해서 현관문 옆에 두었다.

"이것 좀 보세요. 냉동실에 책이 있어요."

솔베이그는 마리안네가 부엌으로 돌아올 때까지 열린 냉장고 문 옆에 서 있었다. 두꺼운 얼음으로 뒤덮인 책들이 랩에 싸인 채 냉동실 안쪽에 차곡차곡 쌓여 있었다. 마리안네는 부엌 서랍에서 찾아낸 주걱을 지렛대 삼아 얼어붙은 책들을 떼어 냈다. 그러고는 서리로 뒤덮인 책들 중 한 권을 골라 손톱으로 책등의 얼음을 긁어냈다. 악셀 랑네르펠트의 『돌들이 말하게 하라』였다. 작가의 위대한 작품 가운데 하나였다. 가장 유명한 작품은 아니지만, 악셀 랑네르펠트의 모든 작품은 현대의 고전으로 평가받았다.

"책 속에 돈을 숨겨 놨을지도 몰라요." 솔베이그가 말했다. 마리안네는 기상천외한 장소에 숨겨진 지폐를 발견한 적이 몇 번 있었다. 그러나 이 책에는 아무것도 숨겨져 있지 않았다. 다른 책들도 마찬가지였고. 책들은 모두 악셀 랑네르펠트의 저서였으며, 놀랍게도 친필 헌사가 담겨 있었다. '예르다에게, 사랑을 담아.' '예르다에게, 따뜻한 감사의 마음을 전하며.' 인쇄된 작가의 이름 위에는 화려한 서명도 덧붙여져 있었다. 마리안네는 가슴이 따뜻해지는 것을 느꼈다. 늘 그랬듯 그녀는 홀로 살다 간 고인이 한때나마 어떤 공동체에 속해 있었다는 증거, 다시 말해 고인의 삶이 항상 그렇게 고독하지만은 않았다는 증거를 발견하면 기뻤다. 그리고 이번에는 두 배로 만족스러웠다. 대체로 재산도 없고 가치 있는 물건도 없는 경우에는 장례식을 그럴듯하게 치르기 힘들었다. 하지만 이 책들은 악셀 랑네르펠트의 친필 헌사 덕분에 분명 비싸게 팔릴 수 있을 테니, 그 돈으로 교회를 장식하고 아름다운 묘비를 세우는 데 최선을 다할 생각이었다. 고인에게 경의를 표한다는 증거로.

"책들이 얼긴 했어도 상하진 않은 것 같아요. 값이 어마어마하겠는데요."

마리안네는 고개를 끄덕였다. 내성적인 노벨상 수상 작가 악셀 랑네르펠트는 스웨덴 문화 역사상 전례가 없는 명성을 누렸지만, 인터뷰는 거의 하지 않았다. 마리안네가 기억하기로, 작가의 사생활 이야기는 한 번도 들어본 적이 없었다.

"예르다 페르손은 아흔두 살이었어요. 두 사람은 거의 같은 나이였을 텐데, 그렇지 않아요?"

"악셀 랑네르펠트가 그렇게 나이 들었는지 몰랐네요. 정말 그렇게 생각해요?"

마리안네는 확신할 수 없었다. 책 표지를 살펴봐도 단서는 나오지 않았다. 책들은 개인숭배 시대 이전, 그러니까 작가의 글이 그의 생김새보다 더 흥미를 끌던 시절에 출판된 것이었다.

아파트는 방이 두 개, 부엌이 하나 있는 구조였다. 마리안네와 솔베이그는 통로로 걸어가서 거실을 지나 침실로 들어갔다. 침실 바닥에는 보행 보조기가 옆으로 뉘어 있었다. 침실용 테이블은 쓰러져 있었고 침대 시트는 벗겨져 있었다. 무더기로 쌓여 있는 양탄자 위에는 옷가지와 잡지가 한데 뒤섞여 있었고, 튜브형 핸드크림과 쥐오줌풀 상자 옆에는 물컵이 쓰러진 채로 놓여 있었다. 그런 가운데 알람시계만이 홀로 째깍째깍 움직이고 있었다. 마리안네는 테이블을 바로 세우고 침대맡 전등을 제자리에 놓았다. 자그만 서랍에는 오려 낸 잡지 기사 모음과 목캔디, 성경, 목걸이, 봉투 몇 장, 손바닥만 한 일기장이 들어 있었다. 마리안네는 임의로 한 장을 펼쳐보았다. '아침 6시 기상. 감자와 미트볼. 〈헤다 가블레르〉 시청.' 잡지 기사는 대부분 심장병에 관한 것이었는데, 날짜를 보니 오랫동안 꾸준히 모은 듯했다. 기사 가운데 몇 장은 고인의 이름을 잘라낸 부고란의 시였다. 또 첫 번째 봉투에는 15년 묵은 발 치료 상품권이, 두 번째 봉투에는 도서관 연금 생활자 모임 친구들이 예르다의 75번째 생일에 보낸 축하 카드가 들어 있었다. 세 번째 봉투는 더 두툼하고 손때가 묻어 있었다. 마리안네는 봉투 안을 들여다보았다. 솔베이그는 옷장을 열었다가 옷만 걸려 있는 것을 확인하고는 도로 닫았다.

"얼마나 들어 있어요?"

마리안네는 지폐뭉치를 꺼내서 세어 봤다.

"11,570크로나예요."

그녀는 서랍을 닫았지만 돈 봉투는 도로 넣지 않았다. 아파트 조사를 끝내면 현금을 비롯한 자산과 값어치 있는 가구 및 물건들을 자산 목록으로 정리해야 했다. 고인이 소유했던 재산은 일차적으로 장례식 비용과 묘비 제작에 쓴 다음, 재산을 처리하는 데 쓸 터였다. 그러고도 남은 재산은 채권자들에게 돌아갈 것이고.

솔베이그가 다른 옷장도 대강 확인한 뒤, 두 사람은 거실로 향했다. 거실은 대부분 오래된 가구로 꾸며져 있었다. 서랍장 하나, 책꽂이 하나, 비교적 현대적인 소파 하나. 모두 큰돈이 될 만한 물건은 아니었다. 텔레비전 앞에는 침대가 놓여 있었고, 그 옆의 테이블 위에는 텔레비전 가이드와 당첨되지 않은 복권 두 장과 함께 이소소르비드 모노나이트레이트, 아스피린, 비소프롤롤, 플라빅스, 플렌딜, 시탈로프람, 프라바콜로 등 꽤 많은 종류의 약이 늘어서 있었다. 약들은 날짜를 손수 적은 눈에 띄는 격자무늬 종이 위에 나란히 놓여 있었다.

사람들을 살아 있게 하기 위해 사회가 하는 일은 놀라웠다. 제약 업계의 열의야 말할 것도 없고.

구식 가구들로 둘러싸인 거실에서 느낌표처럼 눈에 띈 물건은 현관 안쪽 작은 테이블 위에 놓인, 빨간 버튼식 전화기였다. 마리안네는 그쪽으로 걸어가서 테이블 위에 쌓여 있는 종이 더미를 대충 훑어보았다. 손으로 쓴 라디오서비스, 전화회사, 보험회사의 우편 지로 계좌번호 목록, 쇠데르 병원에서 온 통지서, 슈퍼마켓 전단지, 비소프롤롤 복용에 관한 약사의 안내책자 등이었다. 맨 아래에는 모서리가 닳아 해진 주소록이 있었다. 마리안네는 색인 A를 찾아보았다. 몇 사람의 이름과 전화번호가 각기 다른 펜으로 씌어 있었는데, 두 사람의 연락처만 제외하고 모두 지워져 있었다. 평생의 교우관계가 그 작은 주소록에 정리되어 있었다. 시간이 지나면서 외부세계와 연결된 고리가 하나씩 사라지고 지워진 것이리라.

주소록은 친인척 찾기에 안성맞춤인 도구였다. 마리안네는 한 명이라도 더 설득해서 장례식에 참석시킬 수 있길 바라며, 자신이 찾아낸 모든 번호로 전화를 걸 생각이었다. 노인들이 세상을 떠나면, 전화번호는 착신 전환도 없이 연결되지 않는 경우가 많았다. 때로는 시간이 너무 많이 흘러서 전화번호의 주인이 바뀌어 있기도 했다.

마리안네는 갑자기 떠오른 생각에 색인 R을 찾아보았다. 목록 첫 줄에 자신이 찾던 이름이 있었다. 랑네르펠트. 그 이름은 지워지지 않고 남아 있었다.

"여기 사진이 몇 장 있네요." 솔베이그는 갈색 봉투를 손에 쥔 채 낡은 서랍장 앞에 무릎을 꿇고 있었다. 마리안네는 주소록을 가방에 넣고 솔베이그 쪽으로 가면서 열린 서랍장 문 안쪽을 힐끗 보았다. 깔끔하게 다림질되어 차곡차곡 쌓여 있는 테이블보, 디자인이 다양한 크리스털 유리잔들, 중국식 커피 잔 세트. 그리고 가계부 딱지가 등에 붙어 있는 빨간색 판지 바인더. 마리안네는 바인더를 꺼내 자신의 가방에 쑤셔 넣었다.

"이 사진에 찍힌 사람이 예르다일까요? 생일에 찍은 것 같은데." 솔베이그는 사진을 뒤집었다. "아무것도 안 씌어 있네요."

그녀는 마리안네에게 사진을 건넸다. 우아하게 차려입은 여인이 꽃병에 둘러싸인 채 안락의자에 앉아 있는 모습을 찍은, 빛바랜 컬러 사진이었다. 머리카락은 뒤로 빗어 넘겨 깔끔하게 쪽 찌어져 있었고, 주목받는 것이 편치 않은 듯 굳은 표정을 짓고 있었다.

솔베이그가 다른 사진을 꺼냈다.

"이거 보세요, 그 사람 여기 있네요. 그 사람 맞죠?"

마리안네는 사진을 들여다보았다. 이번에는 흑백사진이었다. 악셀 랑네르펠트가 커피 잔을 손에 든 채 나무 테이블 앞에 앉아서 먼 곳을 바라보고 있었다. 그와 같은 나이로 보이는 여인과 두 명의 아이도 테이블 앞에 앉아서 카메라를 들여다보고 있었다. 여자아이와 남자아이였다. 남자아이 쪽이 몇 살 더 많아 보였다.

마리안네는 고개를 끄덕였다. "그 사람이 확실해요. 가족이 있는 줄도 몰랐네요."

"그 사람 가족이 아닐지도 몰라요."

"가족 사진 같은데요."

마리안네는 사진을 봉투에 도로 넣고 가방에 집어넣었다.

솔베이그가 책꽂이로 걸어갔다. "여기 그 사람 책이 몇 권 있네요."

마리안네는 솔베이그를 따라갔다.

"서명이 있어요?"

솔베이그가 책을 한 권 펼쳤다. 인쇄된 이름 위쪽에 화려하게 흘려 쓴 서명이 있었지만, 개인적인 인사말은 없었다. 마리안네는 다른 책을 꺼내서 엄지손가락으로 책장을 휙휙 넘겨보다가 깜짝 놀라 숨을 헐떡였다. 온 책장에 두꺼운 매직펜으로 빨간 줄이 그어져 있었기 때문이다. 몇 군데는 글이 펜을 쥔 사람의 화를 한층 더 돋운 듯, 줄이 너무 박박 그어져서 읽을 수도 없고 책장이 거의 찢긴 상태였다.

"도대체 왜 이런 짓을 했지?"

두 사람이 확인한 다른 책들도 상태는 마찬가지였다. 빨간 줄이 그어진 책장이 핏빛으로 빛났고, 펜이 남긴 작은 점들이 여기저기 보였다. 마리안네는 다른 저자의 책을 한 권 꺼내서 확인해 보았다. 그 책은 깨끗했다.

"흠." 그녀는 대체로 죽은 사람과 관련된 일, 그중에서도 고인의 집에서 일어났지만 아무에게도 해를 끼치지 않은 일에 관해서는 자신의 의견을 표현하지 않았다. 그러나 고인이 랑네르펠트가 서명한 책을 고의로 망쳤다는 사실은 아무리 줄잡아 말해도 이상했다. 특히 이런 집에 살던 사람이라면 가치 있는 물건을 팔아서 별도의 수입을 챙기는 것이 좋지 않았을까? 마리안네는 당황해서 책을 원래 자리로 밀어 넣었다.

"자, 어때요? 당장 필요한 건 다 확인했어요?" 솔베이그가 물었다.

마리안네는 가방을 열고 재산 목록 서류가 들어 있는 폴더를 꺼냈다.

"이제 이 서류를 작성해야겠네요."

서류 작성을 끝낸 뒤 솔베이그가 떠날 때 마리안네는 거실 창문 앞에 서 있었다. 그녀는 예르다 페르손의 눈으로 창밖을 바라보았다. 나무 한 그루, 잔디밭, 배경에 서 있는 아파트 건물들의 흐리멍덩한 녹색 정면. 저 창문들 안쪽에서 펼쳐지는 다른 사람들의 삶과 비밀.

당분간 필요한 것들은 모두 가방에 넣어 챙겼다. 부고 기사가 나간 뒤 아무에게서도 연락이 없으면, 지방기록보관소와 교회의 출생 등록부에 의지해야 할 터였다. 주소록에 기록된 이름의 주인공들도 수소문해야 할 테고. 마리안네는 장례식에서 예르다 페르손을 기리는 데 필요한 퍼즐 조각을 하나라도 더 찾기 위해 최선을 다할 생각이었다. 이제 본격적으로 일할 때가 온 것이다. 예르다 페르손의 과거를 찾아 나설 때가.

어디에서 시작해야 할지는 이미 알고 있었다.

악셀 랑네르펠트였다.

3

"제 아버지와 아버지의 작품에 가장 큰 영향을 미친 사람은 요제
프 슐츠라는 남자였습니다."

얀-에리크 랑네르펠트는 강의 노트에 쓰인 이름을 손가락으로
가리키면서, 극적인 효과를 내고자 잠깐 말을 멈추고 수많은 청중
을 바라보았다.

"아버지가 처음으로 요제프 슐츠에 관해 말씀하셨을 때 제가 몇
살이었는지 기억나지는 않습니다만, 저는 요제프 슐츠가 선택해 온
것과 그것들이 만든 운명에 관한 이야기를 들으면서 자랐습니다. 그
는 제 아버지의 이상형이자 인류애 실천의 위대한 본보기였지요. 저
는 아버지가 요제프 슐츠의 이야기를 하실 때마다, 선한 생각을 하
는 것은 좋지만 진정한 선은 행동할 때 비로소 드러난다는 사실을
더 분명히 이해하게 됐습니다."

스포트라이트 때문에 눈이 부셔서 잘 보이지 않았다. 보이는 것

이라곤 오로지 첫 줄에 앉아 있는 사람들뿐이었지만, 나머지 사람들의 존재도 분명히 느껴졌다. 익명의 청중이 그의 다음 말을 열렬히 기다리고 있었다.

"자, 그러면 이 요제프 슐츠라는 비범한 인물은 누구일까요? 누구 그의 이름을 들어본 적이 있는 분, 계신가요?"

얀-에리크는 손으로 그늘을 만들어 쏟아지는 빛을 가렸다. 한 여인이 첫 번째 줄 가장자리에 앉아 있었다. 그는 일찌감치 여인을 주목했지만, 이제야 좀 더 찬찬히 그녀를 살필 수 있었다. 실루엣이 아름다운 여자였다. 반짝이는 블라우스 아래 부풀어 오른 가슴 때문에 단추 여밈 부분이 터질 듯 팽팽했고, 미처 여며지지 않아 살짝 벌어진 부분도 있었다. 그 어두운 골이 흥미를 불러일으켰다. 그는 팔을 내렸다.

"요제프 슐츠는 제2차 세계대전 당시에 독일군 소속의 젊은 군인이었습니다. 1941년 7월 20일, 슐츠와 일곱 명의 동료 군인은 동부 전선의 스메데레브스카 팔란카에 있었습니다. 그들의 임무는 게릴라의 저항을 진압하는 것이었습니다. 때는 여름이 절정에 달한 수확기였고, 슐츠와 동료들은 명령에 따라 밖으로 나왔습니다. 통상적인 순찰이라고 생각한 거죠……."

얀-에리크는 그 자리에 못 박힌 듯 가만히 서 있었다. 갑작스럽게 움직이면 고조되어 가는 분위기를 깨 버릴 테니까. 그는 이런 일에 매우 능숙했다. 경험이 쌓이면서 자신감도 생겼고, 이제는 무엇이든 마음대로 할 수 있었다. 성공한 사람의 특권이랄까. 자신감이 강해질수록 카리스마도 강해졌다.

그는 눈을 돌려 여인과 눈을 맞췄다. 마음은 이미 정했다. 오늘 밤은 저 여인과 함께 보낼 것이고, 그녀가 자신에게 선택받았다는 사실을 눈치 채게 할 생각이었다. 자신에겐 무대에 서서 선택할 수 있는 힘이 있는 반면, 여인에게는 그 선택을 따르는 수밖에 없다는 사실에 몸이 갈망으로 설렜다.

"하지만 짧은 행진이 끝나자, 그들은 그날의 임무가 평소와는 다르다는 사실을 알아차렸습니다. 명령에 따라 갑자기 멈춰 서야 했기 때문이죠."

여인은 눈을 내리깔았지만 이미 늦었다. 자기도 모르게 본심을 드러냈기 때문이다. 입가에 홀연히 나타난 미소는 그의 관심을 즐기고 있다는 증거였다. 지금까지 만난 여자들이 모두 그랬듯, 여인도 권력의 힘에 넘어간 것이다.

게임은 시작되었다.

"지역 주민들은 건초를 나르느라 바빴습니다. 겨우내 필요한 양을 비축해야 했기 때문이었죠. 아무리 전쟁 중이라도 먹고는 살아야 하니까요. 일상적인 활동은 계속해야 했습니다. 그런데 한 건초 더미 앞에 열네 명의 민간인이 줄지어 서 있었습니다. 모두 눈을 가리고 손을 등 뒤로 묶은 채였죠. 슐츠와 일곱 명의 동료들은 자기들 손으로 그 민간인들을 총살하게 되리라는 사실을 깨달았습니다."

여인은 너무 쉬워 보이고 싶지 않아서 저항하고 있었다. 그의 눈을 바라보지 않고 조금 떨어진 곳을 응시했다.

"군복을 입었다는 이유만으로 살인을 허가받은 여덟 명의 젊은이들은 열네 명의 무고한 사람들을 죽이라는 명령을 받았습니다."

누군가가 헛기침을 했다. 그는 자신이 걸어놓은 마법이 순간적으로 풀리는 모습에 짜증이 났다. 청중 가운데 몇몇은 앉은 자리에서 꼼지락거리기 시작했다. 그때 여인의 시선이 다시 그에게 향했다. 이 번에는 좀 더 확실하게 유대가 형성되었다. 300명의 사람들로 꽉 찬 강연장에서 두 사람만의 유대를 느낀 것이다. 기대감이 고조되었다. 가슴이 떨렸다.

결코 만족시킬 수 없는 기대감과 떨림.

"일곱 명의 동료들은 망설이지 않았습니다. 그들은 명령에 따를 준비가 되어 있었고 총을 들어 올렸습니다. 하지만 요제프 슐츠는 갑자기 더 이상은 못하겠다고 생각합니다. 그래서 이어지는 침묵 속 에 총을 바닥에 떨어뜨리고 천천히 건초더미로 걸어가지요. 그리고 사형수들 옆에 자리를 잡습니다."

얀-에리크는 파워포인트 파일을 클릭했다. 65년 전에 일어난 사 건을 찍은 흑백사진이 무대 뒤쪽 스크린에 영사되었다.

"동료 군인들 중 한 명이 그 당시 사건을 사진으로 남기지 않았 다면, 아무도 요제프 슐츠와 그의 용감한 결단을 기억하지 못했을 겁니다. 요제프 슐츠는 어떻게 그런 결단을 내릴 수 있었을까요? 어 떻게 해서 다른 군인들과 다르게 행동할 수 있었을까요? 그들은 열 네 명의 알려지지 않은 민간인들뿐만 아니라 자신들의 동료인 요제 프 슐츠까지 망설이지 않고 총살했는데 말입니다."

그는 청중에게 질문을 곱씹어 볼 시간을 주고자 물을 한 모금 마 셨다. 그동안 여인이 줄곧 자신을 바라보자 으쓱하니 기분이 좋아 졌다. 여인의 옆에 남자가 앉아 있지는 않았지만, 그 사실만으로 여 인에게 남편이 없다고 확신할 수는 없었다. 지방에서 열리는 문학 의 밤 행사에는 늘 여성이 압도적으로 많았는데, 그네는 곧잘 남편 을 집에 두고 끼리끼리 왔다. 그러나 그의 경험상 집에 두고 온 남편

은 문제가 되지 않았다. 무대의 힘이 기적을 일으켜 한 번도 열린 적
이 없는 문을 열 테니까. 여인의 눈을 보니 강연하러 온 보람이 있
을 듯했다.

"아버지는 글을 쓰는 내내 이 의문을 묘사하는 데 전념하셨습니
다. 제가 질문에 '대답한다'고 하지 않고 단순히 질문을 '묘사한다'고
말씀드린 점에 주목하세요. 작가로서 아버지의 유일한 원동력은 요
제프 슐츠가 선택한 행동의 본질을 널리 알리려는 마음이었습니다.
우리의 선택이 아무런 의미도 없다고 생각하며 절망하지 않고, 우리
의 선택이 대단히 중요하다는 사실을 깨닫길 바라신 거죠. 우리 모
두가 혐오하는, 하지만 우리 자신과 우리의 결정에 끊임없이 영향을
미치는 두려움과 이기심에 맞서길 바라신 겁니다."

그는 잠시 말을 멈췄다. 강연할 때면 으레 이 시점에서 말을 멈췄
는데, 오늘도 역시 청중은 그의 이야기에 홀려 있었다. 사실 그의 이
야기가 아니라 아버지의 이야기겠지만, 지금 이 순간 그 이야기를
전달하고 있는 사람은 바로 얀-에리크 자신이었다. 그는 아버지와
목소리가 비슷했는데, 여러 해 동안 강연하면서 약간의 차이마저 사
라져 이제는 아버지와 목소리를 구별하기 힘들 정도였다. 아버지의
전설적인 낭독을 녹음한 테이프가 없는 집이 없을 만큼, 아버지의
목소리는 스웨덴의 국보가 되었다. 그러나 그 귀중한 녹음테이프는
이제 악셀 랑네르펠트가 남긴 목소리의 잔재일 따름이었다. 5년 전
에 아버지가 뇌졸중으로 쓰러져서 말을 하지 못하게 된 뒤로는, 얀-
에리크가 바통을 이어받아 아버지의 문화유산을 전했으니까. 전 세
계 언어로 번역 출간된 책들 덕분에 매년 인세가 쏟아져 들어와서,
몇 년이 지나자 가족 사업이 소규모 왕국으로 탈바꿈하게 되었다.

그리하여 자선사업에 각종 기금과 보조금을 지급할 뿐만 아니라, 대표로서 모든 일이 순조롭게 돌아가는지 확인하는 얀-에리크에게도 상당한 액수의 월급을 선사했다. 그는 실제로 감당할 수 있는 수준 이상으로 많은 강의 요청을 받았지만, 그 가운데 상당수를 허락했다. 여행하는 것이 좋았기 때문이다. 아니, 좀 더 노골적으로 말하면 집에 머무르고 싶은 생각이 전혀 없었기 때문이다.

그는 일하면서 성장했고, 중요한 사람이 되었다.

"요제프 슐츠는 아마도 동료들 편에 서서 총을 쏜다 해도 죽음을 피할 수는 없으리란 걸 깨달았을 것입니다. 또 쉬운 방법을 선택해서 명령에 따르면, 열네 명의 사람들뿐만 아니라 자신을 인간이게 해 주는 마지막 작은 조각마저 함께 소멸할 것이라는 사실을 깨달았을 것입니다. 그 작은 조각이 고스란히 남아 있어야 아침에 일어났을 때 거울 속의 자신을 똑바로 바라볼 수 있을 테니까요. 요제프 슐츠는 그 조각이 사라지면 살아 있어도 진정한 의미에서 살아 있는 게 아니라는 걸 깨달았을 것입니다. 죽음이 자신을 집어삼킬 때까지 그저 목숨만 이어갈 뿐이겠지요."

얀-에리크가 마우스를 클릭하자 요제프 슐츠의 용감한 행동을 찍은 사진이 사라지고, 아버지를 클로즈업해서 찍은 사진이 나타났다. 출판사에 사용을 허락하지 않은 희귀한 사진 가운데 한 장이었다.

"요제프 슐츠는 어떤 나라도 정복할 수 없었고 사람들의 목숨을 구하지도 못했지요. 열네 명이 아닌 열다섯 명이 죽음을 맞았으니까요. 슐츠는 특출한 정신과 용기를 발휘했지만, 전장에서 용맹을 떨친 군인에게 주는 훈장도 받지 못했습니다. 그의 이름은 대중에게 알려지지도 않았죠. 히틀러, 괴링, 멩겔레 같은 사람들의 이름은 역사책에도 올랐는데 말입니다. 하지만 가장 놀라운 점은 65년 뒤, 세상 사람들이 동료들의 행동이 아닌 요제프 슐츠의 결단에 더 놀랐다는 겁니다. 슐츠는 우리가 대부분 옳다고 생각하는 일을 한 것뿐인데도 충격을 자아내는 듯합니다. 왜 그럴까요? 자, 생각해 봅시다. 우리가 선택해야 한다면, 어느 편에 서게 될까요? 요제프 슐츠일까요, 아니면 그의 동료들 가운데 한 명일까요?"

조용히 강연장을 둘러보라.

"저 말고 또 요제프 슐츠가 되고 싶은 분, 계십니까?"

얀-에리크는 청중을 휩쓰는 물결을 느꼈다. 얼굴을 비추는 스포트라이트가 뜨거웠다. 몸에 있는 땀구멍 하나하나가 활짝 열린 채, 그의 내면을 채우는 느낌을 기꺼이 받아들이고 있었다. 그는 여느 때처럼 질문을 던진 뒤, 연단에 강연 노트를 두고 무대 중앙으로 천천히 걸어가 미리 점찍어 둔 장소에 멈춰 서서 시선을 바닥으로 떨어뜨렸다. 연단의 보호를 받지 않아 연약해 보이는 모습으로, 서서히 고개를 들면서 청중과 하나가 되려는 듯했다.

"아버지와 요제프 슐츠는 우리의 행동이 우리의 아이들과 같다는 사실을 알고 있었습니다. 우리의 행동은 고유한 생명력으로, 우리 자신이나 우리 의지와 무관하게 계속해서 영향을 미칩니다. 요제프 슐츠와 아버지는 선한 행동의 보상이 선한 행동을 했다는 사실 그 자체라고 깨달은, 몇 안 되는 사람이었습니다. 정말 중요한 걸 깨달은 거죠. 두 사람은 자신의 두려움을 극복하는 것이 곧 가장 강력한 적을 제압하는 길이라는 점을 보여 주었습니다. 저는 악셀 랑네르펠트 같은 사람을 아버지로 둬서, 또 아버지의 메시지를 널리 알릴 수 있어서 무한히 감사할 따름입니다.”

늘 그렇듯 자연스럽게 박수가 터져 나왔다. 그는 자신을 열어 보이고 개인적인 이야기를 덧붙여서, 청중이 마치 하나의 대가족처럼 ‘우리는 기본적으로 모두 같다’고 믿게 했다. 그러나 이야기는 아직 끝나지 않았다.

“제가 오늘 밤 여기 온 이유는 이 메시지를 계속해서 전달하고 싶어섭니다. 자, 여러분. 제 아버지의 발자취를 따르고 요제프 슐츠를 본받읍시다.”

그는 탐색하듯 여인을 바라보았고, 일이 자신의 뜻대로 되어 가는 것을 확인했다. 여인의 박수소리가 다른 사람들과 다르다는 사실이 만족스러웠다. 좀 더 느릿하고, 좀 더 사려 깊고, ‘당신은 환상적이지만, 원하는 걸 얻을 수 있다고 생각하진 말아요’라고 이야기하는 듯한 박수소리. 바로 그가 원하는 것을 얻을 수 있다는 신호였다. 그는 슬며시 미소 지으며 자신의 성공을 자축했다.

이제 질의응답 시간이었다. 꺼져 있던 강연장 불이 켜지자 마침내 청중이 눈에 들어왔다. 뭉뚱그려져 있던 인해(人海)가 갑자기 하나하나 각자의 얼굴을 드러냈다. 그는 연단 뒤로 돌아가서 눈을 감고 그 순간을 즐기려 애썼다. 아버지가 다시 모든 사람의 주의를 끌기 전에 누릴 수 있는 한순간을. 아버지의 영혼은 곧 요양원에 묶여 있는 몸에서 빠져나와 강연장을 휩쓸고 자신의 강연을 지워 버릴 테니까.

악셀 랑네르펠트는 대부분의 부모가 아이들에게 바라는 성공의 기준에 도달한 사람이었다.

강연장 뒤쪽에 앉아 있던 노인이 손을 들자, 얀-에리크는 그를 지목했다. 여자처럼 손가락으로 가리키지 마라. 손 전체를 사용해라.

"『그림자』에 관해 묻고 싶습니다."

억양이 독특한 말투였다. 노인이 묻고 싶어 하는 소설은 노벨상을 수상하게 한 결정적 작품이었다. 얀-에리크가 가장 많이 받는 질문의 주제였고, 마침내 스웨덴 아카데미를 굴복시킨 문학적 성과들 가운데 마지막 작품이었다. 2000년에는 그 작품의 주인공 시모네가 빌헬름 모베리의 『이민』의 주인공 크리스티나와 접전 끝에, 20세기 최고의 문학 여성상(像)으로 뽑히기도 했다.

"다들 아시는 것처럼, 그 책에 관한 기사는 수없이 쏟아져 나왔습니다. 하지만 전 랑네르펠트 씨가 그렇게 사실적인 이야기를 쓸 수 있었다는 게 신기합니다. 저는 열네 살에 부헨발트 수용소에서 풀려났거든요. 강제수용소에 있었던 저 같은 사람들의 입장에선, 수감된 적도 없는 사람이 어떻게 수용소 생활을 그토록 정확하게 묘사할 수 있었는지 도무지 알 도리가 없습니다. 분명 자료조사를 엄청나게 많이 하셨겠죠. 『그림자』엔 현실과 맞아떨어지는 사실들이 즐비했으니까요. 전 랑네르펠트 씨가 어떻게 자료조사를 하셨는지 알고 싶습니다."

얀-에리크는 미소 지었다. 사실 대답은 짧고 간단했다. 모르겠습니다. 하지만 그렇게 말할 수는 없었다. 청중을 만족시키려면 대답을 좀 더 길게 해야 했다.

"아버지는 비공개주의라서 일하는 방식을 다른 사람에게 이야기하신 적이 없습니다. 자료조사와 아이디어의 출처에 관해서도 마찬가지였고요. 아버지는 글 쓰는 시간을 '나를 찾는 시간'이라고 하셨습니다. 이야기가 떠오르면 당신은 단순히 그 이야기를 담는 그릇이 되는 거라고 생각하신 거죠.”

말 자체는 사실일지 몰라도, 노인의 질문에 대한 답은 아니었다. 사실 얀-에리크 자신도 늘 그 점이 궁금했다.

더 많은 질문이 뒤따랐지만, 특별한 것은 하나도 없었다. 그는 질의응답 시간 내내 여인의 눈길을 피하면서, 그녀가 그의 관심을 잃은 건 아닌지 잠시나마 궁금해 하길 바랐다. 그러나 그는 여인의 존재를 뚜렷하게 의식하고 있었다. 곁눈질로 작은 움직임 하나도 놓치지 않을 만큼.

얀-에리크는 아버지와 비슷한 자신의 목소리가 사람들을 현혹하는 최고의 방법이라는 것을 알았기 때문에, 늘 낭독으로 강연을 끝냈다. 불이 꺼지고 배경에 보이던 아버지의 사진이 사라졌다. 무대 위의 불빛이라곤 연단에 놓인 작은 독서등에서 새어 나오는 빛뿐이었다. 낭독하는 구절은 같을 때가 많았다. 얀-에리크는 아버지의 목소리가 녹음된 테이프를 연구해서 특유의 억양과 리듬을 익혔다. 그는 낭독하는 도중에 가끔씩 눈을 들어 독서용 안경테 너머로 여인을 바라보았다. 평소에는 콘택트렌즈를 끼었지만, 강연할 때는 좀 더 아버지처럼 보이려고 안경을 썼다.

그는 같은 구절을 수없이 읽어서 마지막 구절을 외우고 있었기 때문에, 이제는 청중을 바라볼 수 있었다.

“그러나 일이 벌어지고 저녁이 되자, 그녀는 더 이상 확신할 수 없었다. 길 잃은 영혼처럼 홀연히 떠오른 불안이 같은 불가에 진을 쳤다. 인간의 행동은 선과 악에 관계없이, 수면에 이는 물결처럼 퍼져 나간다. 그렇게 퍼지면서 새로운 길을 찾게 될 것이다. 그 까닭에 인간의 영향력이 헤아릴 수 없다고 하는 것이다. 인간이 저지른 죄 역시."

강연이 끝났다. 그는 천천히 책을 덮었다. 불이 켜졌다. 그의 목소리가 잦아들자 고요함이 강연장을 삼켰고, 이어지는 침묵에 두려움이 슬금슬금 기어오르려 했다. 한순간도 떨쳐 버리지 못한 공포가. 이번에는 청중이 한 몸처럼 일어서서 귀청이 떨어질 정도로 고함을 지르며 야유할지도 몰랐다. 그의 무능함과 평범함에 실망해서.

박수가 터지자 안도감이 혈관을 타고 온몸으로 퍼져 나갔다. 그에게 보내는 열광적인 박수소리가 애정이 깃든 포옹처럼 느껴졌다.

이번에도 잘해낸 것이다! 모든 이가 그에게 감탄했다.

그러자 호텔 방에 있는 미니바를 열고 쉬고 싶다는 생각이 간절해졌다.

그는 무대를 떠나기 전에 여인을 오랫동안 바라보았다. 나중에 대기실로 와요.

사서함에 세 개의 메시지가 남겨져 있었다. 첫 번째는 딸인 엘렌이 남긴 것이었다. 엘렌에게 전화하겠다고 약속해 놓고 잊어버렸다는 사실을 깨달았다. 두 번째는 아내인 루이세가 남긴 것이었는데, 엘렌에게 전화하지 않은 그에게 화가 난 듯했다. 마지막 세 번째는 마리안네 폴케손이라는 여자가 남긴 것으로, 예르다 페르손에 관해 이야기하고 싶다는 내용이었다. 그가 어릴 때 집에서 일했던 가정부. 늘 그 자리에 있었던 여자. 예르다와 연락한 지는 오래됐지만, 랑네르펠트사(社)에서는 아버지의 명령에 따라 오랜 세월 충직하게 일한 그녀에게 연금 차원의 돈을 매달 보내고 있었다. 그는 마리안네 폴케손의 전화번호를 적은 다음 딸의 휴대전화 번호를 누르려고 했다.

그때 조심스러운 노크 소리가 들렸다.

그는 휴대전화 폴더를 탁 닫고 문을 열었다.

노벨상 수상 따위는 더 이상 필요하지 않았다. 남은 무대에서는 그가 바로 스타였으니까.

오늘 밤은 홀로 보내지 않아도 될 터였다.

4

훌륭해.

잠이 깨서 눈을 떴을 때 가장 먼저 떠오른 말이었다. 그녀는 왜 그 말이 떠올랐는지 도무지 알 수가 없었다. '지쳤어'라든지 '썩어 가는군'처럼 불쾌한 느낌의 말이 떠올랐다면 덜 놀랐을 텐데, '훌륭해'라니. 오랫동안 입 밖으로 낼 일도 없었던 말이 아닌가.

루이세 랑네르펠트는 식탁에 앉아서 아침을 먹으며 딸이 학교 갈 준비를 하느라 법석 떠는 소리를 듣고 있었다.

가까이에서 보면 점진적인 변화는 정지한 상태와 똑같이 느껴지는 법이다. 멀리 떨어져서 봐야 비로소 붕괴가 진행되고 있다는 사실을 분명히 알 수 있었다. 그것이 붕괴의 속성이니까. 루이세는 더 이상 그 모습을 못 본 체할 수 없었다.

시간은 흐른다. 괜찮을지도 모른다. 더 안 좋아질 수도 있고. 그러나 더 이상은 그렇게 생각할 수 없었다. 곧 마흔세 살이 되면 인생의 절반을 보내 버린 셈인데, 세월이 얼마나 빨리 지나가는지 잘 아는 지금도 그럴 수는 없었다. 열두 살 난 딸을 보면 남은 인생이 얼마나 빨리 지나갈지 아플 정도로 생생하게 짐작할 수 있었다. 따라서 '훌륭해'라는 말은 주기적으로 필요할 뿐 아니라 진심에서 우러나와야 했다.

루이세는 또다시 음성사서함으로 넘어가는 소리에 한숨을 쉬면서 메시지를 남기지 않고 전화를 끊었다. 이제는 두 사람의 목소리가 너무 비슷해져서 남편을 시아버지로 착각하는 경우도 있었다. 그럴 때마다 오싹했다. 남편이 자신에게 시아버지만큼이나 낯선 사람이고, 앞으로도 죽 타인이나 다름없는 사람으로 남으리라는 데 생각이 미쳤기 때문이다. 뇌졸중으로 쓰러진 시아버지와 미리 친해지지 못한 것은 부분적으로는 자신의 탓인지도 몰랐다. 하지만 일부러 그런 것은 아니었다. 다른 사람들과는 정상적으로 이야기할 수 있었지만, 이상하게 악셀 랑네르펠트 앞에만 서면 움츠러들어서 꿀 먹은 벙어리가 되었다. 단어 하나하나를 너무 신중하게 고르다 보니 나중에는 할 말이 없어졌다. 또 겨우 용기를 내서 말할 때는 '뭐랄까?'와 '아마도요?'가 난무하는 부자연스러운 문장이 쏟아져 나왔고, 그나마도 대부분 딱 떨어지지 않는 의문문에 가까웠다. 급기야 시아버지가 찬찬히 살피는 시선으로 바라보면 저절로 입을 꾹 다물게 되었다.

루이세는 자신의 반응에 놀랐다. 고향인 후딕스발에서 떠나기만 하면 훨씬 나아질 거라고 생각했던 듯했다. 그녀는 집안의 첫 대학생이었다. 부모님은 루이세를 지지해 주었고, 그녀가 건방져졌다고 생각하는 사람들 앞에서 주저하면서도 딸을 두둔했다. 부모님의 집에서는 구체적인 것들에 관해서만 이야기했고, 말을 되도록 삼갔다. 생각은 마음속에만 간직해야 했고, 이야기하지 않으면 모든 것이 더 나아진다는 믿음에 따라 살아야 했다. 책은 교양 있는 사람들, 그러니까 교사나 의사나 사업가처럼 고상한 계층의 사람들이나 읽는 것이었다. 권력을 존중하는 태도는 대대로 물려받은 것으로, 삶의 자연스러운 일부였다. 타고난 분수를 지키는 것이 최선이라는 생각에 길들여진 부모님은 굳이 지평을 넓히려고 하지 않았다. 억울하다고 토로하는 일은 없었다. 같은 지역에 사는 다른 가족들과 워낙 끈끈하게 결속되어 있었기 때문에, 힘든 시기에도 어떻게든 서로 도우면서 살았다. 그리고 주말에는 에너지를 재충전하기 위해 술잔치를 벌였다. 하지만 말을 잘하는 사람들 앞에서는 늘 기가 꺾여서, 사친회 모임에 나가거나 의사에게 진찰받으러 가면 고개를 푹 수그린 채 모자를 손에 들고 있기가 일쑤였다. 그밖에도 자신의 처지에 만족할 수 없다는 듯, 원래 출신 계층에서 벗어나려고 애쓰는 사람은 누구든 배신자로 여겼다. 부모님과 고향 사람들에게 작가는 신비로운 존재이자 거리감이 느껴지는, 고상한 불가사의였다. 그들은 마술사라도 되는 것처럼, 평범한 이들이 이해하지 못하는 것들을 이해하고 잡을 수 없는 것을 잡으며 아무도 보지 못하는 것을 묘사하기 때문이었다.

루이세는 결혼해서 성이 랑네르펠트로 바뀌었을 때 스스로 얼마나 자랑스러워했는지 기억했다. 친구들은 그녀의 시아버지 이야기가 나올 때마다 꿈꾸는 듯한 표정을 지으면서 귀를 쫑긋 세웠다. 그러나 루이세가 상반되는 감정을 드러내면서 심드렁한 반응을 보이면, 질투가 나서 그러는 거려니 하고 그녀의 이야기를 믿으려 하지 않았다. 국보급 인물인 악셀 랑네르펠트의 험담을 듣고 싶어 하는 사람은 아무도 없었으니까. 그는 선과 악에 관한 지혜로 놀라운 이야기를 조각해 내는 사람이었다. 루이세는 자신의 느낌을 이야기하는 대신 악셀 랑네르펠트의 추종자 무리에 합류하는 척했다. 그렇게 하는 것이 더 편했기 때문이다. 사실은 대작가에게 느끼는 엄청난 외경심 때문에 말문이 막혀서 시아버지와 친해지지 못했지만. 그러나 이제 벙어리가 된 사람은 시아버지였고, 그녀는 때때로 일종의 해방감을 느꼈다. 물론 그런 사실을 드러내 놓고 인정할 생각은 절대 없지만.

"이제 갈게요."

루이세는 식탁에서 일어나 실내용 가운의 허리띠를 조였다.

"잠깐만!"

"10분 안에 도착해야 돼요."

그녀는 아파트를 가로질러 급히 뛰어가 현관에서 딸을 따라잡았다. 그리고 재빨리 포옹한 뒤 재킷 지퍼를 올려 주었다.

"자, 안녕. 일곱 시였지? 아빠가 전화하셨니?"

"아뇨."

루이세는 침을 꿀꺽 삼키고 미소 지으려 애썼다.

"분명히 오실 거야."

엘렌은 대답하지 않았다. 문이 닫히자 루이세는 홀로 남겨졌다. 그녀는 눈을 감고 일을 이 지경으로 만들어 버린 데 한몫한 자신을 저주했다. 자신의 고통은 딸의 눈에 비친 것에 비하면 아무것도 아니었다. 주목받고 싶은 마음, 아빠가 한 번만이라도 자신을 봐 주길 바라는 딸의 마음에 비하면.

* * *

그들은 13년 전에 처음 만났다. 당시 루이세는 서른이었고 얀-에리크는 서른일곱이었다. 그녀는 그때부터 2년 전, 8년 동안 연애하면서 영혼의 짝이라고 생각했던 남자친구에게 버림받았다. 그리고 나니 생리적으로는 아무 문제가 없었는데도 버림받았다는 슬픔과 수치심 때문에 신중해졌다. 얀-에리크를 만난 것은 바로 그때였다. 그는 위대한 참사랑은 전광석화처럼 찾아온다는 말을 증명이라도 하듯 열렬하게 구애했다. 루이세는 그의 결연한 태도에 압도당했다. 얀-에리크는 그녀에게 사 주는 것이라면 아무리 비싸도 개의치 않았고, 그녀를 만나기 위해서라면 아무리 멀리 있어도 한달음에 달려왔으며, 그녀의 목소리를 들을 수 있다면 아무리 오래 통화해도 괜찮다고 생각하는 듯했다. 그렇게 열렬히, 아니 거의 맹렬하다고 할 정도로 그녀를 갈구했다. 의심의 여지가 전혀 없이, 100미터 달리기에서 전력 질주하는 것처럼. 그녀는 그의 성급함을 진정한 열정의 증거라고 생각했다. 얀-에리크와 함께한 날들은 놀라움의 연속이었고, 그는 밤마다 그녀에게 꼭 붙어서 잤다. 그렇게 붙어 있지 않으면 그녀가 사라지기라도 할까 봐 두려워하는 아이처럼. 루이세는 그의 열정적인 헌신에 현기증을 느꼈고, 처량하게 버림받은 과거에서 벗어나 얀-에리크 랑네르펠트가 살아가는 세계의 중심이 되었다는 확신에 기운을 되찾았다.

그리고 얀-에리크와 만난 지 1년이 조금 넘었을 때, 엘렌이 태어났다.

루이세는 엘렌을 낳고 나서야, 자신에게 구애하던 얀-에리크의 태도가 예비 구매자에게 낡아빠진 집을 팔려고 혈안이 된 부동산 중개업자의 태도와 다르지 않았다는 사실을 깨달았다.

그녀는 욕실로 들어가서 샤워기 물을 틀고, 적당히 따뜻한 바닥에 서서 손을 샤워기 아래로 내민 채 물이 따뜻해지기를 기다렸다. 욕실은 최근에 수리를 마쳤다. 얀-에리크는 그녀에게 뭐든 하고 싶은 대로 하라고 했다. 루이세는 둘이 함께 의논해서 결정하고 싶었지만, 그는 너무 바빠서 의논할 시간을 내지도 못했다. 그의 취향을 알아서 반영하고 싶어도 아는 것이 없어 어쩌지를 못했다. 그들의 생활은 악순환의 연속이었다. 여기저기 지출되는 비용을 감당하려면 얀-에리크가 일을 더 많이 해야 했지만, 그가 일을 많이 할수록 지출로 빠져나가는 비용도 점점 더 많아지는 듯했다. 루이세는 특별히 주문해서 수건걸이 위에 붙여 놓은 세 개의 이름표를 바라보았다. 엘렌, 얀-에리크, 루이세. 상황을 잘 파악하지 못했다면, 세 사람이 한 가족으로 묶여 있다고 생각했을지도 모르는 일이었다.

그녀는 가운을 걸어 놓고 샤워기 아래 섰다.

얀-에리크는 그녀를 매력적인 상품이라고 생각했는지도 모른다. 루이세는 그가 자신의 인생에 뛰어들었을 때 아주 잠깐이지만 명성을 맛본 참이었다. 적어도 고급문화의 세계에서 흔하디흔한 스포트라이트를 직접 받아 보았으니까. 나중에 알게 된 사실이지만, 그에게는 그 세계에 속하는 것이 무엇보다 중요한 일이었다. 전 남자친구에게 비참하게 차인 사건은 자신의 이야기를 글로 쓰는 계기가 되었다. 그 전에는 자신이 글과 인연이 있다고 생각해 본 적이 한 번도 없었지만, 쓰라린 이별을 겪고 나니 왠지 글을 쓰고 싶었던 것이다. 그리고 순간이나마 자신감이 넘칠 때 노고의 결과물을 편집자에게 보냈다. 그녀의 시 모음은 대번에 주의를 끌었고, 이제는 누렇게 바랜 문화면 기사에서 아낌없는 찬사를 받았다. 평론가들은 심상치 않은 데뷔라느니, 전도유망한 신인이라느니 하면서 그녀를 한껏 추어올렸다. 그러나 지난 13년 동안 루이세의 존재와 글솜씨는 완전히 잊혔다. 그녀는 순진하고 멍청하게도, 새로운 성(姓)이 자신의 문학적인 야망을 성취하는 데 도움이 되리라고 착각했던 것이다. 그녀의 시는 악셀 랑네르펠트라는 이름을 에워싼 블랙홀에 빨려들어 갔고, 대형 신인으로 주목받던 그녀는 무대의 가장자리로 쫓겨나게 되었다.

루이세는 수도꼭지를 잠그고 손을 내밀어 수건을 집었다. 물기를 닦아 내고 나서 보습 로션을 꼼꼼하게 발랐다.

뒤늦은 깨달음이지만, 인생의 다양한 우여곡절을 알아차리기란 어려운 일이었다. 또 사소해 보이는 한 걸음 한 걸음을 내딛는 가운데 어느 것이 자신을 현재의 상황으로 이끌었는지 구별하는 것도 어렵기는 마찬가지였다. 그녀는 신문에서 자신의 이름이 사라지면서 얀-에리크의 관심도 함께 사라졌다고 생각했다. 그는 일종의 트로피, 즉 랑네르펠트가의 거실을 장식할 만한 뭔가를 찾았던 것인지도 모른다. 그런데 그녀의 재능은 그 실체를 드러내면서, 고상한 마호가니 책꽂이와 어울리지 않는다는 점을 입증한 것이다. 한때 얀-에리크 랑네르펠트는 그녀가 살아가는 세계의 중심이었다. 그랬던 그녀가 결국은 랑네르펠트 왕국의 관리인으로 좌천되었다.

루이세는 거울에 비친 자신의 가슴을 보았다. 둥글고 크기도 딱 적당했다. 그녀가 늘 원하던 모습 그대로였다. 흉터는 더 이상 보이지 않았다. 친구의 남편이 성형외과 의사라서 저렴한 가격으로 수술을 받았지만, 얀-에리크는 그녀가 가슴을 수술했는지도 몰랐다. 뭐하러 이야기하나? 옆집 사는 꼬마가 기니피그에 별 관심이 없는 것처럼 얀-에리크도 그녀의 가슴에 별 관심이 없는데. 어쩌면 아예 무관심할지도 모르고.

처음에는 이렇지 않았다. 분위기에 이끌리면 그들은 거실 카펫 위에서든, 식탁 위에서든 가리지 않고 열정적으로 사랑을 나누었다. 얀-에리크는 환상적인 애인이었다. 그녀의 기쁨과 만족을 위해서라면 자신의 욕구도 서슴없이 제쳐두는 놀라운 남자였다. 그녀가 답례라도 하려고 하면 발 빠르게 선수 치는 사람이었다. 그 당시 얀-에리크는 자신의 기쁨보다 그녀의 기쁨을 더 즐기는 것처럼 보였다. 그는 서커스 단장처럼 솜씨 좋게 기교를 부렸고, 그녀는 오르가슴이 그를 진심으로 사랑하는 증거라고 생각하게 되었다. 쾌락에 푹 빠진 루이세는 자신의 욕망을 부끄러워하는 지경에 이르렀다. 그러나 시간이 지날수록 대화가 뜸해지고 짧아지면서 섹스 횟수와 관계없이 그가 점점 멀어지는 것을 느꼈고, 마침내는 그들이 섹스할 때만 대화한다는 사실을 깨닫게 되었다.

루이세는 얀-에리크와 그 문제에 관해서 이야기해 보려고 했지만 소용이 없었다. 일상적인 대화가 어려운 정도였으니 섹스에 관한 대화는 아예 가망이 없었다. 그들이 부끄러움을 잊고 열중했던 행위에 명분이라고 할 만한 것이 없었던 것처럼. 그는 그녀가 머뭇거리면서 섹스를 거부하면 자신의 테크닉이 시원찮았다는 비판으로 받아들이고, 대화가 아닌 또 한 번의 섹스로 그렇지 않다는 것을 증명하려 했다. 그러던 어느 날 저녁, 그의 성기가 발기하지 않았다. 루이세는 괜찮다고, 그냥 당신을 꼭 껴안고 싶을 뿐이라고 이야기했지만,

그를 위로하지는 못했다. 매 맞은 개처럼 뒤로 물러나 자기 사무실로 들어가던 얀-에리크의 눈에서 분노가 타오르던 모습이 아직도 생생했다. 그 뒤 몇 개월은 여러 모로 침묵의 시간이었다. 처음에는 단순히 두 사람에게 도움이 될 법한 말을 찾지 못했을 뿐이라고 생각했지만, 얼마 지나지 않아 그런 말 따위는 애초에 있지도 않았다는 걸 깨달았다. 루이세는 사실상 얀-에리크를 안다고 할 수도 없었으면서 섹스할 때 느낀 친근감을 사랑이라고 착각했던 것이다. 그녀는 그가 돌아오길 하염없이 기다렸다. 하지만 눈에 띄게 자신을 꺼리면서 시큰둥하게 구는 그의 태도에 절망할 수밖에 없었다. 루이세는 온갖 방법을 다 써 보았다. 저녁 식사를 할 때 촛불을 켜서 낭만적인 분위기를 연출하기도 했고, 아름다운 옷을 입어 보기도 했고, 영화관에 같이 가기도 했다. 그러나 그 어떤 것도 두 사람의 벌어진 사이를 좁히지 못했다. 루이세의 시도는 번번이 실패해서 문제만 악화시켰고, 두 사람은 점점 멀어지기만 했다. 마침내 루이세는 희망을 버렸다. 그런데 시부모와 저녁 식사를 함께한 어느 날 밤, 얀-에리크가 갑자기 침대 위 그녀의 옆자리로 기어올라 왔다. 그는 아무 말 없이 침대 머리맡 전등을 끄고, 술기운에 서투르게 그녀를 더듬다가 몇 번의 거친 몸놀림으로 절정에 이르렀다.

그때가 마지막이었다. 그날 밤 이후로 11년이라는 세월이 흘렀다.

루이세는 새로운 생활방식에 맞춰 자신의 기대치를 조정했다. 그리하여 정말 어쩔 수 없을 때 가볍게 어깨를 두드리는 정도의 스킨십도 육체적 친밀함의 범주에 포함시키게 되었다.

그녀는 거울에 비친 자신의 알몸을 바라보았다. 좀 더 나이 들고 성숙했지만, 수술과 부지런한 운동으로 잘 관리한 몸이었다.

그러나 아무도 원하지 않는 몸.

하루하루 지날수록 그녀의 욕망은 점점 더 걷잡을 수 없어졌다. 강렬한 열정을 한 번 더 느끼고 싶었다. 칼날 위에서 아슬아슬하게 균형을 잡는 그 순간, 살아 있다는 사실을 온몸으로 느끼는 그 순간을 다시 한 번 맛보고 싶었다.

루이세는 손으로 가슴을 받치고 눈을 감았다. 내어줄 수 있기를. 열정의 생명력에 휩쓸려서 몸을 내맡길 수 있기를. 그리고 든든한 품에 안겨 쉬면서 내가 충분히 매력적이라고 확신할 수 있게 되기를.

활기차게 걸어온 그녀는 정확히 10시에 뉘브로가탄에 있는 부티크 루이세의 문을 열었다. 부티크는 랑네르펠트사 소유였다. 그것은 루이세의 글쓰기 재능이 발현되었을 때와 마찬가지로 갑자기 사그라져 버린 7년 전에 얀-에리크가 아버지 악셀의 허락을 받아 마련해 준 것으로, 근처에 사는 부유층 고객들을 위한 고가의 디자이너 의류를 파는 가게였다. 루이세는 자신에게 기대되는 생활방식을 받아들이려고 애썼지만, 그럴수록 영혼은 피폐해져 가기만 했다. 엘렌을 낳기 전에는 정보 기술 토목기사로 훈련받았는데, 출산휴가가 끝나니 복귀할 엄두가 나지 않았다. 컴퓨터 분야의 빠른 발전 속도를 따라잡을 수가 없었기 때문이다. 게다가 얀-에리크가 부티크를 운영하는 것이 더 낫다고 생각했기에, 자신도 덩달아 그렇게 생각했는지도 몰랐다. 얼마 지나지 않아 현실은 그렇지 않다는 것을 깨달았지만. 부티크 운영은 사치스러운 취미였다. 물건이 거의 팔리지 않아서 가계에 별로 보탬이 되지도 못했다. 그러나 적어도 그녀에게 할 일이 없지는 않았으므로, 얀-에리크는 떳떳하게 자신의 일에 열중할 수 있었다. 루이세가 그에게 일을 너무 열심히 한다고 지적하면, 그는 늘 가게를 꾸려 나가려면 어쩔 수 없다고 대꾸했다. 그녀는 얀-에리크와 랑네르펠트사에 완전히 의존하고 있었다.

루이세는 계산대 뒤쪽 벽감에 코트를 걸고 휴대전화를 꺼냈다. 얀-에리크는 아직도 연락이 없었다. 오늘 저녁에 딸이 공연한다고 메시지를 남겼는데도. 그녀는 한숨을 쉬고는 시어머니 알리세 랑네르펠트에게 전화를 걸었다. 신호음이 오랫동안 울렸다. 이상한 일은 아니었다. 시어머니는 가끔씩 혈관 경련으로 고생했는데, 의사가 아침마다 위스키를 한 잔씩 마시면 좋다고 했다고 주장했다. 루이세는 의사가 말한 한 잔이 얼마나 되는지는 몰라도, 시어머니의 한 잔은 엄청난 양이라는 사실 정도는 알았다. 신호음이 열두 번 울렸을 때 알리세 랑네르펠트가 전화를 받았다.

"알리세 랑네르펠트입니다."

"안녕하세요, 루이세예요. 오늘은 기분이 좀 어떠세요?"

수화기 저편에서는 묵묵부답이었다. 루이세는 자신의 단어 선택을 후회했다. 답을 이미 알고 있었으니까.

"괜찮아, 고맙다. 만날 비슷하지."

루이세는 시어머니가 같은 레퍼토리를 반복하기 전에 서둘러서 용건을 꺼냈다.

"오늘 저녁에 엘렌이 학교에서 공연을 해요. 같이 가실 생각이 있나 해서요."

"오늘 저녁에?"

"네. 일곱 시예요."

오랫동안 침묵이 흘렀다. 시어머니의 거친 숨소리가 들려왔다. 이윽고 루이세가 예상한 질문이 뒤따랐다.

"아범은 가니?"

"그이가 제때 집에 도착할지 모르겠어요. 어제 예테보리에서 강연이 있었거든요. 기차 타고 오면 오후나 저녁 때쯤 도착할 것 같아요."

루이세는 그렇게 대답하면서도 자신이 왜 시어머니에게 진실을 말하지 않는지 궁금했다. 왜 늘 본능적으로 남편을 두둔하게 되는 걸까? 알리세와 대면할 때마다 머릿속의 스위치가 켜지는 듯했다. 교활한 공격을 피하는 동시에 자신이 이런 삶에 어울린다는 점을 증명하려면 겉치레라도 유지해야 했으니까. 시아버지와의 관계가 '무(無)'였다면, 시어머니와의 관계는 훨씬 격했다. 초기에 노골적으로 불쾌감을 드러내던 시어머니는 몇 년이 지나자 하는 수 없이 아들과 루이세의 결혼을 인정했다. 그래도 그것이 무반응보다는 나았다. 진심으로 인정받고 싶은 바람이 간절했으니까. 루이세는 단순히 랑네르펠트가의 후광을 입는 데서 그치지 않고 가족의 진정한 일원이 되고 싶었다.

알리세 랑네르펠트는 잠시 아무 말도 하지 않다가, 오후에 다시 전화하라고 했다.

예상대로 안-에리크는 공연을 보러 오지 않았다. 예전에 수도 없이 그랬던 것처럼 딸이 기대에 가득 차서 객석을 훑어보았을 때, 간절한 눈으로 아빠를 찾았을 때, 비어 있는 아빠의 자리를 보고 풀이 죽었을 때, 엄마인 루이세의 마음은 분노로 불타올랐다. 애써 배신감을 누그러뜨리고 실망한 딸을 달래야 한다고 생각하니 괴로웠다. 분노와 무력감 때문에 공연에 집중할 수가 없었다.

이렇게 살 수는 없었다. 정말로. 다시 '훌륭해'라고 말하고 싶다면 이렇게 살아서는 안 되었다.

* * *

그는 11시가 다 되어서야 나타났다. 엘렌은 자러 갔고, 루이세는 부두가 보이는 창가에서 안락의자에 앉아 독한 술을 마시고 있었다.

"안녕!" 현관에서 명랑한 목소리가 들려왔다.

이미 침대에 누워 있었다면, 그래서 등을 돌린 채 어둠 속에 숨어서 그를 보지 않아도 되었다면 얼마나 좋았을까. 루이세는 자신의 현재 모습에 완전히 질려 버렸다.

발걸음 소리가 점점 가까워졌고 곧 안-에리크가 거실에 나타났다. 피곤해 보였다. 얼굴이 부어 있었다.

"안녕."

"안녕."

루이세는 눈을 내리깔고 의자 팔걸이에서 있지도 않은 보풀을 서둘러 떼어 냈다.

"엘렌 공연에 못 가서 미안해. 기차가 늦었어."

"기차 운이 없나 보네요. 강연은 어제인 줄 알았는데."

그는 술병들이 놓여 있는 자그마한 금박 테이블로 다가가서, 루이세에게 등을 돌린 채 위스키를 따랐다. 안-에리크는 요즘 들어 점점 더 자주 술을 마셨다. 밤에 화장실에서 나와 침실로 돌아가면 그가 내뿜는 술 냄새를 확연히 맡을 수 있었다. 하지만 그녀 자신도 술잔을 들고 있었던지라 그에게 뭐라고 하기도 멋쩍었다.

"오늘 예테보리에서 몇몇 회사와 회의가 잡혀 있었어. 소말리아 진료소 기금 모금 때문에. 집엔 별일 없어?"

"무슨 진료소?"

얀-에리크는 놀라서 그녀를 돌아보았다.

"몰라? 작년에 설립한 진료소 있잖아."

"몰라요. 당신이 말해 주지 않는데 내가 무슨 수로 알겠어요?"

딱딱하고 가시 돋친 목소리였다. 루이세는 자기 안으로 스며든 씁쓸함이 싫었다. 너무나도 천천히, 조용하게 스며들어 완전히 뿌리를 내린 뒤에야 알아차린 그 씁쓸함이.

"그렇다면 미안하군. 말한 줄 알았는데. 아님 당신이 관심 없을 거라고 생각했든가."

루이세는 창밖으로 교회 탑을 향해 서 있는 나무들 너머를 바라보았다. 얀-에리크의 말은 사실이었다. 루이세는 랑네르펠트 재단에서 하는 일에 별로 관심이 없었다. 식구들이 재정적으로 얀-에리크의 일에 의존하고 있다는 점과 그의 일이 유용하다는 점은 그녀도 알았다. 그가 악셀의 이름으로 설립한 재단과 고아원 덕분에 먼 타지의 생명이 구원받고 있다는 점도. 그러나 그의 일에 관심을 보이는 것은 자기를 고문하는 사람이 정당하다고 인정하는 것과 마찬가지였다. 늘 거부당하는 것, 다시 말해 다른 무언가가 자신과 엘렌보다 언제나 더 중요하고 우선이라는 생각을 당연하게 받아들이는 꼴이었다. 어쩌면 자신이 이기적인 여자일 수도 있었다. 그렇지 않다면 대의를 위해 자신과 엘렌을 희생할 수 있었을지도 모르니까. 하지만 루이세는 그렇게 훌륭한 사람이 아니었다.

"어머님께 공연에 함께 가고 싶으시냐고 물어봤어요."

"잘했네."

"그런 거 아녜요. 어머님을 위해서가 아니라 엘렌을 위해서였으니까. 그런데 못 간다고 하셨어요. 다리에 경련도 일어나고 엉덩이도 안 좋고 이명증도 있어서 집에 계셔야겠다고요."

얀-에리크는 잔에 남은 위스키를 쭉 들이켠 다음 한 잔을 더 따랐다.

"어머니껜 쉬운 일이 아냐. 올해로 여든이 되셨잖아. 다음에는 우리 셋 다 갈 수 있길 바라야지."

루이세는 다시 창밖을 바라보았다. 이곳이 아니라 길 건너편에 있는 건물의 유리창 안쪽에 있길 바라면서.

"그래요, 그러면 좋겠네요. 랑네르펠트가의 맹습이 되려나. 엘렌은 공연을 봐 주러 오는 사람들이 가장 적은 아이라는 명성에서 단 한 번이라도 벗어날 수 있다면 아주 좋아할 거예요."

루이세는 입 밖으로 나오는 음절 하나하나가 혐오스러웠다. 그런 식으로 말할 권리가 있다고 생각하는 것을 유일한 위안으로 삼게 된 자신이 싫었다. 사실 그녀가 내뱉는 말은 아무 의미도 없었다. 그저 좌절감을 발산하는 수단일 뿐. 루이세는 얀-에리크가 현관에 신발을 가지런히 벗어 놓지 않는다고, 식기세척기에 그릇을 아무렇게나 놓는다고, 소파 위 쿠션을 제자리에 두지 않는다고 투덜거렸다. 그런데 너무나 얄밉게도, 얀-에리크는 그녀의 도발에 걸려들지 않았다. 그는 엘렌의 컴퓨터 게임에 등장하는 무적의 캐릭터처럼, 치명적인 공격을 당하고도 상처받지 않고 일어서서 얼마든지 더 받아 주겠다고 말하는 듯했다. 루이세는 그의 침착한 태도에 미칠 지경이었다. 그만큼 자신이 중요한 존재가 아니라는 뜻이었으니까.

그는 빈 위스키 잔을 유리 테이블 위에 내려놓았다.

"나 이제 자러 갈게. 내일 어머니 만나야 해. 예르다 페르손이 죽었거든."

"아, 그래요? 예르다 페르손이 누군데요?"

얀-에리크는 잠시 놀란 듯했다.

"옛날 우리 집 가정부."

예르다 페르손. 루이세는 한 번도 들어본 적 없는 이름이었다.

"위원회 사람이 전화해서 장례식 문제를 의논하고 싶다고 했어. 우리가 예르다의 가장 가까운 지인인 것 같아. 아니면 가장 가까웠던 지인이든가. 예르다는 내가 어렸을 때 내내 우리 가족의 일원이나 마찬가지였어. 1979년인가 1980년까지 있었던가. 그러니 능력껏 도와달라고 하는 것도 무리한 부탁은 아니지. 어머니가 나보다 예르다를 잘 아시니까, 가서 이야기해 보려고."

얀-에리크가 방에서 나간 뒤 곧 화장실 문이 닫히고 잠기는 소리가 들렸다. 마치 루이세가 불쑥 쳐들어가서 그를 공격하기라도 할까 봐 두려워하는 모양새였다.

루이세는 낯선 남자와 살고 있었다. 예르다 페르손은 그가 어렸을 때 내내 한집에서 살았다. 그런데 얀-에리크는 한 번도 그 이름을 언급하지 않았다. 루이세를 그의 삶에서 성공적으로 밀어냈다는 또 다른 증거였다. 현재의 삶과 과거의 삶에서 모두. 그뿐만이 아니었다. 루이세는 남편이 미래의 삶을 어떻게 그리고 있는지도 알지 못했다.

루이세의 삶은 두 부분으로 나뉘어 있었다. 하나는 자신의 꿈을 되찾으려는 열망으로 가득했고, 다른 하나는 얀-에리크의 철두철미한 무관심을 포함한 현재의 모든 상황에 느끼는 비통함으로 가득했다. 그리고 그 두 개의 맷돌 사이에서, 모든 것이 고운 먼지로 갈려 그녀의 삶에 천천히 내려앉고 있었다. 물론 벗어날 길은 있었다. 이미 많은 사람들이 그 길을 선택했다. 최근에는 이혼율이 너무 높아진 나머지, 식료품 가게에서 이사용 포장상자를 구하기 위해 대기표를 받아야 하는 지경에 이르렀다. 그러나 '정말 하고 싶어'와 '할 거야' 사이에는 건너야 할 커다란 틈이 있었다. 루이세에게 그 틈의 일부는 엘렌이었다. 어떻게 딸에게 그토록 많은 영향을 미칠 결정을 내릴 수 있단 말인가? 또 다른 틈은 돈이었다. 루이세의 생활에서 값나가는 것은 모두 랑네르펠트사에 속했고, 그 주인은 여전히 악셀 랑네르펠트였다. 아파트, 자동차, 가게 모두. 따라서 그녀는 이혼과 동시에 궁핍해질 터였다. 시아버지가 살아 있는 동안에는. 루이세는 유산이 분배되는 날 자신의 상황도 달라지리라는 사실을 최근 들어 점점 더 자주 생각하게 되면서, 비통함 아래 숨어 있는 것의 정체를 감지하기 시작했다. 그것은 종종 거친 손을 불쑥 내밀어 그녀를 움켜쥐었다. 용서받지 못할 결혼 실패에 대해 느끼는 엄청난 슬픔이 그 손의 주인이었다.

결정적인 변화가 일어나지 않는 한, 시아버지가 세상을 떠난 직후 이혼하는 일만이 유일한 탈출구가 될 터였다.

아니면 이대로 살면서 '훌륭해'라는 단어를 의식에서 영원히 뿌리 뽑든지.

5

얀-에리크는 잠자는 것처럼 들리도록 숨 쉬는 법을 터득했다. 잠옷 차림으로 2인용 침대의 자기 자리에 누운 그는 연이어 들려오는 소리에 귀를 기울였다. 루이세가 맨발로 오크나무 쪽마루를 가만가만 걸어와서 실내용 가운을 걸어 놓고 침대 가장자리에 앉아 목걸이를 풀고 반지와 귀고리를 빼서 내려놓는 소리. 장신구가 침대 옆 테이블 위에 놓인 커다란 유리용기에 닿으면서 달그락거리는 소리. 루이세가 서랍을 열어 보습 로션 뚜껑을 여는 소리. 마지막으로 로션을 손에 조심스럽게 문지르는 소리. 밤이면 밤마다 똑같은 일과가 반복되었다. '지루함'이라는 단어를 영상으로 보여 준다면, 이보다 좋은 예는 없을 것이다.

전날 밤에 푹 자지 못했는데도 여전히 잠이 오지 않았다. 심장이 불쾌할 정도로 쿵쾅거렸다. 침대를 몰래 빠져나가 위스키를 한잔 더 마시고 싶었다. 게다가 이번에도 엘렌의 공연을 보러 가지 못했다는 사실에 죄책감도 느꼈다. 루이세야 그렇게 생각하지 않겠지만. 일부러 그런 것은 아니었다. 좀 더 일찍 기차에 타려고 했으니까. 하지만 그 여자가 몇 시간만 더 있어 달라고, 오늘은 출근하지 않아도 된다고 하는 바람에 저항할 수가 없었다. 여느 때처럼 판단력은 가랑이 사이로 미끄러져 내려갔고, 그는 두어 시간 동안 여자를 황홀경에 빠뜨려 흐느끼게 한 자신의 능력에 만족을 느꼈다. 그러나 모든 것이 끝나는 순간, 자기혐오가 만족감을 완전히 밀어냈다. 혐오감이 너무 강렬해서 마치 여자의 몸에 갑자기 촉수가 돋아나는 광경이라도 목격한 것 같았다.

어쨌든 그는 기차를 놓쳤다.

루이세의 숨소리가 깊어지자 얀-에리크는 그녀가 잠들었다고 생각했다. 그러나 어쩌면 그녀도 자신처럼 잠든 척하는 재주가 있을지도 몰랐다. 두 사람은 사실 각방을 써야 했다. 그러면 적어도 저녁에 조용히 책이라도 읽을 수 있을 테니까. 하지만 그러려면 먼저 솔직히 터놓고 이야기해야 했는데, 드러내 놓고 대립하기는 싫었다. 말다툼을 하다 보면 처음 의도와는 달리 다른 일까지 전부 끌어들이게 되기 십상이었다. 너무 위험했다.

그가 느끼는 죄책감은 이루 말하기 어려웠다. 사실 그렇게 자주 여행하지 않으면 집에 있는 시간을 도저히 견딜 수 없을 지경이었다. 그런데 집에 돌아올 때면 묘하게 안심이 되기도 했다. 양심의 가책으로 눈물이 터져 나오기 일보직전인 상황에서, 그 무엇보다도 루이세와 다시 잘 지내기를 바랐다. 권투선수의 샌드백이 주먹 하나하나를 묵묵히 받아들이듯, 루이세의 냉소를 기꺼이 견디려 했다. 이제는 완전히 달라지리라고 맹세한 적이 도대체 몇 번이던가. 더 나은 사람이 되고, 술도 적당히 마시고, 바지 속 물건도 잘 간수하겠다고 맹세한 적이. 그러나 그런 선의도 얼마 지나지 않아 온몸을 휘감아 오는 불안을 잠재우지 못했고, 몸속의 근질거리는 느낌을 가라앉히지 못했다. 그럴 때마다 바깥으로 나가면 모든 것이 다시 시작되었다. 자신이 아는 유일한 위안거리가.

얀-에리크는 침대 옆 테이블에 놓인 잔을 들어 물을 한 모금 마셨다. 가로등 빛줄기가 베니션 블라인드 틈새로 들어와 침대 건너편까지 파고들었다. 그는 자신에게 등을 돌린 채 자고 있는 듯한 루이세를 보았다.

13년 전, 그는 확신했다. 짧은 만남과 하룻밤 사랑을 수도 없이 반복한 끝에, 그토록 찾아 헤매던 여자를 만났다고. 고통스럽기만 한 공허함을 날려 버리고 자신을 온전하게 채워 줄 여자를 찾았다고. 그는 전에도 노력해 보았지만 과거의 여자들은 기대에 미치지 못했다. 그러나 이번에는 모든 게 다를 것이다. 그는 지금까지 계속된 삶의 방식에 질렸고, 시간이 흐를수록 자신을 애처로운 눈으로 바라보는 젊은 여자들이 많아지는 것을 느꼈다. 서른일곱. 이제는 때 늦은 사춘기 반항, 스물한 살에 미국에서 돌아왔을 때 시작한 반항을 끝낼 시기였다. 술집에서 보낸 밤, 마약, 손에 들어온 만큼이나 빠르게 써 버린 돈. 아침에 일어났을 때 옆자리에 누워 있던 낯선 여자들. 아침 햇살 아래서 본 여자들은 그 누구도 전날 밤 취한 상태에서 본 것처럼 매력적이지 않았다. 루이세는 그에게 필요한 갑옷이 되어 주리라. 그녀는 그가 삶의 체계를 세우도록 이끌어 주고, 마침내는 얀-에리크 랑네르펠트가 그 유명한 성(姓)의 그림자에 숨어서만 지낼 사람은 아니라고 증명해 줄 것이다. 그녀는 완벽하게 맞아

떨어졌다. 스타일 좋고, 아름답고, 유명한 시인이지 않은가. 아버지도 감탄할 것이다. 물론 어머니야 만족하는 법이 없겠지만.

그는 조심스레 이불을 밀치고 주의 깊게 루이세의 등을 살피면서, 그녀를 깨우지 않으려고 극도로 천천히 일어났다. 루이세는 움직이지 않았다. 그는 가운을 입고 등 뒤로 가만히 문을 닫았다. 얀-에리크는 삐걱거리는 마루를 소리 내지 않고 지나가는 법을 터득했다. 살짝 열려 있는 엘렌의 방문 틈새로 라바 램프의 빨간 불빛이 보였다. 그는 잠시 멈춰 서서 엘렌을 바라보았다. 이상하게도, 아이가 잠잘 때면 자신이 느끼는 사랑을 표현하기가 훨씬 더 쉬웠다. 그는 미끄러져 내려온 이불을 살그머니 덮어 준 뒤 다시 움직였다.

위스키 병은 자기 방에 꽂혀 있는 책 뒤에 숨겨져 있었다. 그는 누군가가 오면 소리를 들을 수 있게 문을 열어 두고는 위스키를 병째로 몇 모금 들이켰다. 그리고 사업 관련 우편물을 훑어보았지만 뜯어 보지는 않았다. 두 통은 팬레터 같았다. 아버지는 여전히 매주 두어 통 정도 팬레터를 받았다. 얀-에리크는 대개 사진 한 장을 첨부하고 악셀의 서명이 새겨진 고무도장을 찍어 답장했다.

그는 화장실에서 이를 닦아 조심스레 알코올 냄새를 없앴다. 그런 다음 휴지를 조금 적셔서 화장실 거울에 남은 흰 얼룩을 닦아 냈다. 잔소리를 듣지 않기 위한 간단한 조치였다.

그러고는 다시 침대로 기어들어 갔다.

처음에는 모든 것이 순조로웠다. 그녀는 결코 질리지 않는 여자였다. 처음으로 다른 여자를 곁눈질할 틈도 없이 자석처럼 눈길을 잡아끄는 여자를 만났다고 생각했다. 루이세는 얀-에리크에게 커다란

열정이었다. 신비에 싸인 그녀가 처음에 그의 접근을 거절하자 그는
미치기 일보직전이었다. 소용돌이에 스스로 뛰어든 느낌이었다. 그
녀의 모든 것이 그의 열정에 불을 지폈다. 그는 항상 루이세 곁에 머
물고, 그녀가 잠자코 있을 때 무슨 생각을 하는지 알고, 그녀의 향
기를 맡고, 그녀와 사랑을 나누고 싶었다. 그녀를 꼭 붙잡고 결코 놓
지 않으려 했다. 그리고 드디어 그녀가 항복했다.

이번에는 적이 좀 더 오래 버텼다. 적은 때때로 주위를 서성이다
가 물러났다. 얀-에리크는 마침내 자신이 이겼다고 믿었다. 적이 천
천히 그러나 확실히 숨통을 조여 그를 다시금 포위한 줄도 모른 채.
루이세는 점점 더 많은 것을 요구하면서 자리를 너무 많이 차지하
기 시작했다. 그는 갈수록 루이세의 영향력을 약화시키고 싶어졌다.
그녀는 전혀 생각지도 않은 때 전화했고, 촛불을 켜고 분위기 있게
저녁 식사하는 도중에 심문하듯 비밀을 캐물었으며, 묻지도 않았는
데 자신의 비밀을 털어놓았다. 또 작은 선물과 깜짝 이벤트를 준비
해서는 그에게 고마워하라고 강요했다. 그가 침실에서 솜씨를 보여
줄 기회를 얻기 위해 하루하루 헤쳐 나가야 할 사소한 일이 갈수록
많아졌다. 의혹은 점점 짙어졌고, 마침내 루이세가 그의 삶에 깊이
파고들어 없어서는 안 될 존재가 되고자 안간힘을 쓰고 있다는 사
실을 분명히 알게 되었다. 그러자 모든 것이 끝나 버렸다. 늘 그랬듯,
신비는 지식으로 바뀌었고 흥분을 일으키던 것들은 모두 일상이 되
었다. 자나 깨나 공상의 대상이었던 루이세의 은밀한 속옷은 언제부
턴가 형광등 불빛 아래 빨랫줄에 걸려서 아침에 면도할 때마다 눈
에 띄었다. 그를 사로잡은 아름다움도 화장실 수납장에 있는 자그마
한 용기에 정리되어 있었다. 그가 경탄해 마지않던 그녀의 생각 역

시 알고 보니 다른 사람들의 생각과 다르지 않았다. 여자란 밤에 저 멀리 보이는 도시와 같았다. 멀리서 보면 마법의 보석처럼 반짝이는 불빛이 온갖 희망과 가능성을 약속하며 유혹하지만, 가까이 가 보면 다른 곳과 비슷한 도시. 보수 공사가 필요한 건물로 가득하고, 쓰레기 더미가 즐비한 도시. 얀-에리크가 원한 것은 위안이 되지 않는 교제 따위가 아니라, 타오르는 열정과 자유로운 섹스였다. 그렇기에 자신을 속인 그녀에게 화가 났다. 그의 사랑은 이번에도 실망으로 끝났다. 코카인을 흡입할 때 찾아오는 흥분처럼 잠시 붕 떠 있었지만, 다음 순간 깊이를 알 수 없는 불안 속으로 곤두박질한 것이다.

그는 이유를 설명하지 않고 모든 것을 끝내려고 계획했다. 그냥 담배 좀 피우겠다고 나가서 다시 돌아오지 않을 생각이었다. 그런데 바로 그날 저녁, 루이세가 소파에 앉으라고 하더니 그의 손을 잡고 행복한 미소를 지으며 곧 아이가 태어난다고 말했다.

그는 알람시계가 울리기 전에 깨어나, 조용히 루이세 쪽으로 가서 알람을 꺼놓고 딸을 깨우러 갔다. 딸과 단둘이 있는 시간을 간절히 바랐고, 공연을 보러 가지 못해서 미안하다고 사과하고 싶었기 때문이다.

"엘렌?"

엘렌은 조금 꿈틀거렸다.

"엘렌, 일어날 시간이야." 그는 딸의 머리에 손을 올리고 어색하게 토닥였다. 엘렌이 눈을 뜨고 아빠를 올려다보았다.

"안녕." 엘렌은 정말로 행복하다는 듯이 인사하고는 기지개를 켜기 시작했다. 얀-에리크는 미소 지은 뒤 무언가 말하고 싶어 입을 열었다.

"아빠가 아침을 좀 만들려는데. 보통 뭐 먹니?"

"그냥 우유랑 빵 한 조각이요. 치즈랑."

그는 사과하고 싶었지만 적당한 말을 찾지 못했다. 잠시 그대로 서서 할 말을 찾았지만, 결국 포기하고 방을 나왔다. 어떻게 행동해야 하는지를 안다는 것이 얼마나 힘든지 깨닫고 다시 한 번 놀랐다. 그는 딸을 사랑했지만, 딸이 무섭기도 했다. 자신이 딸에게 의존할 대상이자 필요한 존재라는 점이 걱정스러웠고, 스스로 방어하지 않으면 안 될 것 같았다. 그는 엘렌이 원하는 것을 줄 수 없었다. 애초에 그럴 능력이 없었다. 엘렌은 그의 부족함을 상기시키는, 살아 있는 상징이었다.

그는 엘렌에게 치즈를 곁들인 빵을 만들어 준 뒤 조간신문을 가져왔다. 부엌으로 돌아가니 엘렌이 식탁에 앉아 있었다. 그는 딸의 반대편에 앉았다. 지금이다. 지금 사과해야 한다.

"학교는 어떠니?"

"좋아요." 엘렌은 계속 먹었다.

"시험 많이 보니?"

"조금요. 그렇게 많이 보진 않아요."

엘렌은 우유 컵을 비우고는 조금 더 따라 마시려고 자리에서 일어나 냉장고로 갔다. 그는 시간이 얼마 남지 않았음을 느끼고 다시 한 번 시도했다.

"아빠가 말이지, 어, 그게, 빵 더 먹고 싶으면 만들어 줄게."

"아뇨, 괜찮아요. 엄만 어디 있어요?"

"아직 자는 중이야."

"초록색 머리집게를 못 찾겠는데."

엘렌은 단숨에 우유를 다 마신 다음 컵을 식기세척기에 넣었다. 그러고는 얀-에리크가 다른 말을 할 겨를도 없이 부부 침실로 사라졌다. 곧 웅얼거리는 모녀의 목소리가 들렸다. 그는 결코 낄 수 없는 사적인 대화였다.

엘렌은 그가 떠나지 않은 이유 가운데 하나였다. 루이세와 갈라서면 엘렌과 함께 살지 못할 테니까. 둘 사이의 유대는 모녀의 돈독한 관계에 비하면 너무나 연약했다. 그러나 다른 이유도 있었다. 너무나 은밀해서 자신과 아버지만 아는 이유. 그것은 바로 체면이었다.

랑네르펠트 가문은 이혼하지 않는다.

엘렌이 태어날 당시, 아버지는 아들인 자신에게 결혼생활을 지속할 재주가 별로 없다고 생각했다. 지금은 비판이라고 해 봐야 눈에서 번개가 번쩍이는 것이 전부지만, 아버지가 세상을 떠나고 유산이 분배되는 날이면 모든 것이 분명해지리라. 얀-에리크에게는 마땅히 법적인 상속권이 있었지만, 아버지는 법을 조작하는 데 도가 튼 사람이었다. 그래서 유언장이 공개될 때 얀-에리크가 바르게 생활하고 있지 않으면 재산을 최소한으로 상속받도록 능숙하게 처리해 두었다. 얀-에리크도 유언장을 읽어 볼 수 있었다. 유언장은 엘렌의 첫돌에 작성되었고, 아버지는 흠잡을 데 없는 법률 용어로 자신의 힘을 보여 주었다. 악셀 랑네르펠트는 경멸이 배어 나오는 언어로, 루이세와 엘렌에게 상당한 양의 유산을 남겼다. 결혼에 문제가 없으면 아무것도 바뀌지 않을 것이다. 얀-에리크는 감사를 받는다는 조건 아래 유언 집행자로 남을 것이다. 그러나 이혼할 경우, 모든 것이

공개되어 최대 수혜자가 루이세로 바뀔 것이다.

아버지는 이렇게 설명했다. "엘렌을 위해서다. 그 아이는 우리 미래의 유산이니까." 그들은 그 말을 끝으로 저녁 식사를 하러 되돌아갔고, 얀-에리크는 고급 와인을 마시고 취했다. 그는 분노를 숨기고자 시시한 잡담에 건성으로 끼었다. 어째서 중요한 미래의 유산이 한 세대를 건너뛰는가?

그날 저녁 그는 혐오감을 극복하고 루이세와 섹스하려고 노력했다.

마치 교도관과 그 짓을 하는 기분이었다.

6

알리세 랑네르펠트는 알람시계 없이도 아침에 일찍 일어났다. 사실은 좀 더 자고 싶었다. 알리세는 잠자는 사람들이 남겨 둔 공간을 만끽할 수 있는 밤 시간을 좋아한다고 입버릇처럼 말했다. 하지만 깨어 있는 것과 불면증은 전혀 다른 문제였다. 요즘에는 그 무엇보다 잠들 수 있기를 간절히 바랐으나, 수면제의 효력도 고작해야 몇 시간밖에 유지되지 못했다. 그녀는 한밤중에 혈관 경련으로 잠에서 깨는 일이 많았다. 가슴 주위가 묵직한 것이 온 세상의 공포가 가슴 위로 내려앉는 느낌이었다. 늙는다는 것은 지겨울 정도로 계속되는 고통일 뿐이었다. 거울에 비친 낯선 여자의 얼굴. 젊은 시절의 기대는 나이가 들면서 마법에라도 걸린 듯 당혹감으로 탈바꿈했다. 모든 것이 너무나 빠르게 지나가 버렸는데 이룬 것은 너무나 적다는 사실을 깨달았기 때문이다. 자기도 모르는 사이에 일어난 우연한 일들이 꿈쩍도 하지 않는 확고한 조건으로 변해 버렸다. 결정에 관여한 기억도 나지 않는데 여러 가지가 결정되었다. 사람들은 나타나서 잠시 곁에 머무르다가 떠났다.

모든 것이 흩어졌지만 잃은 것은 하나도 없었다. 삶의 알맹이는 제철이 한참 지나도 썩지 않게 절여 둔 과일처럼 그대로 남아 있었다.

그러나 오늘 아침 잠을 깨운 것은 혈관 경련이 아니라 오른쪽 정강이의 통증이었다. 예상하던 일이었다. 알리세는 경련을 완화하고자 다리를 쭉 뻗으면서, 불을 켜고 침대 옆 테이블에서 신문기사 스크랩 파일을 꺼냈다. 스크랩 묶음을 플라스틱 파일에서 꺼내자마자 곧바로 찾던 기사가 나왔다. 9월 15일. 90만 명의 스웨덴인이 신장질환에 시달리는데, 대부분은 스스로 병을 앓고 있다는 사실조차 모른다. 간단한 테스트로 신장질환을 확인해 볼 수 있다. 알리세는 증상 목록을 다시 훑어보았다. 오전의 두통, 가장 흔한 초기 증상인 피로, 가려움, 다리부종, 더 진전되면 구역질과 구토. 그래, 여기 있군. 자신의 기억이 맞았다. 다리 경련도 흔한 증상인데, 염기 균형 장애가 원인일 가능성이 많다. 얀-에리크에게 병원에 데려다 달라고 해야지. 전화해서 예약도 하고. 돈을 내더라도 샘플을 새로 채취하라고 해야겠다.

알리세는 일어나서 창문 블라인드를 걷었다. 바깥은 아직 어두웠다. 그녀는 슬리퍼를 신고 가운을 입은 뒤 부엌으로 갔다. 달력을 한 장 뜯고, 커피메이커에 물을 채웠다. 오늘은 한 잔이 아니지. 얀-에리크와 마리안네 폴케손이 10시경에 찾아오기로 했으니, 지금 커피를 끓이면 알맞을 것이다. 또 단정하게 다려 놓은 옷이 있는지도 확인해야 했다. 이웃이 아닌 누군가가 악셀 랑네르펠트의 아내를 보러 온다고 하니까.

예르다 페르손.

알리세는 자기네 가족이 예르다의 장례식에 관여해야 할 이유를 도무지 알 수 없었지만, 얀-에리크는 부득부득 고집을 부렸다. 그녀는 물을 한 잔 따라서 약을 먹었다. 오늘은 위스키 한잔을 건너뛰었다. 얀-에리크가 도착했을 때 술 냄새를 풍기기는 싫었으니까. 아들은 너무 바빠서 그리 자주 오지 않았다. 요즘에 소식을 전하는 사람은 대개 루이세였다. 세상에나, 아들이 이미 오십이라니. 나의 얀-에리크가. 세월이 얼마나 빨리 흘러가는지. 안니카가 살아 있었다면 마흔다섯이 되었을 텐데. 알리세는 이를 악물었다. 빈도가 점점 줄어들기는 했지만, 그 기억은 시시때때로 머릿속을 스치고 지나갔다. 나이의 횡포였다. 현재가 느려지면서 과거가 점점 빨라졌다.

소녀 시절에는 무엇이든 다 알았다. 의지가 강하고 까다롭던 알리세는 삶이 어떠해야 하는지 분명히 알았다. 여성운동에 영향을 받은 알리세가 다른 사람이 이미 간 길을 따라간다면 저주받을 터였다. 신여성은 강하고 스스로 책임질 수 있어야 하며, 남자뿐만 아니라 자신에게도 더 많은 것을 요구해야 했다. 남자와 여자는 힘을 합하여 더 나은 세상을 만들 것이다. 알리세는 여성운동가들이 쓴 글 한마디 한마디에 동의했다.

5남매 가운데 셋째로 태어난 알리세는 고분고분하게 농장 잡일을 도우면서, 선택할 수 있는 길이 너무나도 빤한 작은 공동체에 순응하려고 노력했다. 그러지 않으면 살아남을 수가 없었으니까. 하지만 알리세는 남몰래 더 큰 포부를 품고 있었다. 어린 시절 집에서 미운오리새끼였던 그녀는 자기가 왜 다른 형제들처럼 만족하지 못하는지 궁금했다. 왜 눈에 보이는 것에 시선을 고정하지 못하고 늘 저 지평선 너머로 가고 싶어 하는지 궁금했다. 왜 자전거 바퀴 아래에서 잘그락거리는 자갈길을 떠나고, 풋볼 경기장에서 들리는 함성 소리에서 멀리 달아나고 싶어 하는지. 왜 막 베어 낸 풀 냄새와 작은 마을의 익숙한 얼굴들을 뒤로하고 싶어 하는지. 왜 철마다 반복되는 일상의 안전함에서 벗어나고 싶어 하는지를.

책은 그녀에게 안식처였다. 그녀는 책을 읽으면서, 기회가 무궁무진한 대도시로 떠날 날을 손꼽아 기다렸다.

알리세는 커피를 한 잔 따른 다음 나머지는 보온병에 넣었다. 의자에 앉아 다리를 보니 약간 부은 듯했다. 특히 경련이 나는 오른쪽 정강이가 그랬다. 병원이 문을 여는 대로 전화해야겠다. 그녀는 부엌 시계를 곁눈질했다. 세 시간 후면 얀-에리크가 올 것이다. 그 전에 머리를 말아야 아들이 올 때 근사해 보이겠지. 요즘 상태에서 최대한 근사해 보인다는 거지만. 지금은 숱 많은 밤색 머리카락이 과거지사가 되었지만, 한창때 모습을 생각하면 언제나 기분이 좋았다.

1940년대 말 당시, 알리세는 긴 머리를 위로 올려 핀을 꽂고 다녔다. 스물한 살 성인이 된 그녀에게 부모는 더 이상 집에 있으라고 강요할 수 없었다. 그런데도 그들은 한바탕 소동을 피운 뒤에야 알리세를 보내 주었고, 그녀는 불길한 경고로만 가득 찬 가방을 들고 떠났다. 알리세는 스톡홀름 중심가인 바사스탄에서 어느 성마른 여자의 집에 하숙하기로 하고는 일자리를 구하러 나섰다. 무슨 일이든 상관없었다. 알리세는 글을 쓰고 싶었고, 어떠한 고난도 받아들일 준비가 되어 있었다. 어디로 가는지 스스로 알고 있고, 무슨 일이 있어도 멈추지 않으리라고 다짐했기 때문이다. 고향에 남아 있는 가족에게 자신의 결정이 옳았다고 증명하지 못하면 끝장이었다. 둘째 날 그녀는 노르말름스토리의 도시 궁전 건물에 있는 바스베리 미용실에 조수로 취직했다. 고객의 머리를 감기고, 커피를 끓이고, 미용사의 도구를 깨끗하게 관리하고, 빗을 정리하는 게 그녀의 임무였다. 알리세는 고객과 미용사가 주고받는 풍부한 대화를 들으면서도 대부분의 일을 할 수 있었다. 때로는 그런 대화에서 영감을 얻어 밤에 글을 쓰기도 했고, 운이 좋으면 짧은 기사를 써서 돈을 받고 신문사에 팔 수 있었다.

대도시의 새 이주민으로서 알리세는 자신과 생각이 비슷한 사람들이 자주 가는 곳을 금세 알아냈다. 꿈은 화려하지만 지갑은 텅 빈 사람들. 언제가 됐든 천재성을 인정받을 사람들. 자신이 세상을 위한 선물이며 자신의 독특한 인물됨이 앞으로 문화사에 등장하게 되리라고 믿는 사람들. 맥주나 와인을 마시며 생각에 잠기는, 예술적으로 동등한 사람들이자 잠재적인 잠자리 상대인 젊은 남녀들. 전쟁은 끝났고 미래는 가능성으로 이어진 길이었다. 그들은 파리에 있지 못해 안타까운 마음을 달래고자 텐스토페트, W6, 필렌, 뢰베트 레스토랑에서 매일 저녁 골루아즈를 피웠다. 주요 일간지 기자들이 슬픔을 달래는 테이블에 되도록 가까이 앉으려고 애쓰면서. 악셀은 그런 젊은이들 가운데 하나로, 처음에는 눈에 띄지 않았다. 악셀 역시 알리세에게 특별히 흥미를 보이지 않았다.

그녀는 자리에서 일어나 냉장고로 가서 우유가 떨어지지 않았는지 확인했다. 얀-에리크는 늘 커피에 우유를 넣어 마셨다. 알리세는 블랙으로 마셨는데, 피로에 찌들어 사팔뜨기가 되는 한이 있어도 깨어 있어야 했을 때 생긴 습관이었다. 낮에는 미용실에서 일하고 밤이 되면 중고가게에서 17크로나를 주고 구입한 휴대용 로열 타자기를 두드리던 날들. 적어도, 걸핏하면 화를 내는 주인 여자가 시끄

러운 기계 좀 그만 두드리고 손으로 쓰라고 할 때까지는 그런 나날
이 계속되었다. 휴지통은 출판사와 잡지 편집자에게 퇴짜 맞은 원고
와 구겨진 종이로 가득 차 있었다. 저녁이면 동지들과 함께 와인을
마시면서 고녀를 달랬지만, 다음에 원고를 퇴짜 맞으면 다시 원점으
로 돌아갔다.

모든 일이 순조로우니 걱정 말라는 알리세의 편지에 집에서는 답
장 한 통 보내지 않았다. 언니 한 명이 편지를 딱 한 통 보내긴 했지
만, 그것은 행복한 크리스마스와 새해를 기원하는 인쇄된 카드였다.
상황이 극도로 악화될 때면, 순무 밭에서 아픈 무릎을 꿇고 잡초를
뽑거나 건조대에서 가시투성이 건초를 말리느라 땀을 뻘뻘 흘리던
시절로 돌아가고 싶기도 했다. 끝없이 방황하는 마음을 다잡기 힘
든 현재가 아닌, 하루의 정직한 노동이 눈에 보이는 결과를 낳던 과
거로. 그러던 어느 날, 알리세가 막 포기하려던 차에 마침내 일이 터
졌다. 편지에 쓰인 몇 문장이, 그녀의 문학적 순무 밭에서 잡초가 제
거되었고 건조대가 준비되었다고 증명한 것이다.

알리세는 그 기억에 미소 지으며, 텐스토페트 레스토랑으로 여왕
처럼 성큼성큼 들어가서 자기 소설이 인정받았다고 선언하던 모습
을 떠올렸다. 알리세는 그야말로 군계일학이 된 기분이었다. 단어 하
나하나를 개성 있고 세심하게 선택한 덕분에 다른 사람들이 쓴 소
설보다 더 솜씨 있다고 평가받은 것이다. 그녀의 문은 열렸으나, 다
른 이들은 아직도 문을 두드리고 있었다. 몇몇은 그녀를 위해 진심
으로 기뻐하며 미소 지었지만, 대부분은 영 못미더워했다. 어떻게 세
상이 그녀의 무의미한 낙서는 알아보면서 그들의 위대함은 보지 못
한단 말인가? 그때 탁자 너머에서 악셀이 타오르는 듯한 푸른 눈동

자로 그녀를 바라보았다. 알리세는 숨이 멎는 것 같았다. 미소 짓지도, 건배하지도, 축하하지도 않는 사람은 오로지 악셀뿐이었다. 그는 그저 그녀를 갖고 싶다고 눈으로 외치고 있었다. 알리세가 주위에 있는 인간쓰레기들과 어울리면서 자신의 가치를 떨어뜨리지 않고 그를 따라나서기만 한다면, 당장이라도 그녀를 갖겠다는 듯했다. 그렇게 생각하니 눈앞이 아찔했다. 이번만은 온갖 의무에 작별을 고하고 욕망에 몸을 맡기리라. 마침내 운명이 정해 준 삶을 사는 것이다. 그날 저녁 이후로 그들은 한 가지 약속을 했다. 예술을 최우선으로 한다. 그들은 함께 꿈을 이룰 것이고 세상이 갈망하는 것을 선사할 것이다. 그 무엇도 그들을 막지 못하리라. 그들은 스스로를 불태워 버릴 듯한 열정으로 작업을 시작했다.

처음에는 모든 것이 훌륭했다. 믿기지 않을 정도였다. 알리세는 자신이 그 생각을 얼마나 자주 했는지 떠올렸다. 마치 어린 시절에 꿈꾸던 모든 것이 실현된 듯했다. 알리세는 비굴했던 지난날과는 달리 당당한 어투로 장문의 편지를 써서 집으로 보냈으나, 여전히 답장을 받지 못했다.

알리세와 악셀은 과거에 어울리던 사람들과 결별하고, 세상에 등을 돌린 채 창작에만 몰두했다. 살림은 알리세가 출판사에서 받은 약간의 선인세와 두 사람이 때때로 몇몇 잡지에 시나 짧은 기사를 팔아서 받은 돈으로 겨우겨우 꾸려 나갔다. 그들은 악셀의 인맥을 이용해서 스톡홀름 외곽에 방 두 개와 부엌이 딸린 작은 집을 임대할 수 있었다. 둘은 각자 방에 책상과 침대를 하나씩 들여놓았다. 함께한다는 사실에 대담해진 그들은 이전 같았으면 외롭거나 연약하다고 느낄 만한 것도 평범함에 대항하는 방패로 여기게 되었다.

두 공모자는 각자의 세계에 빠져 있다가 밤이 되면 뜨거운 열정 속에서 하나가 되었다.

알리세는 다시 식탁 앞에 앉아서 커피 잔을 응시했다. 그 잔은 1970년대 즈음 예르다가 사 온 것이었다. 장례식에서 이야기할 거리를 위해 위원회에서 오는 여자에게 그 말을 해야 할지도 몰랐다. 모든 것에는 늘 이유가 있는 법이다. 알리세는 악셀이 중풍에 걸린 뒤 아파트로 이사하면서 물건을 별로 많이 가져오지 않았다. 그 와중에 커피 잔은 왜 챙겼을까. 그녀는 한시라도 빨리 그 집을 떠나고 싶은 마음에 정신없이 나왔고, 얀-에리크와 루이세에게 대부분의 짐을 싸게 했다. 어쩌면 이런 이유로 그랬는지도 모르지. 좀 더 자세히 살펴보니 꽤 보기 흉한 잔인데.

알리세는 결혼반지를 만지작거렸다. 그러다가 반지를 빼고 손가락에 남은 흔적을 들여다보았다. 54년 동안 끼면서 손가락에 점점 더 밀착된 반지였다. 결혼식에는 두 사람과 목사뿐, 하객은 물론이거니와 악셀의 부모조차 초대하지 않았다. 알리세는 그가 나중에 후회하리라는 것을 알았지만, 자신의 부모가 오지 않겠다고 했으므로 그의 부모도 오지 말아야 했다. 공평하게 해야지.

아니, 그건 악셀이 한 말이었나.

그들은 부부가 되었음을 증명하기 위해 각자의 성(姓)을 버리고, 앞으로 자신들의 이야기를 세상에 실어 나를 랑네르펠트라는 공동의 성으로 하나가 되었다. 두 사람은 각자 소설을 출간했는데, 알리세가 먼저였고 악셀이 곧바로 뒤를 따랐다. 그들의 새로운 성은 신문의 예술 면에 단골로 등장하게 되었다. 두 사람의 젊음은 비판보다는 찬사를 점점 더 많이 이끌어냈다. 그들은 서로의 창작에 관심 있게 참여하면서, 길고 구불구불한 사고 과정을 따라가고, 새로운 것이 필요할 때는 제안하며, 일이 잘 풀리지 않을 때는 격려했다. 각자 두 번째 소설을 발표한 뒤 두 사람의 협력체제는 공고해졌지만, 기대치도 그에 못지않게 높아졌다. 책은 많이 팔리지 않았고, 그들은 출판사의 선인세 지급에 전적으로 의존해서 생계를 꾸려 나갔다. 그런데 압박이 커질수록 글쓰기는 힘들어졌다. 신인으로 등장해서 사람들을 놀라게 하기가, 기대에 부응하기보다 훨씬 쉬웠던 것이다. 그들은 슬럼프에 빠져서 각자의 일에 몰두하느라 상대의 일에 무관심해졌다. 저녁에 만나고 나면 글이 더 안 나왔고, 두 사람은 이루지 못한 것들에 좌절하여 건성으로 관계했다. 그러나 건성으로 뿌린 씨앗이라도 아이를 잉태하기에는 충분했다. 1년 뒤 나카의 집을 사들이고 나서 얀-에리크가 태어났다. 부유한 교외에서 부르주아처럼 살면서 경멸 아니면 무관심만 사게 되자, 옛 친구들도 연락을 완전히 끊었다. 그렇게 새로운 시대가 시작되었다. 밤에는 잠을 이루지 못하고 낮에는 몽롱한 상태가 계속되니, 글쓰기가 제대로 될 리 없었다. 아기 돌보기가 중심이 된 새로운 일과는 출판사의 기대와 어긋났다. 전에는 서로 배려하는 마음이 넘쳤으나, 이제는 각자의 영역을 지키려 애써야 했다. 소설 속의 등장인물들이 갑자기 현실로 비집고 들어와서, 툭하면 자기를 봐 달라며 빽빽 우는 아기와 다투기 일쑤였다. 두 사람은 얀-에리크가 자고 있을 때 일어나는 일들이나, 서로 싸우지 않으려고 배분한 집필 시간에 만족하지 못했다. 그때 준비된 해결책처럼 등장한 존재가 예르다였다. 최소한 청소라도 하고, 그들의 글쓰기를 방해하는 요리나 기타 잡일을 대신할 사람.

예르다 페르손.

알리세는 예르다의 죽음에 관심 있는 척해야 한다는 생각에 다시금 짜증이 났다. 왜 그렇게 소동을 피워야 하나. 요즘에는 돈이 부족한 데가 한두 군데가 아니니 위원회에서 신경 써야 할 더 중요한 일도 많을 텐데. 알리세는 예르다에 관해 그리 많이 알지 못했다. 얀-에리크가 아기였을 때부터 예르다가 예순일곱 살이 되어 그녀 자신도 가정부가 필요하게 되기까지, 25년 동안 같은 지붕 아래서 함께 살기는 했지만. 사실 예르다는 그 전부터도 가정부가 필요했다. 칠칠치 못한 여자였으니까. 그러나 악셀은 예르다가 아닌 낯선 이를 집에 들이려고 하지 않았다. 그는 알리세가 예르다를 지나치게 비판한다고 생각했다. 알리세로서는 한 외부인을 다른 외부인으로 바꾸는 것이 뭐가 그리 대수로운지 이해할 수 없었다. 늘 사무실에 틀어박혀 지내는 악셀이 집안일에 의견을 낼 수 있다는 사실 자체가 불가사의였다. 예르다는 고양이처럼 집안을 타박타박 돌아다니면서 항상 자기 자리를 지켰지만, 그들은 사실 진정한 의미에서 서로 안다고 할 수 없었다. 귀족과 하인 사이의 경계는 명명백백했고, 그들은 똑같이 그 거리를 유지하려고 했다. 그러나 앞자리를 차지하는 사람은 늘 예르다였다. 예르다는 악셀의 동반자이자 대등한 예술가였던 알리세가, 그의 곁에서 그를 위해 기뻐하며 그의 영광을 바라보기만 해야 하는 전형적인 주부로 변해 가는 모습을 목격했다. 알리세는 예르다가 모든 것을 안다는 사실을 인정하긴 하는데, 그 점을 예르다도 안다는 사실이 못마땅했다.

결국 만사가 끝없는 권력 다툼이 되고 말았기 때문이다. 그즈음 알리세의 뱃속에서는 이미 안니카가 자라고 있었고, 안니카가 태어나자 싸움도 끝났다. 계속되는 불화로 마지막 남은 창의력마저 잃어

버린 알리세는 악셀의 그림자에 완전히 가려지게 되었다. 알리세는 자신의 충동에 맞서 싸우려 했지만, 그 충동이 내면에서 일어난 것인지 외부에서 일어난 것인지 알 수 없었다. 악셀은 당연하다는 듯이 꿈을 좇는데, 알리세는 꿈을 포기해야 했다. 아이들과 아이들이 알리세에게 요구하는 것들은, 한때 그녀의 운명이었던 모든 것을 위협했다. 그녀는 아이들이 고함을 지르면 하던 일을 제쳐두고 달려가야 했고, 아이들의 눈물을 닦아 주어야 했고, 자신을 의존하는 아이들에게 구속당해야 했다.

알리세 랑네르펠트는 마른 침을 삼키고 허공을 응시했다. 부엌 시계가 끝없이 째깍거리는 소리만이 그녀를 현재에 머무르게 했다.

숨통을 조일 듯 위협하던 것과, 몇 번이고 다시 봐도 너무나 뻔하던 것이 사실은 스쳐 지나가는 순간에 불과했기 때문이다. 45년이 지난 지금은 다시 경험할 수만 있다면 그 무엇과 바꿔도 아깝지 않을 순간.

한 번 더 기회를 얻는다면. 더 잘할 수 있을 텐데.

7

얀-에리크가 여전히 앉아서 조간신문을 보고 있는데, 루이세가
부엌으로 들어왔다. 루이세는 엘렌을 학교에 보내고 나서 오랫동안
욕실에 있다가 나온 참이었다. 다시 나타난 그녀는 화장을 하고 머
리에 수건을 두르고 있었다. 얀-에리크는 냉장고로 가서 롤빵 봉지
를 꺼내곤 빵 두 개를 전자레인지에 넣는 루이세의 모습을 눈으로
좇았다. 효율적으로 움직였고, 물건을 내려놓을 때는 작지만 둔탁하
게 탁 하는 소리가 났다.

그는 신문을 읽지도 않고 한 장 넘겼다.

"커피 끓여 놨어. 커피메이커에."

멍청한 말이군. 커피가 거기 있지 않으면 어디 있겠어? 루이세는
아무 대답 없이 찬장에서 컵을 하나 꺼내 커피를 따랐고, 전자레인
지에서 땡 소리가 나자 빵을 꺼내서 버터는 바르지 않고 치즈만 얹
었다. 그러고는 식탁 앞에 앉아 신문의 예술 면을 펼치면서 빵을 한

입 베어 물었다.

마치 한 걸음 한 걸음 조심스럽게 디뎌야 하는 살얼음판 위를 걷는 느낌이었다. 목욕 가운을 입고 아침을 함께 먹을 정도로 가까운 두 사람이건만, 그들의 간극은 섣불리 건너기엔 위험천만할 만큼 넓었다. 이야기할 거리도, 할 말도 없었다. 이야기하려고 노력해도 소용없었다. 그는 필요하다면 누구와도 대화할 수 있는 사람이었다. 이 여자, 목욕 가운을 입고 아침 식탁에 함께 앉아 있는 이 여자만 제외한다면.

어쩔 줄 모르는 마음에 온몸이 근질거렸다. 다음 여행까지 딱 24시간 남았다.

루이세는 신문을 넘겼다. 커피를 조금 마시고는 빵부스러기를 긁어모아 조그마한 덩어리로 만들었다.

얀-에리크는 무거운 침묵에 짓눌려 온몸이 마비될 지경이었다. 심장이 쿵쿵 뛰었다. 분위기를 평소대로 되돌리기 위해 어서 무슨 말이라도 해야 했지만, 할 말이 정말 아무것도 없었다. 더 이상 견딜 수가 없어 자리에서 일어나 나가려는 찰나, 방금 전만 해도 메말라 있던 빵부스러기 덩어리가 촉촉하고 납작해진 모습이 눈에 띄었다. 그는 그대로 앉아서 빵부스러기를 뚫어지게 바라보았다. 다음 순간 그의 불안은 현실이 되었다. 눈물 두 방울이 같은 자리에 더 떨어졌던 것이다. 방금 전까지 견딜 수 없다고 생각했던 상황이 별것 아닌 일로 돌변해 버렸다. 이제 옴짝달싹하지 못하는 상황이 되었으니까. 루이세가 울고 있었다. 정도는 달랐어도 짜증내는 것을 제외하면 좀처럼 감정을 드러내지 않는 냉정한 아내가 자기 앞에 앉아서 울며 눈물을 툭툭 떨어뜨리고 있었다. 그러나 더 무시무시한 것은 자신이 그녀를 위로해야 한다는 점이었다. 얀-에리크는 이런 상황에서 어떻게 처신해야 하는지, 자신이 경험해 보지 못한 행동에 어떻게 반응해야 하는지 몰랐다. 그가 아는 것이라고는 루이세의 눈물이 방금 전만 해도 치명적이라고 느꼈던 얼음을 녹여 버렸다는 사실뿐이다. 하지만 다음 순간, 그는 얼음 아래 더 나쁜 무언가가 숨겨져 있었음을 깨달았다. 아내가 우는 모습을 보았다고 인정하는 순간 드러날 수밖에 없는 무언가가.

당황한 얀-에리크는 잠시 앉은 채로 자신에게 어떤 선택권이 있는지 따져 보았다. 루이세의 뺨에서 눈물방울이 더 많이 떨어지고 있으니, 못 본 척하고 도망치는 건 조만간 선택권에서 제외해야 할 터였다. 처음부터 그에게는 선택의 기회가 없었다. 그녀는 눈을 내리깐 채로 손을 뻗어 더듬더듬 커피 잔을 찾았다. 그리고 다음 순간, 커피가 탁자 위로 쏟아졌다. 이 사고로 그는 상황을 무마할 수도 없게 되었다.

"이런 빌어먹을!" 그녀가 툭 내뱉었다. 억누르려고 애쓰던 흐느낌이 기어이 터져 나왔다.

그는 본능적으로 살짝 웃었다.

"커피 좀 흘린 건데 뭘."

루이세는 손으로 얼굴을 가리고 더 심하게 흐느꼈다.

그는 꼼짝 않고 앉아서 기다렸다. 그녀가 우는 모습은 본 적이 없었다. 그것이 무슨 뜻이며 어떻게 반응해야 하는지도 알 수 없었다. 몇 분이 지나갔다. 그녀는 울고, 그는 상황에 대처하려고 절망적으로 애쓰는 시간이었다. 얀-에리크는 당연히 일어나 식탁 너머로 걸어가서 루이세를 안아 주고, 고통을 덜어 주고자 노력해야 했다. 그러나 그는 그러지 못했다. 그녀의 고요한 호소에 무언가가 내면에서 매듭지어졌다. 밧줄이 똬리 튼 뱀처럼 식탁을 건너와서 자신을 옭아매는 것 같았다.

"우리 계속 이런 식으로 살 순 없어요."

그는 호흡을 멈췄다. 과거를 휘저어 찾아보았지만 지금 상황에 도움이 될 만한 것은 하나도 없었다. 그는 일어서서 나가 버릴 수 있기를, 그냥 아무것도 못 들은 척하고 자기 일이나 할 수 있기를 간절히 바랐다. 그녀의 눈물과 원치 않는 대화에서 벗어날 수 있기를.

"무슨 말인지 잘 모르겠는데."

다음 순간 루이세가 그를 똑바로 바라보자, 그는 갑작스러운 눈맞춤에 움츠러들었다.

"모르겠다는 게 무슨 뜻이에요? 뭘 모르겠다는 거죠?" 그녀는 재빨리 뺨을 닦고 손으로 코 밑을 문질렀다. 마치 방금 던진 수류탄이 터질 때까지 시간이 얼마 남지 않았다는 사실을 아는 사람처럼 다급해 보였다. 그러나 그는 그녀가 망설이고 있다는 것을 알아차릴 수 있었다. 루이세는 무언가 더 말하고 싶어 하면서도 그러지 못하고 있었다.

"난 더 이상은 이런 식으로 살 수 없어요."

그는 침을 삼켰다. 쏟아진 커피가 스며들면서 신문이 갈색으로 변하고 있었다. 걸레를 가져오고 싶었지만 움직일 엄두가 나지 않았다.

"우린 아무것도 같이 하지 않아요. 심지어 서로 말도 하지 않죠. 꼭 엘렌이랑 나만 이 집에 사는 것 같아요. 당신은 집에 있지도 않고, 있을 때도…… 우린……"

루이세는 말을 멈추고 식탁을 내려다보다가 손으로 얼굴을 가렸다. 그러고 나서는 일어서서 키친타월을 가지러 갔다. 그녀는 코를 풀고 눈 밑을 손가락으로 훔쳤다. 늘 외모에 까다로웠던 루이세가 무방비하게 무너져 내린 모습에, 얀-에리크도 그녀가 괴로워한다는 사실을 알았다.

그는 루이세의 분노에 이골이 나 있었다. 그녀가 갑작스럽게 분노를 표출하면, 그는 거리를 두고 방어 태세를 유지할 수 있었다. 그러나 이번에 그녀는 방어벽을 그대로 뚫고 들어왔다. 싸움을 중단하고 자신의 연약함을 인정하면서, 위로와 이해를 간청하고 있었다.

차라리 화를 내는 것이 나았다.

루이세가 식탁으로 돌아왔다. 눈물은 멈췄지만 얼굴이 부어 있었다. 두 뺨에 하얀 눈물 자국이 나 있었고 눈 밑에는 마스카라가 번져 있었다.

"우린 서로 손도 대지 않잖아요."

그녀는 수줍어하는 목소리로 말하면서 얼굴을 붉혔다. 목이 붉은 반점으로 얼룩덜룩했다. 루이세는 눈을 내리깐 채 손질이 잘 된 손톱으로 젖은 빵부스러기를 만지작거렸다. 그는 빵부스러기를 쳐다본 자신이 원망스러웠다. 심장이 쿵쿵 뛰고 있었다. 몇 년 동안 이야기하지 않으려고 했던 것들이 갑자기 무시무시한 모닥불의 형상으로 나타났다. 그는 혼란스러워하면서 팔을 들어 손목시계를 힐끗 보았다. 루이세는 식탁을 바라보고 있었지만, 그의 동작을 알아차렸다.

"바쁜 거예요?"

"아냐, 아냐, 전혀."

그는 커피 잔을 들었다. 손이 떨리고 있었다.

식탁 너머에서 루이세는 도움닫기를 하려는 듯 숨을 깊이 들이쉬었다.

"엘렌을 위해서라면 뭐든 할 준비가 돼 있지만, 혼자서는 무리예요."

얼마간 침묵이 흘렀다. 속이 불편할 정도로 지독한 혐오감을 느꼈다.

"제안할 게 있어요." 루이세가 말했다.

이제 두려워지기 시작했다. 침실로 끌려가서 이 여자와 섹스를 해야 하나.

"당신이 치료를 받았으면 좋겠어요."

"뭐라고?"

전혀 예상치 못한 말에 두려움이 일시적으로 사라졌다.

"치료라고? 무슨 치료? 내가 왜?"

그녀는 대답하지 않았다 그저 그를 가만히 바라보다가, 다시 빵 부스러기로 눈길을 돌렸다.

"나도 6개월 동안 다녔는데, 도움이 됐어요. 당신한테도 도움이 될지 몰라요."

그는 말 그대로 경악했다.

"당신이 치료받으러 다녔다고?"

"그래요."

"왜 말 안 했어?"

"관심 없을 것 같아서요. 우린 서로 무슨 일이 있어도 잘 얘기하지 않잖아요. 같은 방에 있을 때도 거의 없고, 당신은 전화도 안 받고요."

루이세의 신랄한 빈정거림에 곧바로 익숙한 무대로 돌아간 그는 발 디딜 곳을 확보했다. 이놈의 책망은 끝도 없었다. 그는 먹고살기 위해 혀가 빠지게 일하는데, 그녀는 만족하는 법이 없었다. 그들이 사는 방 다섯 개짜리 아파트는 랑네르펠트라는 성 덕분에 상당히 저렴한 가격으로 산 것이었다. 그녀는 권리와 특권의 차이를 잊은 듯했다. 그는 강연을 통해 기억할 만한 말을 전파하고 세상을 더 나은 곳으로 만들기 위해 단체를 설립해서 식구들을 먹여 살렸다. 그는 쓸모 있는 사람이었다. 이 세상에든 가족에게든. 악셀 랑네르펠트의 독특한 글을 인도주의 구호 활동과 관련 지은 사람은 바로 얀-에리크 자신이었다. 아버지가 쓴 글은 자신의 손에서 구체적인 모습으로 변모했고, 그 모든 구호 프로젝트를 주도한 사람도 자신이었다. 그는 사람들이 귀 기울이는 중요한 인물이 되었고, 존경받았으며, 자신이 높이 평가받을 만한 존재라는 걸 입증했다. 그러나 이 집 구석에서 자신을 맞이하는 것이라고는 끊임없는 비난과 뚱한 표정뿐이었다.

"아니면 같이 치료받으러 가도 돼요. 결혼상담가에게. 그게 더 좋다면요."

아니, 그건 확실히 아니었다. 뭐가 됐든 치료받으러 가서 멀거니 앉아 배꼽만 응시하며 아기 때 쓰던 변기를 파내고 싶지는 않았다.

"그러고 싶지 않다면?"

그녀는 그의 억눌린 분노를 감지한 듯했다. 달라진 그의 목소리에 움찔했으나, 여전히 차분하고 침착한 목소리로 말했다.

"그럼 나도 모르겠어요. 당신은 이게 해 볼 만한 가치도 없는 일이라고 생각하나 보네요. 난 정말 모르겠어요."

그는 덫에 걸렸다. 손발이 묶여 버렸다. 분노가 그를 휘감았다. 이 여자는 자기가 어떤 영향력을 행사하는지 알지도 못하면서 저 자리에 앉아 최후통첩을 보내고 있었다. 루이세는 그에게 선택권이 있다는 식으로 이야기하려 했지만, 사실 그에게는 선택권이 없었다. 이글거리는 분노로 양심의 가책이 사라지자, 그는 자리에서 일어났다. 그리고 자제력을 최대한으로 동원해서 의자를 밀어 넣었다.

"좋아. 그럼 생각 좀 해 봐야겠군. 하지만 치료받고 싶다거나 치료가 필요하다는 건 아냐."

루이세는 의자 뒤에 걸려 있던 핸드백에 손을 뻗었다. 그녀는 지갑을 꺼내서 그에게 명함을 한 장 건넸다.

"내 담당 치료사가 준 거예요. 그 사람한테 함께 치료받을 순 없지만, 이 사람을 추천해 주더라구요. 전문분야가……."

그녀는 말을 멈추고 눈을 돌렸다.

"분야가 뭔데?"

그녀는 소심하게 그를 바라보다가 식탁에 명함을 내려놓았다.

"당신, 아니 우리한테 있을지도 모르는 문제를 다루는 사람이에요."

그는 동작을 멈추고 명함을 응시하다가 천천히 손을 뻗어서 그것을 집어 들고 읽었다. 로베르트 라스무손. 심리치료사 겸 성과학자. 그 아래 쓰인 더 작은 글씨. 부부 치료, 별거, 성관계 지침, 발기 부전.

얀-에리크는 이를 악물었다.

아무 말 없이 부엌에서 나와 화장실로 간 그는 문을 잠그고 가만히 서 있었다. 타오르는 분노와 정체를 알 수 없는 어떤 것 사이에서 감정이 격렬하게 춤추었다. 부엌으로 돌아가 그녀의 면전에 진실을 외치고 싶은 강렬한 욕구가 솟구쳤다. 세면대로 가서 찬물로 세수하며 열을 식혀야 했다. 장담하는데, 내 거시기엔 아무 문제도 없어! 문제가 있는 건 바로 당신이야! 당신만 아니면 내가 원하는 어떤 여자하고든 할 수 있다고!

그는 거울에 비친 자신을 보고 나서 얼굴에 물을 한 번 더 끼얹었다.

지갑에 들어 있던 명함. 기가 막히게 영리한 여자였다. 더 이상 눈물을 참지 못하게 된 날 아침, 지갑에 들어 있던 명함이라니. 아내는 다시 한 번 그를 농락했다. 오랜 세월 여자의 무기였던 눈물을 이용해서 그가 자신의 말에 귀 기울이게 한 것이다. 그는 명함을 다시 보았다. 젖은 손가락이 명함에 거무스름한 자국을 남겼다. 명함을 변기에 버리고 싶은 마음이 굴뚝같았지만, 애써 충동을 억눌렀다. 모든 것이 갑자기 뒤죽박죽 엉망이 되었다. 9시 5분. 이 일은 나중에 처리해야겠군. 전략을 짜 봐야지.

25분 뒤에는 어머니의 아파트에 도착해야 했다.

그는 언짢은 기분으로 알리세 랑네르펠트의 아파트로 향하는 계단을 걸어 올라갔다. 마리안네 폴케손이 오려면 30분은 더 있어야 했다. 그는 여유 있게 도착해서 어머니가 술에 취한 채로 낯선 사람을 맞이하지 않게 할 생각이었다. 초인종을 두 번 누른 뒤 더듬거리며 열쇠를 찾고 있는데, 어머니가 문을 열었다. 좋은 징조였다. 어머니는 옷을 차려입었고, 머리도 빗었으며, 정신도 말짱해 보였다.

"저 왔어요, 어머니."

그는 현관으로 들어가서 코트를 걸었다. 모든 것이 깔끔하게 정돈되어 있는 듯했다. 그는 오는 길에 산 시나몬 롤빵이 담긴 봉지를 가방에서 꺼냈다.

"이리 와라, 보여 줄 게 있다."

알리세는 빵 봉지도 받지 않고 부엌으로 사라졌다. 그는 몸을 숙여 신발을 벗은 다음 어머니를 따라갔다. 그가 방에 들어갔을 때 어머니는 의자에 앉아 있었다.

"이거 봐라."

어머니는 바지를 걷어 올리고 그를 빤히 쳐다보았다. 그는 어머니의 발과 종아리를 자세히 들여다보았다.

"보이니?"

"뭐가요?"

"안 보인다고 하지 마라."

그는 몸을 앞으로 숙이고 좀 더 자세히 살펴보았다.

"뭘 봐야 하는데요?"

"부었잖아. 오른쪽 종아리. 안 보이냐?"

어머니가 가리켰다. 그는 시선을 리놀륨 바닥에 고정한 채 혐오감을 숨기려고 애썼다. 어머니는 바지를 도로 내린 다음 탁자 위에 놓여 있던 신문기사를 집어서 의기양양한 얼굴로 그에게 건넸다. 그는 기사를 잘 펴서 읽어 보았다.

"하지만 신장 검사는 이미 했고, 아무 문제도 없다고 했잖아요."

"그건 네 달 전이지. 지금은 뭔가 잘못된 거 같다. 모든 게 그 목록과 맞아떨어져. 네 눈으로 확인해 봐라. 오전의 두통, 피로, 가려움, 다리부종. 분명히 뭔가 잘못됐다니까."

그는 뒤돌아 걸어가서 조리대 위에 빵 봉지를 올려놓았다.

"소피아 진료소에 예약해 뒀다."

그는 어머니에게 등을 보인 채 눈을 감았다. 어머니가 또 의사를 만나러 간다는 것은 병원에서 근무하는 사람들이 알리세 랑네르펠트의 끝없는 검사 요청에 짜증내지 않으려고 애써야 한다는 뜻이었다. 그들의 입장에서는 정말 아픈 환자들을 돌볼 시간을 빼앗긴다는 뜻이니까.

"커피 좀 끓일까요?"

"보온병에 있다. 11일 오전 8시 50분에 예약했어. 데려다 줄 수 있니?"

그는 찬장에서 컵 세 개와 접시 세 개를 꺼냈다.

"일정 확인해 봐야 해요."

그는 그 말로 대화를 끝내려고 했다. 아니면 루이세에게 부탁해야 하는데, 아침에 나눈 대화가 곧바로 떠올랐기 때문이다. 루이세 생각만 해도 심장이 쿵쾅거렸다.

"아니면 루이세에게 부탁해야 할 텐데. 난 네가 데려다 주면 좋겠다."

그는 대답하지 않고, 봉지를 열어 빵을 꺼냈다.

"케이크 접시는 어디 있죠?"

마리안네 폴케손은 약속한 시간에 딱 맞춰서 인터콤을 눌렀다. 마리안네가 도착하기 전까지 두 사람은 케이크를 먹으며, 욕조 아래에서 풍기는 곰팡이 냄새에 관해 이야기했다. 알리세는 물이 배수구로 내려갈 때마다 냄새가 나는데, 청소하려고 해도 엉덩이가 아파서 힘들다고 했다. 얀-에리크는 전에 한번 자기가 청소 서비스를 부르겠다고 알리세를 설득하려 한 적이 있는데, 그녀는 여느 때처럼 콧방귀만 뀌었다. 알리세는 낯선 사람이 집을 기웃거리면서 돌아다니는 꼴을 보고 싶지 않았다. 혼자 할 수 없는 일은 얀-에리크와 루이세가 도와주면 되지 않나. 엎어지면 코 닿을 거리에 사는데.

얀-에리크가 마리안네 폴케손을 맞이했을 때, 알리세는 거실 소파에 앉아 있었다. 얀-에리크는 마리안네가 자기 또래거나 한두 살 정도 많으리라고 추측했다. 못생긴 얼굴은 아니었지만, 그의 취향에는 다소 나이가 많은 편이었다. 어차피 가족이 관련된 영역은 사냥터에 포함시키지 않았다.

두 사람이 조심스럽게 쳐다보면서 악수할 때도 알리세는 일어나지 않았다. 얀-에리크는 마리안네에게 안락의자에 앉으라고 권한 뒤 커피를 대접했다. 보온병을 가까이 가져가자 어머니는 한 손으로 잔을 가렸다. 이 모임에 참석해야 한다고 어머니를 설득하기가 얼마나 어려웠는지. 어머니는 예르다 페르손의 죽음에 관여할 이유가 전혀 없다고 생각했다. 그에 비해 얀-에리크의 마음속에는 상반된 감정이 공존했다. 마리안네 폴케손이 부탁했을 때는 자연스럽게 좋다고 대답했지만, 한편으로는 어둠 속에서 불편함이 일렁이는 것을 느꼈다. 예르다는 뒤돌아보고 싶지 않은 과거에 속한 사람이었다. 그들이 떠나 왔을 때 모습 그대로 텅 비어 있지만 여전히 신경 쓰고 관리해야 하는 집에 속한 사람. 집을 처분하는 일은 아버지가 살아 있다는 사실을 핑계로 미루어 놓았다. 처분하는 방법은 여러 가지였다. 팔아 버리거나, 박물관으로 만들거나, 그들이 들어가서 살거나.

집은 근사했다. 1906년에 지은 것으로, 방이 아홉 개에 부엌이 층마다 하나씩 총 두 개였다. 넓이는 3천 제곱미터나 되었고, 걸어갈 수 있는 가까운 거리에 강이 있었다. 얀-에리크가 미국에서 돌아왔을 때, 부모님은 서로 다른 층에서 살고 있었다. 그는 안니카의 죽음이 원인이라고 생각했지만, 늘 그랬듯이 아무것도 묻지 않았다. 교통사고로 안니카가 죽은 뒤 그 애의 방은 어머니의 부엌으로 바뀌었다. 부모님은 사이좋은 부부인 척해야 하는 공식 행사나 가끔씩 얀-에리크와 루이세와 함께하는 가족 식사를 제외하면 서로 마주치지 않으려고 애썼다. 그러나 절대 이혼하지는 않았다. 랑네르펠트가에 이혼이란 있을 수 없는 일이니까.

얀-에리크가 어릴 때 집안에서 의지할 수 있는 사람이라고는 예르다 페르손 한 명뿐이었다. 말수가 적은 여자였지만, 그녀의 침묵은 묘하게 편안했다. 그는 예르다의 침묵이 안전하며, 갑자기 폭발하지 않으리라는 것을 알았다.

마리안네는 커피를 조금 마셨다.

"당연한 말이겠지만, 악셀 랑네르펠트 선생님의 작품을 전부 읽었다는 말씀부터 드려야겠네요. 정말 대단한 작품들이에요. 선생님 덕분에 놀라운 독서 체험을 하게 돼서 감사하다고 전해 주세요."

"아, 물론이죠. 꼭 전할게요. 아주 기뻐할 겁니다."

얀-에리크는 마리안네의 뺨이 붉게 물든 모습을 보고 어머니를 노려본 뒤 큰 소리로 헛기침했다.

"아버진 풍이 심하게 와서 상태가 좋지 않습니다. 무슨 말씀을 드려도 얼마나 이해하시는지는 저희도 잘 몰라요. 어머니 말씀도 그런 뜻입니다."

"그렇군요. 정말 슬픈 일이에요. 몰랐습니다."

얀-에리크는 자신이 노려보는 걸 어머니가 눈치 채고 조용히 있어 주길 바랐다. 마리안네는 가방에서 까만색 공책과 펜을 꺼냈다.

"어쨌거나 저는 주택관리사로서 먼저 예르다 페르손의 친인척 가운데 상속자가 될 만한 사람이 있는지 알아보려고 왔습니다. 고인의 장례식을 준비할 사람이 나타나지 않으면 제가 직접 하니까요. 아직까지는 아무도 없네요. 혹시 고인에게 가족이 있는지 아세요?"

얀-에리크는 그 질문을 어머니에게 넘겼다. 그는 모르는 일이니까.

"아뇨. 난 예르다 페르손에 관해서 아는 게 별로 없어요. 1980년대 초반 이후로는 연락도 하지 않았어요. 그 질문에 더 잘 대답할 수 있는 사람이 있을 거예요."

"네, 그럴지도 모르죠. 하지만 안타깝게도 늘 그렇지는 않습니다. 그러면 상황을 최대한 이용해야 하죠." 마리안네가 반격했다.

얀-에리크는 대화가 이어지는 방식에 더 우울해졌다. 알리세는 진홍색 벨벳 소파의 쿠션을 쓰다듬었다. 그로서는 어머니의 아파트에서 이 모든 가구를 보는 것이 도무지 익숙해지지 않았다. 모두 나카 집의 위층에 놓여 있던 물건들인데, 아무리 이리저리 옮겨 보아도 여전히 엉뚱한 곳에 있는 듯했다. 마치 가구가 나카의 집을 그리워하며 새 아파트에 정착하기를 거부하는 것처럼 보였다.

"예르다는 원래 윌란드 출신인 것 같아요. 아니면 칼마르일지도 모르고요. 아무튼 여동생이 하나 있었는데, 1950년대 말에 세상을 떠난 모양이에요. 그때 넌 아직 어렸지."

얀-에리크는 고개를 끄덕였다.

"내 기억엔 예르다가 장례를 치르느라 일주일 휴가를 냈어요. 여동생도 결혼하지 않았거든요. 내 기억이 틀리지 않았다면요.”

“다른 형제가 있는지는 모르시고요?”

마리안네의 펜 끝이 까만색 공책의 줄 위에 놓여 있었다.

“네, 적어도 예르다가 언급한 사람은 없었어요.”

“아이도 없었고요?”

“네.”

마리안네는 자세를 바꾸고 공책을 몇 장 넘겼다.

“신문에 부고를 냈는데, 토리뷔 벤베리라는 사람이 장례식에 오겠다고 하더군요.”

“토리뷔 벤베리?”

알리세의 목소리에 의심하는 기색이 역력했다.

“네. 그 사람을 아세요?”

알리세가 콧방귀를 뀌었다. “안다고는 하지 않겠어요. 그 남자는 혐오스럽게도, 악셀의 명성에 묻어가려고 툭하면 찾아왔죠. 아무도 읽지 않는 소설을 겨우 몇 권 냈는데, 성공한 작가들에게 들러붙는 건 잘하더군요. 하지만 그 남자가 예르다와 무슨 관계인지는 모르겠네요. 서로 아는지도 몰랐는데. 물론 그 남자가 집에 찾아올 때 마주쳤을지도 모르지만, 그건 30년도 더 된 일이고.”

얀-에리크는 그 남자를 기억했다. 적갈색 수염과 유난히 크고 억지스럽게 들리던 웃음소리. 아버지 사무실의 닫힌 문 뒤로 들려오던 웅얼거리는 목소리와 때때로 터져 나오던 웃음소리. 게다가 정말 묘하게도, 기쁨을 좀처럼 표현하지 않는 아버지의 웃음소리도 가끔씩 들려왔다. 웃음은 언제나 밤이 깊어지면서 더 자주 터져 나왔다.

“적어도 그 사람은 장례식에 오고 싶어 합니다.”

알리세는 다시 콧방귀를 뀌었다. "그래요, 악셀이 올 테니 다시 알랑거릴 수 있을 거라고 생각한 모양이죠."

"어머니." 얀-에리크는 눈치껏 끼어들려고 했다. 전에는 어머니가 술에 취했을 때만 걱정하면 되었는데, 요즘에는 한시도 마음을 놓을 수가 없었다. 전에는 식구들에게만 보였던 부적절한 행동이 이제는 다른 사람들과 함께 있을 때도 툭툭 튀어나왔다. 그는 아버지를 장례식에 모시고 갈까 생각했다. 아버지가 현재 유일한 의사소통수단인 새끼손가락을 흔들든지 말든지, 그냥 휠체어에 앉혀서 모시고 가면 어떨까. 그러나 주택관리사 마리안네 폴케손이 지켜보는 앞에서 어머니와 그 문제를 논의할 생각은 없었다.

"장례식 전에 도움이 필요하면 기꺼이 돕겠습니다." 얀-에리크가 친절하게 미소 지으며 말했다.

"적절한 음악을 알려 주시면 정말 도움이 많이 될 거예요. 고인이 어떤 음악을 좋아했는지 아신다면요. 사실 사적인 장례식을 치르는데 도움이 되는 거라면 뭐든 좋습니다. 혹시 고인이 무슨 꽃을 좋아했는지 아세요?"

"장미요."

알리세가 놀란 얼굴로 얀-에리크를 바라보았다. 그는 선수를 치려고 그렇게 말했다. 머릿속에 처음 떠오른 꽃을 말한 것이다. 문득 40년도 넘은 어느 날 오후의 일이 떠올랐다. 어머니가 늘 입던 실내복 차림으로 잔디밭에 나가 있었고, 예르다는 고개를 숙인 채 조용히 서 있었다. 어머니는 민들레가 어쩌고 하면서 호통을 쳤는데, 얀-에리크는 이웃 사람들이 들을까 봐 두려웠다. 그때 어머니는 예르다가 민들레를 뽑지 않았다고 화를 냈었다.

"장미라고?" 알리세는 의심스럽다는 듯 말꼬리를 길게 늘였다. "도대체 어디서 들은 거냐?"

"제 기억엔 예르다가 그렇게 말했어요."

알리세는 더 이상 말하지 않았지만 그렇게 멍청한 대답은 처음 들어본다는 표정으로 아들을 바라보았다. 얀-에리크는 대화를 빨리 끝내야겠다고 생각했다. 아무래도 자신이 도착하기 직전에 어머니가 술을 한두 잔 걸친 듯했다. 지금 그 효과가 나타나기 시작했으니까.

필기를 하고 있던 마리안네는 공책을 앞쪽으로 몇 장 넘겼다. 그녀는 거실에서 무슨 일이 일어나고 있는지 눈치 채지 못하고, 여유롭게 다음 질문을 던졌다.

"크리스토페르 산데블롬이라는 사람을 아세요?"

알리세는 한숨을 깊이 내쉬고 힘을 내어 자리에서 일어났다.

"처음 들어보는 이름이네요."

알리세는 부엌으로 갔고 얀-에리크는 그 모습을 지켜보았다.

"저도 모르는 사람인데요. 왜 물어보셨죠?"

그는 어머니가 무엇을 찾는지 알기에, 점점 더 마리안네 폴케손을 내보내고 싶어졌다. 마리안네는 잔을 들어 커피를 조금 마셨다.

"그 사람이 고인의 유언장에 상속인으로 올라가 있거든요."

얀-에리크는 어머니가 사라진 문 쪽을 힐끗 쳐다보았다.

"그걸로 큰 부자가 될 것 같진 않은데요." 알리세가 큰 소리로 말했다.

얀-에리크는 부엌에서 들려온 어머니의 발언을 무마하려고 웃었다. 이 여자도 금속 병뚜껑이 열리는 소리를 들었을까?

"고인은 비용부터 지불하라고 명시했지만, 돈이 남으면 재산 판매 이익금을 합해서 그 사람에게 보내라고 했습니다. 두 분이 혹시 그 사람을 아시나 해서 여쭤봤어요."

"모르겠습니다. 나이가 대략 어떻게 되죠?"

마리안네는 공책을 확인했다. "1972년생이네요."

알리세가 문간에 나타났다. 팔짱을 끼고 선 모습이었다.

"그러면 우리보다는 그 사람한테 연락하는 게 더 나을지도 모르 겠네요. 예르다와 아주 가까운 사이였나 본데."

"연락해 봤습니다. 자동응답기에 메시지를 남겼는데, 유감스럽게 도 아직 연락이 없네요."

얀-에리크는 팔을 들어 손목시계를 보았다.

"그게 다라면, 이제 정말 가 봐야 할 것 같습니다."

마리안네는 공책 한쪽을 유심히 살펴보았다.

"다른 건 없습니다. 음악만 알려 주시면 돼요. 적당한 게 생각나 시면요. 아, 참. 고인의 사진이 있으면 한 장 부탁드립니다. 보통 확대 해서 액자에 넣어 관 위에 올리거든요. 고인의 아파트에서 찾은 게 한 장 있는데, 너무 흐릿해서 확대가 안 되더라구요. 사진이 있으면 꼭 빌리고 싶습니다."

얀-에리크는 일어섰다. "물론이죠. 찾아보겠습니다."

마리안네는 그와 악수하면서 고맙다고 인사했다. 알리세는 문간 에 서서 잘 가라고 인사하고는, 돌아가서 소파에 앉았다. 얀-에리크 는 마리안네를 현관까지 배웅했다.

"곧 연락드리겠습니다. 사진도 찾아보고요."

"감사합니다. 도움이 될 만한 게 생각나시면 전화 주세요."

얀-에리크가 그러겠다고 대답하자, 마리안네가 집에서 나갔다. 그는 잠시 현관에 서서 간절한 눈빛으로 신발을 바라보았다. 그저 걷고 싶었다. 이 집에서 멀리 떨어지고 싶었다. 그러나 하루 일과가 아직 끝나지 않았다. 자식으로서 해야 할 일이 하나 더 남아 있었다. 오늘은 아버지의 재활치료가 있는 날이었고, 의사 말에 따르면 가족이 치료에 긴밀하게 협력해야 했다. 재활치료 일정은 줄에 꿴 진주알처럼 줄줄이 잡혔는데, 아버지의 가족이란 바로 얀-에리크였다. 어머니는 체면치레로 딱 한 번 참여했을 뿐, 별로 관심이 없었다.

그는 거실에서 어머니가 부르는 소리를 들었다.

"얘야, 이리 와서 이 늙은 어미 옆에 잠깐 앉으렴. 그 정도 시간은 낼 수 있잖니. 너와 조금 이야기할 수 있으면 정말 좋겠구나. 낮에 혼자 있으면 너무 외롭단다."

그는 눈을 감았다.

내일이면 여행을 떠날 수 있을 터였다.

그는 떠날 시간을 손꼽아 기다렸다.

8

크리스토페르는 책상에서 일어나 창가로 갔다. 그칠 줄 모르고 내리는 비가 유리창을 타고 흘러내려서 카타리나 교회 공동묘지가 뿌옇게 보였다. 그는 차가운 창에 이마를 대고 눈을 감은 다음, 찾고 있던 표현이 생각날 때까지 꼼짝도 하지 않았다. 표현이 생각나자마자 서둘러서 컴퓨터로 돌아간 그는 선 채로 자판을 두드렸다. 그리고 다시 책상에 앉아서 심호흡을 하고 화면에 출력된 글을 읽기 시작했다.

2막

(어머니와 아버지가 아침을 먹으려고 식탁에 앉아 있다. 식탁 주위에는 의자가 네 개 있다. 어머니는 손바닥만 한 야한 상의에 초미니스커트 차림으로 굽 높은 빨간색 에나멜 가죽부츠를 신고 있다. 아버지는 가는 줄무늬 양복 차림이다. 방은 어둡지만, 다양한 크기의 TV에서 불빛이 새어 나오고 있다.

각 TV에는 서로 다른 프로그램이 방영되고 있다. 뉴스, 광고, 포르노 영화, 액션 영화, 뮤직비디오.

어머니는 뜨개질을 하고 있다. 아버지는 컴퓨터 화면을 보고 있다.)

(잠시 아무 말 없이 앉아 있는 두 사람.)

아버지: 뭐해?

어머니: 뜨개질.

(또 아무 말 없이 앉아 있는 부부.)

아버지: 뭘 뜨는데?

어머니: 벙어리장갑.

아버지: 벙어리장갑은 왜?

어머니: 아프리카 구호 단체에 주려고.

아버지: 거기서 벙어리장갑이 왜 필요한데?

어머니: 얼지 말라고.

(열세 살 난 아들이 무대 위로 등장한다. 오렌지색 관타나모 죄수복 차림에 눈가리개를 하고, 발목에는 서로 연결된 고무 족쇄를 차서 종종걸음을 칠 수밖에 없다. 발목에 찬 족쇄와 손목에 찬 수갑이 쇠사슬로 연결되어 있다.)

아들: 이것 좀 조여 주시겠어요?

(수갑을 조이는 어머니.)

어머니: 너 정말 그런 차림으로 가야겠니?

아들: 좀 내버려 두세요.

어머니: 바깥은 영하야. 감기 걸릴라.

아버지: 스벤손네 결혼식에 가는 일요일엔 깨끗한 옷차림을 해야 한다.

어머니: 그게 얼만지 아니? 4천 크로나야.

아들: 내가 산 거거든요. 크리스마스에 받은 돈으로.

어머니: 앞이 보이긴 하니?

아들: 구멍 뚫려 있는 거 엄마도 알잖아요.

(수갑을 찬 손을 최대한 높이 들어 올려 눈가리개에 나 있는 작은 구멍을 가리킨다.)

아들: 게다가 유기농 소재로 짠 거예요. 유기농 인증받은 걸로.

(위에 빵을 덮지 않은 오픈 샌드위치를 만들어서 아들에게 먹이고, 물을 마시게 하는 어머니. 갑자기 고개를 돌려 관객을 바라본다.)

어머니: 누가 저 좀 도와주시겠어요?

(아무 일도 없었다는 듯 다시 뜨개질을 하기 시작하는 어머니.)

아버지: 우리가 산 아프리카 어업 무역 주식 가격이 올랐네.

아들: 저 나가요.

어머니: 오늘은 늦게 가도 되는 날 아니니?

아들: 지금 출발하지 않으면 늦어요. (발목에 채운 고무 족쇄를 가리킨다.)

아버지: 자동차랑 소아성애증 환자 조심해라.

(발을 질질 끌며 종종걸음으로 서둘러서 무대 뒤로 사라지는 아들.)

어머니: 무슨 주식?

아버지: 사업 발상이 기가 막혀. 나일강농어 저민 것 500톤을 날마다 유럽으로 수출하는 거야. 인건비가 싼 러시아 조종사와 낡은 화물용 비행기로 비용을 낮췄지. 또 내장과 대가리는 지역 주민들 몫으로 넘기니까, 외래종인 나일강농어가 빅토리아 호수에 서식하는 물고기들을 멸종시켰다고 하는 사람들도 입을 다물어야 할 거야. 아무도 아프리카 어업 무역이 제몫을 다하지 않는다고 말하지 못할걸. 게다가 젊은 애들은 생선상자 본드에 열을 가해서 냄새를 들이마시면, 밤에 뒷골목에서 더 잘 잘 거라고. 어차피 걔들 부모는 전부 에이즈로 죽었으니까. 모두에게 이득이지. 우린 운 좋게 처음부터 그 사업에 관여해서 주식을 사 둔 거야.

(조용히 앉아 있는 두 사람. 갑자기 고개를 돌려 관객을 바라보는 아버지.)

아버지: 누가 저 좀 도와주시겠어요?

크리스토페르는 뒤로 기대어 머리 뒤로 깍지를 끼었다. 완전히 만족스럽지는 않았다. 무언가가 부족한데, 마감까지는 고작 4주밖에 남지 않았다. 그는 컴퓨터 화면에서 눈을 떼어, 꺼져 있는 휴대전화를 바라보았다. 전화기를 집어 들고 손으로 무게를 가늠해 보았다. 일주일 동안 외부 세상과 단절되어 있었건만, 작업한 원고량은 놀라울 정도로 적었다. 왠지 글이 술술 흘러나오지 않았다. 이야기하고 싶은 것은 너무 많은데, 말들이 손닿지 않는 곳에 갇혀 있기라도 한 듯했다. 그럴 경우 열쇠는 대개 고립이었다. 전화기를 꺼 버리고 이메일 확인을 중단한 뒤에 찾아오는 자유. 해방감. 스스로 빠져나온 사회 체제에 분통을 터뜨릴 권리가 있는 신성한 자연인. 그러나 이번에는 고립으로 문제가 해결되지 않았다. 오히려 외롭고 갑갑했다. 게다가 이 고립감이라니. 평소에 관찰자로서 느끼던 고립감과는 차원이 달랐다. 평소에는 관조하는 태도로 주변에서 일어나는 일들을 마음에 새겼다. 지난 3년간 도덕적으로 나무랄 데 없이 지냈으니 마땅히 비판할 자격도 있었고.

그런데 이번에 느낀 고립감은 외로움과 다르지 않았다.

돈 때문인가. 매달 익명의 누군가가 자신에게 일정치 않은 금액의 돈을 보내 왔는데, 이번 달에는 보내지 않았다.

그는 노트북을 닫고 부엌으로 갔다. 먼저 냉장고를, 그다음에는 냉동고를 열어 보았다. 냉동식품이 다 떨어져가서 사러 가야 했다. 어쩌면 예스페르에게 전화해야 할는지도 모른다. 간단하게 뭐라도 먹고 잠깐 이야기도 할 겸. 괴혈병에 걸리기 일보직전인 예스페르는 크리스토페르가 새로운 대본을 쓰느라 애쓰는 것처럼 소설을 쓰느라 분투하고 있었다.

그 소극장에서 크리스토페르의 첫 연극을 상연한 지 어느덧 1년이 지났다. 도발적이라고 한 평론가도 있었고, 눈에 띈다고 한 평론가도 있었다. 그는 그런 평가를 좋은 징조로 여겼다. 몇 번은 표가 매진되기도 했다. 그는 어두운 객석에 앉아 무대 위에서 나오는 대사를 소리 내지 않고 따라했다. 아무도 들을 수 없었지만, 그의 머릿속에서 들리는 목소리는 의기양양했다. 그리고 객석에서 박수가 터져 나올 때, 그의 가슴은 늘 같은 소망으로 부풀어 올랐다.

부모님이 날 볼 수 있다면.

극장에서 새로운 연극을 상연하고 싶어 하자, 그는 한 달 안에 대본을 완성하겠다고 약속했다. 두 번째 연극은 참신하면서도 독특한 그의 스타일을 유지해야 했다. 공격적이지만 타격을 완화해서, 어느 정도 시간이 흐른 뒤에야 구멍이 뚫리고 비평이 슬그머니 들어올 수 있게 하는 것이다. 인간의 본성은 습격을 당하면 방어 태세를 취하게 되어 있으니까. 그런 성향은 타고난 것이었다. 그러나 현재의 모든 상황에 느끼는 분노와 좌절 때문인지, 공격성을 억제하기가 쉽지 않았다.

그는 부엌 조리대에서 무선 전화기를 집어 들고 예스페르의 번호를 눌렀다. 아직 휴대전화를 켤 준비는 되지 않았다. 휴대전화를 켜면 마법이 완전히 풀릴 텐데, 그날 일에서 손을 놓기 전에 몇 쪽은 더 써야 했기 때문이다.

"나야. 어디야?"

"카페 네오에 있어. 잠깐 나올래?"

크리스토페르는 잠시 머뭇거리다가 마지못해 동의했다.

"좋아. 10분 안에 갈게."

그는 현관으로 나가서 운동화를 신고 더플코트를 입었다. 창밖을 힐끗 내다보고 비가 그친 것을 확인한 뒤 우산은 내버려 두었다. 문을 잠근 그는 계단을 걸어서 내려가기로 했다. 일주일 동안 앉아 있었으니 운동할 필요가 있었다. 난간 위로 손을 미끄러뜨리며 계단을 내려갔다. 수많은 사람들이 자신보다 앞서 이 난간을 잡고 내려갔으리라고 생각하니, 상반된 감정이 느껴졌다. 나는 전체의 일부이며, 모든 사람은 서로 얽혀 있지만 그와 동시에 각자의 책임이 있다. 그는 자신의 몫을 짊어지고 가야 한다는 것을 이미 깨달았다. 그리고 지난 3년 동안 그 깨달음이 이끄는 대로 살았다.

새로운 여행이 시작된 것은, 서른두 살에 오레의 바에서 바텐더로 일하다가 더 이상 숨을 쉬지 못하겠다고 느꼈을 때였다. 죽기 일보 직전이었다. 그는 술에 취한 사람들을 둘러보면서 술집에 앉아 있는 사람들의 IQ 총합이 콜모르덴 동물원에 사는 원숭이들의 IQ 총합과 같음을 확인했다. 결정적인 차이, 즉 동물원의 원숭이들이 좀 더 품위 있게 행동한다는 점만 제외하면. 마치 뿌연 렌즈를 뺀 느낌이었다. 지능이 있는 인간들이 지구에서 어떻게 살아가는지 알고 싶어 하는 외계인이라도 된 것 같았다. 모든 것이 갑자기 이해가 되지 않았다. 어설프기 짝이 없는 온갖 시도들. 술에 취해 비틀거리며 집으로 가던 사람을 꾀서 호텔에 데려가 몸을 섞으려고 지껄이는 헛소리들.

바텐더인 그에게, 간호사 공부를 하고 있는데 연례행사로 바에 놀러 왔다고 하던 여자들. '돌림빵 당하러 왔어요'라고 씌어 있던 민망한 분홍색 티셔츠. 여자들 가운데 몇 명이 똑바로 서기도 힘들어 하는 세 명의 근육맨과 나누던 대화. 무언가가 부족한데도 버티려고 애쓰는 사람들. 그리고 양조업자의 이름이 새겨진 유니폼 차림으로, 위스키와 맥주와 형형색색의 칵테일을 이미 고주망태가 되어 술

잔을 들기도 힘든 사람들에게 계속 건네면서 어리석은 짓을 부추기던 자신과 동료들. 그러나 그런 상황을 자초한 장본인은 바로 그들 자신이었다.

그들은 즐기고 있었다.

그리고 크리스토페르도 분명 그 무리에 속했다.

그는 횡단보도 앞에서 걸음을 멈추고 버튼을 눌렀다. 길 건너편에는 옆면에 맥주 로고가 붙은 밴이 멈춰서 회색 통을 레스토랑 바깥에 내려놓고 있었고, 직원으로 보이는 남자 둘이 무거운 금속 통을 문 안으로 들이느라 씨름하고 있었다. 앞으로 며칠 동안 그 통의 내용물은 마음의 평화를 찾는 사람들의 뇌를 채울 터였다.

그는 13년 동안 그렇게 살았다. 여름에는 비스뷔에서, 겨울에는 오레에서. 해변 뒤풀이 파티와 스키 뒤풀이 파티는 믿기 어려울 정도로 비슷했다. 휴가를 맞이하여 일에서 해방된 사람들은 그동안 잃어버린 시간을 보충해야 했다. 내면에 가뒀던 원시인을 잠시 해방하여 활개 치도록 내버려 두는 것이다. 그는 근무가 끝나면 그렇게 즐기는 무리에 합류했다. 특정 계절에만 일하면서 살면 한심한 인생, 다시 말해 평범한 일상이 전부인 개성 없는 인생과 거리를 유지할 수 있었다. 폐점 시간에 시작되어 다음날 아침에 끝나는 파티를 즐긴 뒤, 잠깐 눈을 붙이고 저녁 교대 시간까지 버티면, 다음 파티가 시작되었다. 산들바람에 날리는 깃털처럼 둥둥 떠다니는 피상적인 삶이었다. 매순간이 즉흥적인 기분에 따라 너무나도 빨리 지나가 버렸다. 그는 섹스와 알코올과 마약의 짜릿한 조합이 낳는 쾌감을 끝없이 추구했다. 자신이 생생하게 살아 있으며 평범한 사람들과는 차원이 다르다고 느낄 수만 있다면, 자신의 영혼을 괴롭히는 것에 재갈을 물릴 수만 있다면, 무엇이든 좋았다. 일이 잘못되더라도 혈중알코올 농도 탓으로 돌리면 그만이었다. 그는 일부러 작은 곤돌라 리프트에서 섹스하는 '스키 클럽'의 일원이 되었다. 맥주 마시기 대회와, 위험하기 짝이 없는 급경사 슬로프에서 열리는 스키 대회에 참가하기도 했다. 또 남자들이 콘돔에 자기 이름을 써서 복도에 있는 냉장고에 넣고 차례를 기다리면 여자들과 섹스할 수 있는 호텔 방으로 들어가려고 줄 서서 기다려 보기도 했다. 클라미디아라는 성병에 걸려 페니실린을 복용한 적도 있었고, 몇 주 동안 방탕하게 놀다가 신장에 탈이 나서 입원한 적도 있었다. 헤아릴 수 없이 많은 곳에서 자신의 토사물을 뒤집어쓴 채 깨어났으면서도, 그곳에 어떻게 갔는지 기억난 적은 한 번도 없었다. 돌아보면 부끄러울 만한 일도 저질렀다. 그러나 자신의 행동에 의문을 제기하는 것은 아무것도 없었다. 그는 외부 세상에 영향을 받지 않는, 밀폐된 누에고치 속에서 살았다. 밤의 탈선과 아침의 후회로 얼룩진 삶. 숙취와 함께 찾아오는 지독한 불안은 해장술로만 달랠 수 있었다.

그는 자신처럼 집 없이 떠돌아다니면서 여름과 겨울에만 일하는 사람들에게 끈끈한 동지애를 느꼈다.

마치 그들이 가족이라도 되는 양.

그는 중심가에서 개를 데리고 산책하던 한 노파와 마주쳤다. 노파가 자신을 힐끗 쳐다보자, 그는 함박웃음을 지어 보였다. 노파는 눈을 내리깐 채 서둘러 걸어갔고, 크리스토페르는 반대 방향으로 계속 걸었다. 그가 함박웃음을 지어 보인 것은 순전히 자신의 즐거움을 위해서였다. 낯선 사람이 보이는 상냥한 미소는 늘 혼란을 일으키는 듯했다. 그러나 좋은 사람이라면 그렇게 생각하지 않는 법이었고, 그는 좋은 사람이었다. 요즘에는.

몇 년이 지나자 중요한 무언가가 자신을 지나쳐 갔다는 불안감이 마침내 그를 괴롭히기 시작했다. 대머리 조짐이 보이는 거만한 고객들—한도가 높은 신용카드를 소지한 사람들—을 상대할 때마다 떠오르던 생각, 진정으로 성공하려면 시간이 걸린다는 생각이었다. 적어도 바의 단골손님 명단에 계속 남아 있을 정도로 성공하려면 말이다.

그 불안감은 온몸으로 퍼져 나갔고, 알코올로도 몰아낼 수 없었다. 술에 취할 때면 그는 이상하게도, 자기 목소리가 아니라 어딘가 다른 곳에서 나오는 목소리로 혼잣말을 할 수 있었다. 그 목소리는 갑자기 그에게 어디로 가느냐고 묻기 시작했다. 이게 정말 나야? 방금 테이블에서 일어난 사람이 정말 나야? 정말 나라면, 내가 왜 그랬지?

지금까지 그는 자신의 삶이 임시방편이라고 생각했다. 진정한 삶을 시작하는 데 필요한 사건이 아직 일어나지 않았다고 생각한 것이다. 그는 순진하게도 스스로 무언가를 시작하지 않아도 된다고, 그저 오래 기다리기만 하면 모든 것이 제자리를 찾아가리라고 생각했다. 그러나 이런 태도를 의심하기 시작하면서, 임시방편의 삶을 털어 버리기도 그리 쉽지 않다는 것을 깨달았다. 자신의 진정한 삶이 어딘가 다른 곳에서 펼쳐지고 있다는 망상에 빠진 것은, 어쩌면 익명의 누군가가 매달 보내 온 돈 때문이었는지도 모른다. 숙취로 음울한 불안에 휩싸일 때면, 크리스토페르는 삶이 자신의 몸을 구성하는 원자 내부의 진공에 존재한다는 결론에 도달했다.

그런데 자신의 몸이 어디에서 왔는지는 아무도, 심지어 자기 자신도 몰랐다.

진정한 삶을 기다리는 동안 주의를 딴 데로 돌리기 위해 이용한 책략들을 정당화한 것은 출생의 수수께끼를 풀고자 하는 욕구였다. 매달 오는 돈은 수수께끼의 답을 아는 누군가가 있다는 증거였으므로.

그는 펫 사운즈의 진열창 앞에 섰다. 새로운 삶을 살면서 더 이상 팁을 받지 못하게 되어 주머니 사정이 다소 어려워졌지만, 음반 CD는 때때로 한 장씩 구입했다. 음악을 공짜로 다운로드하는 것은 세상을 개선하겠다는 자신의 이데올로기에 들어맞지 않았기 때문이다. 음반가게 문이 열리더니 20대로 보이는 남자가 초콜릿 바를 손에 든 채로 나왔다. 남자는 크리스토페르의 곁을 지나가면서 알록달록한 포장지를 길에 던졌다.

"저기, 뭐 떨어뜨렸어요." 크리스토페르가 말했다.

남자가 그를 슬쩍 쳐다보았다. "그냥 쓰레긴데요."

"나도 압니다. 하지만 당신 대신 누가 이걸 집을 거라고 생각해요?"

남자는 우뚝 멈췄다. 그리고 크리스토페르가 장난하는 것은 아닌지 확인하려는 듯 주위를 둘러보더니 애매하게 미소 지었다. 크리스토페르는 남자의 눈을 똑바로 쳐다보면서 기다렸지만, 이번에는 미소 짓지 않았다. 몇 초가 지나자 남자는 부끄러워하면서 허리를 굽혀 포장지를 주운 뒤 그 자리를 떠났다. 크리스토페르는 그제야 자신과 자신의 행동에 만족스러워하며 씩 웃었다.

요즘에 추구하는 쾌감은 이런 종류의 것이었다. 섹스와 알코올로 느꼈던 쾌감이 갑자기 사라져 버렸기 때문이다. 새로운 쾌감이 마음을 달래 주기 전에는 뒤틀린 불안감이 슬며시 기어들어 와서 그를 괴롭혔다. 절망한 그는 자신이 막다른 골목에 도달했으며, 유일하게 도움이 된다고 생각하던 것의 대가가 사실상 벗어나려고 하던 것만큼이나 무시무시하다는 사실을 깨달았다. 그는 그제야 행동을 바꾸기가 얼마나 힘든지 알게 되었다. 알코올과 약물은 그가 더 이상 원치 않는데도 제자리를 지키겠다고 아우성쳤다. 스스로 선택했다고 생각했던 것은 알고 보니 없어서는 안 될 것이었다. 가장 위험한 적은 그의 몸속에 살면서, 뇌를 갉아먹고 그가 스스로 결정하지 못하게 막고 있었다. 공기는 더 이상 폐로 내려가지 않았고, 불안은 그가 원치 않는데도 끝없이 움직이라고 강요했다. 그는 위안받고 자신의 생각에서 달아나고 싶은 마음이 굴뚝같았지만, 그 대가—숙취와 함께 찾아오는 치명적인 불안—가 두렵기도 했다. 몇 시간 동안 알코올의 은총을 누리려면 그 대가를 치러야 했으니까. 자신의 영혼을 쥐어뜯는 공포에 더 이상 대항할 수 없었다. 무언가가 천천히 무너져 내리면서 무시무시한 것이 비어져 나오고 있다는 느낌.

그는 임시 바텐더를 그만두고 다른 임시직 동료와 함께 쓰던 비좁은 방으로 돌아갔다. 그리고 너저분한 침대에 몇 시간 동안 앉아 있었다. 숨 쉬는 것조차 힘겨웠다. 부모님이 이런 꼴을 보면 어떻게 생각할까.

그는 부끄러웠다. 지금까지 저지른 모든 짓이 부끄러웠다. 얼마나 오랫동안 자신을 모욕했는지. 자신과 모든 존재에게 빚을 진 셈이었다. 완전히 발가벗겨진 채 길을 잃고 혼자가 된 느낌.

크리스토페르는 짐을 싸서 스톡홀름으로 가는 기차를 탔다. 스톡홀름에 도착해서는 술집에서 몇 년 동안 일하면서 쌓은 인맥을 이용해 아파트를 구했다. 무기한 전대 계약이었는데, 집주인은 해외에서 연구를 하고 있다고 했다. 책장에 꽂힌 책들로 미루어 자연과학 분야라는 것은 짐작했지만, 어떤 종류의 연구인지는 알 수 없었다. 처음 몇 달 동안 그는 아파트에 처박힌 채 밖으로 나갈 엄두도 내지 못했다. 어쩔 수 없이 식료품을 사러 가야 하는 날들은 악몽 같았다. 그래도 바텐더로 일하는 동안 식사와 음료를 공짜로 해결하고 팁을 전부 저축해 둔 덕에 돈은 넉넉했다. 그는 모든 것을 등지고 싶어서, 과거에 알고 지내던 모든 사람들과 연락을 끊고 혼자서 내면의 악마와 싸우기 시작했다. 그때부터 책장에 꽂혀 있는 책들을 한 권씩 훑어보았다. 이해하지 못하는 경우가 많았지만, 최소한 술 생각은 잊을 수 있었다. 밤에는 컴퓨터 앞에 앉았다. 그는 알코올중독자 모임 채팅방에 들어가서 도움을 받으며 밤 시간을 버텼다. 매일 아침에 눈을 뜨면 절실한 욕망에 굴복할 것인지, 아니면 또 하루를 버티겠다고 다짐할 것인지 선택해야 했다. 사소해 보이는 한 걸음, 한 걸음이 그를 조금씩 앞으로 나아가게 했다.

6개월 뒤 크리스토페르는 시험 삼아 밖으로 나가서 오랫동안 스톡홀름 주변을 산책했다. 무언가를 털어 버리려는 듯 하염없이 걸었다.

풍경을 감상하면서 피엘가탄에 서 있을 때였다. 때는 봄이었고 반짝이는 초록빛이 미묘하게 계속 변하고 있었다. 슬루센으로 가는 하얀 여객선이 물을 가르며 나아가자, 다이아몬드를 뿌린 것처럼 수

면이 반짝였다. 모든 것이 너무나도 아름다웠다. 예상치 못한 경이로움이었다. 예전에도 이런 모습이었을 리가 없어. 한 번도 본 적 없는 광경인데. 울렁울렁 눈부신 기쁨이 내면 깊은 곳에서 솟아나왔고, 저항할 수가 없었다. 주위가 사람들로 가득했지만, 그는 스톡홀름 전체가 떠나갈 듯 큰 소리로 웃었다. 마침내, 드디어 해방되었다고 느꼈다. 눈앞의 모든 것이 가능성을 품고 있었다. 그는 늘 자신이 무언가 위대한 일을 하기 위해 태어났다고 느꼈는데, 이제 그때가 온 것이다. 이 세상에 공헌하고, 중요한 일을 할 때가. 이제야 모든 것이 의미를 띠었다. 의식이 깨어난 순간, 돌아갈 길은 사라졌다. 그러자 깨어 있는 매순간이 변화를 위한 투쟁이 되었다. 결코 현 상태를 있는 그대로 받아들이지 않겠다는 투쟁. 세상은 늪이었고, 늪의 물을 빼는 일은 만인의 의무였다. 자신처럼, 인간은 인류의 생존을 위해 싸우고, 얄팍한 모든 것에 맞서 싸워야 했다.

예스페르는 그들이 늘 앉는 구석자리 테이블에 앉아 있었다. 다 마신 라테 유리잔 안쪽에 말라붙은 거품이 불규칙한 무늬를 그리고 있었다. 크리스토페르는 예스페르가 늘 갖고 다니던 공책이 보이지 않는다는 사실에 깜짝 놀랐다. 그것은 나중에 『향수-견딜 수 있는 슬픔이라는 이상한 감정』이라는 소설로 탄생하는 비망록으로, 어디에 앉든 늘 손닿는 곳에 두던 예스페르의 동반자였다. 예스페르는 크리스토페르와 마찬가지로 고독한 늑대였다. 어쩌면 그 때문에 둘이 그렇게 잘 지내는지도 몰랐다.

크리스토페르는 더플코트를 의자 뒤에 걸었다. "그래, 뭐 마실래?"

예스페르가 고개를 흔들자, 크리스토페르는 기다리는 사람이 많지 않은 계산대 앞으로 가서 줄을 섰다. 그는 시험 삼아 앞사람에게 바짝 다가섰다. 남자가 한 발자국 앞으로 가자 그도 따라갔다. 남자는 불편한 듯했지만, 내색하지 않으려고 애썼다. 그리고 제자리에 서서, 들키지 않고 감시하려는 사람처럼 크리스토페르를 곁눈질했다. 왜 인간은 낯선 사람이 가까이 다가오는 것을 그렇게 두려워할까? 크리스토페르는 거리 유지하기가 왜 그렇게 중요한지 오랫동안 곰곰이 생각했다. 존재하는 모든 것이 하나이며 서로 연관되어 있음을 무의식적으로 아는 것은, 어쩌면 그런 불편함 덕분인지도 몰랐다. 그는 집의 책장에 꽂혀 있던 과학서적을 읽으면서, 원자란 그 형태만 바뀔 뿐 사라지지는 않는다는 사실을 알았다. 우주에서 찍은 지구 사진만 봐도 그 사실을 충분히 이해할 수 있었다. 사람들이 그런 깨달음을 진지하게 받아들이기만 한다면, 기존의 지배적인 세계관은 무너져 버리리라. 그러면 아무것도 하지 않은 채 현재 상황을 관망하기만 하는 사람도 없어질 터였다.

앞사람이 또 한 발자국 앞으로 가서 크리스토페르와의 거리를 넓혔다. 이번에는 그냥 내버려 두었다. 크리스토페르는 더블 에스프레소를 주문하고, 커피가 나오기를 기다리면서 예스페르를 관찰했다. 예스페르는 여전히 왼손에 턱을 괴고 앉아서, 오른손으로 테이블 위에 보이지 않는 형상을 그리고 있었다. 우울해 보였다. 처음 보는 모습은 아니었다. 예스페르는 펼쳐진 책처럼 자신의 감정 상태를 고스란히 드러냈는데, 우울해 보이는 것은 그리 드문 일이 아니었다. 크리스토페르는 그 명쾌함을 좋아했다. 예스페르에게는 오로지 눈에 보이는 메시지만 있을 뿐, 곰곰이 생각해야 하는 모호함이 없었다. 예스페르를 보면서 미소 짓던 크리스토페르는 문득, 자신이 저 친구와의 우정을 얼마나 소중히 여기는지 깨닫고 놀랐다. 예스페르는 관념적인 이유로 술을 마시지 않았기 때문에 크리스토페르와 교제하기가 더 쉬웠다. 술을 끊은 뒤로 특정한 상황은 피해야 했기 때문이다. 크리스토페르가 술집에서 저녁 시간을 보내는 것은 당뇨병 환자가 케이크 파티에 가는 것과 다를 바 없었다. 그는 여전히 갈증을 느꼈고, 때로는 첫 잔을 마시지 않기 위해 마음을 단단히 먹어야 했다. 긴장이 풀려서 멍해지는 느낌, 만사를 순조롭고 견딜 만한 것으로 바꾸어 버리는 평화로운 느낌, 금세 지나가 버리는데도 어떻게든 다시 느끼고 싶어서 밤새 몸부림치게 만드는 감각. 그것을 되살리는 첫 잔을 마시지 않으려면 말이다.

예스페르는 크리스토페르가 유일하게 친구라고 부를 수 있는 사람이었다. 과거를 청산한 뒤로 컴퓨터 앞에 앉아서 외롭게 일하며 술집에도 가지 않다 보니, 아는 사람이 별로 없어졌기 때문이다.

그러나 예스페르에게도 자신의 비밀은 털어놓지 않았다. 너무 부끄러워서 도저히 말이 나오지 않았다. 31년이 지나도록 아무에게도 말하지 않은 비밀.

그것은 그가 네 살 때 스칸센 놀이공원 계단에서 발견되었다는 사실이었다.

그가 버림받았다는 사실이었다.

크리스토페르는 테이블로 돌아갔다.

"어떻게 지내?"

그는 자리에 앉아서 더블 에스프레소를 홀짝이기 시작했다. 예스페르는 한마디도 하지 않았다. 역시 우울해 보였다.

"모르겠어. 행복해야 할 것 같은데. 그렇지가 않네."

"무슨 일인데?"

크리스토페르는 커피를 좀 더 마셨다. 예스페르는 뒤로 기대더니 무언가 불쾌한 것을 털어 버리려는 듯 기지개를 켰다. 그러고는 카페를 뒤집어엎을 말을 꺼냈다.

"내 책을 출판하고 싶대."

크리스토페르의 손이 공중에서 그대로 얼어붙었다. 그는 자신의 반응에 충격을 받았다. 좋은 사람이라면 기뻐서 날뛰고, 의자에서 펄쩍 뛰어올라 케이크를 사야 할 것이다. 가장 친한 친구가 그렇게 분투한 끝에 꿈을 이루게 되지 않았는가. 그러나 크리스토페르는 친구를 위해 기뻐하기는커녕, 거대하고 사악한 질투심에 공격당하기라도 한 듯 멍하게 앉아 있었다.

"야, 끝내 주는데." 그는 겨우 말했다. 어둠이 더 거대해졌다.

"그런가?"

예스페르는 전혀 행복해 보이지 않았다. 크리스토페르는 자신의 마음을 차지하려고 애쓰기 시작한 혼란을 기꺼이 받아들였다.

"당연하지. 안 그래? 그러려고 쓴 거잖아?"

잠시 침묵이 흘렀다. 예스페르는 먼저 곰곰이 생각하고 나서 말하는 사람이었다. 크리스토페르는 그 점을 높이 평가했다. 할 말을 조심스럽게 고르는 사람이 많아지면 이 세상도 더 나아질 텐데.

"어쩐지 공허한 느낌이야. 꼭 도둑맞은 것 같아."

"무슨 소리야, 도둑맞다니? 이제 기분전환으로 국수 말고 다른 것도 먹을 수 있게 됐잖아."

크리스토페르는 실제로 하고 싶은 말은 따로 있다는 것을 자신의 목소리에서 느낄 수 있었다.

"돈을 말하는 게 아냐, 너도 알잖아. 내 말은, 뭐라고 해야 할지 모르겠지만, 인생을 도둑맞은 것 같다는 거야. 이제 도대체 뭘 해야 하지? 그 망할 놈의 소설을 너무 오래 썼더니, 이젠 그게 아니면 뭘 해야 할지 모르겠어."

"다른 소설을 쓰면 되지."

별로 그럴듯하지 않은 생각이었다. 또다시 침묵이 흘렀다.

"못 쓰면?"

"관둬. 포기하기 전에 최소한 시도는 해 봐야지. 또 나가서 책 홍보도 하고, 돌아다니고, 인터뷰도 하고, 텔레비전 토크쇼에도 나가고, 낭독도 하고 그래야지."

질투심이 커지고 있었다. 성공의 꿈. 여기저기 와 달라는 요청을 받고, 마침내 자신의 가치를 확인받는 일.

"하지만 바로 그게 문제라고. 도대체 어떻게 내가 토크쇼에 나갈 수 있을 거라고 생각하는 거야? 내가 거기 앉아 있는 게 상상이 돼? 응? 인터뷰하는 건? 내가 뭐라고 하겠어? 책이나 읽어, 이 떨빡아! 내가 하고 싶은 말은 책에 다 있어. 그럴까? 그러면 어떻게 될까?"

크리스토페르는 대답하지 않았다. 그는 커피 한 잔 주문하는데도 긴장해서 말문이 막혀 버린 예스페르를 본 적이 있기에, 친구의 말이 어느 정도는 옳다고 생각했다. 그러나 우는소리에 짜증이 나는 것은 어쩔 수 없었다.

"게다가 난 너무 못생겼다고."

"그게 무슨 소리야."

"아기천사같이 생긴 너야 쉽게 말할 수 있겠지."

"네가 어떻게 생겼는지는 눈곱만큼도 중요하지 않아."

"아, 그래."

예스페르는 완전히 낙심한 듯, 머리에 손을 얹고 한숨을 쉬었다. 크리스토페르는 커피를 다 마신 뒤 컵을 치워 놓았다. 책을 낼 사람이 나라면 얼마나 좋을까. 어쩌면 나도 소설을 써야 할지도 모르겠다. 예스페르가 소설을 낼 수 있다면, 나도 할 수 있을 테니까.

"물론 내 책이 되도록 널리 읽히면 좋겠어. 그건 확실해. 그래서 쓴 거니까. 뭔가 원하니까. 하지만 그게 정말 뭘 의미하는지는 생각해 보지 않았어. 나 알잖아, 주목받는 걸 못 견딘다는 거. 소설을 쓴 건 내 방식으로 뭔가를 시도하고 주장하는 거였어. 난 브랜드 이름으론 영 아니올시다라고. 출판사에서 만난 사람들한테도 사실대로 말했어. 인터뷰 같은 거 할 수 있을지 모르겠다고."

"그랬더니 뭐래?"

"기뻐서 날뛰진 않았지."

"아, 젠장, 뭔가 다른 방법이 있겠지."

"날 보고 실망하는 기색이 역력하더라. 원고 읽고 나서 전화할 때는 그렇게 긍정적이더니, 그것도 직접 보기 전까지였던 거지."

크리스토페르는 더 이상 대꾸하지 않았고, 둘은 잠시 조용히 앉아 있었다. 크리스토페르는 출판사의 반응이 위로가 되었다는 생각을 잠재우려 했지만 소용없는 일이었다. 그는 질투를, 그것이 기어 나온 쓰레기 더미로 되밀어 넣으려고 필사적으로 애썼다. 도대체 어떤 인간이 자신처럼 반응한단 말인가? 그는 냉정을 되찾고자 손을 뻗어 친구의 손을 토닥거렸다. 너무나도 그답지 않은 행동에 예스페르가 깜짝 놀랐다.

"분명히 잘될 거야."

크리스토페르는 손을 빼고 웃었다.

"제길, 진짜 작가랑 친구가 됐잖아!"

그러나 그 말은 질투심만 더 자극했다. 크리스토페르는 언제나 둘 중에 더 성공한 쪽이었고, 두 사람의 역할은 정해져 있었다. 그들의 우정 자체가 그런 불문율에 따라 성립되었는데, 이제 그 균형이 무너진 것이다. 그는 집으로 돌아가서 대본을 계속 쓰고 싶었다. 모든 평론가가 환희로 넋을 잃게 만들고 싶었다.

"다른 홍보 방법을 생각해 봐야 할 거야. 아무도 시도하지 않은 걸 해 봐. 네가 얼굴을 비추지 않아도 책은 주목받을 수 있게."

그는 '그것도 너무 골치 아플 것 같으면'이라고 덧붙이고 싶었지만 그냥 입을 다물었다.

"그런 게 뭐가 있을까?"

"모르겠다. 생각 좀 해 봐."

* * *

크리스토페르는 길에서 예스페르와 헤어진 뒤 식료품을 사러 갔다. 그는 죄책감 때문에 의기소침했다. 자신이 친구를 위해 기뻐할 줄도 모르는 비열한 인간이라는 생각이 들었다. 자나 깨나 추구하던 선량함과 능력이 별것도 아닌 자극 좀 받았다고 평범한 이기심에 굴복해 버린 것이다. 그는 도덕적 가치가 욕망이 아닌 의무에서 나온다는 점을 잘 알고 있었다. 그런데도 실패를 면치 못했다. 크리스토페르는 자신의 실패를 바로잡고자, 어떻게 하면 언론이 책을 주목하게 될지 생각하려고 노력하면서 예스페르의 딜레마를 고민하기 시작했다. 그는 슈퍼마켓 안의 잡지 판매대 앞에 멈춰 서서 표제를 읽었다. 나는 4천 명의 여자와 잤다 / 술, 섹스, 완벽한 타락—우리는 그곳에 있었다 / 파일 공유로 부자 되기 / 죄악, 도박, 스트리퍼 / 섹시한 엠마가 젖은 블라우스를 벗으면, 감탄하는 수밖에 / 컴퓨터도 받고, 보고 싶은 포르노도 모두 다운받자!

크리스토페르는 한숨을 쉬었다. 자신이 남자고 표제가 몽땅 남성을 겨냥한 문구라는 사실이 창피했다. 남자라는 이유만으로 바보가 되어야 한다는 것이 창피했다. 물론 벌거벗은 여자가 싫지는 않았다. 자랑은 아니었지만, 아파트에 손때 묻은 잡지도 몇 부 있었으니까. 혼자 사는 남자가 달리 어떻게 할 수 있겠는가? 그러나 그렇게 저급한 본능에 대놓고 호소하는 것은 모욕적이었다. 그는 잡지를 하나 집어 들고 발행인 명단을 보았다. 편집자는 모두 남자들뿐이었다. 이 친구들은 어떤 사람들일까. 왜 좀 더 고상한 포부를 품지 않는 걸까? 그런 포부가 있다면, 여기서 뭘 원하는 걸까? 언젠가 그는 신문사에 전화해서 직접 물어보기도 했다.

"저희는 주주에 대한 의무가 있어요. 그러니 판매 부수 증가에 초점을 맞춰야 합니다. 안타깝게도 세계의 위기라는 주제는 판매 부수에 도움이 되지 않아요." 크리스토페르가 들은 대답이었다.

이런, 예스페르. 쉽지 않겠어. 현 세대에 관한 성찰이 담긴 소설을 썼다는 표제로는 가판대 신문이 불티나게 팔릴 리 없었다.

바로 옆에는 여성 잡지 진열대가 늘어서 있었다. 아름다운 눈—관능적인 외모 따라잡기! / 광란의 쇼핑—최고의 쇼핑 아이템 500가지 / 하이힐 신고 걷는 법 / 유방확대수술, 좋은 생각일까? 모든 것이 너무나도 혼란스러웠다. 이 모든 잡지가 팔린다는 사실이, 이보다 더 나은 것을 요구하고 더 분별 있는 사람이 되려는 여성이 그토록 적다는 사실이 당혹스러웠다.

오른쪽 끝에는 10대 소녀들이 읽는 잡지들이 진열되어 있었다. 여자 연예인들의 욕설에 관한 소문들 / 할리우드 최고의 귀여운 강아지를 뽑아주세요 / 헐뜯고 싶은 10대 완소녀 7인 / 그를 넘어오게 하는 비법. 편집자는 모조리 여자였고, 남자는 제작자 한두 명뿐이었다. 이 여자들은 자식을 어떻게 키울까? 사생활에서도 온갖 판에 박힌 성 역할을 받아들이고 자기네 딸을 백치 같은 섹시녀로 키우려고 할까, 아니면 먹고살아야 하니 제 할 일을 하는 것뿐일까?

다시금 생각이 머릿속을 질주했다. 지식인들은 다 어디에 있는 걸까? 왜 어떤 사람들은 생각할 시간도 거의 내지 않고 생각도 거의 하지 않는 걸까? 그들은 왜 자신을 그토록 하찮게 여기는 걸까? 왜 자신의 행동이 아무 의미도 없다고 확신하는 걸까?

정신을 마비시키는 수단을 멀리하게 된 뒤로, 현실을 감내하기가 점점 힘들어졌다. 인간의 뇌는 때때로 무뎌져야 온갖 어리석음을 못 본 척하고 희망을 느낄 수 있는 것일까?

"줄 서신 거예요, 아니에요?"

크리스토페르는 생각에서 깨어나 물건을 컨베이어 벨트에 놓기 시작했다. 그는 새로 산 냉동식품을 들고 집으로 향했다. 좀 전의 생각으로 새로운 아이디어가 떠올라서 기분이 다시 좋아졌고, 대본을 계속 쓸 준비가 되었다.

아파트 출입구가 보였을 때, 그는 휴대전화를 켜기로 마음먹었다. 새로운 메시지가 세 개 와 있었다. 하나는 극장에서 일이 어떻게 되어 가는지 묻는 메시지였고, 하나는 예스페르에게서 온 것이었다.

그리고 세 번째 메시지를 듣는 순간, 시간이 멈추었다. 그는 식료품 봉지를 내려놓고 벽에 기대야 했다.

그것은 자신이 유일한 상속자로 지정되었다는 유언장에 관한 메시지였다.

9

사과 향. 팔을 뻗어 사과를 집은 뒤 얼굴로 가져가 그 향을 맡을 수 있다면. 번개 같은 속도로 잃어버린 시간으로 이동한다. 수십 년의 변화로 보통 때는 흐릿해져 있지만 즉시 되살아날 수 있는 영역으로 마법처럼 도달하는 길.

악셀 랑네르펠트는 과일바구니에 놓인 연둣빛 사과들을 바라보았다. 사과는 라벨에 표기된 생산지에 있기라도 한 것처럼 손닿지 않는 곳에 있었다. 악셀은 세계를 반 바퀴 돌아도 상하지 않도록 방부 처리 주사를 놓고 조작도 했으니 그 사과는 더 이상 아무런 향도 나지 않을 거라고 스스로를 위로했다. 저 사과들은 어린 시절 가족들이 시민 농장에 홀로 서 있던 사과나무에서 조심스레 수확하여, 황금색 주스와 휴일에 쓸 사과소스로 만들곤 하던 사과와는 달랐다. 세심하게 손질된 농장에는 감자, 순무, 기타 식용 채소와 금어초나 매발톱꽃이나 향기제비꽃처럼 관상용으로 조금씩 기르던 꽃이 있었다. 어머니는 온갖 일을 하느라 종종거렸고 아버지는 꾸준히, 자랑스럽고 정확하게 망치질했다. 악셀이 거친 손으로 천천히 만든 작은 헛간. 그것은 고작 6제곱미터였지만 그 어떤 장엄한 궁전보다 귀중했다. 그는 그곳에 공지된 규정을 떠올렸다. 시민 농장은 무엇보다 도시에서 가난하게 살며 생활여건이 넉넉하지 않은 노동자들을 위한 것입니다.

그들이 '지복'이라 명명한 그 작은 땅은 방 하나와 부엌이 붙어 있다시피 한 아파트에서 오밀조밀 살아야 하는 그들에게 오아시스처럼 위안이 되었다. 그들의 거주지는 림베옌과 블레킹예가탄 거리 사이의 공간에, 제1차 세계대전 이후 주택 공급이 심각하게 딸리게 되자 긴급 해법으로 만든 작은 목재 주거지역에 있었다. 하지만 그 동네는 1960년대 말까지 남아 있었다.

머리를 지식으로 채우거라, 아들아. 그래야만 여기서 벗어날 수 있다.

똑똑, 문 두드리는 소리가 났다. 악셀은 사람들이 왜 굳이 두드리는지 도무지 알 수 없었다. 요양원에 간 후로 사람이 와도 들어오라고 할 수도, 내쫓을 수도 없게 되자 그는 그렇게 문을 두드리는 것이 모욕적이라고 느꼈다. 상처를 들쑤시는 것 같았다. 뒤에서 문이 열리는 소리가 들렸다. 누군가 들어왔지만 아무 말도 하지 않아서, 그는 여자가 시야에 들어오고 나서야 누군지 알 수 있었다. 이름은 기억나지 않았다. 일상적인 일들이 때때로 기억에서 사라져 버렸는데, 아마도 관심이 없기 때문이었을 것이다. 오래전에 일어난 일들만 또렷이 떠올랐다. 어쩌면 그것은 뇌가 그를 보호하는 방법일 수도 있었다. 그의 몸은 닫힌 공간이 되었고, 그는 그 안에 갇혔다. 그곳은 문이나 창문도 없이, 어떤 인간의 접촉도 없이 닫혀 있었다. 단조로운 나날이 왔다가 갔고 그날들을 견뎌야 했다. 노벨상을 받은 그의 지성이 모조리 왼손 새끼손가락으로 이동하여, 때때로 그의 명령에 따라 움직였다. 하지만 최근에는 비협조적일 때가 많았다. 악셀이 갇힌 몸은 움직이지는 못했으나 통각은 손상되지 않았다. 몇 시간씩 같은 자세로 누워 있으면 견딜 수 없는 고통이 엄습했다. 하지만 악셀은 도움조차 요청할 수 없었다. 그러면 유일한 탈출구는 과거로 도망치는 방법뿐이었다.

비록 그가 조심하며 피하려던 장소가, 그의 마음이 가려고 하지 않는 곳이기는 했지만.

"안녕하세요, 악셀, 편안하신가요? 아니면 자세 좀 바꿔 드릴까요?"

타월이 그의 입에서 흘러나온 타액을 닦아 냈다. 여자는 그가 어떻게 대답하기를 바란 것일까? 손가락이 움직이면 '그렇다'는 뜻이었다. 하지만 그 질문은 그의 능력 밖이었다. 그는 일어나 앉아서 고함치고, 마음 가득한 분노를 터뜨리고 싶었다. 이것은 삶이 아니라 상태에 불과했고, 그에게 최대의 적은 굴욕감이었다. 그는 늘 사람들을 까다롭게 골라 가며 사귀었고, 그의 바늘귀를 통과한 사람은 극소수였다. 그는 강압적인 모임이라면 모조리 거절했고, 시간이 지나면서 소수의 선택된 지인들조차 수가 줄어들었다. 명성이 커 가는 것과 같은 속도로 주변 사람들도 변했다. 몇몇은 제자리를 지켰지만 대다수는 그에게 고개를 숙이거나 아첨했다. 그는 외부인이 된다는 게 어떤 느낌인지 알게 되었고, 그 느낌은 작가로서의 외로운 삶에 금세 흡수되었다. 결국 사교성 없다는 표현이 그를 가장 잘 나타내는 말이 되었다. 그러던 그가 이제는 낯선 사람들에게 놀림감이 되었다. 그들은 왔다가 갔고, 그의 굴욕을 목격했다. 낯선 손이 그의 몸을 만졌고, 그의 가장 사적인 부분에 익숙해졌다. 그는 그들의 손바닥 위에 놓여 있었고 그들에게 철저하게 의존했다. 심지어 제 손으로 죽지도 못했다.

여자는 여전히 그의 뒤쪽에 서 있었고, 그는 여자가 그의 답을 기다리고 있는 걸 알 수 있었다.

"좀 움직여 드려요?"

악셀은 집중했으나, 온몸이 움직여 달라고 간청하는데도 손가락은 움직이기를 거부했다. 여자가 돌아서서 나간 후에야 그는 손가락이 살짝 꿈틀대는 걸 눈 가장자리로 보았다. 문 닫히는 소리가 들리자, 그는 기억 속으로 달아났다.

얼마나 많이 지워졌을까? 그는 알지 못했다. 아마도 눈으로 보고 귀로 들은 것은 왜곡될 수 있어도 경험은 그럴 수 없을 것이다. 망각 속으로 사라져 버린 것들도 여전히 흔적은 남았다. 어린 시절 그가 자란 동네는 오래전에 사라졌지만, 그의 초기 작품들 속에서 불멸의 생명을 얻었다. 그곳은 가난했어도 성장하기에는 좋은 곳이었다. 계단과 창문에서 쉬지 않고 떠들던 날씨 이야기. 계절과 함께 변하던 놀이들, 집 안이 복잡해서 늘 바깥에서 하던 놀이들. 겨울철 빙판 위에서 북적대며 타던 스케이트. 눈싸움 할 때면 요새로 둔갑하던 커다란 눈 동굴. 빨간 뺨에 튼 입술로 터보건 썰매가 다니는 길에 깔고 앉아서 미끄러지며 타던 판지 썰매. 눈이 녹으면 놀이가 시작되었고, 소중한 구슬은 쉬지 않고 주인을 바꿨다. 악셀은 어느 날 밤은 부자가 되었다가 어느 날 밤은 궁핍해졌다. 그는 라운더스 게임을 하던 일, 종이와 노끈으로 집에서 만든 축구공으로 놀던 일을 기억했다. 여름이면 오르스타비켄에서 수영하고, 자갈길에서 먼지가 일지 않도록 물을 뿌리는 살수차를 따라다녔다. 휴가 때 캠프에 가거나 시골에 친척이 있을 정도로 운 좋은 아이들이 부러웠다. 가을이면 아이들이 모두 다시 모였다. 가을은 숨바꼭질과 유령 이야기의 계절이었다.

악셀은 냄새를 기억했다. 언제나 냄새가 났다. 저녁 식탁의 음식과 갓 구운 빵의 냄새, 쓰레기통과 옥외 화장실에서 나는 고약한 냄새. 어두운 현관에 걸려 있던 땀에 전 코트 냄새. 길거리의 말똥과 막 자른 나무 냄새. 새로 빨아서 다락방에 널어 둔 천 냄새.

가게들은 모두 독특한 냄새가 났다. 생선가게, 푸줏간, 빵가게, 나무와 등유 저장고. 그리고 온갖 소리. 거리에는 자동차와 전차, 손수레, 말발굽과 덜그럭거리는 바퀴 소리가 났다. 새로운 것과 낡은 것이 자리를 차지하려고 다투는 소리였다.

그는 고요한 겨울을 기억했다. 소리가 눈에 흡수되고 어른들이 집 안에 있던 계절. 자그마한 아파트에 옹기종기 모여 있는 사람들은 모든 것이 되돌아오는 이른 봄이 되면 해방되었다.

라디오. 그 마법 같은 상자 주위로 모두가 모여들었고, 마법이 벽을 허물어 넓은 세상으로 나가는 문이 열렸다.

머리를 지식으로 채우거라, 아들아. 그래야만 여기서 벗어날 수 있다.

어린아이일 때는 그 말이 두려웠다. 그는 아무 데도 가고 싶지 않았다. 그냥 엄마아빠와 함께 그곳에, 익숙한 것들이 있고 안전한 일상과 단조로운 일상이 반복되던 그곳에 머무르고 싶었다. 그는 왜 부모가 그를 내보내고 싶어 하는지 의아했다. 왜 그렇게 그를 그 삶에서 밀어내려고 하면서도 다음 순간이면 다시 그 삶을 찬양했을까. 근면함, 세심함, 질서. 뭉치면 산다. 높은 도덕률과 양심적인 삶, 스웨덴의 첫 번째 사회민주당 수상 히알마르 브란팅의 반신상이 책상 위라는 명예로운 자리에서 그들의 계급 정체성을 보여 주었다. 반신상은 집에서 드물게 실용적이지 않은 물건이었다. 그의 기억은 수없이 이곳을 더듬었다. 어머니가 저녁 시간까지 지배하던 부엌. 아버지가 쓰던 침대 겸 소파. 낮에는 비어 있었지만 밤이면 악셀과 어머니와 두 살 난 여동생이 함께 자던 방. 동생은 공부에 재능이 있었지만 아무도 그 사실을 알아채지 못했다. 여동생의 선생이 어느 날 저녁에 집으로 찾아와 아이가 초등학교 이후에도 계속 공부하게 해 달라고 설득하려고 한 후에도 마찬가지였다. 부모님은 고집스러웠다. 가족 중 공부를 계속할 사람은 악셀이었고, 그것은 이미 오래전에 결정된 일이었다. 그는 엔지니어가 되어 가구 관련 일을 할 것이다. 여동생의 비통한 마음은 그 후로 계속 커져만 갔다. 동생은 결코 그를 용서하지 않았다. 그의 선택이 아니었는데도.

태양이 창턱을 넘어서자 성가신 빛줄기가 그의 얼굴을 때렸다. 중풍에 걸린 첫해 이후로 더 이상 마음대로 깜빡일 수 없게 된 눈꺼풀이 감기며, 자줏빛 어둠이 찾아왔다.

악셀은 부모가 하고많은 것 중에 공학을 선택했다는 사실에 놀랐다. 숫자는 한 번도 그의 편이 아니었다. 더구나 그는 특별히 실용주의자도 아니었다. 그가 노력했다는 점은 신도 아신다. 그는 아버지를 기쁘게 하려는 마음에 아버지처럼 되려고 무슨 짓이든 했다. '지복'에서 오두막을 만들 때 그에게 손재주가 없다는 것이 드러나자 아버지가 보여 준 너그러운 눈빛. 아버지는 잘못 박힌 못을 끈덕지게 빼내어 원래 박아야 할 곳으로 옮겼다. 한 번도 심한 말을 하지 않고, 연습하면 완벽해질 테니 포기하지 말라는 무언의 메시지만 던질

뿐이었다. 근면함, 세심함, 질서. 일요일을 제외하면 매일 아침 5시 반에 알람시계가 울렸다. 아버지가 7시부터 제당 공장에서 일했기 때문이다. 어머니는 당신 나름대로 일주일에 두 번 전차를 타고 외스테르말름까지 가서 아파트를 청소했다. 그리고 바로 그 집의 방대한 서가에서 보물들을 모아서 조심스레 빼돌렸다가, 일주일 후에 도로 가져다 놓았다. 쥘 베른, 알렉상드르 뒤마, 잭 런던의 소설들. 그는 구불구불한 이야기 속에서 길을 잃었고, 마음을 열고 이야기에 휩쓸렸으며, 다 읽은 후에는 자신의 언어로 여행을 계속했다. 그의 연습장과 여기저기 흩어진 종이에는 영웅과 모험에 관한 환상적인 이야기가 가득했다. 어머니와 아버지는 그가 쓴 것을 읽었고, 그의 글씨체와 철자에 관해서 언급하거나 평가하기는 했으나 내용에 관해서는 일절 언급하지 않았다. 이런 행동의 이중적인 함의는 일찍이 그의 마음에 각인되었다. '너는 특히 출신의 한계를 뛰어넘어야 한다. 하지만 그 와중에도 네가 특별하다고 믿지는 마라.' 급기야 악셀의 이야기가 지나치게 장황해진다고 여긴 부모는, 영감의 원천이던 책을 더 이상 가져오지 않았다. 그의 상상력을 자극하던 책들, 다채로운 환상으로 가득한 책들은 외스테르말름 집 선반에 그대로 있었다. 대신 건조한 참고서와 기술 서적이 등장했다. 그것은 모두 언젠가 그가 쇠데르말름의 남자고등학교에 장학생으로 들어가기 위한 시험 대비용이었다.

뒤쪽에서 문이 열렸으나 이번에는 노크 소리가 없었다. 눈꺼풀이 그의 말을 듣기를 거부하며 강렬한 햇살을 막는 일에만 충실하려고 했다. 휠체어가 움직이는 게 느껴지더니 그늘로 이동했고, 그제야 눈꺼풀이 떠졌다. 찾아온 사람은 얀-에리크였다.

"어떠세요, 아버지."

또다시 침이 흐르는 그의 턱을 수건으로 훔치는 게 느껴졌다. 가려움 때문에 미칠 지경이었다. 얀-에리크의 손은 간병인들의 손과 달리 머뭇거렸다. 악셀이 불편한 만큼 아들도 그렇다는 사실을, 그와 마찬가지로 부자연스럽게 느낀다는 사실을 알 수 있었다.

"잠시 누우시겠어요? 오전 내내 앉아 계셨다던데."

악셀은 온힘을 다해 집중하여 마침내 새끼손가락을 들어 올렸다.

"알았어요. 가서 사람을 데리고 올게요."

그는 곁눈질로 얀-에리크가 사라지는 모습을 보았다. 감사해야 한다는 것을, 분명 아들이 당번도 아니고 자기가 원한 게 아닐 텐데도 찾아왔으니 고마워해야 마땅하다는 것을 알면서도 감사한 마음이 들지 않았다. 그는 한 번도 아들을 진실로 이해해 본 적이 없었고 솔직히 말하자면 아들이 마음에 드는지도 불확실했다. 포부라곤 눈을 씻고 찾아도 보이지 않는 아들은, 온갖 기회가 바로 앞의 접시에 놓여 있는데도 단 하나도 활용하지 않았다. 목적이나 목표 없이 오로지 건성으로 이것저것 건드리기만 할 뿐, 한 번도 주체적으로 결정하지 않았다. 악셀 자신은 아무런 기회도 없는 환경에서 태어났으나 부모의 노고와 자신의 불굴의 의지로 앞으로 나아갔다. 온갖 역경을 딛고서. 그는 장학생 시험에서 낙방했을 때 느낀 수치와 부모의 실망을 기억했다. '결코 포기하지 마라'를 좌우명으로 삼았던 그의 부모는 단념하지 않았다. 그 후 8년간 그들은 악셀이 고등학교를 졸업하도록 뒷바라지하기 위해 쉴 새 없는 경제적 궁핍을 감내해야 했는데, 모두 다 악셀이 왕립기술대학에 입학하여 토목 기사라는 신기루 같은 최종 목표를 달성하도록 하기 위해서였다. 감당하지 못할 희생이란 없었다. 부모는 두 가지 일을 병행하며 학비를 모으려고 한 푼이라도 아꼈다. 악셀 자신은 한시도 허투루 쓰지 않고 부모의 포부에 부응하려고 애쓰며 그것이 자신의 포부이기도 하다고 생각하려고 했다. 하지만 그는 학교라는 낯선 환경에서 천천히 변해 갔다. 자신과 사회적 배경이 비슷한 학생은 드물었고, 악셀은 그런 분위기에서 헤쳐 나가기 위해 적응하지 않으면 안 되었다. 이곳에서 갈등은 시골에서처럼 주먹으로 해결하지 않았고, 우월함을 얻는 수단은 늘 언어였다. 이전의 환경과 달리 이곳에서 목표는 두각을 나타내는 것, 그가 대단한 사람이라고 진정으로 믿는 것이었다. 이렇게 되자 오히려 집으로 되돌아가 예전의 규칙에 따라 행동하기가 힘들어졌다.

이런 변화 때문에 악셀은 점점 더 출신지에서 멀어졌고, 그를 위해 그토록 끈질기게 분투한 부모에게서도 멀어졌다. 언어 사용도 달라졌고, 생각이 가족의 전통적인 규범에서 과감히 탈피했다. 모든 것이 그를 위해 돌아가던 집에서, 그는 점점 더 혼자라고 느꼈다. 부모가 있는 그대로의 그를 소중히 여기는 것이 아니라, 미래의 가능성 때문에 소중히 여긴다는 것을 느꼈다. 악셀은 자신이 가족의 일원이 아니라 하나의 프로젝트라고 여기게 되었다. 여동생의 쓸쓸한 질투와 부모의 무거운 기대가 너무 갑갑해서 숨 쉬기조차 힘들었다.

악셀은 입학 3년째 이미 수학에 어려움을 느꼈다. 단어들은 자연스레 의미를 띠었지만 숫자는 어떤 개연성도 찾기 어려웠다. 그는 스웨덴어 반에서는 모든 과제에서 최고점을 받았지만, 수학 시험은 간신히 통과할 뿐이었다. 바로 그 기간에 아버지가 군에 소집되었다.

독일군이 덴마크와 노르웨이를 점령한 후 국가에서 군을 징병했기 때문이다. 아버지의 소득이 없어지자 가족은 무너질 지경이었다. 음식 배급이 시작되었고, 가난한 가정에서는 모든 것이 부족했다. 악셀은 선반이 텅 비어 버린 가게 앞에서 끝도 없이 줄을 서던 일을 기억했다. 싸늘한 밤들. 땔감은 늘 모자랐고, 습기는 옷감으로 스몄다. 저녁이면 그와 여동생은 바깥으로 나가서 스토브에 넣을 만한 물건을 찾았다. 등화관제 커튼, 라디오에서 들리던 광적인 목소리, 히틀러가 올 거라는 공포.

악셀은 수학 시험에서 낙제한 일을 숨기고는 열성적인 부모가 시험 결과를 절대 보지 못하게 했으며, 전공을 선택할 시기가 되자 처음으로 부모를 배신하기에 이르렀다. 수학에 초점을 맞춘 과학 분야로 가야 왕립기술대학으로 가는 길이 열릴 터였다. 그러나 그는 인문 언어 분야를 선택하여, 부모가 고대하던 문을 은밀히 닫아 버렸다.

얀-에리크가 간병인과 함께 돌아왔다. 둘은 함께 악셀을 침대로 옮겼다. 고통이 줄어들고 몸이 부드러운 침대 위에 펴지자 좀 나아졌다. 침대 머리맡이 세워져 있었고 베개 몇 개가 깔려 있었다. 곧이어 끊임없이 반복되는 질문이 나왔다.

"편안하세요?"

아니, 하고 그는 소리 지르고 싶었다. 아니, 편안하지 않아. 이 병동에 있는 진정제란 진정제는 모조리 가져와서 내 혈관에 주사해, 영원히 잠들어 버릴 수 있도록. 하지만 그는 오직 새끼손가락을 움직여 다 괜찮다고 알릴 수 있을 뿐이었다.

얀-에리크는 방문자 의자에 앉았고 간병인은 왼편에 앉았다. 아들은 보통 당일 신문을 가져와 그에게 읽어 주었고, 이번에도 그렇게 했다. 악셀은 왜 자신이 계속 뉴스를 들어야 하는지 이해가 안 갔다. 어떻게 그가 이미 떠나 버린 세상에 손톱만큼이나마 관심이 있으리라고 생각할 수 있다는 말인가? 악셀은 곁에 누군가 있어 줘야 했고, 얀-에리크로서는 이것도 과감한 시도였다. 악셀과 얀-에리크의 관계는 힘의 균형이 무너져도 버틸 수 있을 만한 것이 아니었다. 악셀은 자신이 왜 그토록 아들에게 친밀함을 느끼지 못하는지, 자신의 반감을 이해할 수 없었다. 아들의 고분고분한 눈길에, 아들이 자신의 권리를 한 번도 요구하지 않는다는 사실에 마음이 걸렸다. 아들은 뭔가에 강하게 불타올라 그것을 위해서라면 싸움도 불사할 정도가 된 적이 없었다. 그리고 어쩌다가 그럴 때면 너무나 엉뚱한 일에 몰두했다. 무엇이 자신에게 최선인지 전혀 모르는 것처럼.

얀-에리크의 목소리는 끝없이 이어지는 칼럼을 따라 단조롭게 계속되었고, 악셀은 다시 과거로 빨려들어 갔다.

졸업 전 마지막 해에 내면의 갈등이 폭발하고 말았다. 공학의 꿈이 단지 꿈으로 남을 뿐이라는 사실을 부모에게 말해야 한다는 어마어마한 불안. 하지만 점점 더 강해지는, 또 다른 문제에 관한 불안. 그는 자신에게 재능이 있다는 점을 알았고, 몇 년간 공부하면서 자신의 우수함을 확인했다. 수학에는 소질이 없었지만 다른 자질이 부각된 것이다. 그는 나방이 불에 끌리듯 언어에 저항할 수 없이 끌렸다. 버틸 수 없는 유혹이었다. 그는 이야기들이 자기 안에서 서로 다투면서 생명을 얻으려 하는 것을 느꼈다. 하지만 글쓰기는 진정한 직업이 아니라, 남는 시간이나 때우는 방탕한 취미였다. 실질적인 지식으로 이어지지 않는 문학을 의심할 이유는 얼마든지 있었다. 그는 부모가 결코 이해하지 못할 것이라는 점을 알았고, 부모에게 이야기해야 할 날이 다가올수록 두려움은 커 갔다.

최종 시험을 치르던 날이었다. 악셀의 가족은 부엌 옆에 있던 방에서 그날을 기념하며 커피를 마시려고 했다. 오직 히알마르 브란팅만 그들을 지켜볼 뿐, 초대받은 손님은 아무도 없었다. 아들이 온갖 역경을 헤치고 방금 최종시험을 통과했다고 하더라도 자신이 대단한 사람이라고 생각해서는 안 되니까. 하지만 커피는 전시 배급 때 먹던 가짜가 아니라 진짜였다. 그들은 모두 옷을 차려입었다. 부모님은 자부심으로 빛났고, 여동생도 말없이 저항하기는 했지만 일단 동참했다. 치가 떨릴 정도로 선명하게, 그는 가족이 염원하던 토목기사가 아니라 작가가 되겠다는 결심을 말했을 때 부모의 눈에서 뭔가가 사라진 때를 떠올렸다. 자기도 모르게 너털웃음을 터뜨린 여동생. 여동생을 잠잠하게 만든 아버지의 매서운 손길. 그날 그는 갈림길을 통과했고, 자신의 천직을 찾으러 떠났다.

63년이 지난 지금도 악셀은 그것이 잘한 일인지 알 수 없었다. 그는 자신의 신념을 따랐다고 생각했지만, 시간이 지나면서 관점이 바뀌었다. 죄책감이 늘 그를 따라다니며 쉬지 않고 그를 죄어 왔다. 아무리 명성을 얻어도 죄책감은 결코 가라앉지 않았다. 자리에서 일어서면 자신의 작품과 훌륭한 상패가 진열되어 있는 게 보였지만, 아무런 자부심도 느낄 수 없었다. 그것들은 단지 통과해야 할 이정표일 뿐이었다. 그런 상황은 시간이 지나도 바뀌지 않았다.

그리고 불행히도 엔지니어를 만나기라도 할 때면 항상 마음이 불편했다.

젊은 사람들은 삶에 목표가 있다고 믿는다. 악셀도 그러했다. 바로 그날 악셀은 그 말을, 그것도 맹목적으로 믿었으며, 부모가 무너져 내릴 정도로 실망하는데도 책을 쓰기 시작했다. 그리고 책을 끝냈다. 그리고 작가가 되었다. 그리고 삶이 끝없는 여행이라는 점을 깨달았다. 예정된 목표 지점에 도달할 때 즈음이면 그곳이 또 다른 출발점이 되었다. 어떤 목표에 도달한다는 것은 불가능한 일이었다. 오직 끝이 있을 뿐. 그리고 마침내 끝에 도달해 보면, 예전과 마찬가지로 아직도 가지 못한 곳이 너무나 많았다.

갑자기 고요해지자 그는 깨어나며, 잠시 잠들었다는 것을 깨달았다. 얀-에리크가 부스럭거리는 소리를 내며 신문을 접고 있었다.

"이제 가 봐야겠어요. 집에 들러서 예르다 페르손의 사진을 좀 찾아봐야 하거든요. 일주일쯤 전에 세상을 떠났는데 장례식에 사용할 사진이 필요하다네요."

정신이 번쩍 들었다. 눈이 획 뜨였다. 그 이름을 듣자마자, 늘 피하던 장소로 마음이 직행했다.

"뭔가 찾을 수 있을지 한번 보려고요. 아버지는 아마 집필실에 뭔가 있는지 아실 텐데, 그렇죠? 어쩌면 자료를 다 보관해 두신 그 벽장에 있으려나요?"

악셀은 심장이 두근거렸다. 예르다는 떠났고, 그는 그 사실에 감사해야 했다. 예르다는 분명히 마지막까지 충성을 지킨 것 같았다. 이제 필생의 작업을 지워 버릴 사람은 오로지 한 사람뿐이었다. 아직도 그가 살아 있다면. 악셀이 말을 할 수 있었을 때는 진실이 밝혀진다 해도 두 사람 다 이름에 먹칠을 하는 셈이 되었다. 하지만 풍을 맞은 후 악셀은 그의 이름과, 그가 무슨 짓을 저지를 수 있는지를 하루도 잊은 날이 없었다.

그리고 집필실 벽장, 거기에는 아무도 보아서는 안 될 것들이 있었다. 그는 풍을 맞기 직전에, 문득 그것들을 보관하는 것이 미친 짓이라는 생각이 들어 그곳을 정리하기 시작했다. 어쩌면 무의식이 그에게 시간이 없다고 알려 준 것인지도 모른다. 하지만 악셀은 정리를 끝내지 못했다. 그는 그 쓰레기 봉지가 아직 거기 있는지, 아니면 얀-에리크가 이미 버렸을지 궁금했다. 버렸어야 할 텐데. 그보다 더, 악셀은 토리뉘 벤베리가 죽었으면 했다. 인간의 형상을 한 악마. 그두 가지 소원만 이루어진다면 악셀 랑네르펠트라는 이름은 영원히 빛을 잃지 않을 것이다.

그렇다면 그 모든 일들이 아깝지 않을 것이다.

10

1967년, 지방자치도시의 교육 지구에서 수여하는 렉토르 스포츠 상. 나직이 그 말들을 속삭일 때 경쾌한 기쁨이 차고 넘치며 몸을 타고 흐르는 것을 느꼈다. 그, 얀-에리크 랑네르펠트가 그 상을 받게 되었고 학교 강당에 학생, 선생, 부모가 모두 모인 자리에서 그 사실이 발표될 것이다. 합창단이 노래하고 학장이 연설할 것이며, 학교의 봄 콘서트가 열리는 가운데 그가 무대에 올라가 컵과 졸업장을 받을 예정이었다.

이제 가장 힘든 도전만 남아 있었다. 그 엄숙한 행사가 진행될 때 아버지가 강당에 있도록 하는 일.

얀-에리크는 부엌 식탁에 앉아 살라미 샌드위치를 먹고 있었다.

"잘 먹어야 크고 튼튼해지지. 빵 더 먹고 싶으면 통에 있다."

예르다는 조리대에 서서 다음날 먹을 미트볼을 준비하고 있었다. 스테인리스 그릇 가장자리에 달걀을 깨뜨린 후 손으로 민스파이(건

포도, 설탕, 사과, 향료 등과 잘게 다진 고기를 섞은 것으로 만드는 요리―옮긴이) 반죽을 주무르기 시작했다. 전에도 자주 그랬듯, 예르다는 얀-에리크가 알지 못하는 멜로디를 흥얼거렸다. 하지만 얀-에리크는 마음속을 가득 메운 수수께끼를 풀기에도 바빴다.

"동생은 어디 있니? 저녁 간식 먹고 싶지 않대?"

"아마 방에 있을 거예요."

"그건 절대 아니지." 이제는 사용하지 않던 나무 스토브 뒤에서 손이 튀어나왔고, 다음 순간 안니카가 기어 나왔다.

"이런, 거기 있었구나. 또 속았네."

안니카가 그곳 스토브 뒤에 있을 때가 제일 많았는데도 예르다는 그것이 아주 재미있는 장난이라도 되는 듯 한참을 웃었다. 예르다는 스토브 뒤 공간을 작은 집으로 만들어 주었다.

"내가 뭐래요."

얀-에리크는 예르다를 보고 미소 지었다. 예르다가 그런 일에 즐거워한다는 점이, 누구도 웃지 않는 일에 재미있어 한다는 점이 참으로 이상했다. 얀-에리크와 안니카는 부엌에 있는 걸 좋아했다. 아버지 집필실에서 멀리 떨어져 있어서 목소리를 낮추지 않아도 되기 때문이기도 했지만, 예르다와 있으면 뭔가 편안해지기 때문이기도 했다. 그것도 근처에 다른 어른이 없을 때 이야기였지만. 부모님만 나타나면 예르다는 태도가 바뀌어 집안의 다른 사람과 마찬가지로 잘 웃지 않았다.

누군가 초인종을 울렸다. 짧게 세 번. 초인종에 응답할 사람은 예르다였지만 지금 예르다의 손은 끈적끈적한 고기로 범벅이었다.

"괜찮다면 가서 누군지 좀 봐 주렴, 안니카."

안니카는 복도를 따라 사라졌다. 얀-에리크는 목소리로 방문자가 누구인지 즉시 알아챘고, 희망은 모두 물거품이 되었다. 이제 저녁이 밤이 되도록 아버지에게 이야기할 기회는 찾아오지 않을 것이다.

안니카는 부엌으로 돌진해 와서는 스토브 뒤로 기어들어 갔다. 다음 순간 토리뉘 벤베리가 외투를 입고 모자를 손에 든 채 문 앞에 나타났다.

"안녕하신가, 여러분. 요리하고 있었군요. 오늘은 무슨 진미를 준비 중이신가?"

"그냥 미트볼이에요. 오셨다고 말씀드리겠습니다."

예르다는 끈끈한 손을 닦으러 싱크대로 갔다.

"아니, 아니에요. 방해하고 싶지 않아. 내가 직접 문을 두드리지."

토리뉘는 그 말과 함께 사라졌다. 얀-에리크는 왜 그 집에 사는 사람에게도 허락되지 않는 일을 저 낯선 사람은 해도 되는 건지 의아했다. 아버지가 일하는데 문을 두드리는 것 말이다. 다음 순간 얀-에리크는 지금이 기회라고, 자기를 위해서는 아니지만 어쨌거나 지금 문이 열릴 것이라고 생각했다. 얀-에리크는 늦기 전에 최대한 서둘러 뛰었다. 토리뉘 벤베리는 아직 문 앞에 있었다.

"네?" 문 안쪽에서 소리가 들렸다.

토리뉘가 문을 열고 들어갔다. 얀-에리크는 몰래 다가가 문지방 바로 바깥에 섰다.

"아, 잘 지냈나, 토리뉘. 누가 날 방해하러 왔나 했더니 자네였군."

"자네한테 화요일 저녁 행사에 영감이 좀 필요할 것 같아서 말이지."

웃음과 악수, 그러고 나서 아버지가 그를 발견했다.

"뭐 필요한 게 있니, 얀-에리크?"

"네, 여쭤 보고 싶은 게 있어요."

"그럼 기다려라. 보다시피 손님이 계시잖니. 가서 어머니나 예르다에게 물어보아라."

악셀은 문을 굳게 닫았다.

얀-에리크는 거실 안락의자에 앉아 있었다. 집필실 문이 보이는 그곳에서 그는 두 시간 동안 떠나지 않고 있었다. 어머니가 세 차례 그곳을 지나가면서 얀-에리크에게 뭘 하느냐고 물었다. 아무것도 아니에요, 그는 대답했으나 어머니는 그게 거짓말이라는 듯 쳐다보았다. 이제 잠자리에 들 시간이 다 되었는데 문은 아직도 열리지 않았다. 아버지가 오지 않으면 모두 허사가 될 것이다. 이제야 뭔가 보여 줄 거리가 생겼는데.

얀-에리크는 계단에서 어머니의 발소리를 들었고, 어머니가 네 번째로 거실에 나타났다. 이번에 어머니는 아무 말도 하지 않았다. 그저 책꽂이로 가서 무슨 책을 찾기라도 하는 것처럼 책등을 손가락으로 훑었다.

그러고는 얀-에리크에게 등을 돌린 채로 말했다. "아버지에게 내일 오실 건지 여쭤 봤니?"

"아뇨, 일이 주 전에 말씀은 드렸는데 오시는지 대답은 하지 않으셨어요."

"언제까지 거기 앉아 있을 생각이니?"

"그냥 앉아서 생각 중이에요. 금요일에 지리 시험이 있어서 준비해 두려고요."

어머니가 그를 쳐다보았다. "지리 교과서는 어디 있고?"

그는 얼굴이 달아오르는 게 느껴졌다. "음, 이미 거의 다 외웠어요. 지금 머리로 유럽 수도들을 떠올리는 중이에요."

그녀는 더 이상 아무 말도 하지 않았다. 하지만 그는 어머니가 거실에서 나가서 위층으로 올라갈 때 손에 책이 없다는 것을 알아챘다.

한 시간이 더 지났다. 벽시계의 째깍째깍 소리가 시간을 따라 엄격하게 움직였고, 단조로운 시계 소리에 얀-에리크는 꾸벅꾸벅 졸았다. 얀-에리크는 누군가 소매를 잡아당기자 잠에서 깨어났다. 안니카가 잠옷 차림으로 서 있었는데, 울고 있었다는 걸 알 수 있었다.

"이리 와 봐, 엄마가 이상해."

그는 집필실 문을 쳐다보았다. 문은 아직도 그대로였다.

"어서!"

안니카는 겁이 나면서도 속삭였고, 그는 안니카를 따라서 통로를 지나 위층으로 달려갔다.

어머니가 침실 바닥에 누워 있었는데, 실내복 차림으로 얼굴을 바닥에 대고 있었다. 그는 그 어느 때보다 강렬한 두려움에 휩싸였다. 안니카가 흐느끼기 시작했다. 얀-에리크는 서둘러 어머니 옆에 무릎을 꿇었다. 그녀의 팔을 당기고는 얼굴을 덮고 있는 머리카락을 쓸었다.

"엄마! 엄마! 일어나세요, 엄마! 무슨 일인지 말해 보세요. 말 좀 해 봐요, 엄마, 왜 그러는지 말해 봐요."

그녀는 움직이지 않았다. 얀-에리크가 팔을 붙잡고 휙 잡아당기자 팔이 축 늘어졌다. 그는 눈물이 솟아오르는 게 느껴졌다. 코를 그녀 입에 가져갔지만 어머니가 와인을 마셨을 때처럼 시큼한 냄새는 나지 않았다. 다른 뭔가가 있었다.

"엄마. 제발, 엄마. 일어나요."

그는 팔을 놓고 손에 얼굴을 묻었다.

"아버지 불러야겠다."

그가 일어나 달려가려는 찰나에 어머니가 눈을 떴다. 그녀는 고개를 돌려서 먼저 그를, 다음으로 안니카를 보았다.

"안니카, 물 한잔 가져다주련?"

안니카가 달려갔다. 어머니는 일어나 앉았다. 갑자기 완전히 정상인 것처럼, 언제 죽은 듯 바닥에 누워 있었냐는 듯했다.

"그러니까 조금은 관심이 있는 게로구나."

얀-에리크는 얼어붙었다. 처음에는 그것이 무슨 뜻인지 몰라서 그저 앉아 있었다. 눈물이 솟아올라 뺨을 타고 흘렀다.

어머니는 일어났지만 그는 계속 바닥에 앉아 있었다. 어머니가 침대에 올라가 앉는 모습을 눈으로 쫓으면서.

"무슨 말이에요?" 마침내 그가 겨우 말했다.

"아버지가 오는지는 그토록 걱정하면서 엄마에게는 묻지도 않았잖니."

"하지만 엄마도 오면 좋겠는걸요. 엄마가 온다고 했잖아요. 난 분명히 물어봤다고요."

"정말 엄마가 가면 좋겠니?"

그는 다시 눈물이 솟았다.

"그거야 당연하죠."

그녀는 갑자기 손으로 얼굴을 가리고, 우는 것처럼 어깨를 들썩였다. 얀-에리크의 눈물이 뚝 멈췄다. 그는 서둘러 바닥에서 일어나 어머니 가까이 가서 팔을 토닥거렸다.

"미안해요, 엄마, 미안해요. 정말로 엄마가 오면 좋겠어요. 아버지가 오는 것보다 엄마가 오는 게 훨씬 좋아요. 약속해요. 미안해요."

안니카가 물을 가지고 돌아왔다. 어머니는 눈물을 닦고 침대 옆 탁자에 잔을 놓았다.

"알았다, 그럼. 그렇다고 하자. 엄마가 아버지에게 꼭 오시라고 이야기하마."

11

"전혀 진전이 없습니다. 오히려 나빠졌어요. 악셀 씨는 사실 이곳에 머무르기에는 너무 안 좋습니다. 우리 병원은 회복 가능한 환자를 위한 곳입니다. 하지만 악셀 랑네르펠트 씨니까 머무르시게 해 드리기로 한 거죠. 다른 곳에서 1인실을 구할 수 있을지도 확실치 않고, 그가 유명하다는 것과 1인실에서 지내지 못할 때 미칠 영향을 고려해서 예외를 두기로 한 겁니다."

지난번 상담 시간에 의사가 한 말에 얀-에리크는 감사를 표했다. 그런 후 아버지와 한 시간 동안 보내며 의사의 진단이 정확하다는 점을 확인했다. 아버지와 교류하기가 점점 힘들어지고 있었다. 얀-에리크는 뉴스와 문화 전반을 아버지에게 이야기해 주려고 했지만, 아버지가 실제로 얼마나 이해하느냐가 문제였다.

얀-에리크는 아버지를 방문하러 가는 게 우울했다. 그 오랜 세월 아버지를 내려다보게 되기를 꿈꿨지만, 마침내 꿈이 실현되자 전혀 만족을 느낄 수 없었다. 오히려 이제 결코 일어날 수 없게 된 일을 생각하니 마음이 괴로웠다. 그는 아버지가 실제로 세상을 떠나는 날 어떻게 될지, 그 슬픔이 어떤 느낌일지 생각했다. 애초에 잡지도 못한 것을 어떻게 놓아 버릴 수 있다는 말인가?

얀-에리크는 시동을 켜 둔 채 차에서 내려 대문을 열다가, 수석 정원사를 부를 때가 되었다고 느꼈다. 정원 가장자리는 시들어 버린 다년생 식물 때문에 갈색으로 변했고 사방이 잎사귀로 덮여 있었다. 잔디밭에는 차양이 달린 테라스의 지지대 중 하나가 날아가서 떨어져 있었다. 테라스는 그가 미국에 가고 없을 때 만들었지만 아무도 사용한 적이 없었다. 자갈 깔린 길, 어린 그에게 늘 골칫거리였던 그곳에는 잔디가 여기저기 나 있었다. 그는 어머니가 곁에 없다는 사실이 감사했다. 어머니는 자갈길과 잔디밭이 맞닿은 경계선을 항상 주시하며 생과 사를 가르듯 둘을 분리하려고 했고, 그 일은 얀-에리크의 몫이었다. 예르다와 안니카도 해야 했지만.

그는 다시 차를 몰고 안으로 들어가 집 앞에 세운 다음, 그대로 잠시 앉아 있었다. 서둘러야 할 이유가 없었다.

긴 여행이었다. 지리적으로야 그렇지 않겠지만, 이 집을 나간 후로 굽이굽이 끝없이 이어지는 길을 지나온 느낌이었다. 30년이 지났는데도, 아무리 벗어나려고 노력해도 결국 모든 것이 이곳으로 되돌아오도록 그를 이끄는 듯했다. 가끔은 자기도 알 수 없는 이유로 향수병까지 앓았다. 하지만 그런 느낌은 다른 곳에 있을 때뿐이었다. 집에 돌아오면 늘 곧바로 떠나고 싶어졌다.

얀-에리크는 차에서 내려 집 열쇠를 꺼냈다. 현관까지 가는 길이 나뭇잎으로 덮여 있기에, 옛날부터 입구에서 보초를 서던 빗자루로

잎을 쓸었다. 오래 쓰면서 닳아 버린 빗자루 끝을 보면서 얀-에리크는 삐딱하게 잘라 놓은 치즈가 떠올랐다. 그러자 또 루이세가 생각났다. 루이세가 삐뚤빼뚤하게 자른 치즈를 보면 늘 짜증을 내서, 그는 치즈 커터를 정밀하게 사용하는 법을 배웠다. 그는 한숨지었다. 루이세가 준 명함을 지갑에 넣어 두기는 했지만, 당연히 전화는 걸지 않았다. 그가 집에 들어서자마자 루이세가 물어볼 텐데.

얀-에리크는 현관문을 열고 도난경보기를 끈 다음 신발을 도어매트에 잘 닦고서 그대로 집으로 들어갔다. 사람이 살지 않는 집이라 바닥이 차가웠기 때문이다. 난방은 제일 약하게 틀어서 두고 겨울철에만 파이프가 동파하지 않을 정도로 올렸다.

얀-에리크는 부엌으로 가서 나무 스토브 위에 열쇠를 얹어 놓고는 모든 것이 제자리에 있는지 둘러보았다. 모든 게 변함없이 그대로였다. 유일하게 기억과 달라진 것은 자신이 직접 창가에 가져다 놓은 후 타이머에 연결해 둔 램프였다. 틈 사이에 키친타월을 끼워 둔 냉장고 문은 약간 열려 있었고, 조리대는 아무것도 없이 깨끗했다. 모든 것이 그대로였다.

얀-에리크는 집을 샅샅이 알고 있었고, 아버지의 집필실만이 그 익숙한 공간에서 미지의 세계이자 빈칸이었다. 그는 부엌에서 나가 적막한 집을 돌아다녔다. 구석구석에 추억이 깃들어 있었다. 문손잡이마다, 삐걱거리는 마룻바닥마다, 사소한 물건마다. 1980년대에 배선을 다시해서 바꿔 버린 천장 전등의 스위치만 예외였다. 그는 손으로 벽을 따라가다가 낯선 스위치에 닿을 때마다 예전 것과 달라서 흠칫 놀랐다.

아버지가 뇌졸중을 맞고 어머니가 드디어 그 집을 떠나서 시내로 이사해도 되겠다고 생각한 후, 그곳 물건은 대부분 그대로 남겨졌다. 아버지가 여기저기서 받아서 창문 벽감과 책꽂이마다 세워 둔 문학상 대부분과 그림 몇 점은 집 처분이 결정 날 때까지 우선 다른 곳에 보관해 두었다. 물건 치운 곳을 그대로 두었더니 집이 휑하게 느껴졌다. 그림을 다 떼어 버린 벽에 쓸쓸한 자국이 가득했다.

얀-에리크는 가족들이 서재라고 부르던 곳에서 서성였다. 짙은 갈색 붙박이 책장에 문학 작품이 가득했다. 그런데도 부족했는지, 책들은 서재를 채우고는 전염병처럼 집 이곳저곳으로 퍼져 나갔고 쉴 새 없이 새로운 책꽂이를 채워 나갔다. 그는 그중 한줄도 읽지 않았을 뿐 아니라, 솔직히 말해서 그다지 관심도 없었다. 어쩌면 그런 무관심이 소심한 반항이었을지도 모르지만, 그로서는 알 수 없었다. 다만 책 하나하나가, 그것을 쓸 수 있도록 저자의 가족들과 친구들에게 강요된 희생을 상징한다는 점은 알았다. 그 외에는 아무것도 중요하지 않았다.

그곳에는 안니카의 사진을 끼워 둔 액자가 있었다. 책들 사이에 서 있던 액자는, 개에 기대고 있는 작은 소년 모양의 흰색 도자기 옆에 끼워져 있었다. 얀-에리크는 먼지 낀 액자 유리를 소매로 닦았다. 사진 속의 안니카는 열 살이었고, 5년 후에 세상을 떠난다. 머리를 땋은 안니카는 카메라를 보고 웃고 있다. 그는 안니카가 그리워, 아직 살아 있다면 어떻게 달라졌을지 종종 상상했다. 안니카는 아직도 그의 일부처럼 익숙했다. 다만 누구도 안니카를 볼 수 없을 뿐. 안니카는 늘 열두 살 때 모습 그대로, 그가 마지막으로 본 그대로였다. 하지만 그의 마음속에서 안니카는 그와 함께 나이를 먹었다. 어쩌면 그가 마음속에서 안니카와 이야기할 때, 안니카가 아직 살아 있던 시절로 되돌아간 것이었는지도 모른다. 형제가 떠난 빈자리는 다른 누구도 채워 줄 수 없는 법이다. 그것은 공통의 경험 위에 성립된 관계, 자신의 선택권이 없는 시기에 지극히 가까이에 있었다는 사실 위에 성립된 관계다. 동일한 환경의 영향을 받았다는 사실 위에 성립된 관계인 것이다. 얀-에리크는 가끔 구글에 안니카의 이름을 쳐서 자기 외에도 안니카를 기억하는 사람이 있는지 살펴보기까지 했다. 안니카를 아는 사람은 없었다.

안니카는 열다섯에 차에 치였다. 운전수는 결국 나타나지 않았다. 그가 미국에 있을 때 일어난 일이라 자세히는 몰랐다.

얀-에리크는 사진을 손에 들고 서재의 안락의자 중 하나에 깊숙이 앉았다. 그는 손가락으로 안니카의 얼굴을 쓰다듬었다. 혼자 내버려 두는 게 아니었는데.

처음에는 자신이 장학금을 받았다는 사실이 꿈만 같아서 현실감이 없었다. 테니스 코치는 그의 재능을 알아보고는 일 처리를 도와주었다. 얀-에리크는 집에 입도 뻥긋하지 않고 신청서를 접수했다. 3년간 플로리다의 대학에서 공부하면서 잘나가는 테니스 팀에서 활동할 심산이었다. 그는 모든 게 준비되자 자랑스레 집에 가서 말했다. 말하기 전에 그 장면을 상상하면서, 모두가 모인 저녁 식탁에서 입학 통지서를 꺼내면 가족들이 돌아가며 통지서를 보는 모습을 떠올렸다. 가족들의 얼굴에서 놀라는 모습을 잠자코 읽어 내는 상황을 그려 보았다. 그런 뒤 아버지가 아들을 이해하지 못했다는 사실에 부끄러워하며 경기를 보러 간 적이 없다는 사실을 후회하는 장면이 연출된다. 다음 순간, 아버지는 아들이 비록 평범한 물건에서 시상을 떠올리지는 못하더라도 남다른 재능이 있다는 사실을 마침내 깨닫는다. 아버지와 달리 얀-에리크는 쓰레기통을 보면 '원치 않는 추억이 담긴 그릇'이 아니라 단지 쓰레기통만 보였다. 그가 말을 꺼내자 반응이 있기는 했다. 다만 그가 상상한 반응이 아니었을 뿐. 어머니는 축하한다는 말을 던지고는, 예상대로 와인을 한 모금 더 마셨다. 그러나 아버지의 반응은, 한 번도 아들에게 마음 쓴 적이 없는 남자의 반응은 예측할 수 없었다. 아버지는 말했다. 스포츠는 지식인을 위한 일이 아니다. 몸을 튼튼하게 하기 위해서, 혈관에 산소를 공급하여 지식이 원활히 흐르도록 하기 위해서 스포츠에 투자할 수는 있겠지. 테니스는 상류층을 위한 스포츠, 버릇없는 부잣집 도련님들을 위한 스포츠였고 그는 아들이 그 무리에 합류하기를 결코 바라지 않았다.

얀-에리크는 말없이 앉아서, 부푼 희망과 실제 상황 사이의 간격을 뛰어넘지 못하고 있었다.

어머니가 식탁에서 일어나 남편을 노려보았다.

"구제불능의 멍청이 같으니." 어머니는 말했다.

그런 뒤 와인 잔을 다시 채우고는 위층으로 올라가 버렸다. 안니카도 곧바로 따라갔다. 아버지와 아들 둘이서 분노를 억누르며 저녁을 마저 들었다.

며칠이 지나고, 그는 처음으로 싸우기로 결심했다. 열일곱 살이 되어서야 드디어 반항심이 고개를 든 것이다. 처음에는 소심하게 반항했지만 몇 번 용기를 내고 나니 문을 쾅쾅거리며 닫고, 쿵쾅거리며 계단을 올라가며, 분노해서 내키는 대로 말하는 것을 즐기게 되었다. 얀-에리크는 그 당시 안니카를, 가끔 살금살금 벽을 따라 건던 안니카의 모습을 기억했다. 그때 어머니가 어떻게 행동했는지는 기억나지 않았다. 단지 영원히 각인된 실내복, 그것을 점점 자주 입게 되었다는 것만 기억났다. 그리고 예르다의 걱정스러운 말들도 기억했다. "아버진 네가 잘되기를 바라시는 것뿐이야." "정말 이럴 만큼 중요한 일이니?" 그 후에 등장한 해결안, 아버지 입장에서 그것은 양보였다. 얀-에리크는 당연히 원한다면 미국에 갈 수 있었다. 아버지가 지인들 도움으로 전부 준비해 놓지 않았던가. 미국국제장학재단은 유럽과 미국 학생들 사이의 이해, 만남, 우호 관계를 장려할 목적으로 교환학생 프로그램을 운영했다. 이것은 랑네르펠트 가문에 어울리는 일이었고, 비행기 티켓도 이미 예매되어 있었다.

그 순간 얀-에리크는 자신이 아버지를 얼마나 미워하는지 처음으로 깨달았고, 도저히 더 이상 집에 머무를 수 없을 것 같았다. 그는 한 달 뒤에 집을 나갔다. 자신의 계획은 좌절되었고, 아버지가 예매한 티켓으로 비행기에 올랐다. 그는 결국 중서부에 있는 마을의 작고 황폐한 집에 도착하여, 기독교 가치관에 따라 살아가는 보수적인 중산층 가정에서 생활했다. 당시는 베트남전이 한창이었는데, 그 가족은 미국 대통령을 진심으로 지지했다. 얀-에리크는 그다지 관여하지 않았다. 하지만 1972년 크리스마스 즈음이 되자 스웨덴 사람이라는 사실만으로도 반대 진영에 놓이기에 충분한 국면이 되었다. 스웨덴 수상 올로프 팔메가 미국을 비판하며, 지속적인 북베트남 폭격을 히틀러의 공격에 비유한 것이다. 분개한 닉슨 대통령은 새 스웨덴 대사를 거부했다. 얀-에리크는 배척당하지 않으려고 최선을 다했다. 미국 문화에 헌신적으로 동화했고, 적응이라는 경기에서 개인 최고 기록을 세웠다.

얀-에리크는 전화벨이 울리자 펄쩍 뛰었다. 텅 빈 집에서 갑작스레 소리가 난 탓이었다. 루이세의 가게 번호였다. 그는 주저하며 그냥 내버려 두어 음성사서함으로 넘어가게 하고 싶었지만, 그것은 좋은 생각이 아니었다. 그 수법은 너무나 자주 써먹었다.

"얀-에리크입니다."

"나예요." 그는 특별히 원하는 게 없어서 아무 말도 하지 않았다.

"어디예요?"

"집이야. 예르다 페르손 사진 찾는 중이야."

"아버님과는 어땠어요?"

"평소랑 똑같았어. 전혀 나아지지 않으셨더군."

"집에는 언제 와요?"

루이세는 아침과 다른 어조였다. 얀-에리크는 아무것도 걸러내지 않고 생각나는 대로 말해도 되는, 정상적인 대화를 하는 것 같은 착각까지 들었다.

"사진 찾아봐야 해. 얼마나 걸릴지 모르겠어. 방금 온 거라."

"그거 끝나면 집에 와요?"

"그래."

잠시 침묵이 흘렀다.

"저기, 그냥 오늘 아침에 대화한 거, 힘들긴 했지만 기뻤다고 말하고 싶었어요. 뭔가 좋아질지도 모른다는 생각이 들어요."

그는 아무 말도 하지 않았다.

"아무튼, 그 말이 하고 싶었어요. 그럼 나중에 봐요."

"그래. 그럼."

그는 전화를 끊었다. 달라진 루이세의 목소리에 불안했다. 거의

화해의 몸짓처럼 들렸다.

그는 일어나서 안니카 사진을 제자리에 올려놓고 각도를 조절하여 제대로 보이게 놓았다. 안니카 묘지에 찾아간 지 오래되었다는 생각이 퍼뜩 떠올랐지만, 그 장소는 그에게 아무런 감흥도 주지 않았다. 어떻게 느낌이 있을 수 있겠는가? 묘비에는 안니카가 그곳에 잠들어 있다고 씌어 있었지만, 그는 자기 눈으로 안니카를 보지는 못했다. 아버지는 그때 집으로 오는 여행 경비를 대지 않으려고 했다. 아버지가 예전에 끊어 준 미국행 왕복 티켓을 얀-에리크가 쓰지 않으려고 했었기 때문이다. 그때 얀-에리크는 부모의 뜻을 거슬러 학교를 마치고도 미국에 머물렀고, 2년간 집으로 돌아가지 않겠다는 목표 외에는 정처 없이 히치하이킹을 하며 돌아다녔다. 그가 제 힘으로 비행기 티켓 비용을 모으는 열 달 동안 안니카의 장례식도, 아버지의 노벨상 수상식도 지나가 버렸다. 하지만 윔블던에서 비에른 보리가 우승하는 모습은 볼 수 있었다. 얀-에리크와 비에른 보리는 주니어 선수로 두 번 만났다. 한 번은 얀-에리크가 거의 이길 뻔했다.

얀-에리크가 아버지 집필실 문을 열 때쯤 바깥은 이미 어두워지는 중이었다. 그는 손으로 새 전등 스위치를 찾았다. 문 앞에서 멈췄다. 아버지가 중풍을 맞은 지 한 달쯤 지났을 때, 얀-에리크는 이제 아무도 자기를 막지 못한다는 생각에 익숙해져서 집필실에 들어가 책상 의자에 앉아 보았다. 그는 오랫동안 앉은 채 그 느낌을 음미했다. 그런 뒤 그저 어떤 느낌일지 궁금해서 책상 첫째 서랍을 조심스레 열어 본 후 도로 닫았다.

집필실 한쪽 벽은 책꽂이로 가득했는데 대부분 여러 언어로 번역된 악셀의 작품이 꽂혀 있었다. 반대편 벽은 증서와 액자로 뒤덮여 있었으며, 서명된 사진이 걸려 있던 빈자리가 드문드문 보였다. 그는 벽으로 다가갔다. 가족사진은 없었다. 고위 인사들과 함께한 연회나 수상식 사진이 전부였다. 거기서 예르다를 발견할 가망은 없었다.

그는 벽장으로 다가갔다. 언젠가 꼭 한 번 벽장 안을 들여다보았을 때, 열쇠가 책상 서랍에 있었다. 어둠과 엄청난 냉기에 깜짝 놀란 얀-에리크는 손전등이 필요하다고 생각했다. 지하저장고 문 안쪽 선반에 손전등이 하나 있었다. 사실 손전등은 늘 그곳에 있었다. 손전등을 다른 데 놓는 것은 경솔한 짓이었다. 어머니는 물건을 제자리에 두는 데 집착했고, 제자리에 없으면 어떤 반응을 보일지 예측할 수 없었다. 역시 손전등은 그곳에 있었다. 더 이상 화낼 사람도 없는데 손전등 스스로 순종하는 법을 배운 것 같았다. 버튼을 눌러 보았으나 아무 반응이 없었다. 그는 부엌으로 가서 위에서 넷째 서랍을 열었다. 건전지, 고무줄, 랩을 넣어 둔 서랍이었다. 개봉하지 않은 건전지가 있었다. 버려진 집에서 새 건전지를 발견하다니 얼마나 기이한 일인가. 그것만이 유일하게 아직 살아 있는 것 같았다. 언제라도 쓸 수 있는 상태로 그곳에 누워, 아무도 모르는 무언가가 일어나기를 기다리는 것 같았다. 얀-에리크는 건전지를 갈아 끼우고 서재로 돌아갔다.

문 안쪽에 반쯤 찬 쓰레기 봉지가 있었다. 손전등을 비추었더니 인쇄물과 종이가 있었다. 그는 나갈 때 그것들을 가지고 갈 생각이었다. 아버지가 버리려고 한 물건이라면 의심할 것도 없이 쓰레기였다. 아버지는 무엇이든 보관하려 했으니까. 어머니는 그런 행동을 병이라고 했다.

집필실 벽장은 집에 있는 다른 장보다 커서 벽 한 면을 다 채울 정도였다. 종이, 잡지, 파일, 바인더, 팬레터, 신문 클립, 상자가 그득그득 쌓여 있었다. 애초에 그것들을 우겨넣은 사람조차 체계라고는 찾을 수 없는 난장판이었다. 무엇을 보관하고 무엇을 버릴지 분류하고 정돈하려면 몇 주는 걸릴 터였다. 쓰레기 봉지로 미루어 아버지가 이미 정리를 시작했다는 점은 분명했지만, 봉지에 담긴 물건이 얼마 안 된다는 점을 감안하면 일이 그리 많이 진척되지는 않은 모양이었다. 그 틈에서 미출간 원고를 찾게 된다면 더 바랄 게 없을 텐데. 노벨상 수상 이후로 아버지는 책을 몇 권 출간하지 않았다. 그것들은 모두 평론가들에게 찬사를 받았지만, 그다지 열렬한 반응을 얻지는 못했다. 『그림자』가 작가로서 악셀의 정점이었다는 것, 다시는 도달하지 못한 수준이었다는 점은 누구나 알 수 있었다. 하지만 사후에 미출간 원고가 발표된다면 기량이 쇠퇴하던 시기에 쓴 원고라 하더라도 상당한 돈을 벌어들일 것이다.

얀-에리크는 어디서부터 시작해야 할지 몰라서 쌓인 물건들을 헤집기 시작했다. 공책, 서평, 숭배자들의 편지, 작가 초청 행사 전단지와 관련 기사들. 발견한 것들 대부분 더 탐구해 보고 싶은 내용이었으나 지금은 적절한 때가 아니었다. 예르다 사진을 찾는 데만도 몇 시간이 걸릴지 알 수 없었다. 오래된 편지로 가득한 상자를 열어 보았더니, 다행히도 낡은 사진이 좀 있었다. 그는 상자를 들고 책상으로 가서 자리에 앉았다. 타자기를 치우고 그곳에 상자를 놓았다. 첫 장은 낡은 흑백 사진으로, 얀-에리크의 조부모가 찍혀 있었다.

좀 더 최근에 찍은 다음의 컬러 사진에서는 그의 기억 속의 조부모의 모습과 똑같았다. 조부모는 종종 그들 집을 방문했는데, 매번 정장을 입었다. 할아버지는 양복에 넥타이 차림이었고 할머니는 드레스를 입고 있었다. 조부모는 집에 오면 뭔가 건드려서 넘어뜨리지나 않을지 걱정하듯 조심스레 돌아다녔다. 뭔가 기념할 일이 있어서 조부모가 방문한 날이면, 아직 어린 얀-에리크의 눈에도 아버지의 달라진 태도가 보였다. 아버지가 갑자기 평소의 근엄한 태도를 버리고 집 안을 뛰어다니며 멋진 상패와 액자에 넣어 둔 증명서를 과시하는 모습을 얀-에리크는 경이로운 표정으로 바라보았다. 조부모는 눈이 휘둥그레져서 보기는 했지만 별말은 하지 않았다. 액자의 특징에 관해 사소한 말을 좀 했을 뿐이다. 부엌에서 예르다와 있을 때는 좀 더 편안하게 지냈다. 예르다는 조부모가 올 때면 식당에서 가족과 함께 식사할 수 있었다. 얀-에리크는 문득 어느 크리스마스 날이 떠올랐다. 고급 사기그릇에 음식을 내왔는데 할머니가 잔을 흰색 식탁보에 쓰러뜨렸다. 걱정할 것 하나 없다고 아무리 말해도 할머니는 얼굴이 발갛게 달아올랐고, 그 후로 한 입도 더 들지 않았다. 예르다가 반쯤 차 있던 맥주병을 '우연히' 쏟기 전까지는.

조부모는 1980년대 중반에 나흘 간격을 두고 연이어 세상을 떠났고, 두 사람의 합동 장례식에서 얀-에리크는 아버지가 우는 모습을 처음이자 마지막으로 보았다.

얀-에리크는 상자 뚜껑을 도로 덮고는, 다른 곳을 찾아봐야겠다고 생각하며 벽장으로 돌아갔다. 안쪽 바닥에 상자가 하나 놓여 있었고, 그 위에는 서류 더미가 높이 쌓여 있었다. 그는 서류를 치우고 상자를 열었다. 맨 위의 편지를 확인해 보니 1976년에 출판사 편집자에게서 온 것이었다. 시간대를 제대로 찾았다는 증거였다. 그는 상자를 꺼내서 불빛 아래로 가지고 나왔다.

얀-에리크는 무수히 많은 편지 봉투와 우편물을 한참 흘끗거리며 아버지의 이름과 주소를 보다가 그것을 발견했다. 그가 찾던 물건은 전혀 아니었지만, 한쪽 구석에서 뭔가가 눈길을 끌었다. 경찰에서 보낸 갈색 봉투였다. 봉투에서 접힌 서류를 꺼내 본 순간, 얀-에리크가 안다고 생각했던 모든 것이 와르르 무너져 내렸다.

서류는 경찰 보고서였다.

안니카의 이름과 주소와 사회보장번호 아래 적힌 내용을 보자, 난데없는 쾅 소리에 깜짝 놀란 듯이 몸이 움찔댔다.

직접적인 사망 원인: 교사(絞死).

사망 유형: 자살.

12

“딩동 하는 소리가 나면 책장을 넘기세요. 이제 시작합니다.”

크리스토페르는 오래된 카세트 플레이어의 중지 버튼을 눌렀다. 그 테이프를 마지막으로 들은 지도 여러 해가 지났다. 그는 이사할 때 그것을 상자에 넣어 포장했고 이사한 후에도 항상 애지중지했지만, 더 이상 그것을 들을 수가 없었다.

사람이 어떤 전화를 31년 동안 기다리다가 마침내 전화가 온다면, 어떻게 반응해야 하는 것일까? 크리스토페르는 알 수 없었다. 그는 아무런 느낌도 없이 다섯 시간 동안 소파에 꼼짝 않고 앉아 있었다. 전화번호를 적어 둔 작은 종잇조각이 바로 옆에 있는 소파 쿠션에 놓여 있었다. 그는 때때로 고개를 돌려 종이를 쳐다보았다.

유언장은 그를 유일한 상속자로 지정했다.

크리스토페르는 언제나 어둠이 두려웠다. 주위에 사람이 없으면 항상 불을 켜 놓고 잤다. 빛이 비출 때는 눈에 보이던 것이 어둠과 함께 사라져 버릴 때마다 공포가 엄습했다. 그는 더 이상 보이지 않게 될 때만 모습을 드러내는 것들이 있다고 생각했다. 방은 지금 어둠 속에 있었다. 닫아 둔 노트북에서 나오는 깜빡이는 불빛만이 고집스레 규칙적으로 빛을 발하며 심장박동처럼 뛰었다. 그는 먹지도 않았고, 누구에게 전화도 하지 않았으며, 아무것도 하지 않았다. 그저 그곳에 꼼짝 않고 앉아서 어떻게 느껴야 할지 판단하려고 애썼다.

때를 기다리면서.

그는 계속 기다렸다. 하지만 전화번호를 누를 수가 없었다. 누르면 마법의 공식처럼 바라던 곳으로 가게 해 줄 텐데, 아무것도 모르면서도 늘 상상하던 그곳으로 가게 해 줄 텐데도.

실제로 그곳에 도착하면 누구로 변하게 될까?

크리스토페르의 자아는 두 가지 기반 위에 형성되어 있었다. 하나는 눈으로 볼 수 있고 만질 수 있어서 관계를 맺을 수 있는 것들이었다. 다른 하나는 언제나 손에 닿지 않던 것들, 그가 속해 있지만 다가갈 수는 없던 숨겨진 세계였다. 그는 누구인가? 그가 지금과 같은 것은 무엇 때문이지? 어떤 유전적 특징을 물려받기는 했을까? 무엇이 무엇에 영향을 받은 것일까?

과거에 그의 이름을 지은 사람은 누구였을까?

그다음에 떠오르는 근본적인 의문, 보이지 않는 낙인처럼 항상 따라다니던 의문. 그는 왜 버림받았는가?

찾지 못한 답들은 정체성의 일부가 되었다. 크리스토페르는 반복하여 자신의 과거를 지어내며, 예전의 것이 낡아 버려서 새로운 필요에 부응하지 못하면 새로운 과거를 만들어 내야 했다.

억지로 들어야 했던 그 모든 이야기들. 제 부모가 끔찍하다는 불평과 가족 모임을 참을 수 없다는 투덜거림, 크리스마스가 지긋지긋하다는 이야기, 공동으로 물려받은 여름 오두막으로 몇 주간 휴가 가는 건으로 가족들끼리 다투었다는 이야기. 격한 싸움들, 깨져 버린 가족 관계, 몸져 누워 보살펴 줘야만 하는 부모들. 그런 이야기가 오갈 때마다 크리스토페르는 자신의 부모는 죽었다는 말 뒤에 숨어야 했다. 누군가는 심지어 그에게 원하는 대로 해도 죄책감에 빠질 필요가 없으니 부럽다고 말하는 무신경함까지 보여 주었다.

그의 주변은 공허함으로 가득했다. 그가 아는 사람은 모두, 가족이라는 분명한 줄에 묶여 있었다. 하지만 그는 무엇에도 묶이지 않은 채 제멋대로 떠돌았다. 그는 연결고리를 발견하는 꿈을, 그 잃어버린 줄을 마침내 되찾는 날 온전해질 것이라는 꿈을 꾸었다.

크리스토페르는 네 살 때쯤 양부모 집으로 들어갔다. 아마 양부모는 최대한 잘 대처한 모양이었다. 그들은 능력껏 그의 질문에 답했지만, 알려 줄 답이 없을 때는 무슨 말을 해 줄 수 있었겠는가? 경찰 조사도 아무 도움이 안 되었다. 어린 그는 어머니의 이름만 (성씨는 모르고) 기억했는데, 엘리나라는 이름으로 등록된 사람은 모조리 연락해 보았지만 아무런 실마리도 나오지 않았다. 그는 아버지 이름은 대지 않았다.

그가 열 살 때 양부모는 그를 스톡홀름으로 데려가서 스칸센의 계단을 보여 주었다. 크리스토페르는 어릴 때 그를 발견한 일을 잊지 못하던 안전요원을 만나 보았다. 하지만 그에게 던진 질문도 만족스런 답을 제시해 주지는 못했다.

때때로 모호한 감각이 스치고 지나갔는데, 기억이라기보다는 순간적인 느낌이었다. 그것은 항상 맥락이 제거된 채로, 어렴풋한 생각과 이해할 수 없는 생각 사이로 비집고 들어왔다.

크리스토페르는 스스로 과거를 지어내며, 친부모가 곧 나타날 것이라고 확신했다. 부모는 마침내 그를 발견하여 뛸 듯이 기뻐하며, 단지 기다리기만 하는 삶이 아닌 진정한 삶으로 그를 데리고 갈 것이다. 그들은 얼마나 가슴이 아팠는지, 얼마나 끔찍한 마녀가 그들을 탑에 가두고 나오지 못하게 막았는지 설명하리라. 그리고 마침내 온갖 난관을 헤치고, 그를 다시 만나기 위해서라면 무엇이든 할 수 있다는 각오로 어떻게 달려왔는지 말하겠지. 세월이 흐르면서 공상이 점점 발전하자 이런 설명도 동화 속 이야기가 아니라 실제처럼 느껴지게 되었으나, 어정쩡한 상황에 놓여 있다는 느낌만은 결코 사라지지 않았다. 언제 다시 시작하게 될지 모르기에, 무엇에도 열중할 필요가 없다고 생각했다.

언젠가 친부모가 나타나기만 한다면.

저 차가 지나갈 때까지 숨을 참으면 부모님이 곧 나타나겠지. 오렌지 껍질을 한꺼번에 벗기면 부모가 곧 나타나겠지. 다음 정류장에서 남자 한 명 여자 한 명이 타면 부모가 곧 나타나겠지. 그는 모퉁이를 마주칠 때마다 이렇게 바랐고, 사람들 틈을 지나쳐 갈 때마다 자기와 닮은 얼굴을 찾았다. 몇 시간이고 거울 앞에 서 있었고, 얼굴의 온갖 세세한 곳까지 기억했다. 때로는 순간적으로 거울에서 다른 사람이, 그의 몸에 살고 있는 미지의 두 사람 중 한 명이 보인 것 같았다.

그와 양부모 사이는 꽤나 서먹서먹했다. 그들은 크리스토페르의 믿음을 얻으려고 온 힘을 다했으나 크리스토페르는 한 번도 관심을 보이지 않았다. 그는 양부모가 그의 마음을 사려고 하던 행동을, 그를 혼내기보다 멋대로 하게 내버려 두는 것을 속으로 경멸했다. 가끔은 그들의 눈에서 두려움이 비치기도 했는데, 이를테면 그가 양부모의 요청을 딱 잘라서 거절할 때 그랬다. 그는 순전히 고집을 부리느라고 그러기도 했다. 크리스토페르에게 양부모란 다른 누군가를 위해 마련된 자리에 침입한 사람이었고, 앞으로도 계속 그럴 것이었다. 그는 열여덟 살이 되자 집을 나가서 연락을 끊어 버렸다.

크리스토페르는 2005년 1월에 카오 라크에 쓰나미가 온 후, 신문 실종자 명단에 양부모 이름이 실린 것을 보았다. 그는 아무런 느낌도 들지 않았다.

크리스토페르는 일어나서 책상 위의 램프를 켰다. 메모는 아직도 소파 위에 놓여 있었고, 그는 그 존재를 온몸으로 느끼고 있었다. 그가 키보드 옆에 있는 휴대전화를 집어 들려는 순간 인터콤이 울렸다. 그는 뜻밖의 소리에 깜짝 놀랐다. 연락 없이 올 사람이 없을 텐데. 그는 무시하기로 했다. 모든 게 뒤죽박죽인 지금은 다 싫었다. 곧이어 전화벨이 울렸다. 예스페르였다. 지금은 안 돼, 그는 생각했다. 벨소리가 뚝 멈추더니 음성메시지 신호음이 울렸다.

"응, 나야. 지금 건물 앞에 서 있어. 네가 좀 도와줄 수 없을까 해서. 내 사진 좀 찍어 주면 안 될까? 카메라도 가지고 왔어. 책 홍보 문제 해결할 수 있을 것 같아. 바로 전화 줘. 끊는다."

크리스토페르는 메시지를 지우고 통화 버튼을 눌렀다. 그러다가 그만두고는 전화기를 내려놓았다. 그리 좋은 행동은 아니지만 특별한 경우니까. 예스페르도 이해할 것이다. 나중에 설명하면 된다. 게다가 예스페르는 전보다는 조금 행복한 것 같았다. 더 이상 그렇게 우울하지 않았다.

누군가 죽었다. 어쩌면 이미 너무 늦었는지 모른다. 크리스토페르는 도로 소파에 앉았다가 다시 일어나서, 부엌으로 가 수돗물을 마시고는 거실로 돌아갔다. 술을 마시고 싶었다. 전화를 걸 용기가 날 정도로 조금만. 그는 그 생각을 치워 버리고 밀어냈으나, 그것은 그가 마음을 바꾸면 언제라도 튀어나올 태세였다. 그는 주먹을 꽉 쥐더니 부족한 용기를 끌어내려고 이마를 한 대 치고는, 부엌으로 돌아갔다. 해야 했다, 지금 당장. 마음이 바뀌기 전에 결심해야 했다. 그는 결심한 듯 거실로 돌아가 전화기를 들고 소파로 갔다. 앉아서 번호를 누르고는 귀에 전화기를 가져다 댄 다음 다시 일어섰다. 몇 초가 흘렀다. 늘 그랬듯 삶의 마지막 몇 초가 될지 모르는 시간. 그때 낯선 목소리가 들렸다.

"마리안네 폴케손입니다."

"아, 여보세요, 크리스토페르 산데블롬이라고 합니다. 자동응답기에 남긴 메시지를 받았는데 며칠 동안 전화가 안 돼서요. 그래서 좀 더 일찍 연락드리지 못했습니다. 이제 막 메시지를 들었거든요."

잠시 침묵이 이어졌다. 긴장 때문에 횡설수설했다. 그는 소파에 몸을 묻었다.

"전화해 주셔서 고맙습니다. 네, 제가 지방위원회 주택관리사인데요, 제가 연락드린 건 예르다 페르손이 안타깝게도 세상을 떠났기 때문입니다."

크리스토페르는 심장의 리듬을 느낄 수 있었다. 전화기를 들고 있는 손에서도, 소파 위에 놓여 있는 다리에서도. 머리에서도 규칙적으로 뛰고 있었다.

예르다 페르손.

여성, 누군가의 어머니. 엘리나가 아니라 예르다 페르손. 그가 늘 찾던 이름.

"제가 메시지에서 말씀드렸듯이 예르다가 유언장에서 선생님을 유일한 상속자로 지명했거든요."

크리스토페르는 말이 나오지 않았다. 생각해 둔 질문이 다 막혀 버렸다. 수십 년간 바로 이 순간을 위해 연습했건만 막상 때가 되니 아무 말도 나오지 않았다.

"여보세요?"

"네, 듣고 있습니다."

"장례식이 12일 2시 30분에 있을 예정입니다. 친척을 아무도 찾지 못해서 제가 준비를 시작했지만, 선생님이 뭔가 의견이 있으면 말씀해 주셔도 물론 좋습니다."

예르다 페르손. 그 이름이 온 공간을 차지하고 있었다.

예르다.

페르손.

"여보세요?"

"네, 듣고 있어요. 좋습니다."

"그러면 예르다의 아파트 문제로 결정해야 할 사항이 좀 많거든요. 직접 가서 보시고, 치우기 전에 뭔가 챙기고 싶은 게 있는지 확인해 보시면 어떨까요?"

긴 침묵이 이어졌다. 그는 당연히 말이 없었고, 반대편 여자는 반응이 없어서 힘든 모양이었다. 마침내 입을 뗴었을 때는 어조가 달라져 있었다. 좀 덜 딱딱하고 좀 더 솔직한 말투였다.

"이렇게 시시콜콜한 내용을 떠들어대서 죄송해요. 생각 없이 굴려던 건 아니었어요. 마음이 아프실 텐데. 두 분이 가까우셨나 봐요?"

크리스토페르는 일어서서 창가로 다가간 뒤 카트리나 공동묘지를 내려다보았다. 마음의 준비가 된 것일까, 정말로 알고 싶은 걸까? 물론 그는 알고 싶었다. 이제나저제나 기다리던 바로 그 순간이었으니까. 하지만 기다리는 일이 실제로 답을 알아내는 것보다 더 중요해졌다면? 지난 몇 년간은 모든 게 너무 좋은 듯했다. 그가 가정한 것이 모조리 바뀐다면?

"그게 사실, 저는……."

크리스토페르는 말을 뚝 멈췄다. 31년 동안 입을 다물었는데 이제 와서 알지도 못하는 사람에게 처음으로 털어놓을 수는 없었다.

"그게 말이죠, 우린 서로 모르는 사이입니다."

이번에는 여자가 조용해졌다. 그는 침묵이 반가웠다.

이곳 스톡홀름이라니. 그렇게나 가깝게 있었다는 말인가?

"그렇군요…… 하지만 연락은 하고 지내셨겠죠?"

"모르겠어요."

그녀는 다른 말을 기다리듯 아무 말도 하지 않았다. 그는 뭔가 말해야 할 것 같았지만 더 할 말이 없었다.

"좀 이상하군요. 놀라신 것도 이해가 가네요. 하지만 유언장에 명시된 분이 선생님인 건 틀림없어요. 카트리나 베스트라 퀴르코가타에 사시는 거 맞죠? 룬드그렌 씨 이름으로?"

"맞아요."

"제 정보가 맞군요."

"하지만 그분이 어떻게 제 주소를 아는 거죠?"

"저도 모르겠네요. 그 이름으로 된 사람은 선생님 한 사람뿐이고, 어딘가에 등록이 되어 있으면 주소를 찾는 건 그리 어렵지 않을 거예요."

그러자 그는 순간적으로 상황을 이해했다. 매달 입금되던 돈. 크리스토페르가 열여덟 살이 되던 해부터 어디에 있든지 매달 오던 작은 금액의 돈. 처음에는 양부모가 보내는 줄 알았다. 하지만 양부모는 언젠가 마주쳤을 때 물어보자 아니라고 했다. 그 돈은 이 달에는 오지 않았다.

퍼뜩 그 단어가 떠올랐다. 가장 수치스러운 말. 그것은 날카로운 유리 파편처럼, 얇은 층들을 관통하며 솟아올랐다.

업둥이! 넌 업둥이야!

발견되었다는 것은 누군가 잃어버렸다는 뜻이다. 하지만 우연히 잃어버린 것에 메모를 붙여 놓지는 않는다. 그것은 고의였다.

크리스토페르는 뭔가가 풀려 버리는 걸 느꼈다. 솟구치는 눈물에 시야가 흐려졌다. 결코 울지 않는 그가. 그는 수화기를 손으로 막고서 마음을 추스르려고 했으나, 자꾸 눈물이 흐르자 소파에 더 깊숙이 기댔다. 자제력이란 자제력은 모두 끌어내어 대화를 계속하려고 애썼다.

"그러면 그분이 제 이름을 어떻게 알았는지도 모르신다는 얘기로군요?"

"안타깝게도 모르겠네요. 이상하다고 느끼셔도 이해해요. 예르다의 개인 기록을 살펴보았는데 가족 사항에 선생님은 없었거든요. 결혼도 하지 않았고 아이도 없었고, 제가 발견한 유일한 가족은 아이가 없는 여동생이었는데, 그분도 1950년대 말에 돌아가셨더군요."

몇 초가 흘렀다. 빙빙 돌았다. 그는 정신을 가다듬었다.

"그분 나이가 몇이라고 하셨죠?"

"여동생이요?"

"아뇨, 예르다 페르손이요."

종이를 넘기는 소리가 들렸다.

"1914년 태생이니까 아흔둘이네요."

그는 펜을 들었다. 앞뒤가 맞지 않았다. 아흔둘 빼기 서른넷은 쉰여덟이었다.

"여자가 그 나이에 아이를 낳을 수는 없을 텐데, 아닌가?"

반대편에서 침묵이 흘렀다. 크리스토페르는 당황스럽게도, 어질어질하다 못해 생각을 소리 내어 말해 버렸다는 걸 깨달았다.

"뭐라고요?"

"아뇨, 아무것도 아닙니다."

"아흔둘에요? 그거야 어렵겠죠. 과학이 아무리 놀라운 발견을 하고 있다고는 하지만."

크리스토페르는 칠칠치 못한 자신을 저주했다. 저 여자가 알아낼 리 없다, 누구도 알면 안 된다! 모든 게 확실해져서 그들이 자기가 한 일에 변명할 수 없게 되기 전에는.

"그럼 어떻게 되는 거죠?"

"상속 건 말씀하시는 건가요?"

사실 그는 좀 더 중요한 일을 생각하고 있었다. 어떻게 예르다 페르손에 관해 알 수 있을지 그리고 그녀가 어떻게 그의 존재를 알고 있는지를.

"네."

"복잡하진 않아요. 선생님과 약속을 잡아서 예르다의 재산 정보를 알려드리면, 어떻게 하고 싶은지 선생님이 결정하시면 됩니다. 제가 여러 가지 선택권을 알려드릴 수는 있지만 먼저 장례식 준비를 마쳐야 해서요. 아파트와 나머지 건들은 그 후로 미뤄 둬야 해요. 혹시 오실 건가요?"

마감까지 4주가 남았다. 갑자기 연극이 무척 멀게 느껴졌다.

"네, 아마도요. 감사합니다."

"장례식 끝난 후에 좀 더 이야기해요. 예르다 페르손을 가정부로 고용했던 가족과 연락해 봤는데 그들도 장례식 준비를 돕겠다고 약속했어요. 그런데 그 가족이 랑네르펠트가더라고요. 원하시면 아드님인 얀-에리크 씨 전화번호를 알려 드릴 수 있어요. 저와 연락이 된 사람이 그분이었거든요. 물론 전화해서 몇 가지 물어보고 싶으시다면 말이죠. 제가 그분에게 선생님을 아시느냐고 물어봤는데, 모르겠다고 하더군요. 하지만 적어도 예르다 페르손에 관해서는 좀 더 알게 될 수도 있겠네요."

크리스토페르는 앉은 상태로 자세를 바로잡았다. 수많은 정보가 발 디딜 곳을 찾지 못해 빙빙 돌며 지나가는 듯했다. 그는 예르다 페르손에게 유산을 물려받게 되었고 마침내 어머니를 발견했다고 생각했는데, 알고 보니 그게 아니었다. 그가 예르다 페르손에게 유산을 물려받는 건 맞지만, 예르다는 그가 아는 사람도 아니었고 그의 어머니도 아니었다. 그가 존재한다는 사실을 알고 그에게 돈을 보내던 사람이었는데, 또 그 주변에 악셀 랑네르펠트가 있다니. 최고 중의 최고. 인간이 아닌 것 같은 사람, 악셀 랑네르펠트는 너무나도 찬란했다.

크리스토페르는 얀-에리크 랑네르펠트의 번호를 받아 적은 뒤 전화를 끊었다. 하지만 세계적으로 유명한 작가의 아들에게 전화를 걸다니 상상이 되지 않았다.

뭐라고 한단 말인가?

그는 여전히 혼란스러웠다. 오히려 더 많은 의문이 생겼다. 하지만 가능성도 생겨났다. 숨겨진 세계로 가는 문이 약간 열리며, 작은 틈이 벌어졌다. 다만 자신이 정말로 들어갈 수 있을지 확신이 서지 않았다.

그가 확실히 원하는 것은 오직 한 가지뿐이었다.

버림받은 일을 용서할 수 있을 만한 이유를 찾는 것.

13

"대체 이게 뭐니?"

알리세는 크로스워드 퍼즐을 내려놓고 얀-에리크가 내민 종잇조각을 보았다. 그는 벨도 누르지 않고 자기 열쇠로 문을 열고 들어왔다. 알리세는 아들이 왔다며 애써 기뻐했다. 하지만 기쁨도 얀-에리크가 문 앞에 나타나 표정이 보일 때까지였다. 얀-에리크는 신발과 코트를 벗지도 않고 거실 탁자의 반대편에 서 있었다. 뭔가 위협적인 느낌, 한 번도 보지 못한 분노가 어려 있었다. 알리세는 평소와 다른 얀-에리크의 행동에 불안했다. 알리세는 손을 뻗어 종이를 잡았고, 얀-에리크는 어머니의 반응을 관찰하고 싶다는 듯 서서 쳐다보고 있었다. 알리세는 마지못해 종이를 펼쳐 보았다. 그게 무엇인지 아는 데는 한순간이면 충분했다.

그녀는 눈을 감았다. 끔찍한 종이를 쥔 손을 내리고는 악셀을 저주했다. 고통만 일으킬 물건을 처분할 만한 상식도 없다니.

"도대체 왜 저한테 말하지 않으셨어요?"

무슨 말을 할 수 있겠는가? 아무것도 할 말이 없었다. 이미 벌어진 일이야 돌이킬 수 없지만, 거짓말은 그들이 선택한 일이었다. 어쩌면 견디기 위해서였으리라. 처음에는 장벽이 쿵 하고 내려오더니 그다음에는 온갖 이상한 감정이 솟아오르며 고통을 차단했다. 광란에 사로잡히지 않고는 어떤 경우에도 인정할 수 없는 일이었다.

"대답해요!"

"노력 중이잖니."

알리세는 온 힘을 다해 잊으려 했다. 그 기억이 너무 가까이 다가오면 구체적인 것들을 보지 않으려고 멀리 돌아가려 했다. 상황이 얼마나 심각했는지 이해하지 못한 회한을 내리누르려고 영겁의 시간을 보냈다. 하지만 어떤 목소리들은 결코 잠잠해지지 않는다. 언제나 그곳에, 저 멀리서 웅성거리는 소리 틈에 있다. 아이를 잃어버리고 나면 어떤 부모도 다시는 온전하게 살 수 없다. 더구나 그 아이를 제 손으로 죽게 했다면. 처음에는 인정할 수 없던 것들이, 한참이 지나자 마음에 다가왔다. 애초에 시작도 하지 못한, 그러나 이제 영원히 잃어버리고 만 딸과의 대화. 딸이 내딛은 작디작은 발걸음들에 대한 생각. 딸이 선택했지만 딱히 비난할 수 없는 모든 일들이 차곡차곡 쌓여서 영원토록 바꿀 수 없는 상황으로 둔갑해 버렸다는 확실성.

알리세는 돋보기를 벗어서 소파 팔걸이에 놓았다.

"우리도 이유는 모른다."

얀-에리크는 자세를 바꾸어 조급한 마음으로 어머니가 계속 말하기를 기다렸다.

"어떻게 됐는데요? 유서를 남겼나요?"

알리세는 고개를 흔들고는 얼굴을 문질렀다. 아니, 유서는 남기지 않았다. 어떤 말로도 더 명확하게 표현할 수 없을 정도의 메시지만 남겼을 뿐.

"하지만 그 전에 뭔가 느끼기는 하셨을 거 아니에요, 그렇죠? 분명 무슨 일이 있었던 게 틀림없어요. 아니면 왜 그랬겠어요? 아무 일도 없이 뜬금없이 목을 매달 수는 없잖아요, 네?"

"넌 이 어미가 그런 생각도 안 해 봤다고 생각하니? 그렇게 심각한 상황인지도 몰랐다며 내가 얼마나 자책했는데?"

"얼마나 심각했는데요?"

알리세는 한숨을 쉬고는 종잇조각을 탁자 위에 내려놓았다. 수놓인 소파 쿠션을 들어서 무릎 위에 놓았다. 손가락이 섬세한 무늬를 따라 무심코 움직이기 시작했다.

"진짜 이유가 뭐였는지는 끝까지 알 수 없었지. 갑작스러운 일이었어. 안니카는 어느 날부터 알아볼 수 없게 변해 버렸어. 전혀 다른 게 없었는데 어느 날 아침에 갑자기 일어나지 않으려고 하더구나."

알리세는 기억하려고 노력했다. 그토록 공들여 지워 버리려던 조각조각들을 주워 담으려고 했다. 문득 알리세는 그것이 모두 그대로 있다는 것을, 급속 냉동이라도 된 듯 작은 부분까지도 그대로라는 것을 알았다.

햇살이 아름다운 아침이었다. 알리세는 유난히 기분이 좋았고, 부엌에 앉아 커피를 마시고 있었다. 정원은 눈이 막 그쳐 보석처럼 반짝였고, 예르다가 어제 내놓은 곡식 단에는 작은 새들이 하나 가득이었다. 알리세는 악셀의 행동이 어쩌면 전환점이 될지도 모른다고 생각했다. 악셀조차도 이제는 모든 것이 뒤죽박죽이라는 점을 깨달았다고 생각했다. 알리세는 그의 행동을 잘해 보려는 신호로 여겼다.

"우리는 전날 밤에 시내에 나가서 영화를 봤다. 네 아버지와 나 둘이서. 너도 알겠지만 네 아버지는 그런 일은 절대 하지 않는 사람이었지. 게다가 네 아버지가 가자고 한 거였어."

그들은 잉마르 베리만의 〈고독한 여심〉을 보았다. 두 사람이 뭔가를 함께하고 경험을 공유한다는 것 자체가 매우 드문 일이었다. 악셀의 외출은 항상 문학과 관련이 있었다. 그는 낭독회나 연회에 귀빈으로 가는 게 전부였고, 알리세가 그 자리에 같이 간 것은 단지 그러지 않으면 이목을 끌기 때문이었다. 알리세로서는 그런 행사에 가 봐야 자신의 실패만 깨달을 뿐이었다. 집에서는 악셀을 보기가 거의 힘들었다. 그가 집필실에 숨어 있다시피 했기 때문이다. 하지만 그날 저녁 악셀은 상영 시간이 고작 한 시간 남았는데 뜬금없이 영화를 보러 나가자고 제안했다.

"부엌에서 아침을 들고 있는데 예르다가 와서 안니카가 아직도 침대에 있다고 하더구나. 우린 이미 학교에 간 줄 알았어. 내 기억에 10시가 넘었던 것 같다."

알리세는 부엌을 나가서 딸의 방으로 갔다. 최악, 블라인드를 걷고 이불을 홱 벗겼다. 알리세는 마침내 기분이 좀 좋아지나 했더니 안니카가 다 망치고 있다고 생각했다. 그 기억을 떠올리자 목이 메었다. 꾸짖고 또 꾸짖었는데 아무런 반응도 없었던 게 생각났다.

"처음에는 사춘기 때문인가 하고 생각했다. 순전히 심술부리느라 누워 있는 줄 알았지. 까다롭게 구느라고 말이야. 하지만 조금 있으니 뭔가 다른 게 있다는 걸 알겠더구나. 차단된 느낌이랄까, 내 말을 듣지도 않는 것 같았어."

다음 며칠 동안 걱정 그리고 좌절이 계속되었다. 악셀은 아무 말도 하지 않고, 자기 안에 틀어박혀서 관여하고 싶지 않은 것처럼 굴었다.

"이야기해 보려고 했다, 정말이야. 나는 무슨 일이 있었느냐고 물어봤지만 안니카는 아무 말도 하지 않았어. 그냥 누워서 벽만 빤히 보더구나."

그토록 오래 억눌렀던 눈물이 말과 함께 쏟아져 나오고 있었다. 알리세는 시도하고 또 시도했지만 결국은 인내심을 잃어버리게 된 과정을 회고했다. 예르다는 의사를 부르는 편이 어떻겠느냐고 조심스레 제안했지만 악셀은 가정사라고 일축했다. 알리세는 도움을 받고 싶다는 욕망과, 자기 딸이 정신장애가 있는 사람처럼 행동한다는 수치심 사이에서 갈등하던 일도 떠올랐다.

얀-에리크는 창가로 가서 어머니의 눈물을 보고 싶지 않다는 듯 돌아섰다.

"얼마나 오래 그렇게 누워 있었죠?"

"나흘인가 닷새인가 그랬다. 예르다와 내가 번갈아서 밤에 안니카를 보러 갔지. 그런데 어느 날 저녁에 안니카가 다시 식사를 하기 시작하기에 우린 당연히 나아지고 있다는 신호인 줄 알았어."

알리세는 술을 한잔 하고 싶었지만 그럴 때가 아니었다. 얀-에리크가 그나마 진정한 것 같은데 노여움에 불을 지르고 싶지는 않았다. 좀 전에는 무서웠다.

"지나고 나서 생각하니 결심했기 때문이었더구나."

"안니카 친구들하고는 이야기해 보셨나요? 뭔가 눈치 채지 못했대요? 학교에서는 뭐라고 해요?"

거짓말은 일찌감치 결정되었다. 그들은 랑네르펠트 가문에서 일어난 사건이 스캔들을 일으킬까 두려워 아무 질문도 하지 못한 것이다. 학교에도 뺑소니 사고라고 설명했고, 그리하여 그것이 사실로 굳어졌다.

"아무것도 몰랐다고 하더구나."

알리세는 무릎 위의 쿠션을 내려다보았다.

"목을 맨 곳이 어디예요?"

알리세는 더 이상 참을 수 없어서 일어나 부엌으로 갔다. 키친타월에 코를 풀어 주위를 다른 데로 돌리고는 찬장에서 가만히 술병을 꺼내어 뚜껑을 열었다. 뒤로 돌자 얀-에리크가 문 앞에 서 있었다. 그는 한마디도 않고 접시 건조대로 가서 잔을 하나 꺼냈다. 알리세 손에서 병을 빼앗아서 잔을 가득 채운 뒤 단숨에 마시고는 조리대 위에 내려놓았다.

"그래서, 어디에 목을 맸냐고요?"

그들은 아마 이혼하는 편이 나았을 것이다. 피부를 그슬리는 열판에 손을 계속 대고 있을 사람은 없다. 하지만 영혼은 위로도 받지 못하고 천천히 시들어 가도록 방치되었다. 당연히 알리세도 그때 이혼을 고려하기는 했다. 뭔가 바꾸어 보려는 최후의 필사적인 시도였다. 하지만 잠시뿐이었다. 이혼은 안 될 일이었다. 다른 말은 필요 없었다. 헤어질 이유가 충분하다 해도, 그보다 더 무시무시한 것들이 있었다. 친구도 거의 없었고 부모형제들과 연락도 다 끊긴 마당에 어디로 돌아간다는 말인가? 악셀 랑네르펠트 부인으로 남으면 지위라도 누릴 수 있는데.

허상을 유지하기 위해 치른 그 모든 희생.

안니카가 얼마나 불행했는지 알기만 했더라면. 자신의 고통에 사로잡히지 않고, 돌아봐야 할 사람들이 있다는 것을 알 수만 있었더라면. 그랬다면 모든 게 달라졌을 것을.

"네 아버지 집필실에서 목을 맸다."

얀-에리크는 부엌 의자에 무너져 내리더니 얼굴을 손에 파묻었다. 알리세는 얀-에리크가 치워 놓은 잔을 채워서 기꺼이 입술에 가져갔다. 알리세는 크게 한 모금 마시고, 그 기억 때문에 풀려나 미친 듯이 날뛰는 모든 생각에서 자신을 방어하려 했다. 얀-에리크는 꼼짝 않고 앉아 있었다. 호흡에 따라 어깨가 들썩일 뿐이었다.

안니카를 발견한 사람은 악셀이었다. 안니카는 천장에 붙은 조명을 조심스레 떼어 내고 악셀의 책상 위에 올라섰다. 알리세는 악셀의 비명소리에 깨어났다. 아래층으로 내려가는 길에 실내복 단추를 잠그려고 더듬거리는데 벨트가 없었다. 딸이 벨트를 올가미로 만들어 목을 맨 모습은 기억에 깊이 각인되었다.

알리세는 잔을 채우고 꿀꺽꿀꺽 들이켰다. 아냐, 그걸로 족하다. 이건 더 이상 고민할 일이 아냐. 30년이 지났고 아무것도 되돌릴 수 없었다. 죄책감에 휩싸여 봐야 아무 도움도 안 된다. 알리세는 그 상황에서 할 수 있는 최선을 다했다.

알리세는 술병을 찬장에 도로 넣어 두고 싱크대로 가서 잔을 씻었다.

"그래. 그렇게 된 거다. 이제 알겠지. 우리에게 최선은 이 일이 외부로 새어 나가지 않게 하는 거다. 여기저기 떠들고 다닐 일이 아니야."

얀-에리크의 어깨가 들썩임을 멈췄다. 얀-에리크는 천천히 몸을 일으켰다. 알리세는 아들의 눈길을 피하고 싶었지만 그럴 수 없었다. 얀-에리크는 일어서서 거실로 간 다음 종잇조각을 집었다. 그러고는 말 한마디 없이 현관으로 갔다.

알리세는 시계를 보았다. 기다리던 텔레비전 프로그램이 시작될 시간이다. 이제 와서 오래된 기억을 들춰서 무얼 하겠는가? 그냥 내버려 두는 편이 낫지.

알리세는 소파로 가서 리모트컨트롤을 집었다.

14

두려움의 힘을 빼앗는 방법은 사랑을 묘사하는 것이다.

크리스토페르는 카트리나 공동묘지의 한 묘비 앞에서 비문을 읽었다. 그는 어쩔 수 없이 아파트에서 나왔다. 마음이 불안했다. 두려움을 붙들어 매 줄 뭔가가 필요했다. 그는 육체가 갈망하는 것이 무엇인지 알았다.

알코올이 우스운 점은 용도가 무척 다양하다는 사실이다. 뭔가를 잊고 싶을 때, 무드를 끌어올릴 때, 긴장을 풀 때, 기념할 때, 잠자기 전에, 기분 좋으라고, 흥을 돋우려고, 마음을 가라앉히려고, 도망치려고, 영감을 얻으려고.

용기를 내려고.

그가 사용해 본 모든 약물 중에서 가장 사람을 기만하는 것은 알코올이었다. 어떤 환경에나 침투하여 받아들여지고, 늘 접할 수 있고, 정부와 집권층이 열렬히 장려하는 술. 그는 "아뇨 됐습니다."라고 말할 때마다 느끼는 불편함을 잘 알았다. 그 말이 어떤 상황을 야기하는지를. 사람들은 해방감을 느끼려고 하는데, 정신이 말짱한 누군가에게 목격되고 싶어 하지 않는다. 죄책감이 바로 옆에 앉아서 자기를 지켜보는 걸 바라지 않는다.

크리스토페르는 언젠가 마음에 또렷이 기억되는 글을 읽었다. 자신의 예전 행동을 설명, 아니 해명하는 글이라고 생각했기에 단어 하나하나 그대로 기억했다. 인간은 하나의 종으로서 극도로 약하기 때문에 항상 자신을 방어할 준비가 되어 있어야 한다. 인간의 뇌는 진화 과정에서 크기가 커졌다. 의식은 정교한 방어 체계로, 위협이 될 만한 것을 발견하기 위해 주변을 감시하며 늘 각성되어 있다. 두려움에 민감하다는 인간의 특성은 인간 본성과 문명에 관해 여러 가지를 보여 준다.

그는 가끔 이 두려움 때문에 알코올이 그토록 매혹적으로 느껴지는 게 아닐까 생각했다. 잠시 경보체계를 해제하고 긴장을 풀기 위해서. 뛰어난 의식을 마비시키기 위해. 어떤 문명이든 향정신성 물질을 사용한다. 종류가 다를 뿐이다. 외딴 정글에 고립되어 있는 부족을 발견한다면, 그들이 씹거나 피우는 향정신성 풀잎이나 뿌리가 반드시 있을 것이다. 서양에서는 알코올이 합법적인 약물로 선택된 것일 뿐이다.

크리스토페르는 때때로 진화 과정에서 그렇게 고도의 두뇌로 진보한 것이 실수라고 생각했다. 그렇지 않다면 왜 그렇게 많은 사람이 두뇌를 무감각하게 만들어야 한다고 느끼겠는가? 하지만 우리는 자신을 뛰어난 지성, 공감 능력, 도덕 능력이 있는 만물의 영장으로 본다. 어쩌면 인류는 위험한 단계에 있는지도 모른다. 지성 덕분에 행성 전체를 날려 버릴 수도 있게 되었으나, 마음 깊은 곳에서는 누구나 강력한 두려움과 원시적 욕구에 지배되고 있지 않은가. 모든 이의 내면에서 지성과 본능이 쉬지 않고 격돌한다.

그는 지금 알코올의 위로가 그리웠다. 긴 세월 알코올은 그의 가장 절친한 친구요 동지, 그 무엇보다 중요한 존재였다. 그것이 있으면 두려움의 힘을 빼앗을 수 있었다.

하지만 그의 앞에 서 있는 묘비에는 알코올이 아니라 '사랑'이라고 씌어 있었다.

그런 사랑에, 그는 익숙하지 않았다.

크리스토페르는 별 이유도 없이 종종 공동묘지를 걸었다. 그곳이 평화롭다고 생각했고, 어둠이 두렵다는 점도 그를 막지 못했다. 죽음이 이미 거주하는 곳에서는 겁낼 것이 아무것도 없었다. 오로지 차분함만이 존재했고, 죽음과 비교하면 모든 게 사소하고 대단치 않은 듯했다. 그는 죽음이 두려운지 어떤지도 확신이 서지 않았다. 때로는 이미 생을 마치고 쉴 수 있는 사람들이 부러웠다. 죽고 싶다는 말은 아니었지만, 특별히 살고 싶은 마음이 강하지도 않았다. 그가 망자들을 부러워한 이유는 그들이 쉬지 않고 애써야 한다는 책임에서 벗어났기 때문이었다. 그들은 앞으로 나가자고 힘을 내지 않아도 된다.

부유하고, 가난하고, 선하고, 악하고, 못생기고, 아름답고, 똑똑하고, 단순한 사람들. 모두에게 같은 운명이 기다린다. 아무리 빨리 뛰어도 죽음은 달아날 수 없다.

묘비에 새겨진 숱한 이름과 날짜. 저 아래서 쉬고 있는 어떤 이는 죽은 지 수백 년이 되었는데도 바람과 비를 이겨내고 사람들 기억에 남았다. 오직 특별한 사람만이 무덤도 파헤쳐지지 않고 묘비도 온전히 남길 수 있었다. 중요한 인물들 말이다. 평범한 사람들은 잊히고 나면 무덤도 사라졌고, 마지막 안식처마저 다른 누군가의 것이 되어 버렸다. 그의 목표는 그 자리에 남은 사람들, 이름을 남길 수 있고 몇 세대를 거쳐도 기억되는 사람들처럼 되는 것이다. 그는 특별한 사람, 탁월함을 보여 주고 중요한 일을 해낸 사람이 될 생각이었다. 진정한 생존자가.

그러면 죽음도 더 이상 그를 어쩌지 못할 것이다.

땅에 속한 것 이곳에 잠들다. 진실로 사랑하다가 영원히 재결합하다.

남자는 1809년에, 아내는 1831년에 죽었다. 그들을 알던 이는 이제 누구도 살아 있지 않았다. 하지만 크리스토페르는 175년이 지난 지금 그곳에 서서 그들이 존재했다는 사실을 안다.

그는 묘비에 쓰인 문구를 읽는 게 좋았고 거기서 위안을 얻었다. 그는 계속 새로 꽃이 놓이는 잘 정돈된 무덤과, 더 이상 아무도 돌보지 않는 무덤 사이를 종종 배회했다. 시간이 흘러갔고 우선순위가 바뀌었다. 이름이 새겨진 묘비가, 아직 살아 있는 배우자를 기다리는 빈 공간 옆에 생겼다. 그는 그곳에 서서 자신의 이름과 날짜가 언젠가 그곳에 새겨질 것이며 결과는 결코 볼 수 없다는 것을 안다면 어떤 느낌일지 궁금했다. 그는 그 빈곳에 묻힐 사람들에게 적어도 가족은 있었다는 사실에 순간적인 질투를 느꼈다.

크리스토페르는 조명이 들어온 자갈길을 따라 계속 걸었다. 그는 최근에 세운 묘비들이 서 있는, 공동묘지 가장자리에 있는 투광 조명등 불빛에 이끌렸다. 걷다가 '가족묘지'라고 새겨진 커다란 돌을 몇 개 지나쳤다. 그가 아는 가장 아름다운 구절.

영원히 재결합하다.

그도 제의를 받지 않은 것은 아니었다. 그는 잘생겼고, 적어도 술을 마시던 당시에는 함께 있고 싶은 재미있는 남자라는 말을 들었다. 지금은 어떨지 알 수 없었다. 그는 장래의 배우자가 그에게 관심을 보일 만한 장소에 자주 가지 않았다. 그러자면 술을 마셔야 했기 때문이다. 하지만 예전에, 그러니까 그가 한밤의 짝짓기 춤에 참여하던 시절에는 혼자서 집에 가는 일이 드물었다. 그는 섹스를 너무 많이 해 봐서 결국 싫증이 날 정도였지만 진정 사랑이 뭔지는 몰랐다. 그는 뭔가가 일어날 것 같을 때마다 거절하고는 기다림으로 되돌아갔다.

자신이 누군지 찾기 위한 기다림.

그러면 삶을 시작할 수 있다.

주머니에서 전화벨이 울리기 시작하자 그는 전화기를 꺼냈다. 번호를 즉시 알아보았다.

"크리스토페르입니다."

"여보세요, 또 마리안네입니다. 저기요, 토리뷔 벤베리라는 분이 장례식에 온다고 연락을 남겼다는 사실이 떠올라서요. 그가 예르다 페르손을 안다면 다른 것도 알지 모르잖아요. 선생님이 연락하고 싶지 않을까 했어요. 지금 저는 전화번호도 없고 인터넷도 안 되지만, 선생님이 확인해 볼 수 있을 거예요. 그리 흔한 이름이 아닐 테니까요."

"토리뷔 벤베리라고요?"

"네."

"W인가요 V인가요?"

"지금은 확인할 수 없지만 W가 거의 확실해요."

"좋아요. 장례식에 온다고 했던가요?"

"네, 일단 오겠다고는 했어요."

"그럼 제가 확인해 보죠. 전화 고맙습니다."

토리뉘 벤베리. 그는 잊어버리지 않도록 이름을 휴대전화 주소록에 입력했다. 다시 가슴이 두근거리기 시작했다. 알고 싶으면서 동시에 알고 싶지 않은 느낌.

크리스토페르는 새로 만든 묘지에 이르렀다. 이곳에 잠든 사람 중 상당수는 아이들이었다. 몇몇 묘지는 장난감, 예쁜 조개껍질, 테디 베어, 작은 하트 모양 조약돌로 장식되어 있었다. 거의 항상 촛불이 켜져 있었다.

영원히 사랑받다.

계속 반복해 등장하는 말. 사랑하는 자녀들의 무덤을 보살피는 끝없는 애정. 그리고 그의 부모 생각. 마지막 남은 유일한 가능성이 그를 버리는 것이었다면 그들이 느낀 고통과 절망은 얼마나 깊었을까.

차가운 바람이 묘지를 쓸고 지나가자 마른 낙엽이 소용돌이쳤다. 크리스토페르는 더플코트의 깃을 바짝 조이고, 집으로 돌아가기로 했다. 집에 가서 전자레인지에 채식 라자냐를 데운 후 컴퓨터 앞에 앉았다. 그는 저녁거리를 키보드 옆에 놓고 검색하기 시작했다. 이제 돌아갈 수 없다. 문은 열렸고, 들어갈 기회를 놓친다면 결코 자신을 용서할 수 없을 것이다. 그는 토리뉘 벤베리부터 찾기 시작했다. 313건이 검색되었다. 첫 번째 이름을 누르자 노동자운동 자료가 나왔다. 제

목이 「작품 모음집 - 잊힌 프롤레타리아 작가 토리뉘 벤베리(1928년 태생)」였다. 그는 텍스트를 슥슥 읽어 내려갔다.

토리뉘 벤베리는 외스테르예틀란드 카운티의 핀스퐁에서 태어났다. 금속세공인인 아버지를 이어 벤베리는 열네 살에 금속세공을 시작했다. 일찍이 글을 쓰기 시작한 그는 1951년에 『지나가리라』라는 소설로 작가로 데뷔한 후 다음 해에는 스톡홀름으로 이사했다. 토리뉘 벤베리는 외스테르예틀란드의 금속세공인에 관한 소설로 가장 잘 알려졌다. 최고의 작품으로 꼽히는 『계속 타오르게 하라』는 1961년 작이다. 벤베리는 무대와 라디오 연극 대본도 몇 편 썼다. 프롤레타리아 소설로 마지막 작품은 『시작은 아픈 것이다』였는데, 이후 소설에서는 관계를 다룬다. 1975년에 출간된 마지막 소설 『바람이 네 이름을 속삭이다』는 연애가 끝난 한 남자의 몰락을 그리고 있다. 벤베리는 모두 합해서 산문 열두 편, 대본 여덟 편을 지었다.

크리스토페르는 기사를 인쇄했다. 그러고는 다른 검색엔진으로 들어가 이름을 입력하니 결과가 나왔다. 한트베르카르가탄에 살고 있는 토리뉘 벤베리가 있었다. 크리스토페르는 전화번호를 적어 두었다. 그는 구글로 돌아가서 악셀 랑네르펠트를 검색했다. 결과가 1,000,230건이 나왔다. 그는 한 페이지에서 다른 페이지로 건너 다니며 이곳저곳에서 조금씩 읽어 나갔다. 이미 알고 있는 정보가 많았다. 그는 악셀의 책을 모두 읽었는데, 몇몇은 학교에 다닐 때 접했고 나머지는 스스로 찾아 읽은 것들이다. 그는 예르다 페르손을 검색창에 같이 넣어 보았으나 아무것도 나오지 않았다. 악셀 랑네르펠트를 지우고 예르다 페르손만 넣었더니 205개가 나왔다. 그 가운데 어떤 것이 그가 찾는 예르다의 기록인지 알 길이 없었다. 그는 그 후 한 시간 동안 악셀 랑네르펠트에 관해 골라 둔 페이지를 읽었다. 대부분은 전 세계에 있는 출판사나 서점으로 연결되었고, 학생들의 프로젝트나 논문 페이지도 있었으나 사생활과 관련된 단서는 극히 적었다. 알고 보니 아내 알리세 랑네르펠트도 작가였다. 크리스토페르는 그녀의 작품에 관한 글도 좀 읽었다. 마지막 작품이 발표된 때는 1958년이었지만 그가 알기로 알리세는 아직 살아 있었다. 링크의 상당수는 악셀 랑네르펠트의 이름으로 설립된 재단으로 연결되었다. 그는 칠레에 있는 어린이집과 아프리카에 있는 몇몇 진료소 관련 기사를 읽었다.

진정한 생존자.

접시에 있던 음식이 식어 버렸다. 그는 부엌으로 가서 접시를 전자레인지에 넣었다. 싱크대 앞에 서서 남은 음식을 게걸스럽게 먹은 후 접시를 닦았다. 그는 악셀 랑네르펠트가 장례식에 올지 궁금했다. 위대한 우상을 직접 만날 수 있을까. 예스페르가 무척 부러워할 텐데. 그는 예스페르를 초청해야 할지 곰곰이 생각했으나 곧바로 그 생각을 떨쳐냈다. 처음 가 보는 장례식이기도 하고 분명히 일상적인 일은 아닐 테지만, 그는 차라리 혼자 헤쳐 나가기로 했다. 늘 그러했듯이. 아니면 예스페르에게 전부 털어놓아야 하는데, 그러자니 수치심이 가로막았다. 진실은 견딜 수 없이 그를 아프게 했다. 예스페르가 이미 벌여 놓은 둘 사이의 간격은 더 벌어질 것이다. 그러면 예스페르가 그보다 우월하다는 사실이 완전히 입증될 것이다.

예스페르의 부모는 그를 버리지 않았으므로.

크리스토페르는 컴퓨터로 돌아갔다. 얀-에리크 랑네르펠트로 검색하니 768건이 나왔다. 대부분은 강연 관련이었다. 얀-에리크 랑네르펠트가 저명한 아버지와 그의 작품을 주제로 강연할 예정이다. 바로 다음 날 오후 7시에 베스테로스 극장에서 강연이 하나 잡혀 있었다. 그는 의자에 기대어 강연 정보를 다시 읽었다. 그리 멀지 않았다. 전화하는 것보다 그곳에 가서 직접 보는 편이 쉽겠지. 그는 캄캄한 창문을 흘끗 쳐다보았다. 마음속에 그 모든 의문이 쌓이도록 내버려 두었다가 장례식에서 처음 물어본다면 제대로 말이 나올까. 얀-에리크가 어떤 사람인지 대충이나마 느껴 보고 조금은 준비하는 편이 나으리라. 그는 얀-에리크가 어떻게 반응할지 알 수 없었다.

15

　그는 한 잔만 더 마시고 집으로 가리라 생각했다. 벌써 집에 갔어야 하지만 발이 떨어지지 않았다. 늦어진다고 집에 전화도 하지 않았고, 주머니에서 울리는 전화도 무시했다. 주머니에 들어 있는 안니카의 사망증명서를 몇 번이나 꺼내어 읽어 보았다. 그가 무언가 단서를 놓친 게 아니라고, 무언가 안니카의 행동을 납득할 만한 말이나 빈정거림을 놓친 게 아니라고 자신을 달래면서.

　왜 그랬어? 도대체 어떻게 네가 날 이곳에 혼자 버리고 갈 수 있니?

　오빤 이미 떠났잖아. 우린 오빠가 어디 있는지도 몰랐어. 날 떠난 건 오빠야.

　그가 주문한 술을 여자 바텐더가 내놓았다. 어쩌면 바텐더의 눈에 경멸이 아른거린 것은 그저 상상일 뿐인지 모른다. 어쩌면 그의 생각이 바텐더의 눈에 반사되었을 뿐인지도. 이미 너무 많이 마셨다. 귀에서 웅웅 소리가 들렸고 주위의 윤곽이 뿌옇게 되었다가 천천히 원래 상태로 돌아오기를 반복했다. 그는 물을 한잔 달라고 했다. 발음이 꼬이는 게 느껴졌다.

그는 다른 형제들이 싸우듯 안니카와 다툰 적이 한 번도 없었다. 그들에게는 그럴 여유가 없었다. 둘은 연합전선을 형성하여 예측할 수 없는 모든 것에 맞서야 했다. 그들에게 등을 돌리던 아버지, 때로는 화를 내고 때로는 터무니없는 애정을 구걸하던 어머니. 얀-에리크는 어떻게 어머니가 여태까지 안니카의 자살을 비밀로 숨길 수 있었는지 이해가 가지 않았다. 어째서 한마디도 하지 않았는지. 그 일이 있은 지 여섯 달 이상 지나고 그가 마침내 미국에서 돌아왔을 때조차도. 그때 그는 허름한 단칸방을 구해서 혼자 지내려고 했는데, 어머니가 계속 그의 안식처에 불쑥 찾아왔다. 그녀는 늘 달갑지 않은 손님이었다. 때로는 술에 취해 있었고 때로는 멀쩡했다. 항상 그의 애정을 구걸했다. 그를 자기편으로 만들려고 쏟아 놓던 아버지를 비난하는 말들. 얀-에리크는 어머니의 눈물이 싫었다. 혼자 있고 싶었고, 모든 인연을 끊고 자신의 삶을 시작할 기회를 얻고 싶었다. 솔직히 말하자면 그의 노력은 적절한 방식이 아니었는지도 모른다. 게다가 어머니가 떠안기던 돈을 거절하지도 않았다. 특권층의 집합소에 출입하려면 비용이 꽤 들었기 때문이다. 하지만 그는 적합한 물에서 놀았고, 늘 누군가 비용을 내주려는 사람이 있었다. 랑네르펠트라는 성은 새로운 인맥을 만드는 데 놀라울 정도로 유용했다. 그 이름이면 닫혔던 문이 열리고 길게 늘어서 있던 줄이 흩어졌다. 그 이름은 얀-에리크의 눈부신 자질을 보증하는 징표였다. 아무나 노벨문학상을 수상한 아버지가 있는 건 아니었으니까.

"오늘 영업 마칩니다."

얀-에리크는 고개를 들지 못했으나 하늘색 천을 쥔 손이 빙빙 돌면서 바를 훔치는 걸 보았다. 그는 잔을 들고 입술에 가져가서 죽 들이켰지만 당장 토할 것 같았다. 비틀대며 의자에서 내려와 구역질을 멈추려고 했지만 통제가 되지 않았다. 뭔가 쏟아져 나오려고 했다. 그는 주위를 둘러보지 않고 문으로 돌진해 밖으로 나간 뒤 10미터쯤 되는 곳에서, 뱃속의 내용물을 보도에 게워 냈다. 손을 무릎에 짚은 채 그곳에서 몸을 구부리고 서서, 신발에 묻은 토사물을 눈물 사이로 보았다. 이런 꼴로 집에 갈 수는 없었다. 잠깐 걸으며 정신을 좀 차려야 했다. 그가 무엇보다도 바라는 것은, 어서 집으로 가서 지금 같은 느낌이 사라질 때까지 자는 것이다.

거리는 황량했고 도시는 전과 달라 보였다. 낮의 소란스러움에 감춰진 것들이 밤이 되자 드러났다. 그는 정처 없이 외스테르말름 거리를 배회했다. 때때로 자신의 삶을 찾으려는 젊은이들이 도심으로 향하는 모습이 보였다. 가끔은 생의 중간 지점에서 자기가 발견한 것이 쓸모없다는 걸 깨닫고 다시 시작하려는 중년의 방랑자도 보였다. 그리고 길을 잃어 종이봉투 몇 개를 들고서 기적이 아니면 죽음이 찾아오기만 바라며 비틀거리는 사람도 보였다.

얀-에리크는 점점 춥고 목이 말랐다. 바닥이 울렁거리는 증상이 없어지고 가벼운 두통이 시작되자 그는 겨우 집으로 향했다. 층계참에서 공용 다용도실로 들어가 신발을 내버렸다. 그러고는 양말만 신고서 계단을 올라갔다. 이 시간에 계단에서 누군가와 마주칠 확률은 낮았다. 그는 되도록 조용히 문에 열쇠를 꽂고 돌렸다. 동작을 멈추고 귀를 기울였다. 거의 새벽 3시였고, 운이 좋으면 루이세가 이미 잠들어 있을 것이다. 그는 조심조심 문고리를 내리누르고 문을 살짝 열었다. 현관 테이블에 놓인 작은 램프만 켜져 있었다. 다른 곳은 컴컴했다. 그는 코트를 걸어 놓고 곧바로 화장실로 가서 수도꼭지를 돌려 갈증을 달랬다. 그런 뒤 옷을 벗어 빨래바구니에 던져 놓고 샤워실로 들어갔다. 욕지기는 잠잠해졌으나 혐오감이 찾아왔다. 바에 앉아 있지 말고 곧바로 집으로 오는 건데. 루이세는 그에게 어디에 있었는지, 왜 전화하지 않았는지 물을 테지만 그는 말할 생각이 없었다. 여동생이 목을 맸다는 사실과 부모님이 그 오랜 세월 동안 거짓말했다는 걸 고백하라고? 그는 루이세가 그의 가족을 어떻게 생각하는지 알았고 그녀에게 쓸 만한 이야깃거리를 더 주고 싶지 않았다.

얀-에리크는 샤워실에서 나와서 몸을 닦으며, 아플 정도로 타월을 세게 문질렀다. 그러고는 두통이 나아지기를 바라며 물을 더 마셨다. 이를 철저히 닦고 화장실 거울에 튄 흰 얼룩을 더 철저히 닦아 낸 뒤 일어서서 자기 모습을 보았다. 자신의 시선을 마주 보기가 힘겨웠다. 술을 줄여야 했다, 정말로. 그는 숙취가 싫었다. 이미 숙취가 올라오는 기미를 보였다. 이제는 술기운으로 눌러 두었던 불안을 감당해야 할 것이다.

그는 문을 열고 조심스레 바깥을 내다보았다. 사위가 온통 잠잠했다. 다만 심장이 쿵쾅거리는 불쾌한 소리만 댄스 플로어의 베이스처럼 울렸다. 그는 가만히 현관으로 내려가서는 엘렌의 방을 지나쳐 자기 방으로 들어갔다. 책 뒤에 손을 뻗었으나 술병에 손이 닿기 전에 마음을 바꿔 먹었다. 술을 원하는 마음과 원치 않는 마음이 부딪혔다. 그는 거실로 나갔다. 침실 문은 닫혀 있었고 바닥의 틈새로 새어 나오는 빛조차 없었다.

부엌 식탁 위에는 한 번도 켜지 않은 장식용 촛대가 놓여 있었고, 그가 평소 앉던 의자 앞에는 와인 잔, 접시, 반쯤 마신 와인 병이 있었다. 스토브에는 냄비가 두 개 있었다. 그는 눈을 감았다. 결국은 어떤 것도 지킬 수 없다는 점을 받아들이기만 하면 되었다. 모든 게 무너지기까지 얼마나 걸리느냐가 문제일 뿐. 그가 어떻게 해야 할지 말해 줄 사람은 없는 건가? 오늘 아침에 나눈 대화가 떠올랐지만, 왠지 분노가 모두 고갈되어 버렸다. 그가 간청하는 것은 평온함뿐이었고, 그가 원하는 것은 용서받는 일뿐이었다. 그는 더 잘할 것이고, 반드시 변할 것이다, 정말로! 오늘 밤에 그가 한 행동이 기폭제가 될 것이라고 상상해 보라. 그것 때문에 그녀가 결심하게 될 거라고. 그는 갑자기 숨 쉬기가 힘겨워졌다. 그는 가슴을 손으로 눌렀다. 술을 끊으리라, 반드시. 결코 그럴 가치가 없으므로. 그리고 이번엔 진심이었다. 그는 거실로 돌아가서 닫힌 침실 문을 바라보았다. 그녀가 누워서 기다리고 있지 않기를 바란 적이 수도 없이 많았지만 이제 그 소망이 이루어졌을지 모르는 상황이 되자, 정말로 방이 비어 있는 장면을 진심으로 상상했다. 루이세가 다른 외간 남자와 어딘가에 누워 있는 모습을. 엘렌의 방이 비어 있고, 아빠 역할에 어울리는 다른 누군가가 그의 자리를 대신하는 상황을. 그는 갑자기 울고 싶어졌으나 눈물은 나지 않고 가슴에 경련이 일어났다. 저 깊은 곳에서 검디검은 체액에 잠겨 있던 뭔가가 풀려나 표면으로 솟아올랐다.

그것은 루이세가 그를 홀로 남겨 두고 떠날 것이라는 강렬한 두려움이었다.

16

악셀은 의식이 또렷했다. 24시간 중 한 시간도 특별히 다를 게 없었기에 모든 시간이 똑같았다. 그는 밤에 잠이 오지 않는 날이 많았다. 다음날 낮이 되면 여전히 누워서, 뜬눈으로 보낸 밤을 보충했다. 하지만 오늘 밤은 또렷한 정신 위로 무언가가 맴돌았다. 얀-에리크의 방문과 그가 내뱉은 말들 때문에 악셀은 원하지 않는 곳으로 끌려가 마주하고 싶지 않은 기억과 대면해야 했다. 이제 기억들은, 마침내 연락이 닿아 기뻐하는 오랜 지인처럼 사방에서 흘러들었다. 그것들은 애초에 추방된 적도 없는 것처럼 앞 다투어 찾아왔다. 그림자들이 침대 주변에 모여들어 동시에 말을 내뱉으며 빈틈을 메웠다. 조각들이 하나씩 흘러나와 그림을 완성했다. 그가 한때 느꼈으나 잊고 싶던 감정들조차 흘러나왔다. 엎지른 물처럼 이미 저지른 언행을 결코 주워 담지 못하는 법이기에.

완벽해지려는 갈망. 한 점의 그림자도 남기지 않겠다는 갈망. 일

생일대의 작업에 의지하고, 누구도 그것에 손댈 수 없음을 확신하려는 갈망.

악셀은 사람들이 모인 작은 방으로 돌아갔다. 도서 판매원이 베스테로스 극장의 행사 순서를 알려 주고 있었다.

"그리고 마지막 무대를 악셀 선생님이 맡아 주시는 게 좋다고 생각했습니다. 그게 끝나면 로비에 탁자와 책 진열대를 만들어 책 사인회를 열고, 다 끝나면 뜨거운 음식, 카나페, 과자를 좀 낼 생각입니다. 그 후에는 원하는 대로 오래 머무르셔도 됩니다."

악셀은 손가락으로 자기 책을 넘겨보다가 손에 땀이 뱄다는 걸 알았다. 이번 가을에 네 번째로 참가하는 책의 날 행사였는데, 이번에도 그들은 그에게 행사를 마무리해 달라고 했다. 이것은 그가 그만큼 유명인이라는 뜻이었으나, 다른 작가들은 이 사실을 늘 인정하지는 않았다.

"뜨거운 음식 말고 목을 축일 것도 좀 있으면 좋겠군요."

토리뉘의 말에 드문드문 웃음소리가 터져 나왔다. 그는 행사 개막을 맡는 영예를 누렸다.

"그런다고 실망할 사람은 없을 겁니다."

그들은 무대 뒤의 대기실에 앉아 있었다. 책의 날은 지방에서 열리는 인기 행사였고 티켓도 매진되었다. 작가들은 낭독도 하고 자기 책도 소개하며, 잘하면 책도 몇 권 팔 수 있는 기회를 얻었다. 1970년대 초반에 책값이 오르고 판매가 떨어지고 서점들이 문을 닫자, 출판업은 출렁였다. 이제 낙관주의가 다시 싹트기 시작했으나 출판사들은 여전히 책을 조심스럽게 냈다. 악셀은 비교적 안전한 편이었지만, 그가 신작을 발표한 지도 오래되었다는 출판사의 걱정을 느낄 수 있었다. 결국 그가 새로 쓴 글이 없는데도 책의 날 행사에 참여하도록 설득한 것은 출판사였다. 악셀은 내키지 않았다. 쓰고 있는 책은 출간되려면 아직 멀었고, 심지어 절대 못 끝낼지도 모른다는 두려움이 점점 커 갔다. 악셀은 며칠간 집필실에 틀어박혀 있었지만 단 한 줄도 짜내지 못했고, 날짜가 지날수록 좌절만 깊어졌다. 뭔가 잃어버린 것은 아닐까 걱정스러웠다. 예전에는 창의력을 당연하게 여겼다. 단지 우주의 문을 열어 메모를 하기만 하면 되는 것처럼, 성스러운 창작의 근원에서 그의 펜을 통해 아이디어가 흘러나오는 듯했다. 떠오르는 것을 기록하는 일은 그의 의무이자 임무였다. 그는 자신이 선택받은 사람이라고 느꼈다. 그것은 매우 섬세한 과정이어서 세속적인 생각들을 차단해야 했다.

그는 이제 재능에게 버림받은 것인지 궁금했다. 아니면 알리세의 비탄이 집 전체를 구름처럼 휘감아 흐름을 막는 건지도 몰랐다. 얀-에리크가 미국으로 건너간 후 알리세는 점점 더 다가서기 힘들어졌다. 그녀라는 존재에 공기 자체가 오염되어 창의력의 흐름이 모두 멈춰 버린 느낌이었다. 그것도 이번 가을 행사에 나서기로 결심한 한 가지 동기로 작용했다. 잠시 신선한 공기를 들이쉴 기회였던 것이다.

그가 창의력을 잃었는데도 행사 기획자는 그에게 행사 마무리를 맡기고 싶어 했다. 악셀은 기쁨도 자부심도 느끼지 못했다. 예전의 성과 뒤에 숨는다는 것은 그림의 떡을 볼 때처럼 충족감을 느낄 수 없는 일이었다. 글쓰기는 그가 살아온 목적이었고, 그것이 없다면 그는 아무것도 아니었다. 그런데 무대 위에서 존경의 눈길을 받으려니 마음만 불편해졌다. 참가자들이 열쇠구멍으로 그를 엿보기라도 하는 듯했다.

"10분 후에 나갑니다."

행사 준비위원이 방을 나가고 작가들만 남았다. 토리뉘는 알고 지낸 지가 조금 되었지만 나머지 두 사람은 모르는 사이였다. 한 사람은 첫 작품을 발표한 소설가이고 다른 이는 범죄 소설가였다. 범죄 소설가는 책 판매가 상당한 모양이었는데, 악셀은 사람들이 그런 쓸데없는 글을 왜 읽는지 이해할 수 없었다.

토리뉘는 손을 뻗어 악셀이 무릎 위에 놓은 책을 집고는, 그 책에 무슨 비밀이라도 씌어 있는 듯 살펴보았다.

"아, 맞아. 자네 올해 신작을 발표하지 않았지. 이 작품은 2년 전에 나온 거잖아?"

토리뉘는 책을 넘겨주었다.

"그러니까 이번에는 이 책을 읽어 줄 생각인 게로군. 이번에도 늘 그렇듯 작품 이야기는 하지 않을 테니 말이야."

토리뉘는 웃었지만 그것이 비웃음이라는 점은 모두 알 수 있었다.

"그래, 몇 구절을 골라서 읽어 줄 생각이야."

"그럼 신작은 어떻게 되어 가나? 아니면 나에게 말했다가는 나를 쏴야 할지 모르니 말하면 안 되는 건가?"

토리뉘는 수줍음 많기로 유명한 작가에게 무례하게 말하는 자신의 모양새 그리고 두 사람이 주고받는 대화에 즐거워하는 기색이 역력한 두 사람을 흘끗 쳐다보았다. 악셀은 사람들이 자신을 뭐라고 하는지 알고 있었지만, 창작을 진지하게 대하는 자신의 태도를 사과할 마음은 없었다. 토리뉘 같은 광대들, 이목을 끌 수 있는 기회라면 결코 놓치지 않는 부류의 인간은 차고도 넘쳤다. 토리뉘는 가끔 악셀을 찾아올 때마다 초대장도 없이, 게다가 주머니에 술병을 넣고 왔다. 그의 방문은 단조로운 일상에 반가운 휴식처럼 즐거울 때도 가끔 있었지만, 한마디로 성가실 때가 더 많았다. 두 사람은 배경이 비슷했는데 둘 다 가난한 노동자 가정에서 탈출했다. 악셀은 토리뉘가 자신을 방문하는 이유가 새로운 소식과 호기심 때문이 아닐까 생각했다. 둘의 출발점이 같아 승자를 가릴 수 있었고, 경주는 쉬지 않고 이어졌다. 악셀은 토리뉘의 헤픈 우정이 거짓이라는 사실을 잘 알았다. 자신이 경주에서 그보다 한참 앞서 나가고 있었기 때문이다. 악셀의 이름은 노벨상 후보로 거론될 정도였다. 그가 스웨덴 아카데미에 뽑히지 않았다는 사실은 놀랄 만한 사건이요 논쟁거리로서, 단순한 누락에 화를 내어 일을 크게 만들었다고 하기에는 무리였다.

"잘되고 있네. 아니 아주 잘된다고 해야겠군. 다만 마무리하기 전에 내보내는 게 싫어서 좀 더 붙잡고 다듬는 중이지. 전작보다 못한 작품을 내고 싶은 사람이 누가 있겠나?"

토리뉘의 최근 소설은 주요 신문에서 악평을 받았다. 악셀은 그 풍자적인 기사에 약간 유쾌했었다.

토리뉘가 시계를 쳐다보았다.

"이제 나갈 시간인 것 같군."

악셀은 의자에 앉아 있었다. "그렇군. 자네가 시작이었지?"

토리뉘는 씩 웃고는 윙크를 한 뒤 손을 들었다. 그는 손가락을 총 모양으로 만들어 악셀을 조준했다. 그는 적어도 유머감각은 있었다.

* * *

공연은, 그날 저녁 행사를 이렇게 부르는 것이 적절한지는 모르겠으나, 기대보다 나쁘지도 좋지도 않았다. 토리뷔의 개막 무대는 재미있는 농담이 많아서 청중들이 쉬지 않고 웃음을 터뜨렸다. 그는 글쓰기의 고통과 영감의 원천을 솔직하게 이야기했고, 마지막으로는 낭독을 했다. 악셀은 점점 불편해졌다. 시간이 지날수록 부적절한 작품을 고른 것 같아서, 다른 사람이 쓴 작품을 변호해야 하는 느낌이었다. 이제 그가 무대에 올라갈 차례였다. 그는 시적인 작가 소개에 귀를 기울이며 유명 저자라는 역할에 자신을 맞추려고 했다.

"……독특한 서사 스타일과 빛나는 문장으로 우리에게 수없는 마법 같은 독서 경험을 선사했습니다. 이 작가는 인간 영혼을 깊이 꿰뚫어보는 눈으로, 거칠고 무정한 세상에서 우리가 속죄를 찾아가도록 이끌어 줍니다. 빛과 어둠의 대비 속에서 그의 인물들은 면도날처럼 예리한 형상으로 살아나며, 그들의 운명에 우리는 끊임없이 매혹됩니다. 오늘밤 여러분에게 악셀 랑네르펠트를 소개하는 영광을 누리게 되어 대단히 기쁩니다."

악셀은 자기를 소개한 문구를 인정하지 않았다. 그는 오직 책상 앞에 앉아서 영감의 순간이 올 때만 그런 사람이 되었다. 이곳, 무대 옆에서 떨면서 대중 앞에 모습을 드러내려고 하는 지금은 아니었다. 그는 불안정하게 무대 위로 걸어 나갔다. 손에 들고 있던 책이 떨렸다. 사람들이 알아채지는 않을지 불안했다. 기대에 가득한 얼굴들. 잘 교육받은, 지적이고 박식한.

엔지니어들.

언제라도 정체가 드러날 수 있었다. 악셀은 재빠르게 첫 장을 넘기고 읽기 시작했다. 그는 자기 시간이 끝날 때까지 읽고 또 읽었다. 객석에서 우레와 같은 박수 소리가 들렸다. 그것은 파도처럼 다시 또다시 몰려왔다. 그의 옆에 서 있던 행사 주최자는 성공적인 무대에 만족한 듯 보였다. 청중 가운데 몇몇은 자리에서 일어서서 옆사람들까지 일어나라고 부추겼고, 그렇게 악셀 안데르손은—이제는 랑네르펠트가 된—기립박수로써 존경과 찬양과 숭배를 받았다.

그리고 그것은 그에게 아무것도 안겨 주지 못했다.

아무것도.

책에 서명할 시간이 되었다. 악셀과 토리뉘는 로비로 나갔다. 악셀이 앉을 자리는 명백했다. 이미 길게 줄이 늘어서 있었던 것이다. 몇몇 팬이 나머지 작가들의 탁자에 서 있었는데, 범죄 소설가의 탁자에 서 있는 사람이 좀 더 많았다. 어쨌거나 토리뉘가 질투를 드러낼 생각이 없다는 점은 분명했다. 토리뉘는 악셀의 등을 두드린 뒤 자신의 탁자로 갔다.

"도움이 필요하면 말만 하시게."

악셀은 앉아서 서명하기 시작했다. 전작들이 탁자 위에 놓여 있었는데 그중 몇몇은 줄이 끝나기도 전에 매진되고 말았다. 정말 환상적인 작품이에요, 그의 앞에 선 낯선 이들이 그에게 말했다. 반복되는 말, 대단하십니다. 악셀은 이 말을 들을 때마다 점점 기분이 언짢아졌다. 무엇이 좋은지 그들이 뭘 안다는 말인가? 그는 묻고 싶었다. 그리고 내 소설에서 무엇이 그토록 좋은지, 말해 줄 수 있습니까? 그것을 말할 수 있는 사람이라면 그렇게 말할 자격이 있으리라.

그는 이렇게 생각하며 또 다른 무지한 자가 읽을 책에 자기 이름을 적었다. 그 책에 담긴 노력을 전혀 모르는 누군가. 그처럼 문장 하나 하나에 시간과 관심을 쏟아 붓지 않고 페이지를 획획 넘겨 버릴 누군가.

악셀이 서명을 끝내고 음식이 차려진 방으로 들어갔을 때쯤에 다른 사람들은 이미 접시를 가득 채운 상태였다. 약 30명이 자리에 있었는데, 그날 행사를 준비한 사람들과 특별히 초대한 손님들이었다. 모두들 이미 흥이 나 있었다.

악셀은 그녀를 단번에 알아보았다. 버려진 스케치들 사이에 숨어 있는 완벽한 예술품이었다.

"이리 와서 우리랑 같이 앉자고, 악셀. 자네 자리는 남겨 뒀어."

토리뉘가 그를 불렀다. 필요 이상으로 큰 목소리였다. 토리뉘는 언제나 두 사람이 서로 잘 안다는 점을 열심히 지적하면서, 억지로 끼어들어 사람들 이목을 끌었다. 그 여자는 토리뉘의 옆에 앉아 있었고, 토리뉘가 가리킨 의자는 그녀와 마주 보고 있었다. 악셀은 뷔페로 가서 레드와인을 한 잔 챙겼다. 이제까지 경험하지 못한 방식의 호기심이 일었다.

"악셀, 병을 아예 가져오시게, 우리도 잔이 비었거든."

너무나 큰 소리여서 방 안의 대화가 모두 중단되었으나, 더 이상 흥미로운 일이 일어나지 않자 다시 잡담이 이어졌다. 악셀은 레드 와인 병을 들고 토리뉘가 준비해 둔 자리로 갔다. 악셀은 실제보다 관심이 없는 척했다. 하지만 진정한 심미주의자라면 그녀의 아름다움을 무시할 수 없으리라. 그녀는 악셀을 뚫어지게 응시하고 있었고, 그의 시선은 감히 그녀의 눈을 마주 보지 못하고 지나쳐 갔다. 토리뉘는 와인 병을 잡고 잔을 채웠다.

"악셀, 이쪽은 할리나라고 하네. 나와 함께 왔지만 행사 시작 전에 무대 뒤로 와서 인사하는 건 좀 그렇다고 해서 말이지. 할리나가 그런 면으로는 좀 수줍음을 타거든."

토리뉘는 활짝 웃었다.

"방해하고 싶지 않았을 뿐이에요." 그녀는 탁자 위로 손을 내밀었다. "할리나예요."

악셀은 그녀의 손을 잡았다. 시원하고 메마른 손이었고, 너무 세게 쥐면 부서질 것 같았다.

"악셀입니다."

할리나는 살짝 웃고는 담배에 불을 붙였다. 악셀은 그녀의 손길에 동요하는 자신을 주체할 수 없었다. 그는 수줍은 남학생처럼 자리에 앉아서 다른 데 주의를 기울이려고 노력했다. 놀라운 반응이었다. 마흔여덟이니 그런 반응은 이미 사라졌다고 생각했는데. 그가 마지막으로 그런 느낌을 받은 지도 벌써 무척이나 오래되었다.

토리뉘는 쉬지 않고 지껄였다. 이번에는 급류처럼 쏟아지는 그의 말이 반가웠다. 악셀은 서점에서 나온 남자와 몇 마디 말을 주고받았는데, 내내 그녀의 존재를 느끼며 불편했다. 잔이 차고 비었고, 잡음이 커졌으며, 사람들이 돌아다니고 자리를 바꾸느라 의자가 대리석을 긁었다. 토리뉘는 음식을 더 담으러 가서는 뷔페 테이블에서 대화를 시작했다. 말을 건 것은 그녀였다.

"전에 만난 적 있는데. 기억하시나요?"

악셀은 당황했다.

"그랬나요? 잊어버렸다니 믿기지 않는군요."

와인 덕에 용기가 났다. 할리나의 눈은 짙은 갈색이었고 얼굴은 곱슬곱슬한 짙은 갈색 머리카락에 덮여 있었다. 위에는 수놓인 초록 스웨터를 입고 있었는데, 브라를 하지 않았다는 것을 한눈에 알 수 있었다. 화장은 은은해서 마치 전혀 하지 않은 듯했고 왼쪽 팔목에는 가는 은팔찌가 있어서 움직일 때마다 짤랑거렸다.

"잠시 뵌 거였고 특별한 일이 아니었으니 기억하시지 못할 만도 해요. 1969년에 작가 데모에서였어요."

악셀은 그 일은 확실히 기억했지만 그녀를 만난 일은 기억나지 않았다. 도서관 대출 건당 작가에게 지급하는 인세율이 낮은 데 맞서 작가들이 스톡홀름, 예테보리, 말뫼, 우메오의 주요 도서관에 모였었다. 작가들은 그들에게 공감하는 사서들과 함께 도서관의 책꽂이를 비우고 버스로 책을 실어 날랐고, 일주일이 지나도록 반환하지 않았다. 그때 그는 노동자 계급이던 때가 생각나 힘이 났었다.

"그럼 당신도 작가로군요?"

할리나는 웃음을 보이고는 잔을 만지작거렸다.

"최선을 다하고는 있는데 아직 책으로 나온 건 없어요. 발버둥 치고 있죠. 지금 작업하는 건 뭔가 나올지도 모른다는 느낌이 드는데, 지금은 막혀서 글이 안 나오네요."

목소리도 외모만큼이나 상쾌했다. 외국 이름 같았지만 별다른 억양은 느껴지지 않았다. 그녀의 손가락이 와인 잔의 손잡이를 따라서 미끄러지듯 움직이자, 악셀은 눈으로 그 동작을 쫓지 않을 수 없었다. 손을 뻗어 그녀를 다시 만지고 싶었고, 겉으로 보이듯 피부가 부드러운지 확인하고 싶었다. 여성을 이렇게 가까이 느낀 지도 얼마

만인지 몰랐다. 가끔 그는 잠자다가 사정하기도 했다. 십 대 소년처럼. 다른 방법이 없을 때 일어나는 신체의 필사적인 자체 제어 작용이었다.

"선생님께서 '선과 악의 대가'이시니까, 좀 여쭤봐야겠어요."

"그야 당신 생각이지요."

"하지만 사람들도 그렇게 말하는걸요."

"아 그거야 전혀 다른 문제지요. 어쨌거나 질문이나 해 봐요. 답할 수 있는 대로 해 볼 테니."

할리나는 갑작스레 열의를 보였다. 그녀는 담배를 비벼 끄고는 핸드백에서 펜을 꺼내어 뭔가 쓸 만한 것이 없나 찾다가 냅킨을 뽑았다. 그녀는 그 위에 선을 두 줄 긋더니 그 사이에 작은 물결 모양의 선을 그려 넣었다.

"이건 악어가 득실거리는 강이에요. 보트가 없으면 아무도 건널 수 없죠."

할리나는 강의 한쪽 편에 네모를 그렸다.

"페르가 여기 살아요. 페르는 강 건너편에 사는 에바를 사랑하고 에바도 페르를 사랑해요. 어느 날 중병에 걸린 페르가 에바에게 전화로 도와달라고 해요. 자기가 얼마나 아픈지 설명하면서 서둘러 와 달라고 하죠. 하지만 보트가 없는 에바는 보트를 가진 에리크에게 달려가요. 그녀는 상황을 설명하고 보트를 빌려 달라고, 자기가 건너가서 페르를 도와줘야 한다고 부탁해요."

악셀은 흥미롭게 그녀의 말을 따라가며 냅킨에 그려진 작은 지도를 바라보고 있었다.

"하지만 에리크는 에바를 대가 없이 도와주지 않으려고 하죠.

먼저 자기랑 섹스를 하면 자기가 강 건너편으로 데려다 주겠다고
해요."

악셀은 눈을 들어 그녀의 얼굴을 쳐다보며, 이야기를 계속하는
입술의 움직임을 따라갔다.

"에바는 당연히 상심해서, 여기에 사는 올로프에게 찾아가요
……."

그는 애를 써서 냅킨을 바라보았다. 그녀는 에바와 에리크 집 사
이에 네모를 하나 더 그렸다.

"그러고는 에리크가 한 말을 이야기하죠. 그녀는 올로프에게 자기
와 같이 가서 에리크에게 말해 달라고 부탁해요. 하지만 올로프는
관여하고 싶지 않아서 나가라고 말하죠. 그래서 에바는 어쩔 수 없
이 에리크가 원하는 대로 할 수밖에 없었어요. 에바는 구역질나는
노인네인 에리크에게 가서 그와 섹스를 하죠. 그런 뒤 에리크가 에
바를 태워 강을 건너가요."

토리뉘가 자리로 돌아와서 테이블 쪽으로 몸을 숙여 냅킨을 쳐
다보았다.

"또 그 이야기야?"

"방해하지 말고 가세요." 할리나가 그를 쫓아냈다.

토리뉘는 한숨을 쉬더니, 약간 비틀거리면서 다른 곳으로 갔다.

할리나는 계속해서 냅킨에 세세하게 그려 넣었다. 악셀은 그림보
다 그녀를 보는 게 좋았다.

"당신이 쓰고 있는 책의 플롯인가요?"

"아뇨, 도덕적 딜레마예요. 쉬잇. 에바는 마침내 페르의 집에 가서
있었던 일을 이야기해요. 페르는 에바가 에리크와 섹스했다는 데 격

분해서 그녀를 쫓아내요. 그러자 에바는 스벤에게 가서, 어쩔 수 없이 에리크와 섹스를 해서 페르를 도우려고 했는데 페르가 자기를 내쫓았다고 이야기하죠. 분개한 스벤은 페르를 찾아가서 흠씬 두들겨 줘요."

할리나는 고개를 들었다.

"듣고 계신 건가요?"

"그런 것 같아요. 이 동네에서는 사람들이 친하게 지내는 것 같군요."

할리나는 펜을 내려놓고 담배를 꺼내 불을 붙이고는 입 한쪽 구석으로 연기를 뿜었다.

"제가 알고 싶은 건 이 중에서 누가 가장 나쁘냐는 거예요. 각각에게 1부터 5까지 점수를 주시는데, 가장 나쁜 사람에게 5점을 줘 보세요."

"내가 결정해야 하는 건가요?"

"결정이 아니죠. 그냥 생각하는 걸 말씀해 주세요. 선생님께 흥미로운 주제일 거예요."

"난 주로 질문하는 쪽이지 대답하는 쪽이 아닌데."

"하지만 의견은 있으실 것 아니에요, 그렇죠? 이번에는 선생님이 한번 답하는 입장이 되어 보세요."

악셀은 냅킨을 끌어당겨서 그림을 쳐다보았다. 그녀는 에리크 집 옆에 있는 강둑에 조그마한 악어까지 그려 놓았다. 그가 다시 흘끗 눈을 들자 그녀의 스웨터 아래로 유두가 보였다.

"어떻게 생각하세요?"

할리나는 뒤로 몸을 기대어 악셀을 바라보았다. 토리뉘 특유의 웃음소리가 방에 울려 퍼지자, 두 사람은 그쪽을 쳐다보았다. 토리뉘는 한 손에는 잔을, 다른 한 손에는 술병을 들고 소파에 앉아 있었다.

할리나는 담배를 한 모금 빨아들였다.

"제 답은 이미 나와 있어요."

"누구?"

"올로프."

"올로프?"

할리나는 고개를 끄덕였다.

"그 사람만 아무것도 하지 않았는데?"

"바로 그것 때문이죠."

악셀은 잠시 동안 알리세와 지낸 처음 몇 년을 떠올렸다. 두 사람의 글을 풍요롭게 하던 현기증 나던 대화들. 이제는 끊어져 잠잠해진 대화들을. 그는 소파에 기대어 눈을 감고 있던 토리뉘를 쳐다보았다. 토리뉘에게 질투를 느끼리라고는 결코 생각지 않았다. 하지만 지금 그는 고통스러운 질투를 느꼈다. 함께 대화할 수 있는 여자가 있다는 것을.

"저는 아홉 살 때 전쟁이 끝나서 트레블린카에서 해방됐어요."

그녀는 소매를 걷어서 문신으로 새겨진 숫자를 보여 주었다.

"어머니는 기차에서 내리자마자 총살되었지만 저랑 여동생은 철조망 안에서 3년간 살아남았어요. 여동생은 해방 직전에 탈진해 죽었죠."

악셀은 할 말이 떠오르지 않았다.

"뭐라고 해야 좋을지 모르겠군요. 안타까운 일입니다."

"고맙습니다."

둘 다 잠시 말이 없었다. 할리나는 담배를 비벼 껐다. 주변에서는 파티가 계속되었다.

"제가 수용소에서 본 악은 상상도 할 수 없는 것이었어요. 인간이 그렇게 행동할 수 있다는 것, 그런 일이 일어날 수 있다는 것이 이해가 가지 않아요. 하지만 저는 한 가지는 알아요. 수용소에서 일하던 사람들 중 상당수가 스스로 옳다고 생각했다는 것을요. 그들은 자기가 나쁘다고 생각하지 않았어요. 확신에 따라서 움직였고, 그런 결정을 내리고 그들에게 명령하는 사람들이 진리의 편이라고 믿었어요. 어차피 누가 선과 악을 결정하겠어요? 어떤 각도에서 봐야 올바른 시각으로 볼 수 있는 거죠?"

악셀은 두 사람의 잔에 술을 채웠다.

"역지사지로 모든 일을 보려고 노력하는 것은 어떨까요?"

할리나는 콧방귀를 뀌었다.

"사람들이 그렇게 할 수 있다고 생각하세요? 그게 가능하다면 세상이 지금 같지는 않았겠죠."

"하지만 그건 당신의 질문이 아니었소. 당신은 우리가 어떻게 '해야 하는지'를 물은 거니까."

할리나는 잔을 들었다가 입에 대지 않고 다시 내려놓았다.

"제 생각에 어떤 사회에서 가장 위험한 건 사람들이 자기 책임을 타인에게 떠넘기는 거예요. 스스로 생각하고 행동하기를 멈출 때요."

할리나는 냅킨에 손을 뻗어 올로프의 집에 원을 그렸다. 그녀는 반복해 줄을 그어 그 집을 지워 버렸다.

"무슨 일이 일어나는지 알았던 사람들, 잘못됐다고 생각하면서도 아무것도 하지 않은 그 모든 사람들, 그들은 악한 게 아닌가요? 예를 들어 스웨덴은 독일 기차가 노르웨이를 통과하게 하고 심지어 병사들에게 식량까지 제공해서 화를 면했죠. 스웨덴 왕은 히틀러에게 동부 전선의 승리를 축하하는 편지까지 썼고요. 스웨덴 은행과 기업은 계속해서 나치와 거래를 했고 막대한 돈을 벌어들였으면서도 나중에 변명할 필요도 없었어요. 그건 악한 게 아닌가요? 오늘날 그 은행이나 기업의 고객들이 그런 데 얼마나 신경 쓴다고 생각하세요? 아니면 휴고 보스를 예로 들어 보죠. 그는 히틀러 친위대의 유니폼을 디자인하고 만든 사람이에요. 물론 그런 내용을 광고에 싣지는 않죠."

그녀는 냅킨에 작은 원을 그렸다.

"전 아직 어린애에 불과했고 날마다 누군가 와서 구해 주기를 기다렸어요. 무슨 일이 일어나는지 누군가 알게 되기만 한다면 분명히 우리를 구하러 와 줄 거라 생각했어요. 제일 상처를 받은 건 수많은 사람이 그저 방관했다는 거, 심지어 거기서 이익을 챙기기까지 했다는 거예요. 나중에는 다시 다른 쪽에 붙어서 아무 일도 없었다는 듯이 살아갔다는 것 말이에요."

악셀이 귀를 기울이는 동안 할리나는 어떻게 영양실조에 녹초가 된 몸으로 홀로 여행했는지 이야기했다. 우선 요양소에서 힘을 되찾은 일과 그 후에 할머니의 여동생 댁에 지내러 간 일을 이야기했다. 할머니 여동생은 친구들과 가족들이 바르샤바 게토에 갇히기 며칠 전에 겨우 스웨덴으로 피신했다.

"그렇다고 우리가 스웨덴에서 환영받았다고는 생각지 마세요. 여권에 유대인의 유자가 적혀 있단 것만으로도 불가능한 일이었으니까. 할머니는 낚싯배를 타고 밀입국했고, 전쟁이 끝난 후에도 감히 입국 등록할 엄두를 못 내셨어요. 제가 설득해 보려고 해도 요령부득이었죠. 할머니는 의사에게 가는 게 너무 겁이 나서 1950년대 후반에 폐렴으로 돌아가셨어요. 제가 겨우 병원에 모시고 갔을 때는 이미 늦어 버렸죠.”

악셀은 전쟁이 발발하기 전 해에 정부가 결정한 일을 회고했다. 당시에는 너무 어렸기 때문에 잘 이해하지 못했고, 나중에서야 거기에 숨은 냉소주의를 알게 되었다. 외국인이 본국을 완전히 떠날 것이라는 의심이 들면 스웨덴 정부는 입국을 막는 경우가 있었다. 같은 시기에 독일에서는 유대인의 경우 결코 돌아오지 않는다고 약속해야만 출국 비자를 발급받을 수 있었다. 이민자가 스웨덴에 거주지를 허가받으려면 재정 보증을 받아야 했지만 독일에서 스웨덴으로 건너오는 유대인들은 재산을 가지고 올 수 없었다. 스웨덴의 입장은 분명했다. 그들은 막대한 수의 유대인들이 스웨덴으로 피신 오는 것을 받아들이고 싶지 않았던 것이다. 전쟁이 발발했을 때쯤 유대인 이주는 거의 완벽히 막혔다.

할리나는 말을 멈추고 냅킨을 만지작거렸다. 그는 자기 손으로 그녀의 손을 감싸 주고 싶었지만 용기를 끌어낼 수가 없었다.

“스웨덴에 다른 가족은 없소?”

할리나는 머리를 흔들고는 와인을 한 모금 마셨다. 악셀은 그녀를 바라보며 매료되었다. 그녀는 생존자였다. 더할 나위 없이 아름다웠고. 그는 가만히 앉아 할 말을 찾았다. 그녀가 갑자기 의자에서 자세를 바꾸었다. 이제까지 말한 것을 털어 버리고 다음 대화로 넘어가고 싶은 듯했다.

"그게, 이 도덕적 딜레마를 상당수의 사람들에게 시험했다나 봐요. 에바를 가장 나쁜 사람으로 꼽은 사람은 거의 없대요."

"뭐 자기희생적인 사람으로 여겨졌을 것 같군요. 자기를 위해서 한 일이 하나도 없잖소."

"하지만 한 가지 흥미로운 점이 있어요. 에바라는 이름 대신 외국인 느낌이 나는 이름을 넣으면, 전혀 다른 결과가 나오죠. 퍼센트는 기억나지 않지만 갑자기 그녀가 제일 나쁘다고 생각한 사람들이 많아졌다고 해요."

"정말 그럴 수가 있을까?"

"네, 정말이에요. 외국인처럼 들리는 이름은 유리하지 않아요, 그건 분명해요. 제가 쓴 글이 마음에 든다던 한 출판사는 저더러 책을 내고 싶으면 필명을 써야 한다고 대놓고 말하기도 했는걸요."

"말도 안 돼."

그녀는 아무 말도 하지 않고 그저 그를 오랫동안 쳐다보았다. 그러고는 살짝 웃음 지었다.

"대단히 현명하고 뛰어난 분으로서는 꽤나 순진하시군요."

"난 다른 사람보다 뛰어나지 않아요. 소문은 부풀려질 때가 많은 법이지."

편안한 침묵이 찾아왔다.

"그래서 행복하세요?"

악셀은 웃음 짓고는 잠시 생각했다. "행복이 뭘 뜻하느냐에 따라 달라지겠지."

할리나는 어깨를 살짝 으쓱했다. "인생에 만족한다고 할 때와 비슷한 맥락이겠죠."

"모르겠군요. 당신은?"

그녀는 단호한 동작으로 팔짱을 꼈다.

"선생님은 절대로 질문에 답하지 않으시는군요? 그냥 되돌려 주기만 할 뿐이에요."

"내가 그런가?"

"또 그러셨어요! 누군가와 가까워지는 게 그렇게 끔찍한가요?"

"그때그때 다르죠."

그녀는 팔짱을 풀고서 앞으로 몸을 숙여 손에 턱을 괴었다.

"어떻게?"

악셀은 이런 식으로 수세에 몰린 지가 너무나 오래돼서 어떻게 반응해야 좋을지 몰랐다. 그는 짜증스러우면서 동시에 흥분되었다. 할리나가 대다수 사람들과는 달리 그의 진실성을 위협하기 때문에 짜증스러웠다. 그녀가 감히 그렇게 했기 때문에, 그녀가 그에게 대항하려고 했고 그것이 반격할 가치 있는 일이었기 때문에 흥분되었다.

"요즘은 행복이 하나의 권리처럼, 거의 의무처럼 간주돼요. 기대치가 너무 높으면 실망할 위험이 크지."

"그러니까 선생님은 실망할까 봐 두려운 거로군요?" 할리나는 줄곧 웃고 있었다. 놀리는 것처럼 그녀의 눈이 그의 눈에 고정되어 있었다. 두 사람 모두 무슨 일이 일어나고 있는지 알고 있었다.

"난 모르겠소. 당신은?"

"또 그러시네요."

"이미 대답했는데."

할리나는 와인을 조금 마셨다. "어딘가에서 읽었는데 늘 조심하기만 하는 사람은 자기가 구하려고 하는 생명을 스스로 목 조르는 거라더군요.”

불쑥 그녀가 손가락으로 그의 손을 쓰다듬었다. 짧은 어루만짐으로 충분했다.

방에 그들에게 신경 쓰는 사람은 아무도 없었다. 모두 각자 자기 대화에 몰두해 있었다. 악셀은 물건이 뻗치고 일어나서 바지춤을 매만져야 했지만 감히 손을 내릴 수 없었다. 누군가 그에게 손을 댄 지도, 그가 누군가에게 손을 댄 지도 너무나 오래되었다. 그가 죽었다고 생각한 무언가가, 과거의 모습이던 누군가가 번뜩 눈을 떠 살아났다.

“당신은 어떻지? 당신을 행복하게 해 주는 남자는 토리뉘인가?”

그녀는 손을 뺐다.

“토리뉘는 친구지 제 남자가 아니에요. 혹시라도 그렇게 생각하셨다면 우리는 연인도 뭣도 아니에요.”

할리나는 소파에 있는 토리뉘를 흘끗 쳐다보았다. 그는 입을 벌린 채 잠들어 있었다.

“그는…… 좀 너무 얄다고나 할까요.”

다음 순간 그녀의 눈이 그의 눈을 마주 보았고, 그녀의 발이 그의 사타구니에 닿는 게 느껴졌다.

“전 깊은 물이 좋아요.”

백색 잡음이 귀를 채웠다. 방에 더 이상 다른 사람은 존재하지 않았다. 오직 그의 물건에 닿은 그녀의 발, 스웨터 아래 부풀어 오른 노 브라의 가슴뿐. 슬럼프도, 알리세도, 이제 중요한 것이라고는 아무것도 없었다. 오직 욕망의 목표물이 테이블 너머 손닿는 곳에 있다는 사실뿐.

　무엇 때문에 거절하겠는가? 그렇게 해 봐야 감사할 사람도 없다. 더 이상 그를 원하지 않는 알리세는 특히 더.

　도대체 무엇 때문에 거절해야 하겠는가?

17

"저희 아버지와 아버지의 글에 가장 큰 영향을 미친 것은 요제프 슐츠라는 사람이었습니다. 그는 아버지의 이상형이자 위대한 본보기였죠. 아버지가 제게 그의 이야기를 들려주던 게 기억나네요. 전 어느 순간, 선한 생각을 하는 것은 분명 좋은 일이지만 진정한 선이 탄생하려면 행동이 필요하다는 걸 퍼뜩 깨달았습니다."

베스테로스 극장의 1층 특별석은 거의 꽉 차 있었다. 크리스토페르는 뒤쪽 자리를 차지했지만 강연을 시작한 지 얼마 안 되어 무대 가까이 앉을걸 그랬다고 생각했다. 드디어 뭔가 중요한 이야기를 들을 수 있는 기회를 얻었는데 연사와 자기 사이를 두꺼운 목과 기름진 머리가 가로막는 건 싫었다. 그는 얀-에리크 랑네르펠트의 이야기에 집중했다.

"순찰대원 여덟 명 중에 일곱 명은 주저하지 않았습니다. 그들은 명령을 따를 준비가 되어 있었고 무기를 들었죠. 하지만 요제프 슐츠는 문득 더 이상은 아니라고 생각했습니다."

크리스토페르는 주위를 둘러보았다. 청중은 넋을 잃고 있었다. 그들은 크리스토페르와 마찬가지로, 드디어 뭔가 중요한 말을 해 주는 사람, 진정으로 사명감 있는 사람을 발견했다는 사실에 놀랐다. 요즘 세상에 너무나도 흔한, 피상성과 냉소주의라는 바다 위로 머리를 내밀고 있는 누군가를 말이다. 청중의 사고력을 믿고, 개화되고자 하는 청중의 의지를 믿어 보려는 사람을.

"요제프 슐츠는 어떻게 그런 결심을 할 수 있었을까요? 어떤 점 때문에 다른 군인들과 다른 선택을 했을까요?"

크리스토페르는 여러 번 읽은 과학책이 떠올랐다. 거기에는 인류가 원시적 단계를 뛰어넘어 문명을 건설하게 된 원동력이, 강자가 약자를 이기고 유능한 자가 무능한 자를 이기며 지능적인 자가 우둔한 자를 이겼다는 점이라고 주장했다. 그는 책을 읽으며, 그런 식의 솎아내기가 여전히 진행 중인지 궁금했다. 하지만 그 말대로라면, 어째서 우둔한 자들이 세상의 공간을 가장 많이 차지하고, 가장 흔하게 마주칠 수 있는 존재가 되는 것일까?

"요제프 슐츠는 다른 대원들처럼 총을 쏜다 해도 결국 자신이 죽음을 맞으리라는 사실을 깨달았는지도 모릅니다. 다른 대원들처럼 명령에 복종하면, 자신을 인간이게 해 주는 마지막 조각마저 소멸되어 버리리라는 사실을 깨달았는지도 모르지요."

크리스토페르는 미소를 지었다. 그는 이 말을 듣게 될 운명이었고, 운명은 그에게 손을 뻗어 그가 베스테로스에서 얀-에리크 랑네르펠트의 말을 듣도록 이끌었다. 그로서는 너무도 유지하기 힘겨웠던 인류에 대한 희망에 새 힘이 생겨났다. 크리스토페르는 기꺼이

차분하게 마음의 문을 열고 요제프 슐츠의 이야기가 주는 감동에
젖어들었다.

신념을 위해 목숨을 거는 것, 순응하기보다 죽는 것.

진정한 생존자이며 본보기.

크리스토페르는 예전부터 그런 사람을 찾게 되기를 갈망했다. 이
제까지 들었던 이야기로 미루어, 길을 제대로 찾아왔다는 확신이
들었다. 지금이 타고난 지도자들이 평범한 대중들 위로 올라서서 그
들을 이끌어 갈 적시인지도 모른다. 노예가 되기를 거부하는 용감하
고 새로운 시민들, 진실한 것을 장려하고 속지 않을 정도로 똑똑한
시민들을 만들어 내는 지도자들. 그는 친환경 자동차를 구입했지만
에탄올이 가솔린보다 조금 비싸다고 느끼자 다시 가솔린으로 회귀
하려던 사람들 이야기를 읽었다. 유기농 우유와 유기농 채소가 너무
비싸다며 쳐다보지도 않고 지나치면서, 청량음료와 과자는 장바구
니가 넘치도록 사는 고객들을 만나기도 했다. 그것은 어쩌면 유전적
으로 결정된 일인지도 모른다. 어쩌면 어떤 사람은 날 때부터 그 일
을 하도록 정해진 것인지도 모른다. 모범을 보이고 책임을 지려는 사
람은 극소수였다. 이제 선지자들이 압제자를 끌어내리고 미래를 만
들어 나갈 때였다. 나머지 사람들, 책임을 방기하고 남에게 자기를
떠맡기는 자들은 그들을 따라야 할 것이다. 필요한 것은 혁명이었다.
우둔한 대중은 자신에게 이로운 것이 무엇인지 모르기에.

"아버지와 요제프 슐츠는 우리의 행동이 우리 아이들과 비슷하다
는 점을 알았습니다. 그것은 고유한 생명력으로, 우리 자신이나 우
리 의지와 무관하게 계속 영향을 미치죠. 요제프 슐츠는 '선한 사람
들의 암묵적인 합의가 악한 사람들의 잔인한 행동만큼이나 끔찍스

럽다'는 익숙한 문구에 생명력을 불어넣었습니다. 그는 자신의 두려움을 극복하는 것이 곧 가장 강력한 적을 제압하는 길이라는 점을 보여 주었죠."

이어서 마음에서 우러난 박수가 터져 나왔고, 크리스토페르는 거의 자랑스러움까지 느꼈다. 자신과 무대 위에 선 남자는 공통분모가 너무나 많았다. 그가 그토록 자주 생각하던 것들 그리고 그 때문에 외롭다고 생각한 것들. 예스페르는 그가 생각을 나눌 수 있는 유일한 사람이었다. 인간성은 오락 때문에 파괴되고 있었다. 의문을 제기하고, 깨침을 주거나, 조금이라도 생각을 자극하는 것은 모조리 배제되었다. 크리스토페르는 이 모든 일에 음모가 있다고 확신했다. 무대 뒤에서 실을 조종하는 '힘'이, 사람들을 쉽게 조종하기 위해 단순하고 우둔하며 유순하게 만들고 있다고 생각했다. 마침내, 드디어, 그는 전우를 찾았다. 존경할 수 있는 누군가를.

강당의 조명이 약해지자 랑네르펠트는 아버지의 책을 낭독하기 시작했다. 그의 목소리는 아버지의 목소리와 놀랄 정도로 닮았다. 크리스토페르는 뒤로 기대어 단어와 단어 사이의 공간에서 일어나는 떨림을 만끽했다.

이상하게 위안이 되었다.

질의응답 시간이 되었다. 객석에 조명이 들어왔고 이동용 마이크가 객석으로 전달되었다. 랑네르펠트는 특별석에 앉아서 크리스토페르에게는 보이지 않는 누군가에게 발언권을 주었다. 노인의 목소리가 들렸다.

"무엇보다도, 정말 훌륭하고 상상력을 자극하는 낭독에 감사드립니다. 사실 저는 여러 해 전에 선생의 아버님을 무대에 소개하는 영광을 누리기도 했답니다. 노벨상을 받기 전이었으니까 1970년대 초반이었을 텐데, 그때도 오늘처럼 청중들이 매료되었던 기억이 나는군요."

랑네르펠트는 미소 짓고는 고개를 숙였다.

"감사합니다. 네, 제 기억이 맞다면 아버지께서 그 즈음에 때때로 낭독을 하셨죠."

"아버님이 어떻게 지내시는지, 아직도 글을 쓰시는지 묻고 싶소만?"

"아뇨, 안타깝게도 이제는 글을 쓰지 않으십니다."

랑네르펠트는 잠시 주저하다가 말했다.

"아버지는 노환 때문에 더 이상 글을 쓰시지 못합니다. 하지만 오늘 이곳에 모인 모든 분들에게 호의를 전하셨습니다. 제가 거의 매일 아버님을 뵙거든요. 다른 질문은 없습니까?"

크리스토페르는 그곳에 간 이유가 떠올랐지만 지금 그곳에서 질문할 수는 없는 노릇이었다. 기다려야 하리라. 초조함은 모두 사라졌다. 오늘밤 그곳에 가게 되었다는 사실은 그가 길을 제대로 찾았다는 징표였다. 예르다 페르손에 관한 의문이 기회로 변신한 것이다. 얀-에리크 랑네르펠트를 알게 될 기회로.

크리스토페르는 얀-에리크가 무대 뒤로 사라지고 강당에서 사람들이 나가는 동안 자리에 앉아 있었다. 때가 다가오자 약간 주저하는 마음이 일었다. 그는 얀-에리크에게 조금은 시간을 준 후에 무대 뒤로 찾아가려고 했다. 연극배우들이 공연 직후에 방해받지 않는 것을 대개 고맙게 생각한다는 점을 알았기 때문이다.

드디어 앞쪽에 앉아 있던 한 여자와 크리스토페르만이 강당에 남았다. 크리스토페르는 떨어뜨린 물건을 찾는 척했다. 그는 무대를 흘끗 쳐다보다가, 여자가 계단을 올라가 무대 한쪽 끝으로 사라지는 모습을 보았다. 그는 다시 자리에 앉아 시계를 보았다. 기차가 떠나기까지는 한 시간 반이 남아 있었다. 시간은 충분했다.

크리스토페르는 꽤 오랫동안 그곳에 앉아 있었다. 그러다가 조만간 뭔가 하지 않으면 얀-에리크가 떠날지도 모른다는 사실이 떠올랐다. 하지만 그는 시간이 흐르기를 기다렸다. 생각으로는 쉬운 일도 실제 행동으로 옮기기엔 그렇지 않은 경우도 있다. 그는 자신의 사명이 중요하다고 그리고 예르다 페르손이 둘 사이를 연결하는 중요한 고리라고 생각하려고 했다. 얀-에리크 랑네르펠트에게도 어느 정도 흥미가 있는 일일 것이다. 그가 일어서려는 찰나, 한 남자가 무대로 나왔다. 그는 연단으로 걸어가다가 아직 그곳에 있는 크리스토페르를 발견했다.

"누굴 기다리시나요?"

크리스토페르는 일어섰다. "가능하다면 얀-에리크와 잠시 이야기를 하고 싶어서요."

남자는 무대 코너를 쳐다보더니 다시 크리스토페르를 바라보았다.

"여기 계신 걸 얀-에리크 선생도 아시나요?"

크리스토페르는 일순간 주저했으나 입에서 거짓말이 나왔다.

"친한 친구인데 좀 놀라게 해 주고 싶어서요."

남자는 안심하더니 독서등을 해체하기 시작했다.

"그러시면 뒤쪽에 있는 문을 지나서 왼쪽으로 꺾어지세요. 오른

쪽에서 두 번째 방에 계십니다."

크리스토페르는 무대로 서둘러 올라가 아까 그 여자가 간 길을 따라갔다. 연단에 있던 남자에게 친근한 웃음을 보이고는 검정 커튼 뒤에서 더듬거리며 길을 찾았다. 거짓말은 정당화되었다. 때로는 더 큰 목적을 위해 진실의 경계를 넓힐 수도 있는 법.

그는 문 밖에서 주저했다. 복도에는 아무도 없었지만 목소리는 들렸다. 문에 귀를 댔지만 안에서는 아무 소리도 들리지 않았다. 그는 조심스레 문을 두드렸다. 아무 일도 일어나지 않았다. 어쩌면 얀-에리크는 이미 떠났는지도 몰랐다. 그는 조심스레 문고리를 눌러서 문을 조금 열었다. 불이 켜져 있었고 벽에 코트가 걸려 있는 게 보였다.

"계십니까?"

소리가 들리는가 싶더니 곧 얀-에리크가 나타났다. 셔츠는 삐져나왔고 목에는 불그스레한 반점이 있었다.

"네?"

크리스토페르는 그 목소리에서 조바심을 느꼈다.

"방해해서 죄송하지만 저는 크리스토페르 산데블롬이라고 합니다. 잠시 대화 좀 할 수 있을까 해서요."

얀-에리크는 문 뒤에 숨은 뭔가를 흘끗 쳐다보았다. 크리스토페르는 위대한 강연자 앞에서 문득 마음이 불편해졌다.

"무슨 일이시죠?"

크리스토페르는 왜 그곳에 갔는지 되도록 빠르고 간결하게 설명할 방법을 찾으려 했다.

"예르다 페르손에 관한 일입니다."

얀-에리크의 안색이 변했다. 그는 다시 문 뒤를 흘끗거렸다.

"가능하다면 질문 한두 개만 하면 됩니다."

얀-에리크는 결심하기가 곤란한 모양이었으나, 돌아서더니 옷걸이에 걸려 있던 코트로 다가가서 주머니에서 뭔가를 꺼냈다.

"자기, 그냥 먼저 가. 나도 곧 갈게." 얀-에리크가 돌아섰을 때, 손에 구멍 뚫린 플라스틱 카드 키가 있었다.

"403호야."

크리스토페르는 이제야 문 뒤에 무엇이 숨어 있었는지 알았다. 좀 전에 무대 뒤로 사라진 여성이 나타나더니 얀-에리크에게 카드 키를 받았다. 그녀의 손가락이 얀-에리크의 손등을 매만졌다.

"너무 오래 걸리면 안 돼요."

크리스토페르는 다른 쪽을 쳐다보았으나 더더욱 불편해졌다. 여자는 상의를 들고 그에게 웃음을 보였다. 크리스토페르는 여자가 지나가도록 방 안으로 한 걸음 들어섰다. 그녀는 문을 닫고 나갔다.

"방해하려던 건 아니었습니다."

"괜찮습니다. 제 아내예요. 나중에 만날 겁니다. 강연하러 올 때 가끔 같이 오거든요."

얀-에리크는 바지춤에 셔츠를 우겨 넣고는 크리스토페르에게 자리에 앉으라고 권했다. 그는 생수를 두 통 열어서 하나를 크리스토페르에게 주었다. 크리스토페르는 한 모금을 들이키고는 물통을 내려놓았다.

"그야말로 경이적인 강연에 감사부터 드려야겠군요. 너무나 유익하고 완전히 환상적이었습니다. 요즘은 뭔가 중요한 것에 관해 이야기하는 일이 드문데, 오늘 강연은 정말 가슴이 탁 트이는 것 같더군요."

얀-에리크는 눈을 내리 깔았다. "정말 감사합니다. 마음에 드셨다니 기쁩니다. 고맙습니다."

크리스토페르는 잠시 얀-에리크가 얼굴을 붉히는 건 아닌지 의심했으나, 불빛 탓이리라 생각하기로 했다.

크리스토페르는 문득 불리한 입장이라고 느꼈다. 자기 안의 뭔가가 자신의 가치를 입증하려고 했다. 자신이 단지 친숙한 청중 가운데 한 사람이 아니라, 지식이 있는 사람이기에 그의 찬사가 다른 수많은 사람들의 말보다 더 무게 있다는 걸 보여 주려고 했다. 크리스토페르는 얀-에리크에게 강한 인상을 남기고 싶었고, 얀-에리크도 자신처럼 느끼게 하고 싶었다.

"전 극작가예요. 그래서인지 선생님 강연이 영감으로 가득하다고 느꼈어요. 지금 스톡홀름의 한 극장에서 상연할 극본을 쓰고 있는데, 원하신다면 선생님 부부가 초연에 오실 수 있도록 초대장을 드리겠습니다."

얀-에리크는 시계를 쳐다보았다. "아, 극작가시라고요?"

"네, 『모두 찾아서 되돌려놓다』를 썼죠. 두어 해 전에 발표되었는데, 혹시 들어보셨나요?"

얀-에리크는 깊이 생각하며 미간을 찌푸렸다.

"아뇨, 들어보지 못한 것 같군요. 극장에 그리 자주 가는 편이 아니거든요."

잠시 침묵이 흘렀다. 얀-에리크는 물을 한 모금 벌컥 마셨다.

"선생님도 글을 쓰시나요?"

"아뇨, 안 써요. 아버지 일로 충분히 바빠서요. 이름이 뭐라고 하셨죠? 제대로 못 들었네요."

"크리스토페르 산데블롬입니다."

"들어본 것 같아요."

"마리안네 폴케손이 아마 제 이름을 언급했나 봅니다. 마리안네 한테서 선생님 이름을 알았거든요. 예르다 페르손이 상속인으로 지정한 사람이 접니다."

"그렇군요. 그때 들은 것이로군요."

크리스토페르는 물통을 들어서 물을 좀 더 마시며 생각할 시간을 벌었다. 어디서 시작해야 한다?

"사실 전 예르다 페르손이 누군지 모르고, 제가 아는 한 만난 적도 없어요. 어떻게 저를 아는지도 모르겠어요."

얀-에리크의 얼굴에 다시 주름이 잡혔다.

"이상하군요."

"그렇죠. 몇 년간 매달 저에게 돈을 부쳐 준 사람은 분명 예르다 페르손일 거라고 생각합니다. 적어도 제가 열여덟 살쯤 됐을 때부터 보냈죠. 큰돈은 아니었지만요. 그래서 사실 제가 뭘 묻는 건지도 모르겠지만 선생님이라면 그녀에 대해 아실 테니 뭔가 이해할 수 있지 않을까 했어요."

얀-에리크는 천천히 고개를 가로저었다.

"전혀 짐작이 안 되는군요. 알다시피, 난 1979년, 1980년 이후로는 예르다와 연락한 적이 없어요. 예르다가 우리 부모님 집에서 일하긴 했지만 나는 1972년에 이미 집에서 나왔거든요. 예르다는 그후로 몇 년 더 그곳에 머물렀지만 그때 나는 대부분 외국에 있었죠."

크리스토페르는 집중해서 들었다. 천-구백-칠십-이년. 그때는 아

직 부모님과 함께 살고 있었다. 좀 전까지 느끼던 차분함이 사라졌
다. 진실에 다가갈 때 늘 그러했듯이.

얀-에리크는 중요한 이야기는 다 끝났고 이제 정리할 시간이라는
듯 손으로 다리를 찰싹 쳤다. 하지만 크리스토페르는 그대로 앉아서
정확히 뭘 해야 하는지 생각했다. 태어나 처음으로 누군가에게 말하
고 싶었고, 가치 있는 사람임이 입증된 누군가에게 비밀을 털어놓고
싶었다. 그는 마침내 늘 찾고 있던 고리를 찾아내었다. 가족을 발견
한 느낌이었다.

얀-에리크는 시계를 보았다.

크리스토페르는 얀-에리크의 무관심에 짜증이 치밀었지만 마음
을 다잡았다. 모든 게 준비되어 있었고 되돌릴 수 없었지만, 얀-에리
크는 설명을 듣기 전에는 왜 이 상황이 특별한지 이해하지 못할 터
였다.

크리스토페르는 가슴이 뛰었다.

"이런 겁니다. 전…… 이 일이 저에게 특별히 중요하게 느껴지는
건……."

그는 말을 멈췄다. 그가 말하려는 것은 이루 형용할 수 없는 것이
었다. 어떻게 그렇게 작은 단어 하나가 그처럼 엄청난 고뇌를 담고
있을 수 있는가?

얀-에리크는 시계를 보았다. 그가 이상한 표정을 짓자, 크리스토
페르는 힘을 쥐어짰다. 그는 눈을 감았다.

"저는 업둥입니다."

크리스토페르는 눈을 떴다. 이제까지 느껴 보지 못한 중압감이
전신으로 퍼지며 갑자기 움직이기가 힘들어진 듯했다. 얀-에리크는

꼼짝 않고 앉아서 눈꺼풀만 때때로 깜빡거렸다. 그렇게 하면 방금 들은 이야기를 흡수할 수 있기라도 한 것처럼. 한참 후에 마침내 그가 입을 열었다.

"그러니까 그게 예르다와 뭔가 관련이 있다고 생각하시는군요?"

"모르겠습니다."

크리스토페르는 깊이 숨을 들이쉬어, 그를 끌어내리고 있는 중압감을 이겨 내려고 했다.

"저는 제 태생에 관해 아무것도 모르지만, 그녀가 저를 상속인으로 지정했다는 이야기를 들었을 때는 당연히 충격을 받았습니다. 하지만 말씀드렸듯이 제가 아는 한 전 그녀와 만난 적이 없어요."

"그러니까 예르다가 당신 어머니일지도 모른다고 생각하는 건가요?"

"아뇨, 그럴 리는 없어요. 제가 태어났을 때 쉰여덟이었을 테니까요. 하지만 예르다는 어째서인지 제가 어…… 업둥이란 사실을 알았던 게 틀림없어요. 제가 아주 어릴 때부터 양부모 슬하에서 자라서 그걸 아는 사람도 없을 뿐더러 그녀는 그런 이야기를 한 적도 없거든요."

그는 눈길을 낮추었다.

"사실 누군가에게 말하는 건 처음입니다."

얀-에리크는 의자에 기대어 앉아 있다가 갑자기 자세를 고쳐 앉았다.

"몇 년 생이시라고요?" 얀-에리크는 목소리가 달라져 있었다.

"1971년인 것 같아요. 1972년일 수도 있어요."

"그런 것 같다니 무슨 말씀이죠?"

"사람들이 절 발견했을 때 제가 몇 살인지 아는 사람이 없었다는 거죠."

"하지만 1976년은 아니라는 건가요?"

"네, 양부모님 집으로 들어간 게 1975년이니까요."

얀-에리크는 어떤 이유에선지 안심한 듯했다. 그는 일어서서 서류가방을 찾더니 스카치위스키 글렌리벳 한 병을 꺼냈다.

"술이 필요하군요. 한잔 하겠어요?"

크리스토페르는 술병을 쳐다보았다. 얀-에리크는 작은 쟁반에 잔을 두 개 준비하고는 위스키를 부은 다음, 잔을 크리스토페르에게 건넸다.

"음, 이상한 이야기군요. 내가 어떻게 도와드릴 수 있는지는 모르겠지만요. 그것이 어떻게 연결되는지도 짐작조차 되질 않는군요."

손에 든 잔에서 냄새가 크리스토페르의 콧속으로 스며들었다. 몸 전체가, 그토록 갈망하던 술을 받아들일 준비가 돼 있었다. 온전함을 느끼기 위해 부족한 한 가지를. 아주 조금, 딱 한 잔이다. 처음으로 누군가에게 털어놓았으니까.

"물어볼 사람도 많지 않아요. 내가 알기론 예르다는 친구가 별로 없었어요. 일하지 않을 때도 늘 집에 있었죠."

크리스토페르는 유리잔을 보았다. 술이 호박 보석처럼 밝게 빛났다. 그는 술을 마시고 싶어 미칠 듯했지만, 얀-에리크와 동등한 인간으로 보일 자격은 있다고 믿었다. 얀-에리크에게 진실을 말할 수는, 또 다른 수치스러운 면을 드러낼 수는 없었다. 업둥이일 뿐 아니라, 알코올중독자이기도 하다는 진실을.

갑작스런 격노가 그를 구했다. 앞에 앉은 이 사람은 도대체 자기가 누구라고 생각하는 건가? 위스키를 마시며 크리스토페르의 과거를 곰곰 생각하고 있지만, 곧 다 잊어버리고 호텔에 가서 아내와 멋진 저녁 시간을 보낼 것 아닌가? 훌륭한 가정에서 태어난 덕에 아버지의 이름을 등에 업고 여행하며 다닐 수 있는 것일 뿐이지 않은가. 게다가 글도 못 쓰고, 단지 아버지가 창조한 것을 흉내만 낼 뿐이면서. 너무나 단순한, 좆같이 특권 받은 인간.

크리스토페르는 손에 쥔 잔이 너무나 탐스러워 더 이상 버티지 못할 것만 같았다.

"지금 몇 시죠?"

"10시 35분요."

크리스토페르는 위스키를 내려놓고 일어섰다.

"곧 기차가 출발할 시간이군요. 가 봐야겠습니다."

얀-에리크는 잔에 있던 마지막 몇 방울을 입에 털어 넣고 일어서서 손을 내밀었다.

"그럼 행운을 빌어요."

"저도요."

크리스토페르는 어서 시원한 공기를 마시고 싶어 미칠 지경이었다. 동시에 너무나 거대한 피로가 몰려들어 다리를 떼어 놓을 수가 없을 지경이었다. 그는 들어온 길을 따라 무대를 가로질러 강당을 나온 다음 로비로 갔다. 문을 나선 다음 멈춰서 숨을 들이마시며, 옳은 일을 했다고 자신을 달래려 했다. 후회했기 때문이다. 그는 타인의 손에 비밀을 넘겨주었지만, 왠지 가벼워지기는커녕 발가벗겨진 느낌이었다. 그는 안으로 들어가서 모두 돌려받고, 거짓말이었다고 말하고 싶었다. 자기가 낡은 쓰레기처럼 버려진 사람이라는 걸 얀-

에리크 랑네르펠트가 모르기를 바랐다.

그는 휴대전화를 꺼내어 예스페르에게 전화해 그의 목소리를 듣고, 뭔가 평범한 걸 느끼고, 털어놓기 전의 시간을 다시 경험하고 싶었다. 벨이 네 번 울렸다. 음성사서함으로 연결되었다. 그는 메시지를 남기지 않았다.

역으로 가려면 길 건너편에 있는 공원을 가로질러야 했다. 그림자와 숨은 비밀로 가득한 그곳이 위협적으로 느껴졌다. 그는 길을 절반쯤 건너다가 두려움에 압도되었다. 하지만 기차를 타야 했다. 오로지 집에 가고 싶은 마음뿐이었다. 그는 보도에 서서 고개를 숙였다. 발 앞의 포장도로에 나 있는 검고 둥근 점이, 문득 사람 눈처럼 보인다는 생각이 들었다. 크리스토페르는 자기가 왜 그러는지도 모르면서 그대로 서서 눈을 감았다. 다음 순간 자기가 노래를 불렀다는 사실을 깨닫고 깜짝 놀랐다.

"반짝 반짝 작은 별 아름답게 비치네."

그는 눈을 뜨고 공원 쪽을 바라보았다.

공원은 더 이상 무섭지 않았다.

그는 더 이상 두렵지 않았다.

18

악셀이 눈을 떴을 때 곁에는 아무도 없었다. 할리나는 작별인사가 어젯밤의 느낌을 망치리라 생각하고 그 상황을 피하는 기지를 보여 주었다. 할 말은 더 이상 남아 있지 않았다. 어제 벌어진 일에 감사했지만, 이제 와 생각하면 믿기 어려웠다. 그는 머리 뒤로 깍지를 끼고 어제 일을 떠올렸다. 자신이 지난밤에 한 여성에게 욕망의 대상이었다는 것이, 그라는 존재가 상대의 욕정을 일깨웠다는 점이 참으로 놀라웠다. 이제 알리세와는 욕지기만 났다. 그는 지난 일을 되돌릴 생각이 없었다. 오히려 그 일을 생각하니 흥분되었다. 그는 욕망이 사라졌다고, 성적 황무지 상태에 그토록 오래 머물렀으니 욕망이 없어졌을 것이라고 생각했다. 심지어 하지 않았다는 것도 못 느꼈다. 글쓰기에 열정을 쏟아 글쓰기가 연인이 되었기 때문이다. 그는 어제 일이 한 번뿐이라는 걸 이미 알았고, 다시 반복할 마음도 없었다. 그들은 우연히 만나서 우연을 즐겼다. 오직 그뿐이었다. 이제 집으로 돌아가 이제까지 쓰던 글을 계속 써 나갈 생각이었다. 어제 일로 영감을 얻었으면 하고서.

악셀은 일어나서 화장실로 간 다음 유리잔에 물을 채우고 마셨다. 두통기가 좀 있었지만 무척 상쾌했다.

그는 아침을 거르고, 기차역에서 커피를 마시기로 했다. 지난밤의 기억을 있는 그대로, 순수하고 훼손되지 않은 상태로 간직하고 싶었다. 소년 시절로 돌아가 오직 자기만 아는 특별한 일을 경험하고서, 그 보물을 가슴에 간직할 수 있게 된 느낌이었다.

역까지는 걸어갈 수 있는 거리였고, 그는 누구에게도 작별을 고하지 않고 떠났다.

악셀은 공원을 가로질러 역으로 향했다. 지난밤에 추웠던지라 음지에 서리가 살짝 덮여 있었다. 지난 몇 주간 하늘이 잿빛으로 어두웠으나 오늘은 가을 햇살이 모습을 드러내었다. 공기가 너무 상쾌해 눈에서 눈물이 났다. 그는 집에 가서 글을 쓰고 싶었다. 불꽃이 일어나기를 진실로 오랫동안 기다려 왔다. 이제 불꽃이 돌아왔다는 것을 그는 느낄 수 있었다. 오래 기다리던 반가운 불꽃을.

기차가 막 출발하려던 참이었다. 악셀은 8인용 객실을 혼자 차지하여 감사한 마음으로 객실 문을 닫고 앉아 있었다. 그는 홀더에 있는 유리병을 바라보며 마지막으로 언제 물을 교체했을지 궁금했다. 앞에 펼쳐진 탁자에 노트와 펜이 놓여 있었지만, 그는 아무것도 쓰지 않았다. 그때 문이 힘껏 열리더니 토리뉘와 할리나가 들어왔다.

"여기 있었군!" 토리뉘가 외쳤다. "지난밤에 어디로 사라진 거지?"

토리뉘가 짐을 선반에 올려놓는 동안, 악셀과 할리나의 눈이 마주쳤다. 악셀은 아무 말도 할 수 없었다. 토리뉘는 의자에 몸을 내던지고는 스카프를 풀었다. 눈은 핏발이 섰고 술 냄새가 났다.

"아 이 망할 놈의 두통. 왜 이런지 모르겠다니까. 담배를 줄여야겠어."

토리뉘는 씩 웃고는 옆자리를 두드렸다.

"와서 옆에 앉아, 자기."

할리나는 옷걸이에 상의를 걸었다. 토리뉘가 악셀의 노트를 포착했다.

"여기 앉아서 글을 쓴다는 건 아니겠지?"

악셀은 물건을 집어서 가죽 가방에 넣었다.

"아니야, 그냥 메모 좀 하느라고."

"젠장, 악셀, 긴장을 풀고 조금은 마음을 편히 먹는 법을 배우라고. 가끔은 세상으로 내려와서 사람들과 어울리고, 엉덩이에 꼬챙이라도 꽂은 것 같은 뻣뻣한 자세 좀 풀게."

토리뉘는 웃음을 터뜨리고는 할리나의 눈을 보며 동의를 구했다. 악셀은 토리뉘가 아직도 취했다는 걸 알았다. 그의 표현이 때때로 부적절하긴 하지만 아무리 그라고 해도 이렇게 상스럽지는 않았다. 할리나가 문을 열었다.

"화장실에 가야겠어요."

할리나는 나가서 문을 닫고는 고개를 돌려 유리창으로 악셀과 눈을 마주치더니 사라졌다.

"그래, 어떻게 생각하나?" 토리뉘가 웃음 지으며 문을 향해 고개를 까딱였다.

"아주 좋은 여자 같더군."

"제길 악셀, 이러지 마시게. 어젯밤 그녀를 쳐다보는 눈길을 봤는데. 자네 안에 그런 작은 호색한 악마가 숨어 있으리라고 짐작도 못했어."

악셀은 아무 말도 하지 않았다. 토리뉘가 쓰는 언어는 악셀이 어린 시절에 이미 떠난 것이었다. 토리뉘의 이런 면은 구역질 날 정도로 새로웠다. 상황이 지금과 달랐더라도 이런 종류의 대화에 끼기는 힘겨웠을 것이다.

토리뉘가 앞으로 몸을 숙였다.

"우리끼리 말이지만 진짜 동물적인 여자지. 난 어젯밤 한숨도 못 잤네. 파티 때 소파에서 잠깐 졸긴 했지만 그건 잔 것도 아니고. 내 유일한 불만은 할리나가 집에 들어온 후로 글을 통 못 쓴다는 거지만, 감수해야겠지."

악셀은 몇 초간 토리뉘의 말을 납득할 수 있는 논리를 더듬더듬 찾았다. 그러다가 구역질 나는 사실을 인정해야만 했다.

토리뉘는 친구지 제 남자가 아니에요. 혹시라도 그렇게 생각하셨다면 우리는 연인도 뭐도 아니에요.

그녀가 거짓말을 했고, 그를 속여 저질스러운 짓을 하게 한 것이다. 알리세를 배신한 것은 그가 자발적으로 한 일이었고, 명예로운 일은 아니었으나 용납할 수는 있었다. 하지만 동료의 여자를 건드리는 인간은 없다. 악셀은 갑자기 혐오하는 남자에게 빚을 진 꼴이 되고 말았다. 앞에 앉아 알코올 냄새를 풍기는, 역겨운 말로 공기를 오염시키는 남자에게 말이다. 우월한 위치에 있던 악셀은 토리뉘보다도 낮은 곳으로 미끄러져 내려갔다. 부도덕한 짓을 저질렀기 때문에.

생각만으로도 불쾌했다.

할리나가 돌아왔지만 악셀은 그녀를 쳐다보지 않았다. 두 사람의 일은 상스럽고 음탕한 것으로 변해 버렸다. 그가 한 일은 이제껏 배운 모든 것에 위배되었다. 성실, 도덕, 양심적인 삶.

악셀은 일어나서 물건을 챙기기 시작했다.

"괜찮다면 다른 칸에 타야겠네."

토리뉘는 반대했으나 악셀은 듣지 않았다. 그는 객실에서 벗어나서 다시는 두 사람을 보지 않기만을 바랐다. 한시라도 빨리 벗어나고 싶었다.

"잠시만요, 뭔가 떨어졌어요."

악셀은 이미 통로에 서서 문을 닫으려 하고 있었다. 할리나가 바닥에서 뭔가 줍자 그는 그녀의 눈을 보지 않고 그녀 손에 있는 물건을 받아서 주머니에 우겨 넣었다. 그러고는 마지막 차량으로 가서 기차가 스톡홀름 중앙역에 도착할 때까지 통로에 서 있었다.

악셀은 집에 가자마자 집필실로 가서 문을 닫았다. 가는 길에 예르다와 마주쳤는데, 예르다는 그의 가방을 건네받은 후 사모님은 쉬고 있고 따님은 방에 있다고 말해 주었다. 딸이 감기에 걸려서 학교에 가지 않았다는 것이다. 그는 둘 다 보고 싶지 않아서 예르다에게 방해하지 말라고 전하라고 했다.

악셀은 오후 내내 집필실에 있었다. 6시 직전에는 주방으로 가서 예르다에게 집필실로 저녁을 가져다줄 수 있느냐고 물었다. 그는 한 자도 쓰지 못했다. 오로지 전날 밤 일만 머리에 가득했고, 어떻게 하면 그 생각을 억누를지 골몰했다. 9시가 되자 포기하고는 빈 접시를 들고 주방으로 갔다. 안니카가 주방 테이블에 펜과 편지지를 놓고 앉아 있었다. 그는 안니카가 그토록 성숙해 보인다는 데 놀랐다. 더이상 소녀가 아닌 것 같았다.

그가 들어서자 안니카가 고개를 들었다.

"안녕, 아빠."

"잘 지냈니?"

그는 접시를 내려놓고 잔을 들어 수도꼭지 아래 놓고 물을 채웠다. 그는 안니카가 몇 살인지 계산하려고 했다. 지난 생일에 열 넷이었던가?

"뭐 하니?" 그가 물었다.

"얀-에리크 오빠에게 편지 써요."

악셀은 물을 마셨다. 예르다가 들어오더니 그를 보고는 고개를 숙여 절했다. 몇 번이나 그러지 말라고 말했는지 이젠 알 수가 없었다. 그는 결국 포기했다.

"실례합니다만 주인님, 상의 주머니에서 이걸 발견했는데 중요할지 몰라서 가져왔습니다."

그는 잔을 내려놓고 예르다에게 다가갔다. 그녀는 조그맣게 접힌 종잇조각을 건넸다. 그는 그것을 펼쳐 보았다.

급하게 써요……

멋진 밤에 감사 드려요.

되도록 서둘러 연락할게요.

당신의 H

그는 재빨리 메모지를 구겨 버리고는 예르다를 흘끗 보았다. 그녀는 그의 시선에 응답하지 않았다. 그녀의 무표정한 얼굴에서는 아무것도 읽어 낼 수 없었다. 그는 예르다가 메모를 읽었는지 아닌지 알 수 없었다. 더 아무 말도 하지 않고 부엌에서 나와 집필실로 간 뒤 메모지를 잘게 찢어 휴지통에 던져 버렸다. 그러더니 잠시 생각하다가 일어서서 문을 열었다.

"예르다!"

그는 잠시 기다렸다가 다시 불렀다.

"예르다! 이리 좀 와 주겠어요?"

곧 예르다가 나타났다. 그녀의 수줍은 눈길이 그의 눈을 두어 번 훑고 지나가더니 그의 뒤쪽 벽에 고정되었다.

"할 말이 좀 있어요. 잠시 좀 들어와요."

악셀은 친절한 목소리로 말하려 했으나 그녀가 겁먹었다는 걸 알았다. 그는 예르다가 들어오도록 문을 잡고 있다가 그녀가 문지방을 넘어서자 문을 닫았다. 예르다가 문 앞에서 멈춰 서자 그는 책상 뒤로 돌아가 앉았다. 그는 눈에 띄게 불안한 그녀의 모습에 불안감이 줄어들었으나, 여전히 책상이라는 상징적인 힘이 필요했다.

"그냥 토리뷔 벤베리를 이 집에서 더 이상은 반기지 않는다는 걸 알려 주고 싶었어요. 혹시 찾아온다면 내가 없다고 해 줘요."

예르다가 고개를 숙여 절했다.

"네, 주인님."

"그리고 제발이지, 그 절 좀 하지 말아요!"

예르다는 소스라치듯 놀라며 고개를 들다가 그와 눈이 마주쳤다. 악셀이 인내심의 바닥을 드러낸 셈이었다. 그녀는 그보다 열 살 이상 손위였는데도 주눅 든 여학생같이 보였다.

"네, 주인님."

악셀은 곧바로 후회했다. 예르다는 1920년대 후반부터 하인으로 일했고 그때는 지금과 관습이 달랐다. 그녀로서는 그렇게 행동하는 것이 당연한 일. 하지만 그는 그녀가 복종적인 태도를 보이면 불편했다. 그럴 때면 부모님이 떠오르면서, 그들이 권력자들 앞에서 굽실대던 모습이 생각났다. 부모님은 요즘에는 그에게조차, 그가 마치 낯선 사람이라도 되는 것처럼 굽실댔다.

"예르다, 부디 용서해요. 언성을 높이려던 건 아니에요."

예르다는 대답하지 않았다. 그저 문 앞에 서서 카펫을 응시하고 있었다.

"달리 하실 말씀은요?"

그는 주저했다. 메모를 언급해야 할까? 그녀가 읽었다면 말해 봐야 호기심만 더 생길 것이다. 읽지 않았다면, 말해 봐야 고백만 될 뿐이다. 그는 그냥 내버려 두기로 했다. 할리나가 연락하면 분명하고 확실하게 관심 없다고 선언할 것이고, 그러면 예르다도 더 이상 아무것도 모를 테지. 전부 끝날 것이고 모든 게 평소대로 돌아갈 수 있을 것이다.

"아니, 이제 됐어요."

예르다는 고개를 숙여 절하고는 재빨리 방에서 나갔다.

악셀은 앉아서 닫힌 문을 바라보았다. 예르다 그리고 예르다가 상징하는 것은 지난 시대의 산물이었다. 요즘에는 가정부를 두는 것이 부적절하다고 간주된다. 특히 계급 격차가 존재하지 않아야 하는 좌파 지식인 무리에서는 더욱 그랬다. 하지만 사실 악셀 가족은 그녀가 없으면 생활을 꾸려 나갈 수 없었다.

나흘이 지났다. 아무것도 쓰지 못한 나흘. 매일 아침 그의 앞에 펼쳐진 종이는 저녁에 손을 뗄 때도 여전히 눈부시게 하얀 백지였다. 알리세는 아무것도 거슬리는 일이 없자 며칠간 잘 지냈고, 대부분 서재에 있었다. 저녁이면 텔레비전 소리가 집필실로 스며들었다. 악셀은 때때로 집필실에서 나와서 그녀와 함께 있으려고 했다. 말없이 둘이 〈형사 콜롬보〉를 보다가 더 이상 견딜 수 없게 되면 방으로 돌아갔다. 그는 알리세가 아들을 그리워하고 소식을 거의 듣지 못해서 슬퍼한다는 걸 알았다. 편지가 오면 항상 안니카 앞으로 왔다. 가끔 알리세는 아이들이 눈에 보이지 않을 때 더 애착을 보이는 것 같기도 했다. 그가 아는 한 알리세는 아직 집에 있는 십 대 소녀 안니카에게는 그다지 시간을 많이 할애하지 않았다. 악셀은 알리세가 왜 다시 글을 쓰려고 하지 않는지 이해할 수 없었다. 아이들이 어릴 때는 시간이 없다고 불평했지만, 이제 그런 변명은 소용없었다. 때로는 백지를 바라보며 그녀가 부럽기도 했다. 쓰려고 애쓰지 않아도 되는 그녀의 권리가.

악셀이 침실로 갔을 때 알리세는 아직 깨어 있었다. 악셀은 잠이 오기를 기다리는 동안 할리나와 보낸 밤이 슬그머니 떠올랐다. 꼭 그녀가 생각난 것은 아니었다. 알아볼 수 없는 얼굴이었으니까. 여성의 피부를 만지는 자신의 손길을 따라가며 공상이 이어졌다. 악셀은 자기 손이 어떻게 그녀를 탐욕스럽게 움켜쥐었는지, 그녀가 어떻게 기꺼이 받아들였는지, 그녀가 어떤 소리를 냈는지 생각했다. 그녀가 어떻게 거리낌 없이 자기를 내주었는지. 둘 사이가 다 시들어 버리기 한참 전에도 알리세는 그런 식으로 한 적이 없었다. 그는 더 이상 아쉽지 않던 욕구를 괜히 깨운 것이 치명적인 실수는 아니었는지 궁금했다. 왜냐하면 이제 어떻게 그 욕구를 충족시킨다는 말인가? 아래층에서 텔레비전 앞에나 앉아 있는 알리세와? 그럴듯한 생각이 아니었다. 거의 혐오스럽기까지 했다. 하지만 만약 한다면? 그긴 세월이 흐른 후에 먼저 손을 내밀 용기를 낼 수 있을까? 거절당할 위험을 감수할 수 있을까? 한때 그녀에게 느낀 열정을, 수많은 다툼과 온갖 무관심과 오랜 침묵으로 가라앉은 지 오래된 열정을 일깨울 수는 있을까? 그는 두 사람이 초기에 어떻게 느꼈었는지 회고했다. 사랑을 나누고 곁에 누워 서로의 고동 소리를 듣던 때를. 그보다 외롭지 않을 수는 없다는 느낌을.

그는 호텔에서 낯선 여자와 섹스하는 것보다 아내와 하는 게 더 힘들다는 점을 깨달았다. 흥미로운 생각이었다. 책에 넣을 수 있을지도 몰랐다.

죄책감이 옅어지기 시작했다. 시시때때로 기억이 스치고 지나갔으나 쉽게 무시할 수 있었다. 이미 벌어진 일은 어쩔 수 없는 일이고, 시간만이 실수를 희석해 줄 수 있었다. 하지만 할리나와 밤을 보낸 지 닷새째 되는 날 집필실에 들어가자 우표를 붙이지 않은 두텁고 커다란 봉투가 책상에 놓여 있었다. 그는 봉투를 뒤집었다. H라는 글자만 있는 걸 본 순간 분노가 치밀었다. H뿐이었다. 마치 둘 사이에 비밀스러운 교류라도 있다는 듯. 그는 나가서 예르다를 찾았다. 예르다가 거실에서 스토브 타일 앞에 무릎 꿇고 있는 모습이 보였다.

"이게 어디서 왔죠?"

예르다는 재빠르게 일어나 앞치마를 가지런히 폈다. 그는 봉투를 내밀었다.

"현관문 앞에 걸려 있던 봉투에 들어 있었습니다. 배달원이 가져다 놨나 본데 초인종 소리는 듣지 못했습니다."

악셀은 서재로 가는 복도에서 아내가 안락의자에 앉아서 책 읽는 모습을 보았다.

알리세는 책에서 눈을 떼지 않고서 물었다. "뭐예요?"

"모르겠소."

"무슨 뜻이에요, 모른다니?"

"아직 열어 보기 전이라."

"열어 보지 그래요? 알게 될지 모르잖아요."

그는 더 말하지 않고 집필실로 돌아갔다. 문을 닫고 서둘러 봉투를 뜯어 종이 뭉치를 꺼냈다. 보자마자 그것이 그녀의 원고라는 걸 알았다. 줄이 있는 종이에 손으로 쓴 원고였다. 첫 장에는 타이핑 된 편지가 클립에 끼워 있었다. 그는 빠르게 글을 훑었다.

악셀, 지난 시간은 외롭지 않았어요. 당신은 아직도 제 마음속에 함께 있어요. 여기서 벗어나기가 쉽지 않으니 그냥 책을 보내는 편이 낫겠다고 생각했어요. 당신의 현명한 의견을 들을 수 있다면 좋겠어요. 아무도 읽지 않았어요(보면 알 테지만 토리뉘에게는 너무 수준이 높아서). 내 책은 오직 당신의 사랑스런 눈이 읽어 주기를 기다린답니다.
당신의 할리나.
추신. 드디어 만나서 너무 기뻐요! H

처음에는 무엇 때문에 더 화가 나는지 판단이 서지 않았다. 자신의 관심이 응답받을 것이라고 가정하는 친밀한 말투 때문인지, 아니면 그의 귀중한 시간을 뻔뻔스레 요구하는 태도 때문인지. 그가 편집자가 되고 싶었다면 출판사에 일자리를 얻었을 것이다. 처녀작가의 필사적인 야심만큼 그의 흥미를 끌지 못하는 것도 없었다.

악셀은 편지와 원고를 다시 봉투에 넣고 벽장 자물쇠를 열었다. 그는 쌓인 것들 위에 봉투를 얹어 놓고는 타자기로 돌아갔다.

2시 20분이었다.

그는 저녁이 되도록 한 자도 쓰지 못했다.

여름 동안 이어지던 저기압이 끈덕지게 계속되었다. 나흘 동안 비가 내리더니 하늘이 너무나 어두워 오전에도 불을 켜야 했다. 우편함에 비가 샜지만, 악셀은 예르다가 가져다준 카드에 쓰인 글자를 분명히 알아볼 수 있었다. 잉크로 누구에게나 훤히 보이게 쓴 카드.

프린센 레스토랑 오늘 17시. 당신의 H

예르다가 방을 나가자 악셀은 다시 당황한 채 앉아 있었다. 그는 예르다가 아는지 여부가 왜 그렇게 중요한지 자신도 알 수가 없었다. 예르다가 알리세에게 말할 리는 없으니 그건 이유가 되지 않았다. 분명 다른 이유가 있었다. 그의 내면에는 예르다의 인정을 바라는 뭔가가 있었다. 그는 과거에 부모님이 방문할 때마다 부엌에서 들려오는 행복한 웃음소리와 편안한 대화소리를 들었다. 그러나 그가 끼려고 하면 대화는 주춤거렸다. 그가 배척당한 공동체. 그는 예르다를 자기편에 두고 싶었고, 그녀가 부모에게 그에 관해 말할 때, 그가 더 이상 닿을 수 없는 두 사람에게 선의를 담아 말하기를 바랐다. 예르다는 그가 박탈당한 것에 연결되기 위한 고리였다.

그는 카드를 뒤집었다. 핑크색 쿠션에 작은 새끼고양이가 있는 그림. 그는 책상 서랍에 있는 벽장 열쇠를 꺼내어 벽장을 열고 팬레터 상자에 카드를 넣었다.

그는 당연히 레스토랑에 가지 않을 참이었지만 할리나의 대담한 행동에 집중이 되질 않았다. 무시하는 방법 외에는 무엇이든 그녀의 의도에 따라가는 셈이 될 터였다. 그는 오랜 세월 자기 명령을 존중하는 사람들에 둘러싸여 지냈고, 뭔가 마음에 들지 않더라도 즉시 대책이 마련되었다. 하지만 이번에는 달갑지 않은 상황에 노출되어 있었다. 그녀는 불쑥불쑥 떠올랐고, 결코 허락한 적 없는 권한을 얻었다. 이 모든 상황이 터무니없고, 더 이상 견딜 수 없었다.

비는 계속 내렸다. 뉴스에서는 최고 강수 기록이 깨졌다고 보도했다. 지난 두 달간 동부 스베알란드에 내린 것만큼 많이 내린 적은 없었다.

출판사에서 전화하여 그에게 만나자는 제의를 했다. 그의 이전 작품 중 몇 편을 재판할 예정인데 그가 표지 디자인을 봐 주었으면 한다는 요지였다. 악셀은 내키지는 않지만 집필실을 나서서 택시를 타고 시내로 나갔다. 선인세를 더 달라고 요청해야 했지만, 그것은 언제나 당혹스러운 일이었다. 알리세는 모르겠지만 걱정할 이유는 충분했다. 조만간 새 작품을 발표하지 않는다면 상황이 심상치 않게 될 터였다.

그는 커피와 빵을 대접받았고, 대화가 끝날 때까지 새 책이 어떻게 진행되고 있느냐는 질문은 한마디도 듣지 않았다. 잘되고 있다고 거짓말을 했기 때문이다. 봄 즈음에는 끝낼 수 있을지도 몰랐다. 그는 어떤 결과가 나올지 깨닫고는 곧바로 그 말을 후회했다. 하지만 추가 선인세는 받기로 했다.

밖으로 나서자 마침내 비가 그쳤다. 악셀은 입구에 잠시 서서 산책을 좀 할까 생각했다. 슬루센까지 죽 걸어가서 통근열차를 타고 집으로 가 볼까. 막 출발하려는데 누군가 어깨를 건드렸다. 담배 연기 때문이었을 수도 있고, 그저 본능이었을 수도 있고, 아니면 계속 기다렸기 때문일 수도 있지만, 그는 돌아보기도 전에 이미 누군지 알았다. 돌아서자 그녀가 웃고 있었다. 그가 하려고 했던 말들이 한 마디도 남지 않고 사라져 버린 듯 입 밖으로 나오지 않았다. 그 불쾌함에 무기력함이 느껴졌다. 기차에서 그의 주머니에 메모를 넣어 뒀던 일도 그의 공간을 침해한 느낌이었다. 그 후 그녀가 다시 연락할까 봐 두려워하던 날들도 모두 침해처럼 느껴졌다.

"내 말 좀 들어봐요 할리나, 난……"

"쉿."

그가 방심한 틈을 타 그녀가 그의 입술에 손가락을 댔다.

"그저 잠시만 보게 해 줘요."

담배 냄새가 났다. 그는 얼굴에서 그녀의 손을 떼어 내더니 마치 불쾌한 뭔가를 없애듯 놓아 버렸다. 그녀의 웃음이, 그녀가 나타났을 때처럼 돌연히 사라졌다.

"왜 그래요? 왜 이렇게 이상하게 구는 거죠?"

출판사 문이 열려 있었는데 두 남자가 바깥으로 나왔다. 악셀은 둘 중 한 사람을 알아보고는 고개를 끄덕여 인사하며 최대한 태연한 척했다. 그러는 내내 할리나는 그를 지켜보며 상황을 재고하는 것 같았다. 그녀는 핸드백을 뒤져 담배를 한 개비 꺼내 든 뒤 불을 붙여 한 모금 빠르게 들이마셨다.

"화를 낼 사람은 저 아닌가요? 프린센에서 얼마나 오래 기다렸는지 아세요?"

"난 간다고 말하지 않았소."

"아하, 그러셨군요. 그러니까 음식점에 전화해서 오지 않는다고 알려 줘야겠다는 생각도 하지 못했다는 말씀이로군요? 그랬더라면 그렇게 기다릴 필요는 없었을 텐데요."

악셀은 화제를 바꿔서 회유하는 목소리로 말하려 했다.

"할리나, 당신이 뭘 기대하는지 모르겠지만 나에게 더 이상 연락하면 안 돼요. 알다시피 난 결혼한 몸이잖소."

그녀가 콧방귀를 뀌었다. "베스테로스에서는 상관없었던 것 같은데요."

"그래요, 나도 알아. 난…… 일이 그렇게 된 건 어리석은 짓이었지. 하지만 난 서로 합의되었다고…… 그러니까 그게…… 그건 그때뿐……."

"당신이 엉큼하게도 한번 박고 싶었던 거 말인가요?"

악셀은 눈을 감고 얼굴을 손으로 감쌌다. 너무나 말이 안 되는 상황에 작가이면서도 할 말을 잃었다. 마흔여덟이나 먹은 그가 길에서 시작도 하지 않은 관계를 끊어 버리려고 애쓰는 모습이라니. 그는 자신을 이해시키고 싶은 마음에 팔을 벌렸다.

"내가 우리 사이에 뭔가 가능할 거라고 믿게 했다면 미안해요. 정말이오. 나도 보통은 그렇게 행동하지 않는데, 그게 나도 모르게 그렇게 되어 버렸어. 난 우리 둘 다 그날 한 번뿐이라는 걸 동의했다고 생각했소. 난 가정과 아이도 있고, 그러니까, 정말 용서를 빌겠소.”

그녀는 웃었지만 아까와는 또 다른 웃음이었다.

“그래서 끝이라고요?”

“그래요, 안타깝게도 그래야만 해요.”

그녀는 무미건조하게 웃었다.

“그러니까 당신, 악셀 랑네르펠트. 겁나 유명하고 목에 빳빳하게 힘 주고 다니는 작가님께서는 날 좀 갖고 놀다가 너덜너덜해진 걸레처럼 내던져도 된다고 생각하는 거로군요?”

“할리나, 제발.” 그는 그녀에게 간청했으나, 그녀는 고개를 흔들었다.

“나도, 어쩜 그렇게 멍청할 수 있었을까?”

악셀은 문득 아이와 상대하고 있다는 느낌이 들었다.

“할리나, 제발, 진심으로 사과하오. 그냥 친구로 헤어지면 안 되겠소? 적어도 그렇게 할 수는 없을까?”

할리나는 담배를 빨아들였다.

“내가 자신에게 화가 날 때 어떻게 하는지 알아요?”

그는 한숨을 쉬었다.

“그냥 우리……”

“난 화가 나면 이렇게 해요.”

할리나는 팔을 쫙 펼쳤다. 악셀은 막을 수 없었다. 그녀가 담배 끝을 손목에 대고 지지자 지글거리는 소리가 났다. 그는 그녀의 손을 찰싹 쳐서 떼어 내고는 검붉게 탄 구멍을 두려운 눈으로 쳐다보았다.

"미쳤소?"

할리나는 고통 때문에 마비된 듯 가만히 서 있었다. 그는 누가 보지는 않았는지 주위를 둘러보았지만 근처에는 아무도 없었다. 그녀의 상의 소매가 흘러내려서 상처를 가리자 그는 부드럽게 팔을 잡았다. 그녀는 손목을 비틀어 빼고는 두어 걸음 물러선 뒤 돌아서서 가 버렸다. 악셀은 그곳에 서서 그녀가 가는 모습을 바라보았다. 어찌해야 좋을지 전혀 모르는 채로. 그녀가 길을 건넜는데도 그는 여전히 거기 서서 방금 무슨 일이 일어났는지 이해하지 못하고 있었다. 그가 두려웠던 건 그녀의 행동뿐 아니라 그녀의 눈에 어린 것 때문이었다. 처음에는 놓쳤지만 이번에는 확실히 보았다. 그녀의 마음에서 벗어나고 싶었다. 그녀가 자신을 생각하는 게 마뜩치 않았다.

길 건너편에서 그녀가 우뚝 멈춰서 그를 쳐다보았다.

"이봐요, 악셀!"

그는 그녀를 응시하며 기다렸다.

"상상력이 뛰어난 분이니 집에 가서 내가 다른 사람에게 화가 나면 어떻게 할지 생각해 보지 그래요?"

19

얀-에리크는 403호에서 홀로 잠에서 깨어났다. 글렌리벳 빈병과 객실 미니바에서 가져온 색색의 미니어처 술병들이 꽃무늬 침대 커버 위에 여기저기 흩어져 있었다. 깨어나 보니 옷을 입고 있었다. 그가 분장실에서 재치 있게 전해 준 열쇠는 호텔에 도착해 보니 접수처에 반환되어 있었다. 그가 늦어지자 그녀는 마음을 바꾼 모양이었다. 얀-에리크는 차라리 잘됐다고 생각했지만, 적막한 호텔 방에 있자니 미니바에 든 술을 모조리 마셔 버리고 싶었다. 그는 호텔 방이 싫었다. 근심 어린 고립감, 세상에서 단절되어 밀실에 갇힌 느낌. 그는 불이 나면 어디로 나갈지 알아 두려고 항상 비상구를 하나하나 점검했다. 하필 그가 묵는 날 밤에 그 호텔에서 화재가 일어날 가능성은 무시해도 좋을 정도라고 자신을 달래면서. 하지만 화재에 죽은 호텔 투숙객도 다들 그와 같이 생각하다가 불길에 삼켜지거나 연기에 질식하여 길을 찾지 못하게 되지 않았겠는가?

기를 써서 겨우 팔꿈치로 몸을 받치고 일어나 물이 좀 없나 주변을 돌아보았다. 작은 탁자에 물통이 하나 있었지만 거기까지 갈 수 있을 것 같지 않았다. 그는 다시 뒤로 쓰러져 눈을 감았다. 다른 곳, 다른 때에 있고 싶었다. 숙취일 리가 없었다. 다른 뭔가가 있었다. 무슨 병에 걸린 게 틀림없었다. 심장이 힘겹게 쿵쾅거리는 소리가 온 방에 울려 퍼지는 듯했다. 불안감에 생각하려 할 때마다 날카로운 가시에 찔리는 듯했다. 몸의 분자 하나하나가 독에 맞서 싸우고 있었다. 그가 이 상황을 자초했을 수는 없었다. 그럴 리는 없었다.

얀-에리크는 꼼짝 않고 누워서 생명에는 지장이 없을 거라고 마음을 달래려고 했다.

6시 10분 전이었다.

취기 때문에 잠도 잘 수가 없었다.

그는 어정쩡하게 졸면서 겨우 40분을 흘려보냈다. 그런 후 뜻하지 않게 현실로 돌아왔다. 그는 조심스레 어제 일을 생각해 냈다. 단편적인 기억이 떠오르며 점차 형태가 잡히는 듯했다. 어제 그는 집에서 깨어났다. 장소는 스톡홀름, 아침이었다. 루이세와 엘렌은 이미 나가고 없었다. 그는 안니카를 생각하고, 안니카가 내린 결정과 견뎌내야 할 슬픔을 생각하고, 30년 만에 드러난 거짓말을 어떻게 처리해야 할지 생각했다.

그러다가 루이세가 자신을 떠날지도 모른다는 두려움이 다시 엄습했다. 두려움은 아침 햇살 속에서도 여전히 생생했다. 얀-에리크는 바꾸겠다고 자신에게 약속했었다. 다시는 죄책감을 느끼며 집에 돌아오지 않겠노라, 다시는 숙취에 휘둘리며 깨어나지 않겠노라고. 그는 자신이 진정으로 싸우고 싶어 한다는 것을 보여 줄 생각이었다. 하지만 사실 무엇을 위해 싸워야 하는지 알 수 없었다. 그가 아는 것은 자기도 모르는 새 그렇게 중대한 일이 결정되는 걸 참을 수 없다는 점뿐이었다. 얀-에리크는 중앙역으로 가는 길에 루이세의 부티크를 지나쳤다. 문에 '휴업'이란 푯말이 붙어 있었고, 루이세는 전화를 받지 않았다. 그는 지끈거리는 느낌의 불안을 느끼며 열차에 올라 더 나은 아버지가 되고, 더 나은 남편이 되고, 더 나은 사람이 되겠다고 다짐했다. 심지어 심리치료사에게 전화할까도 생각했다. 그 것으로 해결된다면.

하지만 그 후 얀-에리크는 스포트라이트를 받으며 무대에 서 있었다. 머리에서 발끝까지 세포 하나하나가 열리는 게 느껴졌고, 그에게 쏟아지는 무조건적인 존경을 기꺼이 흡수했다. 아드레날린이 솟구쳤다. 인정받는다는 것의 힘이었다. 그리고 그녀는 그곳에 앉아 그를 숭배하면서, 그가 주는 것이라면 아무리 받아도 모자라다는 듯 받아들였다. 그것은 너무도 간단하고, 너무도 거부하기 어려웠다.

그리고 그는 이번에도 유혹에 졌다.

그는 그녀가 마음을 바꿨다는 데 신에게 감사했다.

그는 더 나은 사람이 될 것이다. 진실로 그렇게 되리라.

다음 순간 그를 깨운 것은 휴대전화 벨소리였다. 루이세일 거라는 생각에 전화를 찾아 더듬거렸다. 그가 어제 몇 차례 전화했으나 그녀는 받지 않았다. 그리고 전화도 하지 않았다.

그는 멍하게 들리지 않으려고 목소리를 가다듬었다.

"네, 얀-에리크 랑네르펠트입니다."

"아, 죄송해요. 마리안네 폴케손입니다. 저 때문에 깨신 건 아니겠죠?"

그는 다시 목을 가다듬었다.

"아뇨, 아뇨, 걱정 마세요. 감기 기운이 좀 있어서요."

그는 애써 일어나 앉았다. 작은 술병 몇 개가 떨어지며 덜그럭거렸다.

"장례식에 쓸 사진을 찾으셨는지 궁금해서 전화 드렸어요. 시간이 별로 없어서요."

"온 집을 뒤졌지만 안타깝게도 찾지 못했습니다."

그는 도움이 되고 싶었다. 특히 오늘 아침에는 더 그랬다. 단 한 사람도 그를 나쁘게 생각하지 못하도록.

"하지만 다시 찾아보겠습니다. 지금은 베스테로스에 있지만 오후면 집에 갈 겁니다. 내일 알려 드려도 될까요?"

"네, 물론이죠. 좀 서두르긴 해야겠지만 그 정도면 충분할 겁니다."

그는 집으로 곧장 갈 계획이었다. 식료품이나 좀 사 가지고 가서, 엘렌이 집에 오기 전에 커피와 샌드위치를 준비해 둘 생각이었다.

"제가 크리스토페르 산데블롬에게 선생님 전화번호를 알려 줬다는 것도 말씀드려야겠네요. 유언장에 있던 사람 말입니다. 문제 되지는 않겠죠. 예르다를 아는 사람과 꼭 연락하고 싶어 하더군요."

얀-에리크는 분장실로 찾아온 남자가 문득 생각났다. 이상한 젊은 남자와의 어색한 상황. 그가 안니카의 자식일지도 모른다는 터무니없는 생각, 안니카의 자살과 관련 있을지도 모른다는 생각. 미친 생각일지 모르지만, 그의 이야기는 얀-에리크의 마음을 온통 차지하고 있었다. 다행히도 연도가 맞지 않았다. 지나고 생각해 보니, 그런 말도 안 되는 생각을 한다는 게 부모를 얼마나 신뢰하지 못하는지 보여 주는 신호라는 걸 깨달았다. 그러자 슬픔이 차올랐다.

얀-에리크는 다시 목을 가다듬었다.

"벌써 그 사람과 만났습니다. 어제 강연 끝난 후 만나러 왔는데, 아주 이상한 이야기를 하더군요. 안타깝지만 그다지 도움은 주지 못했습니다. 아마 업둥이인 모양인데, 그가 예르다와 어떤 관계가 있는지는 도저히 모르겠더군요."

"업둥이라고 하셨나요?"

"네, 그렇게 말하던데요."

반대편에서 침묵이 흘렀다.

"하지만 내일까지 한 번 더 사진을 찾아보고 알려 드릴게요. 어딘가에 있기는 할 텐데 어디 있느냐가 문젭니다. 최선을 다하겠습니다."

두 사람은 전화를 끊었다. 호텔 체크아웃 시간 7분 전이었다.

얀-에리크는 샤워는 겨우 했지만 다른 건 할 겨를이 없었다. 당황한 그는 체크아웃을 하고, 미니바를 엉망으로 만들어 놓은 값을 치렀다. 무관심한 호텔 직원에게 친구들이 방문해서 작은 병에 든 술까지 해치워 버렸다고 설명했다.

서명하는 그의 손이 떨렸다.

그는 공원을 통과하여 역으로 가는 길을 택했다. 자그마한 돌들이 가방 바퀴에 끼였기에 발로 차 보았으나 소용없었다. 그는 가방을 집어 들고 내달렸지만 몸이 저항했다. 목이 마르고 땀이 흘렀으나, 제시간에 도착하여 일등칸에 있는 자신의 좌석을 찾았다. 그는 앉아서 숨을 고르다가 그 자리에서 식당차가 보인다는 걸 한눈에 발견했다. 아직도 강한 숙취 때문에 정신이 없었지만 그걸 풀려면 어떻게 해야 하는지 알았다. 그것은 검증된 방법이었다. 해독제라고 생각하고, 딱 한 모금만 마시면 기분이 한결 나아질 터였다.

그는 전화기를 꺼내 루이세에게 전화했지만 루이세는 여전히 받지 않았다. 앞 탁자에 놓인 스웨덴 철도 잡지 페이지를 건성으로 넘겼다. 누군가 지나가면서 식당차 문이 열렸다가 닫혔다. 그는 팔걸이에 손가락을 두드리다가, 창밖을 바라보다가, 다시 식당차를 쳐다보았다. 두 번째로 전화기를 꺼내어 문자 메시지를 보내려고 쓰다가 그만두고 지워 버렸다. 다시 손가락을 두드리다가, 창밖을 바라보다가, 잡지를 뒤적거렸다. 뭔가 먹을 걸 사야 할 것 같았다. 그리 내키지는 않았지만 그래도. 어쨌거나 뭘 파는지는 볼 수 있지 않겠는가. 아니면 다리 좀 뻗었다 치면 된다.

그는 창밖을 다시 바라보며 손가락을 두드렸다.

라자냐, 채식 피자, 팬케이크. 그는 메뉴 전체를 샅샅이 보았다. 치킨 샐러드, 토르텔리니와 미트볼. 그는 계산원 근처에서 랩으로 감싼 샌드위치를 발견하고는 가서 살펴보았다. 그 아래로 음료가 있었다. 그는 온갖 종류의 주스를 면밀히 살핀 뒤 결국 맥주로 하기로 했다.

순전히 약으로 먹는 거야. 자리로 돌아오며 자신에게 우겼다. 뚜껑 열리는 소리조차 기분 좋았다.

맥주 네 병을 마시고 57분 후, 얀-에리크는 중앙역에서 내렸다.

해가 한창인 2시였다. 침울했다. 집에 가면 자기를 이해하는 누군가가 반겨 주었으면. 언제나 불가능을 요구하는 누군가에게, 가자마자 심문을 받는 건 아닐까 걱정하지 않을 수 있다면. 루이세는 전화에도 응답하지 않았다. 그가 최선을 다하려고 하는데도 루이세는 그를 벌주고 있었다. 왜 그를 있는 그대로 볼 수 없는 걸까? 엘렌, 귀여운 엘렌, 세월이 얼마나 빨리 지나갔는지. 그는 엘렌이 아장아장 걸어 다니던 때를 떠올렸다. 다시는 돌아갈 수 없는 시절. 눈에 눈물이 고이는 걸 느끼며, 기다리는 택시를 향해 서둘러 걸었다.

의무를 다하고, 좋은 사람이 되어라.

예르다가 너무도 쓸쓸하게 세상을 떠났는데, 장례식에 쓸 사진 한 장 발견할 수 없다니. 그녀와 함께 보낸 시간도 너무나 오래되었다. 어린 시절 그의 든든한 닻이었던 친애하는 예르다. 그녀를 기리기 위해 마지막으로 한 번 더 찾아보는 것보다 지금 더 중요한 일이 무엇이겠는가?

그는 택시 뒷좌석에 올라타서 나카로 가자고 했다.

택시가 집 앞에 서자, 아까와 달리 자신이 없었다. 운전기사에게 돈을 지불하고 택시에서 내린 후, 아마도 그럴 리 없겠지만 혹시 우편함에 뭐가 있지는 않은지 보았다. 우편함에서 찾은 거라곤 자선 단체에서 보낸 전단지가 전부였다. 3시 20분 전이었다.

그는 어린 시절에 살던 집을 쳐다보았다. 빈 창문들. 과세 평가액 420만 크로나, 그러나 사람도 목적도 없는 집.

얀-에리크는 정원으로 가는 길에서 루이세의 번호를 눌렀으나 전화가 연결되기 전에 끊어 버렸다.

그만하면 됐다.

이제 그녀가 전화할 차례였다.

아래층 부엌에는 마실 것이 없었다. 애초에 집에 술 진열장을 둔 적이 없었다. 얀-에리크는 위층으로 올라가 원래 안니카의 방이었으나 나중에 어머니의 부엌으로 바뀐 방으로 가 보았다. 개봉하지 않은 쌀 상자와 낡은 코코아 한 꾸러미밖에 없었다.

아버지의 집필실은 지난번에 가 본 그대로였다. 벽장문이 열려 있었고, 냉기가 온 방에 퍼져 있었다. 그는 복도에 멈춰서 천장에 걸려 있는 램프 걸이를 쳐다보았다. 아버지는 어떻게 나중에도 이곳에서 계속 일할 수 있었을까?

안니카의 사망증명서를 발견했던 상자가 여전히 책상 위에 있었고, 그는 빠르게 나머지 물건을 훑어보았다. 예르다 사진은 없었다.

집에 가는 게 나을 것 같았다. 이제는 그곳에 간 일이 후회스러웠다. 불안한 마음이 다시 찾아들었다.

얀-에리크는 상자를 벽장에 되돌려 놓다가 검은 쓰레기 봉지에 걸려 거의 넘어질 뻔했다. 그는 그곳에 서서 허벅지를 손가락으로 두드렸다. 바닥과 선반에 뒹구는 물건들, 온갖 상자와 곽, 그 모든 것이 으스스한 느낌을 자아냈다. 한 인간의 삶 전체가 몇 제곱미터 안에 모여 있었다. 성공뿐 아니라 불확실한 것들로 뒤범벅되어. 이미 발견한 것만으로도 배신감을 느끼기엔 충분했다.

예르다 사진. 그 망할 사진은 어디에 있지? 그 늙은 악마는 왜 이렇게 정돈을 안 했을까?

얀-에리크는 종이상자를 하나 꺼내어 책상으로 가서 앉은 뒤 뚜껑을 열었다. 따분한 글, 따분한 글, 따분한 글, 신문 서평, 따분한 글, 출판사에서 온 편지, 따분한 글, 잡지 기사, 핀란드-스웨덴 문학회 초대장, 따분한 글, 따분한 글, 따분한 글.

그는 종이 뭉치를 모조리 들었다가 천천히 하나씩 펄럭이며 떨어뜨렸다. 사진은 한 장도 없었다. 그는 벽장으로 가서 다른 상자를 꺼냈다. 따분한 글, 따분한 글, 서평.

사진들.

그는 약간 힘이 나서 사진들을 꺼냈지만 곧 실망했다. 아버지가 알 수 없는 장소에서 알 수 없는 사람에게 상을 받는 모습이었다.

예르다는 너도나도 찍고 싶은 피사체는 분명 아니었다.

그는 상자로 돌아갔다. 또 다른 따분한 글 아래 개봉하지 않은 편지가 50통쯤 있었다. 다양한 색과 모양의 편지로, 두께도 다 달랐지만 필체는 모두 같았다. 그는 하나를 뒤집어서 발신자를 보려고 했다. 그저 작은 H뿐. 다른 것도 똑같았다. 그는 잠시 주저했으나 호기심에 압도되었다. 어차피 언젠가는 그가 정리해야 할 것들인데 지금 하지 말아야 할 까닭이 뭐가 있겠는가? 그는 조심스레 봉투를 뜯었다. 작은 메모만 있었다. 그는 꺼내어 읽었다.

족쇄들—그것들이 부서져요—내게서 떨어져 나가요. 어둠은 흩어졌어요. 사랑이 승리한 거예요!
당신의 H

그는 깜짝 놀라 메모를 봉투에 도로 넣고 뒤에 기댔다. 소인은

1975년 3월 17일로 되어 있었지만, 그 수수께끼 같은 글을 본 사람은 그가 처음이었다. 그는 상자 뚜껑을 들어서 편지들을 책상에 쏟았다. 봉투 하나가 열려 있었다. 그는 집어 들어 종이를 펼쳐 보았다.

그는 세 번을 읽었고, 읽을 때마다 더더욱 놀랐다. 아버지는 세상에서 그가 진실로 믿은 단 한 사람이었다. 물론 긍정적인 면만 믿는 건 아니었다. 그러나 이것은 꿈에서조차 의심하지 않은 일이었다. 아버지에게 연인이 있었다니. 비록 아버지가 어머니를 적어도 두 번은 임신하게 했다는 건 틀림없었지만, 성적인 존재로서의 악셀 랑네르펠트라니. 우스꽝스러운 발상이었다. 게다가 외도를? 그게 정말 가능한 일인가? 아버지가 감히 체면을 훼손할지 모를 일을 한다는 것이 가능할까? 삶의 의미를 지탱하는 기반 자체를 무너뜨릴지 모르는데?

그때 갑작스런 폭발이 일어나듯 끔찍한 생각이 터져 나왔다.

아버지의 연인이 1972년 즈음에 아이를 낳았다면?

20

악셀, 악셀, 용서해 줘요, 날 용서해요. 세상의 종이를 다 삼킬 때까지 사과를 쏟아 놓은 후에야 용서받을 자격이 있다고 말하게 해 줘요. 당신을 온전히 신뢰하며 당신의 관대함에 호소하니, 부디 나를 혐오하지 말아 주세요. 이미 떠나온 곳을 바꿀 수는 없어요. 지금 가고 있는 곳만 바꿀 수 있을 뿐. 나 거기서 당신의 자비를 조약돌처럼 가지고 다니며, 그 추억에 가슴 아플 때 위로받겠죠. 어떻게 그럴 수가 있었지? 당신은 궁금했을 테죠. 내 말을 판단하지 않고 읽어 주길 빌어요. 실수를 인정한다는 건 결국 오늘이 어제보다 현명하다는 걸 인정하는 일일 뿐이니. 내가 원하는 건 당신이 그때, 내가 들을 상태가 아니었을 때 현명하게 말했듯, 친구로서 작별을 고하는 것이에요.

천 번이라도, 만 번이라도 간청할게요. 출판사 앞에서 있었던 일을 잊어 주기를. 당신이 그날 본 사람은 나였지만 내가 아니었기에. 난 십 대 이후로 수많은 문제에 시달렸어요. 의사들은 내가 어린 시절에 수용소에 있었던 탓이라고들 해요. 약을 챙겨 먹을 때는 당신이 베스테로스에서 본 할리나, 그토록 아름다운 추억을 안겨 준 할리나가 된답니다. 그일은 나를 풍성하게 해 주었어요. 가슴이 기쁨으로 가득할 때는 다 괜찮다고 생각하기가 정말 쉽죠. 불행히도 그 때문에 부주의해져서 난 약먹는 것을 잊었어요. 그래서 결국 당신에게 쏟아 놓고 말았죠, 실망스럽게도. 거절당하는 건 너무나 아파요. 무가치하다는 느낌이 내 세포 하나하나를 채우고 있을 때는 더더욱.

악셀, 당신 잘못은 없어요. 이 편지로 당신에게 작별을 고하고, 걱정하지 말라고 말하고 싶었어요. 당신은 훌륭한 남자이자 작가예요. 모든 좋은 것들을 진심으로 기원할게요.

할리나

악셀은 편지를 네 번 읽었다. 마음이 놓이며 환희가 몰려왔다. 그는 그 후로 좌우도 구분하지 못할 정도로 멍하게 지냈고, 나날이 무력감에 잠식되고 있었다. 집필실을 나설 때마다 예르다가 또 편지를 가져오지는 않을지 겁이 났다. 전화벨이 울리면 할리나가 아닐까 두려웠다. 이상한 소리가 들린 것 같으면 창밖을 살펴보았다. 하지만 할리나는 다시 연락하지 않았다. 그 편지는 해방이었다. 악셀은 할리나에게 모종의 정신 질환이 있다고 이미 생각했었다. 그녀의 눈에서 빛나던 광기를 잊을 수 없었고, 잠이 오지 않는 밤이면 그녀의 성격이 돌변한 일을 생각했었다.

3주가 지나는 내내 느슨한 로프 위에서 중심을 잡으려고 애쓰는 느낌이었다.

크리스마스가 오고, 평소처럼 시끌벅적하게 지나갔다. 어깨를 짓누르던 문제가 사라지자 다른 걱정거리가 떠올랐고, 그는 실제로 글을 조금 썼다. 대단한 건 아니었지만 그래도 조금은 썼다. 악셀 부부는 크리스마스이브에 얀-에리크에게 전화했는데, 미국으로 전화하는 비용을 생각하여 짧게 이야기했지만 돈이 전혀 아깝지 않은 대화였다. 알리세는 아들의 목소리를 듣고서 얼굴이 피었고, 덕분에 이번 크리스마스는 제법 즐거웠다. 크리스마스 당일에 악셀의 부모가 방문했지만 여동생은 평소처럼 오지 않았다. 악셀은 때때로 여동생 소식을 물었다. 동생이 파르스타에 산다는 것과, 요양소에서 힘들게 일하다 보니 장애인 연금을 받게 되었다는 것을 알았다. 동생은 아이도 없었고, 남자가 있었는지도 알 도리가 없었다. 부모는 알아서 동생 소식을 이야기하지는 않았다. 부모가 동생과 자주 연락한다는 걸 악셀도 알고 있었는데도. 오래전에 언젠가 악셀이 부모와 함께 동생 집에 들르겠다고 한 적이 있는데, 여동생은 오지 않으면 좋겠다고 전했다.

주현절이 지나고 일상생활로 돌아갈 즈음, 모든 것이 다시 산산이 부서졌다. 1월 9일에 폭풍우가 스톡홀름으로 다가오면서 폭설이 내렸다. 악셀은 서재에 서서 귀를 기울였다. 거센 바람이 이곳저곳으로 파고들자, 집이 바람에 저항하며 이제까지 들어보지 못한 비명을 질렀다. 그는 예르다의 발소리를 듣자마자 최악의 상황을 상상했다. 예르다는 작은 봉투를 그에게 건네고는 한마디도 없이 돌아서서 갔다. 그녀의 표정에 뭔가 있었다. 그는 즉시 누구에게서 온 편지인지 알았다. 이로써 자신의 의심이 확인된 셈이었다. 예르다는 줄곧 알고 있었던 것이다. 그는 곧장 집필실로 가서 작은 H가 중간에서 갈라지도록 봉투를 뜯었다.

악셀은 벽장을 열고 가장 가까이 있는 종이상자에 편지를 넣었다. 그런 후 부엌으로 갔다.

"예르다, 잠시 볼 수 있을까요?"

그는 답을 기다리지 않고 집필실로 돌아갔다. 문 앞에 멈춰서 예르다가 지나가도록 했다. 예르다가 집필실로 들어서자, 지난번과 같은 상황이 반복되었다. 예르다는 문 앞에서 움츠리고 서 있었고 악셀은 책상 뒤의 의자를 차지했다. 주인과 하인. 악셀 랑네르펠트와 그의 아버지와 어머니. 그는 계급 장벽을 깨뜨리려면 어떻게 해야 좋을지 몰랐다. 악셀은 예르다의 일손이 필요했고 예르다는 그의 돈이 필요했다. 더구나 그들은 같은 집에 살았다. 도대체 왜 동등한 입장에서 행동할 수 없다는 말인가? 그는 처음에 그녀에게 친근한 호칭을 사용해 보려고 했고, 나중에는 가족의 일원이 되면 어떻겠느냐고 초대하기도 했지만, 곧 그런 행동이 환영받지 못한다는 것을 느낄 수밖에 없었다. 거의 50년간 그 일에 종사한 예르다가 원한 것은 능력을 존중해 주는 것이었고, 그러자면 몇 가지 조건이 충족되어야 했다. 그녀는 자신이 가족의 일원이 될 의향이 없다는 점을 그에게 명백히 알렸다.

"지금 내가 말하는 건 우리 둘 사이의 이야기고, 알리세에게는 말하지 않기를 바라요. 알리세를 귀찮게 할 이유는 없으니까. 최근에 한 여성에게 몇 차례 연락을 받았는데, 난 그 여자와 아무 관계도 없어요. 그 여자는 완벽한 타인이고 심지어 만난 적도 없어요. 아마 내 독자 중 한 명이겠지. 이상한 편지들이 오는 걸 눈치 챘겠죠?”

“잘 모르겠습니다.”

“뭐 어쨌거나 알아 둬요. 아무래도 이 여자가 정신이 온전한 것 같지는 않으니까.”

악셀은 그녀가 뭔가 말해 주었으면, 질문이라도 했으면 싶었다. 자신을 믿어 줘서 고맙다고, 걱정되겠다고 말해 주었으면.

하지만 예르다는 아무 말도 하지 않았다. 그녀의 입술에서 한마디도 나오지 않자 악셀은 그녀가 아무 말도 할 생각이 없다는 걸 알았다.

“그게 다예요. 고마워요.”

예르다는 고개를 숙여 절하고는 돌아서서 나갔다. 바로 그 순간 초인종이 울렸다. 둘의 눈이 마주쳤고, 일순간 그는 둘이 모종의 음모에 가담했다고 느꼈다. 잠시 후 그녀는 사라지고 없었다. 악셀은 그녀를 따라가다가 중간에서 멈췄다. 불안감이 그를 휘감았다. 초인종이 울리는 일은 거의 없다. 연락 없이 방문할 사람은 없었다.

토리뷔 벤베리 말고는.

악셀은 예르다가 폭풍우를 헤치고 상대에게 전달되도록 외치는 소리를 들었다.

“죄송하지만 돌아가 주십시오. 랑네르펠트 선생님께서 바쁘다고 방해하지 말라고 하셨습니다.”

“아하, 그러셔! 음탕한 늙은 색골 랑네르펠트 말이신가? 비키시게.

할 얘기가 있네.”

목소리에서 이미 술기운이 풍겼다. 악셀은 알리세가 토리뉘의 말을 들을까 봐 서둘러 나갔다. 토리뉘는 온통 흰 눈으로 덮여 있었다. 예르다가 양손으로 붙잡고 있던 문 틈새로 눈이 들이쳤다. 토리뉘는 문을 붙잡고 우격다짐으로 들어왔다. 그는 기를 써서 문을 닫았다.

“오, 어디 보자, 고귀하신 선생께서 친히 우리가 있는 낮은 곳으로 임하셨군 그래.”

토리뉘는 고개를 숙이더니 보란 듯이 팔을 폈다. 악셀은 손가락을 흔들었다.

“조용히 좀 하게. 이 집에는 몸져누운 사람이 있어.”

토리뉘는 과장되게 눈을 가늘게 떴다.

“그거 자네 거시긴가, 손가락인가? 잘 구별이 안 되는군.”

“걱정 마요, 예르다. 고마워요. 내가 처리하지. 바깥에 나가서 잠시 얘기 좀 하면 돼요.”

악셀은 예르다가 가지고 온 코트와 신발을 황급히 갖췄다.

“알리세가 들을까 겁이 나는 게로군, 응? 그 말라비틀어진 늙은 년. 그년이 자네랑 전혀 놀아 주지 않는 건가, 아니면 다른 놈들이랑 노느라 바쁜 건가? 이런 상류층 동네라면 같이 놀 놈들이야 넘치겠지.”

“입 닥치고 나가지.”

“이젠 물건에 기름칠할 일이 없나 보지, 랑네르펠트?”

악셀은 손을 뻗어 토리뉘 뒤에 있는 문고리를 눌렀다. 요란한 소리를 내며, 바람에 문이 활짝 열렸고 집에 눈이 더 들이쳤다. 악셀은 그를 바깥으로 밀어내고 문을 닫았다. 둘은 눈보라를 맞으며 계단에 서서, 후려치듯 달려드는 눈보라에 맞서기 위해 최대한 몸을 웅크렸다. 인생이 더 이상 어떻게 될지 모르겠다는 느낌이 다시금 악셀을 엄습했다. 요즘 일어난 일들은 평소 같으면 상상도 할 수 없는 것이었다. 악셀은 그렇게 자기 집 앞에서 토리뉘 벤베리와 함께 눈보라를 맞으면서, 토리뉘와 담판을 지어 이 모든 비극을 끝내야 한다는 건 알았지만, 더 이상 그곳에 서 있을 수는 없었다. 바람이 너무나 강해서 무엇이든 붙잡아야 할 정도였다. 눈보라의 유일한 장점은 덕분에 토리뉘가 마침내 입을 다물었다는 사실이다. 토리뉘는 바깥에 나온 후 한마디도 하지 않았다.

"헛간으로 가지."

악셀이 걷기 시작하자 토리뉘도 뒤따랐다. 악셀은 한 손으로 코트 깃을 잡고 다른 손으로 눈을 가린 채 작은 헛간으로 터벅터벅 걸었다. 눈이 문 앞에 쌓여 있어서 발로 치우면서 문을 땄다. 그는 토리뉘를 들어가게 하고는 문을 닫았다. 잠깐 사이에 눈보라도 휩쓸려 들어갔다. 둘은 발을 몇 번 구르고 눈을 좀 털어 냈지만 헛간의 냉기가 옷과 신발로 파고들었다. 토리뉘의 수염은 눈으로 새하얗게 변했고 얼굴은 시뻘개졌으며 숨은 연기처럼 피어올랐다. 악셀은 손을 비볐다. 둘 다 한마디도 하지 않았다. 적의에 찬 말투는 눈보라를 헤치고 오는 동안 어디론가 사라져 버렸고, 이제 둘은 공동의 적 앞에 얼어붙은 두 남자에 불과했다. 물론, '우리'라는 느낌은 자연에 위협받을 때만큼 커지는 경우도 없는 법이다. 추위에 술이 깬 토리뉘는 갑자기 당혹스러워 보였다.

악셀이 원하는 건 여러 형태가 될 수 있었다. 악셀은 무엇보다도 이 모든 일에 마침표를 찍고 싶었지만, 자신이 베스테로스에서 한 일을 인정해야 한다면 이야기는 달라진다. 그날 일을 너무 강력히 부정하다 보니 이제는 그것이 현실인지도 확신하기 어려워졌다.

토리뉘는 떨다가 벽에 쌓여 있던 나무 더미 위에 주저앉았다.

"날 집에 들여보낼 수는 없었나? 헛간에 이러고 앉아서 이렇게 수치를 당해야 하겠나?"

바람이 벽 틈새로 새어 들어 황량한 울음소리처럼 오르내리며, 두 사람의 기분을 보여 주는 듯했다. 토리뉘는 주위를 둘러보더니 통나무를 하나 집어 무심코 무게를 달아 보았다. 그는 너무 추워서 떨고 있었지만 애써 태연한 척하고 있었다.

"이런 상황을 생각하면 그렇게 하는 게 더 적절했을 거네, 안 그런가? 젠장, 아무렴 어때. 자네가 이겼네, 이겼어. 이제 만족하나? 아니면 내게서 더 훔쳐 가고 싶은 게 있나?"

악셀은 손을 코트 주머니에 쑤셔 넣고는 팔을 몸통에 바짝 붙였다.

"자네도 알잖나, 아닌가? 자네를 집에 들여놓을 수 없었다는 걸. 그런 식으로 고함치는 한은 안 되지. 그래, 자네가 그런 식으로 떠드는 걸 알리세가 듣지 않기를 바란 건 맞네."

"그럼 알리세는 아직 모르는 건가? 언제 그 기쁜 소식을 전할 생각인 거지?"

악셀은 아무 말도 하지 않았다. 토리뉘는 통나무를 바닥에 떨어뜨리고는 팔짱을 꼈다. 고개를 갸우뚱하며 악셀을 응시했다. 이해가 안 가는 예술 작품을 평가하는 듯했다.

"난 자네가, 악셀이란 인간이 그렇게 평범한 사람처럼 행동할 수 있다고는 절대 믿지 않았을 걸세. 이곳 교외에서 우아한 집과 아내, 완벽한 아이들과 하녀 등등이 있으니 만족한 줄 알았어. 그 여자가 자네를 완전히 홀렸나 보군."

"무슨 소리야?"

"모든 성공과 명성, 자넨 모두 다 얻었네. 난 자네가 아랫도리에 좀 열이 올랐다고 해서 그 모든 걸 포기할 줄은 상상도 못했어."

"그러지 말고 둘 다 얼어 죽기 전에 하고 싶은 말이 뭔지 하지 그러나?"

토리뉘는 무미건조하게 콧방귀를 뀌고는 통나무를 또 집어 들었다.

"그럼 가족들에게는 언제 말할 건가?"

악셀은 한계에 도달했다는 걸 느꼈다.

"말하긴 뭘 말한다는 거지? 원하는 게 뭔지 말하게. 난 집에 가야겠네."

"어마어마한 후환이 따라올 거야, 그거 알고는 있나? 그 여자 약 안 먹을 때는 악마에 씌운 것 같거든. 행운을 빈다는 말밖에는 할 말이 없네. 떨어져 나간다니 속이 시원하군."

악셀은 이제 발에 감각이 없었다. 대화가 장황해질 것이 틀림없었다. 그는 상황을 판단하고 결심했다.

"자네가 이야기하는 사람이 할리나인지 하는 여자 맞겠지? 자넨 우리가 앞날을 함께하기로 한 것처럼 말하는군. 둘 사이에 무슨 일이 있는지 모르겠지만, 아니면 그 여자가 뭐라고 말했는지 모르겠지만, 내가 그것과 전혀 관계가 없다는 건 절대적으로 확실하네."

악셀이 말한 것은 엄밀히 이야기해서 거짓말이 아니었다. 그는 진실의 편에 섰다는 생각에 자신이 생겼다. 토리뉘의 얼굴에 혼란이 피어오르자 확신이 강해졌다.

"난 지금 매우 불쾌하네. 내가 왜 얼어 죽을 지경이 다 되도록 내 집 헛간에 서 있어야 하는지 정확히 설명해 주길 바라네."

"무슨 소린가?"

"들었잖나."

"할리나에게 청혼하지 않았다는 건가?"

"아니, 결단코 하지 않았네."

토리뉘는 잠시 말이 없었다.

"하지만 관계는 했지?"

"오, 이런 토리뉘. 아니, 하지 않았네. 정상적인 수준으로 목소리를 낮추겠다고 약속한다면 같이 집에 들어가서 좀 더 이야기할 수 있네."

토리뉘는 생각에 잠겼다. 악셀은 토리뉘가 상황을 재고하려고 애를 쓰고 있다고 생각했다. 토리뉘는 다시 입을 열었을 때 매우 부드럽고 신중하게 말했다.

"그게 거짓말이라면 사실이 드러나는 대로 맹세코 자넬 죽여 버릴 거야."

악셀은 침을 삼켰다. 하지만 그의 말보다 정신장애가 있는 여자의 말을 믿는다는 건 있을 수 없었다. 그녀가 어떤 주장을 펼치든 상관없었다.

"내가 무슨 말을 더 할 수 있겠나? 자, 집으로 들어가지."

"아냐, 안 들어가겠어."

토리뉘는 눈을 감고 손으로 턱수염을 비볐다.

"젠장, 베스테로스에서 내가 소파에 기대 잠든 사이에 자네와 관계를 했다고 그러더군."

악셀은 아무 말도 하지 않았다.

"그러고는 다시 병이 도져서 여기저기 돌아다녔지. 자기 물건을 챙겨서 떠났네. 자네와 어딘가에서 만난다고 했어. 베스테로스에서 열린 책의 날 행사 때부터 자네 이야기를 떠들어 댔기 때문에 난 그 말을 믿었어. 뭔가 이상하다는 걸 알았어야 하는데. 엊그제는 신문에서 무슨 메시지를 봤다고 지어내더군. 그게 뭔지는 말하지 않으려 했지만 자기에게 보내는 메시지라고 확신했어. 난 찾아보려고 했지만 도무지 모르겠더라고."

토리뉘는 천천히 고개를 가로저었다.

"게다가 남자 아이도 같이 있네."

"무슨 남자 아이?"

"할리나에겐 몇 살 먹은 아들이 하나 있어. 내 아들은 아니지만 난 제법 좋아하게 됐네. 할리나는 아플 때는 아이를 그리 잘 돌보지 않아."

악셀은 이제 손에도 감각이 없었다.

"둘 중 하나가 폐렴 걸리기 전에 안으로 들어가야겠네."

"제길, 악셀, 집에서 했던 말들을 사과해야 할 것 같네. 내가 같이 들어가서 해명하면 안 될까? 그러면 더 이상 아무 문제 없을 걸세."

악셀은 처음에는 제안을 거절하고 싶었으나, 어쩌면 그로써 문제가 다 해결될지 모른다고 생각했다. 아까 알리세가 토리뉘 말을 들었다면, 악셀이 무슨 말을 해도 도움이 안 될 것이다. 반대로 토리뉘 말에는 분명 귀를 기울이겠지. 그리고 예르다도 악셀이 무죄라는 증거를 보게 되리라.

"그렇게 해 준다면 고맙겠네."

예르다와 알리세는 거실 소파에 앉아 있었다. 예르다는 앉으라는 말에 소파 끝에 걸터앉았다. 예르다도 있어야 한다고 고집한 사람은 악셀이었다. 악셀은 무릎에 담요를 덮고서 안락의자에 앉았고, 토리뉘는 그들 앞에 서서 짧은 연설을 했다. 그는 매우 수치스러워하며 자신의 행동을 사과했고, 용서할 수 없는 말을 내뱉은 것을 잊어 달라고 애원했다. 알리세의 표정을 읽을 수가 없었다. 악셀은 때때로 알리세를 흘끗흘끗 쳐다보았지만 아까 토리뉘가 한 말을 얼마나 들었는지 짐작할 수 없었다. 토리뉘는 더듬거리며, 도를 넘어선 짓을 보상하기 위해 적절한 말을 찾아 헤맸다.

"난 어리석었어요. 이제야 내가 전부 오해했다는 걸 알았어요. 어리석게도 그 여자의 말을 믿은 겁니다. 불행히도 그녀는 정신에 문제가 있어요. 훌륭한 여자지만 때때로 과거 때문에 괴로워하기도 하고, 없는 일을 지어낸다는 말도 들었어요. 난 지금까지 사실이 아니라고 여겼는데 부끄럽게도 그녀의 말을 믿은 겁니다. 아무런 근거도 없이 악셀을 비난했다는 걸 알았어요. 진심으로 용서를 빕니다."

토리뉘는 심호흡을 했고, 악셀은 그의 요약에 감탄할 수밖에 없었다. 악셀은 자신을 낮출 수밖에 없다는 것이 토리뉘에게 얼마나 힘든 일인지 알았다. 관자놀이에서 맥박이 불뚝거리며 토리뉘의 고뇌를 보여 주었다.

악셀은 이제야 토리뉘의 사랑이 얼마나 강한지 알았다. 이런 굴욕을 견디면서도 여전히 그녀를 옹호하려고 하다니. 상상도 못한 깊이가 토리뉘에게 있다는 점이 갑자기 드러난 것이다. 모든 창의력이 샘솟는 근원인 사랑의 욕구가.

안절부절못하고 꼼지락거리던 알리세가 자리에서 일어났다.

"제가 제대로 이해했다면, 현재 정신질환이 있는 어떤 여자가 돌아다니고 있는데 악셀에게 빠져 있고, 자기가 악셀과 연인이라고 생각한다는 거군요. 맞나요?"

"상태가 심각하진 않아요. 그리고 왜 악셀과 연인이라고 말했는지도 모르겠어요. 어쩌면 그저 내게 상처를 주려는 건지도 모릅니다."

"어찌 됐건 경찰에 전화해야 한다고 생각해요. 웬 미친 여자가 나타나기만 기다릴 생각은 눈곱만큼도 없어요. 그 여자가 무슨 짓을 저지를지 누가 알겠어요?"

악셀이 알리세의 팔에 손을 얹었다.

"자, 자, 진정해요."

"경찰을 부를 필요는 없어요. 내가 돌아갈 때쯤이면 아마 집에 있을 거고, 없으면 내가 반드시 찾을 거니까. 겁낼 필요는 전혀 없어요. 해친다고 해도 자기를 해칠 테니까."

일리세는 자리에 도로 앉았다.

"하지만 왜 하필 악셀이죠?"

토리뉘가 어깨를 으쓱했다.

"아마 베스테로스에서 만났기 때문이겠지. 모르겠군요."

알리세가 악셀을 쳐다보았다.

"그러니까 만나긴 만난 거로군요?"

"그래, 저녁 먹으면서 대화했지. 그게 다요."

악셀은 예르다를 쳐다보았다. 그는 곧바로 실수했다는 걸 깨달았다. 대화 중 처음으로 예르다가 고개를 들어 악셀을 똑바로 쳐다보았다. 악셀은 눈길을 낮췄지만 이미 돌이킬 수 없었다. 표정만으로도 예르다의 생각을 분명히 알 수 있었다. 악셀은 말이 아니라 근심 어린 눈길에서 본심을 드러낸 것이다.

"아까 말했듯이 난 그저 사과하고 싶을 뿐입니다. 당장 집으로 가서 그녀가 왔는지 봐야겠군요."

예르다는 소파에서 뜰 듯이 일어나 토리뉘를 현관으로 안내했다. 악셀이 일어나서 따라가려 했지만, 알리세가 그를 잡았다.

"그 여자로 보이는 사람이 나타나면 경찰에 전화할 거예요. 어떻게 생겼어요?"

"무척 평범한 얼굴이오. 짙은 갈색 머리에, 평균 키. 다 잘될 거요, 알리세. 약만 먹으면 되는 것 같으니. 약을 먹으면 남들처럼 정상인 것 같더군."

알리세가 콧방귀를 뀌었다.

"남들처럼? 참 안심되는 말이네요."

악셀은 토리뉘에게 인사하고서 보안을 위해 문을 잠갔다. 눈보라는 누그러진 듯했지만 바람은 여전히 거셌다. 창문으로 토리뉘가 눈을 헤치고 가느라 애쓰는 모습이 보였다. 알리세는 위층으로 가 버렸고, 악셀은 그녀를 따라가야 할지 생각하다가 그러지 않기로 했다. 부엌에서 소리가 들리기에 잠시 가만히 있다가 부엌으로 들어가 의자에 앉았다. 예르다는 그를 등진 채 조리대에서 뭔가 열심히 하고 있었다. 오랜 세월 단련한지라 손이 능률적으로 움직였다.

"내가 한 말을 정말로 믿지 않는 것 같던데요."

예르다는 그가 들어온 것을 몰랐는지 홱 돌아섰다.

"에구머니, 사람 놀라게 하시는군요."

악셀은 한숨짓고는 살짝 웃었다.

"이렇게 오래 지났는데 한 번이라도 친구처럼 대화하면 안 될까요?"

예르다는 대답하지 않았다. 평소와 달리 등을 돌린 상태로 집안 일을 계속했다. 서랍을 열어 거품기를 꺼냈다. 그런 뒤 달걀 두 개를 그릇 끝에 부딪쳐 깨고는 능숙하게 휘젓기 시작했다.

"당신과 나는 동등해요, 예르다. 왜 우리가 서로 동등하게 대할 수 없는지 모르겠어요. 난 글을 잘 쓰고 당신은 당신 일을 잘할 뿐인데, 왜 이렇게 복잡하게 해야 하는 거죠?"

예르다는 대답하지 않았지만 휘젓는 동작이 조금 느려졌다. 이번에도 악셀은 부모님과 대화할 때와 비슷한 점을 느꼈다. 부모님과 대화할 때면 그의 말이, 입에서 나갈 때와는 다른 의미로 두 사람의 귀에 들어가서 더 이상 이해할 수 없게 되는 느낌이었다.

"예르다, 제발, 나에게 말도 하지 않을 셈인가요?"

동작이 뚝 그쳤다. 악셀은 그녀의 등을 보았다.

"우리는 동등하지 않습니다."

예르다가 너무나 작게 말해서 악셀은 들으려고 애를 써야 했다.

"아니에요, 동등해요."

악셀은 예르다의 어깨가 호흡에 따라 오르내리는 모습을 보았다.

"전 제가 뭘 해야 하는지 알고 최선을 다해서 그 일을 합니다. 그게 다입니다."

"바로 그거예요. 나도 똑같아요. 나도 내가 하는 일을 최선을 다해서 할 뿐이에요."

침묵이 내려앉으며, 모든 것이 드러났다. 그들은 18년 동안 함께 살았는데 이제 처음으로 진정으로 대화하고 있었다. 악셀은 그것이 왜 그토록 중요하게 느껴지는지 잘 몰랐지만 그렇게 느낀다는 건 사실이었다.

"우리는 동등하지 않습니다."

"무슨 뜻인가요?"

예르다는 여전히 등을 돌리고 있었다.

"저는 만족하지만 주인님은 그렇지 않기 때문입니다. 주인님은 늘 자신이 될 수 있다고 상상하는 뭔가를 좇아가고 있습니다."

예르다는 하던 일로 돌아가 대화에 마침표를 찍었다. 악셀은 말 없이 앉아서 그녀의 말을 곱씹었다. 그리고 평생 가장 심한 모욕을 당했다는 걸 깨달았다.

일주일이 지나고 모두 각자의 역할로 되돌아갔다. 모든 일이 정상으로 돌아왔다. 예르다는 집안일을 돌보았다. 안니카는 숙제를 했다. 악셀은 소설을 쓰려고 애썼으나 소용없었다. 알리세가 뭘 하는지는 악셀도 몰랐지만, 그녀는 평소대로 실내복 차림으로 대부분 서재에 머물렀다. 그들은 토리뉘에게서 찍소리도 못 들었다. 토리뉘는 뭔가 알게 되는 즉시 전화하겠다고 약속했지만 아마도 할리나를 아직 찾지 못한 모양이었다. 그러다가 7일째 되던 날 편지가 한 통 왔고, 그 후로 날마다 같은 일이 반복되었다. 매일 아침 새로운 봉투가 우편함에 오면 예르다는 아무 말 없이 그것을 집필실에 가져다주었다. 알리세에게는 말하지 않았다. 몇 번인가 알리세가 토리뉘에게서 연락이 없었는지 묻기에, 악셀은 사실 그대로 없었다고 말할 수 있었다. 악셀은 편지를 개봉하지 않고 벽장에 넣어 두었다. 뭔가 뜻밖의 사태가 벌어지면 그녀의 정신 이상을 보여 줄 증거물로 편지를 보관하는 편이 좋을 것 같았다. 그리고 오래 지속되는 일이 으레 그렇듯, 이 전체가 하나의 습관이 되었다. 편지는 조간신문처럼 매일 아침에 배달되었다.

　2월이 3월이 되고 세상은 변함없이 돌아갔다.
　이스라엘이 레바논에서 팔레스타인 게릴라를 공격했고, 미엘뷔에서 14명이 열차 사고로 사망했다. 왕은 언론에 나타나 자신의 사생활을 존중해 달라고 호소했고, 이라크 군은 쿠르드족의 독립 투쟁을 진압했다. 미국 국무장관 키신저가 중동 문제를 중재하려 했지만, 이집트는 이스라엘이 아랍 땅을 지배하는 한 어떤 요구에도 응하지 않겠다며 거부했다. 과학자들은 우리가 새로운 빙하기로 접어들지는 않을지 걱정했고, 잉예마르 스텐마르크가 알파인 스키 월드컵을 차지했으며, CIA가 외국 수뇌들의 살생부를 만들었다는 주장이 나왔는데 첫 번째 인물이 피델 카스트로라고 했다.
　태양 아래 그다지 새로운 것은 없었다.
　1975년 4월이었다.

21

오늘날 우리는 온실효과와 기후 변화로 심각한 환경 위기에 직면했다. 환경 파괴는 현재 온 세상을 위협하고 있으며 결국은 문명 자체가 소멸되는 원인이 될지 모른다. 학자들은 마야 문명처럼 과거의 위대한 문명을 돌아보면서, 환경 파괴가 어떻게 내전으로 바뀌고 다시 완벽한 사회 붕괴로 확대되는지 보여 주었다.

그 과정은 인구 증가로 식량 및 기타 자원 수요가 늘어나는 단계에서 시작된다. 삼림을 제거하고 토양을 침식시키며 동식물을 쓸어 버린 뒤, 그 자리에 농업과 축산을 한다. 환경 파괴와 자원 소모의 결과는 기아로 나타나고, 급기야 감소하는 물자를 차지하려고 전쟁이 일어난다. 결국 기아와 질병과 전쟁 때문에 인구는 극적으로 감소한다. 그러면 새로운 생활여건에 적응하는 능력이 생사를 결정한다. 마지막으로, 사회의 완벽한 붕괴를 피할 수 없는 단계에 이르러 문명이 소멸한다.

오늘날 우리는 이런 전철을 밟으려 하고 있다. 삼림을 훼손하고, 물고기를 쓸어 버리고, 토양을 황폐화하며, 남은 자원을 놓고 싸운다. 앞서 이야기와 다른 점은 오히려 우리가 더 심하다는 것뿐이다. 즉 우리는 공기와 물도 오염시켜, 지구온난화를 야기하고 삶의 필수 조건마저 파괴한다.

과거 역사에서는 하나의 문화가 개별적이고 독립적으로 무너졌다. 오늘날 환경 파괴는 전 세계를 위협한다. 사라진 문명보다 우리가 유리한 점이 있다면, 타인의 실수를 통해 배울 수 있다는 사실이다. 하지만 우리 인간은 진정 그렇게 할 능력이 있는 존재인가, 아니면 각자 스스로 경험해 보기 전에는 그런 결과를 피할 수 없는 존재인가? 새로운 세대들은 그런 결과를 연구하고 폭넓게 기록한 자료가 있는데도 과거의 실수를 반복하고 있는 것 같다. 문제는, 장기적으로 우리 모두에게 훨씬 나쁜 결과를 가져오는데도 단기적으로 자신에게 가장 효과적인 것을 선택하는 경향이다.

크리스토페르는 책을 내려놓고 시계를 보았다. 3시 5분이었다. 커피를 마시고 싶을 만도 했다. 그는 일어나서 창가로 다가갔다. 비가 사선으로 내리고 있었고 카트리나 공동묘지의 황량한 나뭇가지들이 바람에 흔들리고 있었다. 크리스토페르는 카페 네오로 산책이나 나갈까 생각했지만 집에 있기로 했다.

크리스토페르는 여러 차례 전화해서 점점 급박한 투로 메시지를 남겼는데도 아직 예스페르에게 연락을 받지 못했다. 그는 급기야 할 말이 있는데 중요한 이야기라고 털어놓았다. 얀-에리크 랑네르펠트에게 진실을 말해 버리고 나니 그 어느 때보다 외로웠기 때문이다.

그는 예스페르에게 예르다의 장례식에 같이 가 달라고 부탁할 생각이었다. 베스테로스에 다녀온 후로, 인정하기는 힘들지만 자기편이 되어 줄 친구가 필요하다는 사실을 깨달았다. 그는 혼자 이겨내는 데 익숙했고, 자립심이 약해질 만한 일을 요청하기가 그리 내키지는 않았다. 언제든 보답해야 할 것만 같은 의무감을 느끼고 싶지는 않았다.

노트북은 닫혀 있었고, 책과 잡지는 탁자 위에 흩어져 있었다. 크리스토페르는 일에 몰두하여 앞일에 대한 생각을 털어 내기로 결심했다.

대본 마감일이 하루하루 다가왔다. 하지만 크리스토페르는 마음이 딴 데 가 있어서 글이 생각대로 나오지 않았다. 예르다의 친구들을 만나게 될 장례식장으로 마음이 자꾸 되돌아갔고, 기대와 두려움이 뒤엉켜 집중이 흐트러졌다. 그는 내리는 비를 바라보며 영감을 얻으려 애를 썼다. 그것도 대본에 넣어야 했다. 날씨가 더 이상 예전 같지 않다는 사실을. 광기가 걷잡을 수 없어졌다는 사실을. 근시안적 사고가 어리석다는 것을. 아득한 옛적부터 기후는 인간의 정복욕에 굴하지 않던, 인간이 영향력을 행사할 수 없던 몇 안 되는 것들 중 하나였다. 그날들은 이제 가고 없다. 이제 경이로운 이 행성이 마침내 굴복할 수밖에 없다는 점이 입증되었다. 지구는 더 이상 버틸 수 없다. 시장 경제의 기념비적 승리. 눈부시게 아름다운 인류의 어리석음.

크리스토페르는 제때 대본을 마칠 생각이었다. 사람들을 깨우는 것이 그의 사명이었다. 시급한 상황이라는 걸 아는 사람이 턱없이 부족했다.

그는 컴퓨터로 돌아가서 자리에 앉았다.

아버지: 그래서 우리 어떻게 하기로 했지? 태국으로 가는 거야, 브라질로 가는 거야?

딸: 캠핑 여행은 어때요?

아버지: 캠핑?

딸: 태국까지 비행기로 가면 이산화탄소가 얼마나 많이 배출되는지 아세요? 5.4톤이라고요.

어머니: 맙소사, 따분한 소리 하기는! 네가 어쩌다가 이렇게 됐는지 모르겠다.

딸: 그러게 말이에요. 나도 안 믿겨요.

어머니: 우리가 집에서 지루하게 보낸다고 해도 비행기는 똑같은 양의 폐기물을 쏟아 낼걸. 우리가 환경에 민감해졌다는 이유만으로 따스한 햇살 아래서 휴가도 기분 좋게 보내면 안 된다는 거니? 그건 절대로 안 될 일이야. 엄마는 이번 휴가 때 몇 주라도 햇볕을 받지 못하면 안 된다고.

아들: 그럼 탄소배출권을 사면 돼요. 우리가 방출하는 걸 상쇄하는 거죠.

딸: 그렇다고 해도 폐기물을 방출하는 건 똑같잖아! 돈이면 다 되는 건 아니라고. 면책권은 특히 그래.

아버지: 우리 예쁜 딸, 네가 그렇게나 열심이라는 건 기쁘지만 지금 너는 바보같이 굴고 있을 뿐이야.

딸: 바보 같다고요?

크리스토페르는 일어나서 물을 마시려고 부엌으로 갔다. 마음이 다시금 흩어졌다가 아파트의 적막 틈에서 기어 나왔다. 예스페르가 전화만 해 준다면. 그는 잔을 채워 책상으로 돌아간 뒤 자리에 앉아 지금까지 쓴 것을 읽어 보았다. 키보드 위에 손을 얹었지만 다시 마음이 방황하기 시작했다. 그는 막 떠오른 생각이 사라져 버리기 전에 짧게 기록해 두었다.

크리스토페르는 컴퓨터를 접었다. 시도해 봐야 헛수고였다. 마치 생각이 원래 있어야 할 곳에서 다 빠져나간 듯했다. 불안정한 마음에 계속 엉덩이가 들썩였고, 이젠 아파트 주변을 몇 바퀴나 돌았는지 셀 수도 없었다. 몸속이 가려운 느낌이었다. 그는 몇 번인가 자기 심장박동 소리를 세고 있는 걸 발견했다. 그럴 때면 과거의 경험과 비슷하다는 생각에 두려워졌다. 아파트에서 보낸 비참한 처음 몇 달간, 귀중한 동지를 잃고서 고통스러워하던 때. 현실을 단순하게 보게 해 주던 유일한 수단이 사라졌을 때. 시선이 책장으로, 다시 코냑 병으로 움직였다. 〈모두 찾아서 되돌려놓다〉를 초연하던 날, 자신의 성취와 불굴의 의지를 기념하기 위해, 따지 않고 세워 두기 위해 산 것이었다. 그것은 그에게 용기를 주었고 무적이라는 느낌을 주었다.

크리스토페르는 다시 일어서서 전화나 메시지를 놓치지는 않았는지 확인하러 갔으나 아무것도 없었다. 예스페르의 번호를 눌렀지만 이번에도 음성사서함으로 연결되었다.

그는 짜증이 나서 한숨을 쉬었다.

"또 나야. 전화해. 아주 중요한 일이야."

그는 전화를 끊고 소파에 던져 놓았다. 전화는 종잇조각 옆에 떨어졌다. 며칠 전 인쇄해 둔 토리뉘 벤베리 관련 기사였다. 그는 앉아서 읽어 내려가다, 비극적인 제목에 다시금 놀랐다. 잊힌 프롤레타리아 작가.

이곳엔 생존자가 없다.

기사 아래에는 크리스토페르가 온라인에서 발견한 전화번호가 있었다. 그는 전화를 쳐다보며 잠시 고민했다. 1928년 태생. 예르다보다 14년 아래였다. 그는 두 사람이 얼마나 잘 알았을지 궁금했다. 어쩌면 친척인지도 몰랐다. 확실한 것은 자기 이름이 왜 예르다 페르손의 유언장에 등장했는지 알기 전에는 아무것도 할 수 없다는 점뿐이었다. 그는 자신이 코냑을 계속 흘끗거린다는 사실, 더 이상 무적이라고 느끼지 않는다는 사실에 전화기를 들어 번호를 눌렀다.

무슨 말을 해야 할지 생각할 겨를도 없이 반대편에서 쉰 목소리가 들렸다.

"네, 누구시죠?"

"여보세요?"

“네?”

“토리뉘 벤베리 선생님 되시나요?”

“누구시죠?”

“번호가 맞는지 모르겠지만 작가이시던 토리뉘 벤베리 선생님을 찾고 있습니다.”

“무슨 뜻이죠, ‘이시던’이라니?”

크리스토페르는 좀 전에 내려놓은 인쇄물을 집어 들었다.

“아뇨, 제 말씀은 『계속 타오르게 하라』와 『바람이 네 이름을 속삭이다』를 쓴 토리뉘 벤베리 선생님을 말한 겁니다. 다른 작품도 있지만요.” 크리스토페르가 말했다.

“네. 접니다.”

크리스토페르는 이제야 주저하며 무슨 말을 해야 할지 고민했다. 그는 좀 더 잘 계획하고 전화할걸 그랬다고 생각했다.

“당신도 염병할 세일즈맨이라면, 관심 없어.”

“아뇨, 아뇨, 그런 게 아닙니다.”

크리스토페르는 다시 주저했다. 짜증스럽게 말하는 토리뉘 벤베리에게, 전화로 거절당하는 위험을 감수하고 싶지는 않았다. 하지만 부딪혀 보기로 했다.

“프롤레타리아 작가가 된다는 게 어떤 것인지 인터뷰 좀 할 수 있을까 해서요. 저는 극작가이고, 웹사이트에서 선생님 기사를 읽었습니다. 지금 작품을 쓰는 중인데 선생님과 만나면 도움이 될 것 같습니다. 물론 시간이 되신다면요. 몇 가지 여쭙게 해 주신다면 감사하겠습니다.”

침묵이 흘렀다. 좀 더 구슬릴 필요가 있었다.

"사시는 곳 근처에서 저녁이든 점심이든 아니면 뭐든 대접하고 싶습니다. 그러면 선생님께 그나마 폐가 덜 되겠죠."

"아니, 제길, 이젠 다들 금연이라 술집에도 갈 수가 없으니, 관심 있으면 여기로 오시오. 급한 일이라면 오늘 밤 집에 있을 거요."

크리스토페르는 가슴을 쓸어내리며 좋다고 말한 후 약속 시간을 정했다. 그가 뭘 좀 사다 주고 싶다고 하자 토리뷔는 피자나 좀 가져다 달라고 했다. 모퉁이에 피자집이 있다면서.

갑자기 모든 게 한결 가벼워진 느낌이었다. 정말 부담스러운 것은 불확실한 상태를 견뎌야 한다는 것이었다. 이제 그는 다시 길에 올라섰다.

크리스토페르는 신발을 신고 나서야 자기 이름을 말하지 않았다는 걸 깨달았다.

* * *

크리스토페르는 공동묘지를 가로지르며 버스 정류장을 향해 걸었다. 버스에 자리가 없었지만 서 있는 게 좋았다. 오히려 안절부절 못하는 마음이 덜했다. 유모차에 아이를 태운 한 여자가 가운데 출입구 근처에서 사람들 무리에 끼여 서 있었다. 아이가 비명을 지르며 감옥 같은 유모차에서 벗어나려 발버둥 치자 엄마가 점점 분노했다. 엄마는 지쳐 보였고 눈 밑이 거무스름했다. 아이는 얼굴이 선홍빛이었고, 모자 사이로 삐져나온 머리칼이 땀 때문에 이마에 들러붙어 있었다. 마침내 엄마의 인내력이 한계에 다다랐다. 여자는 아이의 팔을 거칠게 붙잡더니 휙 하고 유모차에 도로 앉혔다. 서류

가방을 들고 있던 남자가 못마땅하다는 눈길을 보냈다. 아이는 당장 울음을 그치고 엄마가 붙잡았던 팔을 문질렀다.

물고기 알 같으면 안 되나? 크리스토페르는 생각했다. 아니면 올챙이 같거나. 왜 인간 새끼는 어미에게 의존하고 휘둘려야 하고, 어미의 실수로 평생 지속되는 상처를 안고 살아야 하는 건가?

크리스토페르는 버스에서 내려서 피자집을 찾아 두리번거렸다. 그는 피자 두 판을 시켜 놓고 앉아서 기다렸다. 고작 5시였지만 테이블 몇 개는 이미 손님이 있었다. 한 테이블에 두 사람, 다른 곳에도 또 두 사람, 어떤 곳엔 네 사람이 가게 여기저기에 흩어져 앉아 있었고 탁자 사이에 보이지 않는 벽이 있는 듯했다. 저들은 영원히 이어지는 시공간 속에서 우연히도 바로 지금 바로 한자리에 모였다. 이 짧은 순간에. 크리스토페르는 어떤 시나리오를 상상했다. 만약 어떤 미친놈이 문을 열고 들어와 여기 있는 사람을 모두 인질로 잡는다면? 순식간에 모든 게 바뀔 것이다. 장벽이 무너져 내리고 모두가 하나가 될 것이다. 사람들은 공동의 위협 앞에 합심하여 즉각 하나의 집단을 형성하며, 협력하기 위해 최선을 다할 것이다. 하지만 위협이 눈에 보이지 않으니 저렇게 앉아서 상대를 신경 쓰지 않으려고 최선을 다한다.

"피자 나왔습니다."

크리스토페르는 일어나 돈을 냈다.

그는 식당 사람들을 마지막으로 쳐다보고는 문을 나섰다.

기후 변화라는 위협은 그다지 무시무시하지 않은 게 틀림없었다.

크리스토페르는 토리뉘 벤베리에게 현관 비밀번호를 알아낸 다음 피자 상자를 한쪽 무릎에 쓰러지지 않도록 얹어 놓고는 번호를 눌렀다. 삐 소리가 나자 문을 밀었다. 거주자 명단을 보니 토리뉘 집은 3층이었는데 엘리베이터 창살을 손으로 잡아당겨 열려니 양손이 모두 사용 중이라 계단으로 걸어 올라가기로 했다. 크리스토페르가 초인종을 누르자 잠시 후 문의 엿보는 구멍에서 새어 나오던 작은 불빛이 사라졌다. 크리스토페르는 토리뉘가 보고 있다는 걸 알았다. 크리스토페르가 미소를 짓자, 다음 순간 문이 열렸다. 크리스토페르는 좀 더 크게 웃었다.

"안녕하세요, 피자 가지고 왔습니다."

토리뉘 벤베리는 가만히 서서 그를 응시했다. 눈도 깜빡하지 않는 모양이 꼭 들여보내지 않을 생각인 듯했다. 크리스토페르는 토리뉘의 표정에 자신이 없어졌다.

"몇 시간 전에 전화한 사람입니다. 몇 가지 질문을 하고 싶다고 말씀드렸죠."

아무 대답도 없었다. 대신 토리뉘는 손으로 입을 막았다. 크리스토페르는 혼란스러웠다. 토리뉘가 아프거나 한 건지도 몰랐다. 면도하지 않은 얼굴에 파인 깊은 주름이 고된 삶을 보여 주었다. 머리칼은 잿빛에 덥수룩했고, 입에 가져다 댄 손은 불안하게 떨렸다. 퀴퀴한 담배 냄새가 피자 향과 뒤엉켰고, 크리스토페르는 찾아온 것이 후회되기 시작했다. 크리스토페르가 강한 인간이 아니었다면 토리뉘처럼 될지도 모른다. 그는 타인의 연약함이 눈에 띌 때 늘 그렇듯 이번에도 경멸을 느꼈다.

토리뉘가 손을 내렸다.

"진짜로 너냐, 크리스토페르?"

다음 순간, 온몸의 감각이 그렇게 날카로워진 적은 없었다. 모든 게 얼어붙었다.

"제 이름을 어떻게 아시죠?"

토리뉘가 대답했을 때, 크리스토페르가 늘 찾아 헤매던 문이 활짝 열렸다. 그는 피자를 떨어뜨렸고, 그곳에서 달아나고만 싶었다.

"네 어머니와 똑같이 생겼으니까."

22

평정이 두려워 혼돈의 편에 선다. 안전한 내 가슴 깊은 곳에 기쁨의 집이 있음을 모르는 채.

악셀은 자신이 쓴 글을 읽었다. 그것이 어디서 나왔는지도 모르고 불현듯 써 내려가며, 잠시 예전으로 돌아갔다고 생각했다. 창조 정신이 발동하여 만족스럽게 작업한 것도 벌써 오래전 이야기였다. 어느 한 단어도 쉽사리 제자리를 찾지 못하니, 종이에 글을 써 나가는 것이 힘겨운 육체노동 같았다. 그가 쓰려는 이야기는 비척대듯 서른 쪽까지 진행되기는 했지만, 쓰는 데 걸린 시간을 생각한다면 그 정도 분량은 모욕이나 다름없었다. 등장인물 중 누구 하나 그의 뜻에 따라 생생하게 살아나지 않았다. 출판사에 경솔하게 약속한 마감기한은 성큼성큼 다가오는데, 어제 에르다 말을 듣자니 은행에서 전화가 왔다고 한다. 악셀은 은행에 전화하지 않았다. 은행에서 그에게 뭐라고 말할지 잘 알았기 때문이다. 문학진흥회에서 받은 상금, 출판사에서 받은 선인세, 스웨덴교회에서 지급한 작가 보조금으로 지난해 여름부터 집안 살림을 꾸려 왔지만, 이제 돈이 바닥을 보이기 시작했다. 그는 은행에 담보대출 이자 청구를 유예해 달라고 요청했고, 은행은 이에 응했다. 물론, 이미 지불 불능인 이자에 복리까지 붙이는 조건으로. 그의 직업과 불안정한 소득을 알고 있던 은행은 그의 집이면 담보물로는 충분하다고 여겼지만, 이제 기한이 지났으니 은행에서 해결 방안을 논의하고 싶을 것이란 점은 자명했다.

돌이켜 생각하면 알리세와 악셀이 매력적인 이 집을 매입한 것이 과대망상이었다는 점은 명백했다. 그들은 그 집이 상징하는 것들에 눈이 멀었다. 그들이 상상한 미래와 그 집이 너무나 완벽하게 맞아떨어졌기 때문이다. 당시 1950년대 중반에는 알리세도 글을 쓰면서 두 사람이 함께 비교적 안정적으로 벌었으므로, 월 대출금이 벅차지 않을 것 같았다. 하지만 현실은 그들이 상상한 거창한 미래와는 다른 모습으로 다가왔다. 알리세가 순교자처럼 우울하게 지내면서 책과 와인과 텔레비전으로 슬픔을 달래고 있었으니, 악셀 혼자 가계를 꾸려 나가야 했다. 그는 조만간 알리세와 돈 문제를 의논해야 할 것이다. 예르다를 내보내고, 어쩌면 집을 팔아서 작은 집으로 이사해야 할지 모른다고 설명해야 하리라.

그것은 악셀이 고대하는 일은 아니었다.

전화벨 소리가 들렸다. 소리는 단 한 번 울리고는 멈춰 버렸다. 악셀은 시계를 흘끗 보았다. 은행에서 다시 전화했을 가능성이 다분했다. 얼마 지나기도 전에 다시 벨이 울렸다. 그는 짜증스럽게 의자를 밀치고 자리에서 일어났다.

악셀이 주방으로 들어섰을 때 예르다는 아직 통화중이었다. 예르다가 그를 등지고 서 있어서 그가 다가가는 것을 몰랐기 때문에 그는 엿들을 수 있었다.

"메모는 남겨 드릴 수 있습니다만 죄송스럽게도 지금은 일하고 계셔서 방해할 수가 없습니다…… 아뇨, 죄송하지만 그렇게 할 수는 없습니다."

잠시 정적이 흐르더니 예르다가 "아뇨"를 연발하며 끼어들 틈을 찾으려 했다. 예르다가 통화하는 상대가 은행이라면, 이것은 근심스러울 정도로 집요한 태도였다.

"죄송하지만 마님도 지금 안 계십니다. 전화번호를 알려 주시면 전화 기다리신다고 전하겠습니다…… 네, 그러면 다시 전화하셔도 좋습니다. 네. 아뇨, 그건 안 됩니다. 모르겠습니다만 여쭤 보셨다고 말씀 전하겠습니다. 감사합니다."

예르다는 전화를 끊으며 한숨을 크게 내쉬었다. 메모지에 쓰인 것을 직직 긋더니 펜을 내려놓았다.

"누구였죠?"

예르다는 대답하면서 돌아섰다.

"그 여자인 것 같습니다. 이름은 말하지 않았지만 주인님과 마님을 찾았습니다. 전화가 없어서 번호를 알려 주지는 않았습니다."

"알리세를 찾았다고?"

예르다는 고개를 끄덕였다. 어떻게 이런 상황에서 창작을 할 수 있겠는가? 토리뉘가 불쑥 찾아온 지 넉 달이 지났건만, 악셀은 규칙적으로 온 편지를 제외하면 그간 무슨 일이 일어났는지 일언반구 듣지 못했다. 토리뉘는 연락하지 않았고, 악셀은 차라리 다행이라고 생각했다.

"목소리가 어땠죠?"

예르다는 잠시 생각했다.

"격노했다는 말이 가장 적합할 것 같습니다. 주인님께서 자기 편지를 읽었는지 궁금해하더군요."

둘 다 입을 다물고 출입구를 바라보는데 알리세가 계단에서 내려오는 소리가 들렸다. 알리세는 매일 도착하던 편지에 관해서는 여전히 아무것도 몰랐고, 더 이상은 상사병에 걸린 그 여자 소식을 토리뉘에게서 들었느냐고 묻지도 않았다. 알리세는 부엌으로 내려오더니 두 사람을 무관심한 눈길로 쳐다보며 냉장고로 갔다. 기분전환 겸 옷을 입기로 한 모양이었다.

"다들 평소대로 유쾌하군요. 누가 죽기라도 했나요, 아니면 그냥 평범한 오후 한담인가요?"

알리세는 주전자를 들고서 찬장으로 가서 잔을 집었다.

악셀과 예르다가 서로 쳐다보았다. 상황이 지금과 달랐더라면 악셀도 기분이 좋았을 것이다. 그는 처음으로 예르다의 눈길에서 공감하는 마음을 느꼈고, 그것이 자발적이었다고 믿고 싶었다. 그랬다면 그에게 무척 의미 있는 일이었으리라. 하지만 그럴 상황이 아니었기에 기쁨이라고는 전혀 느낄 수 없었다. 할리나가 다시 전화해서 알리세가 받는 일이 생기기 전에 말해야 했다. 할리나가 편지 이야기를 꺼내면 악셀도 자신이 진실을 숨겼다고 인정해야만 하는데, 그러면 알리세가 편지를 읽겠다고 고집을 부릴 위험도 있었다. 알리세는 그가 무엇이건 잘 버리지 못한다는 점을 잘 알았다.

"여보, 잠시 얘기 좀 할까? 서재로 가지."

악셀은 부엌에서 예르다를 앞에 두고 이야기하고 싶지 않았다. 몇 가지 세세한 부분을 건너뛸 수도 있는데, 예르다가 그것을 거짓말이라고 생각할지 몰랐다.

알리세는 악셀의 목소리에서 진지함을 느끼고서 위를 올려다보았다.

"얀-에리크에게 무슨 일이 생긴 건 아니겠죠?"

"아, 아니야. 심각한 일은 아니오. 그저 알려 주고 싶은 게 있어서."

알리세는 잔을 들고 서재로 향했다. 악셀은 예르다를 쳐다보았지만 예르다는 이미 다른 일에 몰두해 있었다. 그녀는 알리세가 조리대 위에 얹어 둔 주전자를 집어서 냉장고에 도로 집어넣었다.

"그 여자 이야기요. 토리뉘가 말하던 할리나인지 뭔지 하는 여자 말이오."

"그런데요?"

알리세는 악셀을 주의 깊게 바라보았다. 안락의자에 앉아서 허리를 곧게 펴고 다리를 꼬고 있었다. 남은 안락의자에 앉은 악셀은 그렇게 서재에 함께 앉아 있는 게 얼마만인지 문득 떠올랐다. 그 의자는 그곳으로 이사하면서 사들인 물건이었다. 값이 무척 비쌌지만, 두 사람이 그리는 앞날에 어울리는 물건으로서 고르고 고른 것이었다. 서재는 두 사람이 처음으로 가구를 들여놓은 곳이었다. 그들은 서재를, 집에 생기를 주는 에너지원으로 삼을 생각이었다. 두 사람은 저녁이면 안락의자에 함께 앉아서 영감 가득한 대화라는 산책로를 과감히 걸어갔다.

이제 의자의 팔걸이는 사람들의 팔에 닿아 해어졌고, 대화는 영

영 길을 잃어버렸다.

"그 여자가 요즘 나한테 편지를 좀 보냈는데 당신이 걱정할까 봐 말하지 않았소."

"어떤 편지인데요?"

"나도 읽지 않았어. 내다 버렸소."

주스를 담은 잔이 알리세의 입으로 다가가다가 중간에서 멈췄다.

"그래요? 받은 편지를 내다 버렸다구요?"

알리세는 의심이 가득한 투로 말했지만 악셀은 입장을 고수하기로 했다. 게다가 어차피 편지는 읽지 않았다.

"그래."

알리세는 음료를 조금 마시고는 잔을 내려놓았다.

"믿어지지가 않네요. 토리뉘 씨는 뭐라고 하던가요? 그 여자가 약을 먹고 있는지 아닌지 알 텐데요. 약만 있으면 된다고 했잖아요."

"토리뉘와는 이야기하지 않았소."

"왜요?"

악셀은 깊이, 진심으로 한숨을 내쉬었다.

"이 망할 사태에 진저리가 나기 때문이요. 걱정 안 할수록 낫다고 생각했소."

알리세는 바지에서 실밥을 뜯어냈다.

"그러면 전화해서 뭘 원하는지 물어보세요."

"전화번호를 남기지 않았거든."

"토리뉘 씨가 알지 않을까요?"

악셀은 한숨을 쉬었다.

"솔직히 말해서 이 문제로 토리뉘에게 전화하고 싶지가 않아요.

그 친구가 여기서 그 여자를 변호하는 걸 당신도 들었잖소. 그 친구
에 관해 당신이 뭐라고 하든 상관없지만, 난 지금 그 친구가 딱하구
려. 그 여자가 내게 편지를 보내고 있으니 말이야."

"베스테로스에서 그 여자를 만났을 때 아무것도 못 느꼈나요? 뭔
가 이상하지 않던가요?"

악셀은 머리를 가로저었다.

"말도 몇 마디 안 했는걸. 그 여자는 토리뉘와 함께 있었고, 저녁
식사 후에는 나와 탁자 반대편에 앉아 있었소. 왜 나에게 집착하는
지 알 수가 없군 그래."

"아뇨, 믿기 어려워요."

알리세는 생각에 잠긴 표정으로 말을 내뱉으며 딴 데를 보았다.
자기가 모욕적인 말을 했다는 점을 모르는 눈치였다. 마치 말이 저
절로 툭 튀어나온 듯했다.

"그러니까 그 여자는 토리뉘 씨에게 베스테로스에서 당신과 바람
을 피웠다고 한 건가요?"

"그렇지."

알리세는 잠시 말없이 앉아 있다가 고개를 갸우뚱하고는 그를 쳐
다보았다.

"하지 않은 모양이죠?"

"알리세." 악셀은 최대한 나무라는 목소리로 말했다.

거짓말이 소용없던 때가 있었다. 알리세는 눈동자의 미세한 움
직임, 목소리의 세세한 뉘앙스, 얼굴에 드리운 세밀한 그림자까지도
다 알아냈었다. 그때는 그녀에게 거짓말한다는 건 생각조차 할 수
없었다.

"물어볼 수밖에 없었어요. 그러면 적어도 그 여자 행동은 설명이 되니까요. 그리고 난 당신이 여행에서 뭘 하는지 잘 모르잖아요."

"사실 난 그리 여행을 많이 하지도 않아요. 지난 가을에 책의 날 행사에 다섯 번 간 게 다잖소. 관심 있으면 다음에 같이 가도 좋아요."

"아뇨, 됐어요." 알리세의 대답에는 비웃음과 무례함이 담겨 있었다.

"나도 안 갔으면 좋겠소. 당신도 내가 그런 걸 어떻게 생각하는지 알잖아."

알리세는 대답하지 않았다. 악셀은 그녀가 자신의 그런 면을 몰랐을 수도 있겠다는 생각이 들었다. 두 사람이 서로의 생각을 말하지 않게 된 후로 수많은 일이 있었다.

"어쨌거나 그 여자가 오늘 전화해서 당신을 찾은 모양이요."

알리세가 눈을 치켜떴다. "나를요?"

"뭐, 나도 찾은 것 같소. 예르다가 내가 없다고 했더니 당신을 찾았나 보더군. 그 여자가 다시 전화했는데 당신이 받으면 그냥 끊어요. 다시 전화하지 않으면 좋겠지만."

"왜 나를 찾았을까요?"

"모르겠소. 무엇 하나 이치에 맞지가 않아. 하지만 그 여자가 정신적으로 불안정한 건 분명한 모양이니 애초에 이해하는 게 무리일지 모르지."

알리세가 자리에서 일어나 한쪽 책꽂이로 다가섰다. 그녀는 안니카의 사진이 담긴 액자를 집어 들고는 멍하게 액자를 훔치더니 책꽂이에 되돌려 놓았다. 그 순간 악셀은 안니카를 며칠째 보지 못했다는 사실을 깨달았다. 하지만 주말에 승마 캠프에 간다는 이야기를 들었던 게 떠올랐다.

알리세가 뒤로 돌았다.

"경찰에 전화해야겠어요. 왜 우리가 그런 행동을 참아야 하는지 모르겠어요. 그 여자를 그만두게 할 방법이 분명히 있을 거예요. 이런 식으로 사람을 괴롭히는 건 불법 아닌가요?"

"아닐 거요. 그 여자가 한 짓이라고는 나한테 편지를 보낸 것뿐이잖아."

"전화도 했죠."

"그래, 하지만 한 번뿐일지도 모르지. 아직 어떻게 될지 기다려 봐야 해요. 언론에서 이 일을 알면 뭐라고들 할지 상상해 봐요. 타블로이드는 이런 종류의 이야기를 아주 좋아하지."

알리세가 다시 자리에 앉았다. 대화가 침묵 속으로 흩어져 갔다.

밖이 어두워지기 시작했다. 두 사람 다 자리를 뜨지 않고서, 옛날 옛적에 사치스럽게 사들인 안락의자에 그냥 앉아 있었다. 악셀은 밀려드는 추억에 기분이 이상했다. 아직 꿈이 시들기 전에 두 사람이 쏟아 낸 그 모든 일들. 그 집은 처음 지은 후로 주인이 바뀐 적이 없었고 수리가 필요할 만큼 낡아서 집 가격도 비교적 저렴했다. 악셀의 아버지는 악셀 부부가 하지 못하는 일들, 이를테면 배관이나 천장 들보를 얹는 일을 도와주었다. 그런 것을 제외하면 악셀과 알리세가 직접 방방을 다니며 페인트를 칠하고 벽지용 풀을 발랐다. 악셀은 눈을 들어 천장을 훑어보았다. 새로 칠한 회반죽에 샴페인 코르크가 솟구치며 뚫어 버린 작은 구멍이 눈에 들어왔다. 두 사람이 촛불을 켜고 서재 개관식을 했을 때였다. 늘 그렇듯 둘뿐이었다. 그

때, 두 사람 모두 상대가 없이는 존재할 수 없었고 나머지 세상은 필요악처럼 느껴지던 때.

악셀은 알리세를 쳐다보았다. 거의 25년이 흘렀다.

악셀은 두 사람이 다시는 외로워지지 않으리라 확신했었다.

충동에 휩싸인 그는 손을 뻗어 알리세의 어깨에 부드럽게 얹었다. 놀란 알리세는 그의 손을 마치 처음 보는 생물처럼 쳐다보았다. 그러더니 그의 손에 자기 손을 얹었다. 둘은 그대로 앉아 있었다. 길 잃은 두 영혼, 집으로 돌아갈 길을 찾는다는 희망조차 포기해 버린 영혼들.

그 과정은 언제 시작되는가? 눈덩이로 불어날 첫 눈송이는 언제 떨어지는가? 움직임은 어느 단계에서 시작되는가? 그가 부모님 몰래 언어의 길을 선택한 날이었던가, 아니면 첫 책을 쓴 때였던가? 집 계약서에 서명하던 날인가, 아니면 두 사람이 처음으로 뚝 떨어져 자기로 한 밤인가? 불행하던 세월 전체였던가, 아니면 베스테로스에서 책의 날 행사 초청장을 받은 날이었던가? 아니면 그가 유혹을 받아들인 그 순간이었나?

바퀴가 굴러가기 시작한 지도 벌써 오래되었다.

한 시간이 지나면 그들은 자기 것이라 생각한 무언가를 영원히 잃어버리게 된다.

23

피자는 여전히 층계참에 고스란히 놓여 있었다. 크리스토페르는 단칸방 아파트에 놓인 불편하고 딱딱한 윈저 의자에 앉아 있었다. 거기 앉지 않으려면 토리뉘 옆에, 정돈되지 않은 침대에 앉아야 했다. 신문, 빈 유리잔들, 지저분한 옷가지, 이미 넘쳐 버린 재떨이, 정리하지 않고 그대로 내버려 둔 물건들이 여기저기 있었다. 눈에 밟히는 것마다 지저분하고 낡지 않은 게 없었다. 분명 마지막으로 방을 정돈하려 한 지도 한참 지났을 것이다.

두 사람의 대화는 긴 침묵의 틈새를 비틀거리듯 지나갔다. 둘 다 너무 심란하여 논리적으로 생각을 이어가기 어려운 탓이었다. 말을 한 쪽은 대체로 크리스토페르였다. 어머니가 보내서 찾아왔느냐고 토리뉘가 물었기 때문이다. 크리스토페르는 거짓말을 할 이유가 없어서 사실대로 말했다. 이번에는 자기 인생을 이야기하기가 덜 힘겨웠다. 놀이공원 입구의 계단에 관해서, 처음 몇 년은 아무것도 기억나지 않는다는 사실과 자기 부모가 누구였고 왜 자기를 버렸는지 늘 궁금했다는 사실에 관해서. 토리뉘는 한숨을 내쉬고는 맥주 두 캔을 가져왔다. 크리스토페르는 마시고 싶지 않다고 말했다. 토리뉘와 그 집의 모습을 보니 절제하기가 수월했다.

크리스토페르가 조금이라도 나약했다면 바로 그 모습이 되었을지 모르는 일이었다.

* * *

할리나.

크리스토페르 어머니의 이름은 할리나였다.

엘리나가 아니라. 고작 조금의 철자 차이로 모든 게 달라졌다. 그 사소한 오해 때문에 경찰은 결코 그녀를 찾을 수 없었다.

토리뉘는 멍한 얼굴로 다시 침대에 앉았다. 그는 담배에 불을 붙였다. 토리뉘가 담뱃갑을 내밀자 크리스토페르는 고개를 가로저었다.

크리스토페르는 앉아서 유화를 응시했다. 그곳에서 그림은 마치 고물상에 잡혀 있는 공작처럼 보였다. 그는 얼굴만 보려고 애썼지만 눈길이 점점 벌거벗은 여체로 미끄러져 내려갔다. 그림 속 여인은 나른한 자세로 누워 한 손으로는 머리를 받치고, 한 손으로는 음부를 어설프게 가리고 있었다.

그는 어머니를 발견했다.

그런 모습으로 발견하고 싶지는 않았다.

그는 눈을 깔고 얼굴을 붉혔다.

"얼마나 닮았는지 너도 눈치 챘을 거다."

토리뉘가 그림을 보며 말했다. 크리스토페르는 토리뉘의 눈이 그림 속 나신을 헤아릴 수도 없이 더듬거렸을 것이라는 점을 알면서도 그만 쳐다보라고 말하고 싶었다. 그는 그녀를 가려 주고, 그림을 떼어 내어 반대쪽으로 돌려 놓고 싶었다.

"그걸 그린 건 네 아버지다. 호색한 같으니. 하지만 그림은 그릴 줄 아는 모양이야."

크리스토페르는 계속 들을 수 있을지 자신이 없어졌다. 벼랑 끝에 서 있는 것처럼 어지러웠다. 아무런 준비도 없이 피자 상자를 들고 계단을 터벅터벅 걸어 올라왔는데, 마약 소굴 같은 아파트에서 이제까지 찾아 헤매던 귀중한 이야기를 들어야 하다니.

"그러니까 널 스칸센에 버려 둔 거로군…… 세상에."

토리뉘는 한숨을 내쉬며 머리를 가로젓더니 담배를 깊이 빨아들인 다음 맥주를 꿀꺽거렸다.

"내가 알기만 했다면."

크리스토페르는 조용히 앉아 있었다.

"어릴 때 여기 살던 기억이 안 나는 게로구나?"

크리스토페르가 주위를 둘러보았다.

"여기요?"

"그래, 1975년 1월까지. 할리나가 짐을 싸서 나간 게 그때였다. 그 후로는 편지 한 통 없었지."

"하지만 어머니가 저를 스칸센에 버린 건 5월 10일이었어요."

토리뉘는 듣지 않는 듯했다. 아니면 들어도 달라질 게 없었든지. 토리뉘는 맥주를 벌컥벌컥 마셨다.

"내가 널 얼마나 찾았는지 네가 알까. 두 사람을 찾으려고 온 도시를 발칵 뒤집듯 찾아 헤맸지만 아무 단서도 나오지 않았어. 두 사람이 한 달 정도 산 것으로 보이는 이상한 공동체를 발견하긴 했지만, 그 사람들도 둘이 어디로 갔는지는 모르더군. 그 사람들 이야기를 듣자 하니 할리나가 정신이 이상해서 거기에 계속 머무르게 할 수가 없었다고 했는데, 내 생각엔 할리나보다 그 사람들이 훨씬 제정신이 아닌 것 같았지. 1970년대 유행하던 뉴에이지인지 뭔지 하는 망할 것에 빠진 사람들이었지. 하지만 할리나는 약을 먹지 않으면 정말 이상해질 때가 있었어. 눈을 보면 알 수 있었지. 누군가 스위치를 켠 느낌이라고 할까. 예전에는 신경도 안 쓰던 일에 미친 듯이 화를 내다가, 아침이 되면 가련한 작은 새처럼 나더러 절대 자기를 떠나지 않겠다고 약속하라고 했고, 오후가 되면 내가 밉다며 비명을 질렀지. 감당하기 쉽지만은 않았단다."

토리뉘는 눈을 내리깔고 맥주 캔을 땄다.

"하지만 아아, 난 그녀를 정말 사랑했단다."

토리뉘는 코를 훌쩍이고는 손으로 얼굴을 훔쳤다. 그러더니 자리에서 일어나 책꽂이로 가서 잠시 뭔가 찾다가 책을 한 권 뽑아 들었다.

"네 어머니에 관한 책이다. 내가 마지막으로 쓴 거지. 그 후로는 쓰지 않았어."

토리뉘는 지저분한 재떨이에 담배를 눌러 끄고는 크리스토페르에게 책을 건넸다.

크리스토페르는 표지를 보았다. 『바람이 네 이름을 속삭이다』였다. 그리고 고개를 돌린 여자 그림.

그는 책을 뒤로 돌려서 뒤표지 문구를 읽었다.

사랑을 찾겠다는 희망을 버린 쓸쓸한 중년 남자 예오리에. 그는 소
냐를 만난 후 자신의 세계관을 뒤돌아볼 수밖에 없게 된다. 강렬한
사랑에 빠지고 말았기 때문이다. 하지만 소냐의 어두운 기억이 천천
히 그들의 삶을 뒤흔들기 시작하는데…….
토리뷔 벤베리는 한 남자가 실연 후 몰락하는 모습을 섬뜩할 정도로
사실적으로 그린다. 작가는 예오리에와 소냐의 강렬한 이야기에서,
인간으로 존재하는 것이 얼마나 어려운 기술인지 매력적으로 묘사
한다.

"가지고 싶으면 가져도 돼. 결말은 알고 있으니까."

토리뷔는 희미하게 웃고는 맥주 캔을 입에 가져갔지만 캔은 비어
있었다. 그는 캔을 찌그러뜨리고는 바닥에 내던지더니, 크리스토페
르에게 권한 캔을 집었다.

"어쩌면 자살했는지도 몰라. 정말 상태가 안 좋을 때는 그러겠다
고 협박하기도 했거든."

크리스토페르는 조용히 앉아 있었다. 난 왜 지금처럼 되었을까?
가족 내력이라도 있었나? 무엇이 어떤 것에 영향을 받은 걸까?

크리스토페르는 몇 가지 의문에 답을 알아 가기 시작했지만, 덜
컥 질문들에 겁이 났다.

그는 침을 삼켰다.

"어머니는 뭐가 문제였죠?"

토리뷔는 어깨를 으쓱했다.

"젠장 나도 좀 알고 싶군. 상태가 좋을 때는 말하고 싶어 하지 않았고, 상태가 나쁠 때는 자기가 아프다는 걸 몰랐어. 하지만 알아둬라. 네 어머니는 굉장한 여자였다. 할리나는 자기가 그렇게 행동하는 걸 견디지 못했어. 그건 병이었고 다른 때는 정상이었는데도 말이야. 약을 먹을 때는 모든 게 괜찮았지만 가끔은 악몽에 시달렸어. 자다가 비명을 지르던 게 기억나는구나. 그럴 때면 깨워서 그냥 꿈이었다는 걸 이해시키기가 거의 불가능할 정도였지. 몇 시간이 지나서야 안정을 되찾았다."

그는 한숨을 내쉬고는 담배에 또 불을 붙였다.

"네 어머니가 제일 겁낸 건 다시 버림받는다는 것이 아니었나 싶다. 험한 일을 너무 많이 겪어서 마음이 뭔가 고장 났다고 해도 이상할 게 없었지. 내 형편없는 어린 시절도 그녀에 비하면 호화 유람선이었으니. 생각해 보면 엿 같지."

"말씀해 주세요."

그러자 토리뉘가 이야기했다. 크리스토페르의 어머니가 유대인이었고 1938년에 폴란드에서 태어났다는 것을. 강제수용소에 끌려가서 온 가족을 잃어버렸다는 것을. 할머니는 총살당했고, 할아버지는 아마도 다른 수용소로 이송되어 어떻게 되었는지 알아내지 못했다는 것을. 여동생마저 죽고 그녀 홀로 남겨지게 되었다는 것을. 토리뉘가 이야기를 시작한 지 한참이 지난 후에야 크리스토페르는 그것이 자신의 가족사라는 것을 깨달았다. 남의 이야기가 아니었다. 그는 스웨덴이 아니라 폴란드 출신이었고, 온 가족이 살해된 것이다. 그는 이야기를 들을수록 혼란스러워져서 급기야 펜과 종이를 달라고 했다.

"엄마의 뇌수가 터져 나오는 광경을 지켜보는 여섯 살 난 아이라고 상상해 보거라. 네 어머니는 그 자가 나중에 웃었다고 했어. 네 할머니를 쏜 남자 말이다. 그 자가 다른 병사에게 눈을 명중시킬 수 있다고 내기를 걸었다더라. 네 할머니를 고른 건 그저 우연이었어."

할머니. 토리뉘가 이야기하는 사람은 다름 아닌 크리스토페르 자신의 할머니였다. 그리고 그걸 지켜봐야 했던 그의 어머니. 크리스토페르는 갑자기 요제프 슐츠가 떠올랐다. 얀-에리크 랑네르펠트의 강연에서 들었던 남자. 어쩌면 요제프 슐츠의 이야기가 특별히 마음에 남은 건, 정의를 외치는 유전자 같은 뭔가가 있었기 때문인지도 모른다.

"할리나가 폴란드로 돌아갔다고 말하는 사람도 있었는데 실제로 그랬을지도 모르지. 가족은 아무도 남지 않았지만 어쨌거나 거기서 태어났으니까. 그때도 폴란드어를 유창하게 했고, 이곳에 할리나를 붙잡아 둘 만한 사람도 없었고. 슬픈 일이야."

토리뉘는 맥주를 벌컥벌컥 마셨다.

"사실 할리나는 내가 사랑한 만큼 날 사랑하거나 하진 않았지. 안 그랬으면 결코 나를 떠나지 않았을 거다."

그는 입을 다물고 바닥을 응시했다.

"내가 마음을 보이면 할리나는 뒷걸음질 치는 것 같았어. 자신은 어떤 식으로든 행복해질 권리가 없다는 식으로. 가끔은 내가 무심하게 굴 때 오히려 날 가장 좋아하는 것처럼 느껴지기도 했다. 그럴 때 훨씬 다정하게 굴었거든. 하지만 내가 그녀를 사랑하려고 하면 다시금 숨어 버렸어."

크리스토페르는 집중해서 들었다. 토리뉘가 과거를 회상하며 띄엄띄엄 말하는 모습에서, 크리스토페르는 그 기억들이 누군가에게 전해지기 위해 오랜 세월을 기다린 느낌이 들었다.

크리스토페르는 손에 들고 있던 책을 바라보았다. 고개를 돌린 여자의 그림.

"네 어머니한테 문제가 있었다는 이유만으로 멍청이였다고 생각해선 안 된다. 할리나는 반대로 내가 만난 사람 중 가장 똑똑했다. 건강할 때는 마치…… 모르겠구나, 뭐라고 표현해야 좋을지."

토리뉘는 미소 짓더니 적절한 표현을 찾기라도 하는 것처럼 주변을 둘러보았다.

"젠장, 그때는 정말이지 좋았는데. 네 어머니 같은 여자는 없더구나. 내가 찾아봐서 알지."

토리뉘는 말을 멈추고 공상에 잠겼다.

토리뉘는 오랫동안 말이 없었다. 크리스토페르는 몹시 지쳤지만 아직 대화가 끝나지 않았다는 걸 알았다. 알아야 할 것이 더 있었다. 하지만 안다고 해도 그걸로 뭘 해야 좋을지 더 이상 알 수 없었다.

"그림을 그린 사람이 제 아버지라고 하셨죠."

크리스토페르가 그림을 향해 고개를 까딱이자 토리뉘가 콧방귀를 뀌었다.

"짐승 같은 놈. 내 손에 죽기 전에 술로 죽은 게 다행이지."

"그럼 죽었나요?"

"그래, 오래전 일이지. 다행인 줄 알아라. 칼-에베르트 페테르손이라는 이름이었어. 화가였는데 분명 너무 술을 많이 마셔서 아무도 그 작자와 어울리려고 하지 않을 지경이었지. 술에 취하면 성을 내면서 싸우거나 말썽을 일으키려고 하는 부류였다. 그때도 술에 취해 있었지.”

“그때라뇨?”

“네 어머니를 범했을 때 말이다.”

크리스토페르는 방금 들은 말을 털어 내리는 듯 의자에서 자세를 고쳐 앉았다. 이제 더 이상 듣고 싶지 않았다. 더 이상은.

“네 어머니는 그림 모델을 하고 있었다. 가욋돈을 좀 벌려고 한 거지. 작가가 되고 싶었지만 아무것도 출판하지 못했기 때문이다.”

토리뉘는 하고 싶지 않은 이야기를 꺼낸 사람처럼 갑자기 말을 끊었다.

크리스토페르는 뭔가가 무너져 내리기 시작한 걸 느꼈다. 어린 시절에 대한 환상이, 아직 가망이 있던 꿈의 세계가. 부모님이 자기를 발견했다면 얼마나 행복했을까 하는 상상이. 부모님이 자기를 잃고 얼마나 상심했을까, 자기를 찾으려고 얼마나 애를 썼을까 하는 공상이 무너지기 시작했다.

“우리가 만난 게 그 무렵이지. 네 어머니가 임신한 후 말이야. 할리나는 필사적이었어. 왜냐하면…… 뭐, 진실대로 말해 주는 편이 낫겠지. 할리나는 강간당했지만 당시에는 낙태법이 지금과 달랐다. 현행 낙태법에 따르면 여성에게 선택권이 있지만, 그건 그 후로 몇 년이 지난 후의 일이지. 천만다행인 줄 알아라.”

욕지기가 치밀어 올랐다.

“하지만 네가 태어난 후 할리나는 행복했다. 정말이지 좋은 어머니였어. 가끔, 상태가 좋지 않으면 네게 좀 심하게 굴기는 했지만.”

크리스토페르는 의자 뒤를 붙잡고 일어서려고 했다.

"너를 스칸센에 두고 떠났을 때도 아팠던 게 틀림없어. 건강했더라면 절대 그런 짓은 하지 않았을 거야."

크리스토페르는 손에 책을 들고 겨우 현관까지 갔다.

"크리스토페르."

토리뉘는 여전히 침대에 앉아 있었지만, 크리스토페르는 입이 떨어지지 않았다. 그는 문고리에 손을 뻗었다.

"크리스토페르, 언제 다시 연락하지 그러냐? 다시 만나는 것도 괜찮을 거다."

크리스토페르는 복도로 나가서 등 뒤로 문을 닫았다. 고막을 찢을 것 같은 비명 소리가 들렸다. 난간을 붙잡은 손은 떨렸고, 다리는 쥐가 난 듯 뻣뻣했다. 그는 계단을 겨우 내려갔다.

모든 것이 엉망이었다.

언제나 먼 오아시스처럼 반짝이던 그의 숨겨진 세계, 지복을 약속하며 그를 유혹하던 세계. 공허하고 황폐해진 그곳은 사라져 흩어져 갔다. 그 끝없는 기다림. 잃어버린 순간들. 그를 살아 있게 해준 원동력. 그 모든 기다림이 헛된 일이었다는 걸 어떻게 인정할 수 있을까.

부모는 결코 그를 찾지 않았다. 애초에 그를 잃어버린 게 아니었으니까.

이제껏 억눌러 온 슬픔이 내면 깊은 곳에서 솟구쳐 올라왔다. 되돌려 놓으라는 울부짖음처럼, 슬픔은 흘러나와 그를 허물어 버렸다. 크리스토페르는 벽에 등을 기댄 채, 바닥으로 미끄러졌다.

그는 아무것도 알고 싶지 않았다!

그가 원하는 건 되찾는 일이었다.

희망을.

버림받은 일을 용서할 수 있도록, 언젠가 납득할 만한 이유를 찾게 될 거라는 희망을.

24

초인종이 울렸을 때 그들은 아직 서재에 있었다. 저녁 식사 냄새가 진동한 지도 꽤 되었으니 예르다가 곧 와서 준비되었다고 말할 것이다. 예르다의 발소리가 복도를 지나서 현관으로 나가는 게 들리자 둘은 서로 쳐다보았다. 악셀은 일어섰고, 누가 초인종을 울렸는지 즉시 알아챘다.

"악셀 랑네르펠트 씨를 만나고 싶어요."

"죄송하지만 집에 안 계십니다."

"집에 있는 거 알아요. 창문 틈으로 봤어요."

잠시 침묵이 흘렀다.

"죄송하지만 바쁘십니다."

"내가 할 얘기가 있다고 전해 줘요. 그 사람을 위해서예요."

알리세가 일어나더니 악셀에게 낮은 소리로 퍼부었다.

"가서 예르다 좀 도와줘요, 좀!"

악셀은 달려 나갔다. 놀랍게도 두려워하고 있었다. 아이였을 때 이후로 그렇게 두려운 적은 없었다.

그가 복도에 도착하자 예르다가 문을 닫으려고 애쓰는 모습이 눈에 들어왔다. 할리나가 문틈으로 몸을 들이민 상태였다. 하지만 그녀가 악셀을 보는 순간 소동은 멈췄다.

"할 얘기가 있어요."

악셀은 예르다의 눈에서 절망을 보고서, 그녀를 개입시키면 안 된다는 걸 알았다. 그가 예르다에게 고개를 끄덕이자, 예르다는 문에서 손을 놓았다. 예르다는 입을 오므린 채 그를 거들떠보지도 않고서 지나쳤다.

할리나가 복도로 들어섰다.

"부인은 어디에 있죠? 부인도 같이 들었으면 해요."

악셀이 어깨 너머로 돌아보니 알리세가 복도 끝의 거실 문 옆에 서 있는 게 보였다. 그는 고개를 돌려 할리나를 마주했지만 차마 눈 뜨고 볼 수 없었다. 머리는 난장판이었고 옷은 지저분했다. 눈에는 그가 출판사 앞에서 본 눈빛, 다시는 보지 않게 해 달라고 신께 기도한 눈빛이 어려 있었다.

"부디 나가 줘요. 무슨 말을 하든 관심 없소."

"내 편지 읽었나요?"

그는 한 걸음 앞으로 나아가 할리나의 길을 막으려 했다.

"아니, 읽지 않았소. 이제 나가 주시오."

할리나는 밀려나지 않으려고 문틀을 붙잡았다.

"난 그냥……."

"당신이 뭘 어찌하든 관심 없다고!"

악셀은 할리나의 손가락을 비틀어 문에서 떼어 내고는 한 손을 그녀 어깨에 얹어 의도한 것보다 다소 거칠게 현관 계단까지 밀어냈다. 두려움이 잠잠해지며 분노가 솟아올랐다. 할리나는 문자 그대로 선을 넘어 버렸다. 그가 문을 잠그자, 할리나는 바깥에서 소리를 지르고 벨을 눌러 댔다. 어쩌면 토리뉘에게 전화해서 와서 데려가라고 해야 할지 모른다. 하지만 그때까지는 어쩌지? 경찰은 고려 대상이 아니었다. 불러 봐야 더 비참해질 뿐 아닌가. 악셀은 밖에 있는 여자보다 스캔들이 더 두려웠다.

벨소리가 쉴 새 없이 집에 울려 퍼졌고, 울부짖는 소리가 벽을 타고 넘었다. 그러더니 현관 유리창에 그녀의 얼굴이 나타나자, 그는 보이지 않게 뒤로 물러섰다. 알리세는 아직도 거실 문 앞에서 팔짱을 끼고 서 있었다.

"들어오게 해서 전부 끝장을 내요. 이웃들이 듣겠어요!"

"절대 안 돼! 이 집에 발도 붙일 수 없어."

알리세는 인상을 찌푸리고는 단호한 얼굴로 현관으로 향했다.

"그럼 내가 하겠어요."

"내 말 들어, 알리세! 문 열지 마!"

"이 정신 나간 사태에 종지부를 찍어야죠. 적어도 뭘 원하는지 들어볼 수는 있잖아요."

악셀은 알리세가 지나가지 못하게 멈추려고 했지만 알리세는 손을 뿌리쳤다.

알리세가 현관을 열자 초인종 소리가 뚝 멈췄다. 좀 뒤에 떨어져 있었던 악셀은 두 여자가 잠시 상대를 재고 있는 모습이 보였다.

그런 뒤 알리세가 문을 활짝 열고 옆으로 비켰다.

"들어와요. 하지만 신발은 벗어요." 알리세는 뒤돌아서 복도를 따라 들어왔다. "예르다, 거실에 커피 좀 가져다주겠어요?"

할리나는 복도로 들어와서 뾰족 부츠를 벗고는 악셀에게 의기양양한 웃음을 지었다.

악셀은 알리세가 등을 곧게 세우고 결연한 걸음으로 가는 모습을 보았다. 그는 알리세가 어떤 기분인지 정확히 알았다. 언어라는 무기로 할리나를 성가신 벌레처럼 짓뭉개려는 것이었다.

그는 눈을 감고서 손으로 관자놀이를 눌렀다.

그들이 거실로 들어갔을 때 알리세는 소파에 앉아 있었다. 알리세는 살짝 웃고는 최대한 친절한 어조로 할리나에게 자리에 앉으라고 권했다. 그런 후 옆자리를 두드렸다.

"여보, 와서 제 옆에 앉으세요."

악셀은 대답하지 않고 그냥 그 자리에 서서 타일 스토브 선반에 기댔다. 너무나 기이한 상황이어서 마음 한구석에서는 아직도 그것이 현실이라는 걸 믿지 못했다.

할리나는 방을 둘러보았다. 알리세는 그녀가 보고 있는 걸 확인하고 싶다는 듯 할리나의 눈길을 따라갔다.

"예르다에게 커피를 가져다 달라고 부탁했어요. 커피 마시죠?"

할리나는 고개를 끄덕였다.

알리세의 우월함은 명백했다. 알리세는 어떤 동요에도 흔들리지 않을 듯 차분하게 상황을 통제하는데, 할리나는 안락의자에 지저분한 몰골로 조용히 앉아 있었다. 알리세는 웃으며 할리나를 잠시 쳐다보다가 다시 말했다.

"우리 남편에게 관심이 있다는 거 알겠어요. 보아 하니 편지도 여러 통 보낸 모양이더군요."

할리나는 아무 말도 하지 않았다. 하지만 생각하고 있는 건 틀림없었다. 알리세는 할리나의 눈에서 뭔가 타오르는 것을 보고도 태연했다.

예르다가 커피 쟁반을 가지고 들어왔고, 그녀가 접시를 내려놓는 동안 아무도 입을 열지 않았다.

"집에 페이스트리 좀 있지 않던가요, 예르다?"

예르다가 하던 행동을 멈추었다가 고개를 끄덕이고는 거실을 나갔다.

악셀은 폭발이 일어나기를 기다렸다. 언제라도 할리나가 말을 시작할 텐데, 그는 말을 잘 선택해야 할 터였다. 이제는 거짓말이 굳어져서 진실을 말한다는 것 자체가 불가능해졌다. 할리나의 광기가 그를 구하고, 그녀가 무슨 말을 하든 그를 숨겨 줄 방패가 되리라.

"정확히 하는 일이 뭔가요? 직업은 있나요?"

알리세의 부드러운 목소리가 대화를 이어갔다. 마치 아이에게 말하는 듯했다.

"전 작가예요."

"아, 당신도 작가로군요. 어떤 책을 쓰셨나요?"

"다른 것도 있지만, 「아르테스」 지에 보낼 단편을 막 끝냈어요. 에로틱한 단편이죠. 사실 그 이야기를 하려고 왔어요."

악셀은 침을 삼켰다. 「아르테스」는 스웨덴 아카데미의 지원을 받아 출간되는 명망 있는 예술 저널이었다. 할리나 같은 사람이 거기에 소설을 싣게 될 확률은 거의 없었지만, 편집자들이 그 글을 읽었다면 그 자체로 이미 충분히 안 좋은 일이었다. 할리나가 묘사한 에로틱한 일이 무엇을 말하는지 알고 있었기 때문이다.

"그래, 무슨 이야기죠? 아, 내 말 알겠죠? 에로틱한 이야기라는 건 알겠는데, 우리에게 하고 싶은 말이 뭐냐는 뜻이에요."

악셀은 눈을 감았다. 아무리 생각해도 도저히 이해가 가지 않았다. 어떻게 그런 일이 일어났던가. 그 일에, 그 사소한 실수에 그토록 큰 파괴력이 있다니 이해할 수 없었다. 그날 일어난 일은 아무 의미도 없고, 전혀 중요하지도 않았는데. 하지만 그것은 그 어느 일보다 엄청난 영향을 미쳤다.

"그것이 악셀과 저에 관한 이야기이기 때문이에요."

그는 알리세를 쳐다보았다. 알리세는 여전히 웃고 있었다. 그가 할리나의 주장을 거부하려고 하는 찰나에 알리세가 그를 앞질렀다.

"베스테로스에서 있었던 일 말인가요?"

할리나는 처음으로 동요하는 듯했지만, 알리세가 말을 계속하자 평정을 되찾았다.

"당신이 지어낸 그 이야기 말이군요." 알리세가 말했다.

할리나는 미소 짓고는 악셀을 쳐다보았다.

"그렇게 말했나요? 내가 지어냈다고?"

여태 한마디도 하지 않던 악셀이 헛기침을 한 뒤 말했다.

"그날 밤 아무 일도 없었다는 건 당신도 잘 알잖아. 토리뉘가 여기 와서 당신이 약만 제대로 먹었더라면 그런 망상을 품지는 않을 거라고 했어."

할리나는 뒤로 기대고는 웃었다.

바로 그때 예르다가 돌아왔다.

할리나는 주머니에 손을 넣어, 접힌 종이 뭉치를 꺼낸 뒤 페이스트리가 가득한 쟁반 위로 뻗었다.

"이걸 읽고 누구 얘길 믿을지 당신이 선택하세요. 그는 오럴섹스를 좋아하지만 그건 당신도 이미 알겠죠. 적어도 그 정도는 알면 좋겠네요. 그리고 사타구니에 있는 귀여운 반점, 작은 하트 모양의 반점도 아시겠죠."

그 후에 일어난 일은 조각조각만 기억났다. 알리세의 얼굴, 쪽모이마루에 우뚝 멈춘 예르다의 발걸음, 복수를 즐기던 할리나. 전화벨이 울렸으나 아무도 받으려고 하지 않던 게 모호하게 기억났다. 그는 아무 말도 하지 않았다. 토리뉘가 제공한 알리바이 뒤에 숨으면 어떤 비난도 반박할 수 있고 무엇이든 부인할 수 있었지만, 그녀가 하트 모양의 반점을 알고 있다는 사실만은 그렇게 안 되는 일이었다. 한때 그와 알리세의 친밀한 사랑의 상징이었던 그것만은.

침묵을 깨뜨린 것은 할리나였다. 예르다는 마비가 풀린 듯 부엌으로 사라졌다.

"처음에는 「아르테스」에 보내려고 했는데 거긴 너무 보수가 짜요. 그보다 훨씬 보수가 좋은 잡지들이 있지만 난 아직 정하지 않았어요. 당신이 어느 출판사가 가장 좋을지 조언을 좀 해 줬으면 하는데요."

악셀은 알리세를 보았다. 알리세는 손을 무릎에 놓은 자세로 앉아 있었지만 등은 더 이상 꼿꼿하지 않았다. 자신감 넘치는 분위기도 사라졌다. 짓밟힌 모습이었고, 최종적으로 자신의 굴욕을 확인시키듯 눈을 내리깔았다.

할리나가 알리세를 완파한 것이다.

"왜 이러는 거지?"

악셀은 겨우겨우 말을 내뱉었다. 그런 비굴한 말은 하고 싶지 않았다. 혐오감으로 목소리가 일그러졌다.

할리나는 일어서서 종이를 주머니에 집어넣었다.

"네가 날 아프게 했기 때문이야, 점잖은 체하는 개자식아. 살면서 더러운 꼴을 숱하게 봤지만 날 그런 식으로 대하고 그냥 넘어간 인간은 없었어. 온갖 아름다운 언어와 고상한 글로 치장한 당신. 난 사람들이, 겁쟁이 자식에 불과한 당신을 무슨 영웅처럼 생각하는 걸 참을 수 없어. 약속하겠는데, 진흙탕을 뒹군다는 게 어떤 건지 톡톡히 맛보게 해 주겠어, 악셀 랑네르펠트. 이건 시작일 뿐이라고."

25

얀-에리크는 마지막 편지를 종이 상자에 도로 넣고 의자에 기댔다. 개봉하지 않은 봉투의 내용물을 꺼내서 모두 읽으며, 아버지에게 실제로 연인이 있었다는 점이 놀라웠지만 결국 그것이 사실이라고 확신하게 되었다. 날짜가 적힌 편지는 없었지만 소인을 보고 대략적으로 시간 순으로 정돈했다. 초기 것들은 가슴에서 우러난 연애편지로, 몇몇은 시적인 낭만주의로 가득했고 몇몇은 타오르는 정욕으로 가득했다. 어떤 부분에서는 아버지가 그런 열정적인 표현의 대상이었다는 상상에 얼굴이 붉어지기도 했다. 하지만 점차 어조가 변했다. 적대적인 의도가 행간에 숨어들더니 마지막에 보낸 편지들은 거의 위협에 가까웠다. 아버지가 어느 장소에 나타나지 않으면 어떤 단편을 공개하겠다는 협박이 반복해서 등장했다.

얀-에리크는 아버지가 왜 편지를 읽지 않았는지 의아했다. 어쩌면 그냥 무시하여 연애를 끝내려고 했는지도 모른다. 어머니는 알고 있었을까? 그가 미국에서 귀국했을 때 부모가 이미 각층을 쓰고 있었던 진정한 이유를 발견한 것 같았다.

하지만 가장 두려운 점은 아버지와 연인 사이에 실제로 사생아가 태어났다면 어쩌나 하는 점이었다. 다행히 어느 편지에서도 그런 언급은 없었다. 하지만 불안은 사라지지 않았다. 그는 크리스토페르 산데블롬의 기이한 이야기가 아직도 거슬렸다. 업둥이라. 아버지가 외도하던 바로 그 시기였다. 분명히 관계를 끝냈고 연락도 모두 끊은 아버지. 편지 속 여자의 필사적인 어조. 크리스토페르를 유언장에 적은 예르다. 부자도 아니면서 그 오랜 세월 돈을 보냈다는 사실. 그는 가능성이 얼마나 적은지 깨닫고는 생각을 물리쳤다. 어쩌면 전부 이상한 우연의 일치에 불과한지 모른다. 크리스토페르가 그 일을 언급한 시기도 얀-에리크가 아버지의 오래된 연애편지를 발견한 시기와 비슷했다. 상상 때문에 생각이 극단으로 흐르기도 했고, 숙취 역시 생각에 도움이 되지 않았다.

그렇기는 하지만.

미지의 배다른 형제가 존재한다는 사실은 언젠가 유산을 나눠야 한다는 뜻이다. 그는 어디선가 불쑥 나타난 사생아 자식에게 단 한 푼도 나눠 줄 생각이 없었다. 자산을 관리하고, 아버지 책에 관한 관심을 유지하려고 분투하고, 무엇보다도 그 오랜 세월 늙은 악마를 견딘 사람은 다름 아닌 자신이었다. 루이세에게 직접 유증하기로 된 것만으로도 충분히 안 좋았다.

그는 종이 상자를 벽장에 도로 넣었다. 이번에도 예르다의 사진을 찾는 일에서 곁길로 빠진 셈이었다. 어둠이 내려앉았다. 집에 가야 할 시간이었다. 그는 마리안네 폴케손에게 전화해서 사진이 없다고 말할 생각이었다.

얀-에리크는 모든 게 제대로 정돈되어 있는지 확인하기 위해 집 안을 돌아다녔다. 서재에 램프가 하나 켜져 있어서, 램프의 타이머가 제대로 맞춰져 있는지 점검했다. 그는 정리해야 할 책이 산더미라는 생각에 한숨이 나왔다. 이 집을 박물관으로 만드는 게 최고의 해법인지 모른다. 있는 그대로 내버려 두는 것이다. 그는 안니카의 사진 앞에서 멈췄다. 얼마나 절망하고 외로웠으면 아버지의 집필실 의자에 올라갔을지 상상했다. 이제 막 열다섯 살이 되어, 앞날이 창창하던 소녀가.

그는 액자 유리 위로 안니카의 얼굴을 쓰다듬었다.

"보고 싶어, 알지?"

얀-에리크는 위층 침실에서 두통약 몇 알을 찾아서 삼키고는 수도꼭지에 대고 물을 마셨다. 입에서 냄새가 났다. 내용물이 굳어 버린 석기시대 유물 같은 치약은 별 도움이 되지 않았지만, 화장실 선반에 구강세척액 통이 있었다. 그는 몇 방울을 혀에 떨어뜨리고는 톡 쏘는 느낌에 인상을 썼다. 그는 통을 주머니에 넣었다. 집에 갔을 때 알코올 냄새를 풍기기는 싫었다.

루이세는 아직도 전화하지 않았다.

그가 택시에 타고 있는데 전화가 왔다. 루이세였으면 하는 마음으로 전화기를 꺼내 들었으나 낯선 번호가 보이자 실망했다.

"네, 얀-에리크 랑네르펠트입니다."

"여보세요, 얀-에리크 선생님, 저는 군보르 벤손이라고 북유럽이
사회 대표입니다. 방해가 안 됐다면 좋겠네요."

"아뇨, 괜찮습니다."

"선생님이 북유럽이사회 문학상 수상자로 만장일치로 선출되었다
는 소식을 알려 드리게 되어 기쁩니다."

얀-에리크는 아연했다.

"저자가 아닌 사람에게 이 상을 수여하는 건 처음이지만 선생님
이 아버님의 족적을 좇아 해낸 일들이 워낙 훌륭해서 그 공로를 인
정하기로 했습니다."

"아, 그런."

택시가 런던 대교를 건너고 있었고, 그는 커다란 페리 호를 멍하
니 응시했다.

"상금은 35만 덴마크 크로나입니다."

"맙소사!"

"혹시, 표창장 읽어 드릴까요?"

"네, 부탁합니다."

그녀는 상패를 읽었다. "강연과 인도주의적 구호 활동으로, 비범
한 작가의 업적을 인쇄된 글에서 눈에 보이는 결과로 빚어낸 얀-에
리크 랑네르펠트의 노고를 표창합니다."

"아아 정말." 다른 말은 나오지 않았다.

이사회 대표가 반대편에서 웃었다.

"놀라신 것 같군요."

"네, 저, 다소 뜻밖의 일이라고 해야 할까요."

"수상식 일정이 잡히면 다시 연락드릴 테지만 수상식 직전까지는

이름을 공식적으로 발표하지 않으니 당분간은 혼자만 알고 계세요."

"당연히 그래야죠."

"선생님 주소는 있으니 더 질문하실 게 있을 때를 대비해서 제 연락처를 보내 드리겠습니다. 다른 게 없다면 축하드린다는 말씀 전해야겠네요."

"감사합니다. 뭐라고 해야 좋을지 모르겠네요. 너무 기쁩니다."

정말 그랬다. 두 사람이 서로 인사하고 전화를 끊은 뒤, 그는 함박웃음을 짓고서 앉아 있었다. 길고 긴 세월 처음으로 거대하고 주체할 길 없는 행복이 온몸을 타고 흘렀다.

얀-에리크는 혀에 구강세척액을 몇 방울 더 떨어뜨린 후에 아파트 문을 열었다. 새로운 용기와 미래에 대한 희망으로 날아갈 것 같았다. 루이세에게 소식을 전하고, 자신의 성공을 루이세와 함께 나누고, 반드시 이 상을 전환점으로 삼을 생각이었다. 알코올 문제도 다스리고, 가정사에도 좀 더 애정을 쏟으리라.

아파트는 조용했지만 불은 켜져 있었다.

"누구 있어?"

그는 짐을 내려놓고 코트를 걸었다.

"여기요."

대답한 사람은 엘렌이었다. 얀-에리크는 엘렌 방으로 가서 문 앞에 섰다.

"안녕."

"안녕."

엘렌은 컴퓨터 앞에 앉아 있었다. 얀-에리크는 가까이 가서 딸이 뭘 하고 있는지 보았다. 허리가 잘록하고 가슴이 커다란 웬 여자가 검은 옷을 입고 황무지에서 적을 학살하고 있었다. 엘렌의 손가락이 키보드를 두드리는 속도와 화면에서 총이 나가는 속도가 같았다.

"우, 그 게임 그리 좋아 보이지는 않는데."

"그냥 내버려 둬요."

그는 딸의 화를 돋울까 두려워 입을 다물었다. 그는 몇 걸음 물러서서 침대에 앉았다. 엘렌은 계속 게임에 열중하며 그에게는 신경 쓰지 않았다. 컴퓨터에서 흘러나오는 고통스러운 비명소리가 쿵쾅대는 록 음악과 어우러졌다.

"엄마는 어디 있니?"

"자러 갔어요. 머리 아프대요."

화면에서 피가 사방으로 튀었다. 화면이 얼마나 생생한지 얀-에리크는 깜짝 놀랐다.

"오늘 학교는 어땠어?"

"오늘은 스터디 날이었어요."

"그렇구나. 학교 안 갔겠네?"

엘렌은 답하지 않았다. 화면 위의 전투가 계속되었다.

얀-에리크는 다시금 딸과의 대화가 얼마나 어색한지 놀랐다. 딸과 소통하기가 너무나 힘들었다. 열두 살짜리 여자아이와는 무슨 말을 해야 하는가? 딸의 세계는 외계인의 세계처럼 이해할 수 없었다.

"비밀 하나 알려 줄까?"

"응."

"하지만 아무한테도 말하면 안 돼."

적들이 하나하나 베이고 꺾였다.

"아빠가 큰 상을 받게 됐어. 할아버지 책이랑 뭐 그런 일을 한 덕분에. 알지? 아빠가 시작한 진료소 같은 거 말이야."

"아, 그렇구나."

아빠도 가끔은 샌드위치를 먹는다는 말을 들었을 때나 다름없는 반응이었다. 엘렌은 진심으로 아무 관심이 없는 것 같았다. 감격하는 척도 하지 않았다.

"북유럽이사회 문학상이라고 하는데, 아주 명성 있는 상이야. 그리고 상금도 35만 크로나나 준대. 원래 작가들에게만 주는 건데 아빠에게 주기로 했대."

음악 템포가 바뀌었다. 검정 옷을 입은 여자는 이제 무슨 교회처럼 보이는 곳 내부로 들어가 있었지만 그곳에서도 여자의 기세는 여전했다. 학살은 계속되었다.

얀-에리크는 일어났다.

"식사는 했니?"

"네."

그는 더 말하지 않고 방에서 나왔다.

침실 문은 닫혀 있었다. 그는 방으로 다가가서 귀를 기울여 소리를 들어본 후 조심스레 안을 들여다보았다. 루이세는 등을 돌린 채 자기 자리에 누워 있었다. 그는 그대로 서서 잠시 기다렸지만 아무 일도 일어나지 않았다.

"자는 거야?" 그가 속삭였다.

아무 대꾸도 없었다.

그는 되도록 조용히 문을 닫고 부엌으로 내려갔다. 식탁은 저녁 식사 후 정돈된 상태였다. 그는 냉장고를 열었다. 남은 음식이 없어서 직접 캐비아 샌드위치를 만들었다. 이제야 뭔가 먹고 싶다는 생각이 들었다.

다시는 숙취에 시달리지 않으리라. 그는 진정으로 다짐했다. 이제 술기운은 다 사라졌지만 숙취로 고통스럽던 기억은 여전했다.

얀-에리크는 다 먹고 나서 자기 방으로 들어갔다. 편지 뭉치와 필요 없는 우편물이 불어나 있어서 반 시간 동안 가장 급한 것부터 처리했다. 악셀 랑네르펠트 앞으로 온 팬레터는 제쳐두었다. 지금은 아버지의 업적을 떠올리고 싶지 않았다.

퍼뜩 마리안네 폴케손이 생각났다. 막 9시가 지난 참이었으니 아직 전화하기에 늦지는 않았다.

"마리안네입니다."

"안녕하세요, 얀-에리크 랑네르펠트입니다. 저기, 예르다 사진은 못 찾을 것 같아요."

"못 찾으셨어요?"

"네, 온 집을 다 뒤져 봤는데."

"알겠습니다. 그럼 좀 뿌옇기는 하지만 아파트에서 발견한 걸 써야겠군요. 애써 주셔서 고맙습니다."

"그런 말씀 마세요. 도와드린 것도 없는데. 죄송하네요."

"우린 할 만큼 했어요. 그럼 장례식에서 뵐게요."

"네, 그러죠."

얀-에리크는 천천히 말했다. 더 논의하고 싶은 게 있었지만 마리안네는 주저하는 그의 어조를 읽지 못했다.

마리안네가 끊으려는 찰나에 그가 말했다. "저기, 통화가 됐으니 말인데요, 좀 궁금해서요. 어제 제 강연에 온 크리스토페르 산데블롬에 관해 생각해 봤는데, 예르다가 왜 그에게 유산을 남겼는지 모르겠다고 하시지 않았나요? 그러니까 둘이 어떤 관계인지 모르신다고 했던 것 같은데요."

"네, 모르겠어요. 하지만 그에게 쓴 편지를 발견했어요. 오늘 장례식에 쓸 물건을 고르려고 예르다의 아파트에 갔거든요."

"편지요?"

"네, 오늘 부쳤어요. 내일이면 도착할 거예요."

"그럼 뭐라고 씌어 있는지는 모르시나요?"

"네, 전혀요. 열어 보지 않았어요."

"흠."

"장례식에서 크리스토페르에게 물어봐야 할 거예요. 저도 궁금하거든요."

안-에리크의 불안을 덜어 줄 만한 이야기는 전혀 없었다. 그는 자신의 의심이 괜한 생각인지 아닌지 확신할 수 없었다. 안니카의 자살도 일어날 법한 일은 아니지 않았던가. 사실로 밝혀지기 전까지는.

반쯤 차 있는 잔이 탁자에 놓여 있었다. 그는 물을 창가 화분에 쏟아 버리고 일어서서 책꽂이 뒤로 손을 뻗어 술병을 잡았다.

다시는 숙취에 시달리지 않겠다고 다짐했지만, 그렇다고 잠자기 전에 한잔 정도 할 수도 없다는 뜻은 아니었다.

26

알리세는 소파에서 텔레비전을 보고 있었다. 고양이처럼 보이도록 성형을 받으려는 한 부유한 미국 여성을 다룬 당혹스러운 프로그램이었다. 알리세는 집에 케이블 TV를 설치한 후로, 기이한 것들을 수없이 접하면서 인간이란 존재를 점점 알 수 없게 되어 버렸다. 하지만 달리 상대할 사람이 없다 보니 늘 텔레비전을 켜 놓았는데, 가끔 쓸 만한 프로그램을 보기도 했다.

알리세가 거의 체념하고 있는데 전화벨이 울렸다. 그녀는 얀-에리크에게 내일 병원에 데려다 달라고 부탁하려고 하루 종일 찾았다. 이번에는 확실했다. 상상이 아니었다. 몸에서 뭔가 이상한 일이 일어나고 있었다. 알리세는 한편으로 걱정스러우면서도, 흥미진진한 모험에 나서는 사람처럼 검사가 기다려졌다.

"얀-에리크니?"

얀-에리크는 단도직입적으로 말했다.

"아버지 벽장에서 발견한 것에 관해 한두 가지 여쭤 보고 싶은 게 있어요."

인사도 없고, "좀 어떠세요?"도 없었다. 얀-에리크의 목소리는 무뚝뚝했고, 알리세는 그런 말투가 싫었다. 온 힘을 다해 쫓으려고 애를 썼는데도 지난번의 대화가 아직도 허공에 맴돌았다. 얀-에리크의 비난하는 눈길이, 실제로 비난하기라도 한 것처럼 강하게 그녀의 마음에서 타올랐다.

안니카의 행동에 책임져야 할 사람은 어머니예요. 안니카가 삶의 의욕을 잃어버린 건 어머니 잘못이에요. 어머니로서 그런 일은 막았어야죠.

하지만 그럼 악셀은 어떻고! 알리세는 소리치고 싶었다. 왜 악셀은 비난하지 않지? 존재할 권리가 있는 건 자신뿐이라는 무책임한 믿음으로 알리세를 무기력하게 만든 장본인은 바로 악셀이었다.

악셀은 모든 걸 받았다.

문자 그대로 모든 걸.

명예라는 사냥감을 잡기 위해 앞만 보고 돌진하는 무적의 전함. 주위 사람들이 모두 물 밑으로 가라앉든 말든.

하지만 알리세는 소리치지 않고 말없이 앉아 있었다. 그리고 오랫동안 스며든 낯익은 죄책감은 양분을 흡수하며 커졌다.

"그 벽장을 뒤져서 뭘 어쩔 생각이니? 거기서 나올 건 비참함밖에 없다."

"할리나라는 여자가 보낸 편지 얘기예요. 아는 사람이에요?"

알리세는 이름을 듣자마자 복부를 얻어맞은 듯했다. 그 이름을 듣지 않고 지낸 지 몇 해가 지났는지 모를 지경이었다. 머리에서 그 이름을 지우기 위한 무언의 협약을 맺었다. 하지만 그 이름은 침묵

속에서도 살아남으며 악성종양처럼 곪았다. 알리세는 31년이 지난 지금도 두 사람의 관계에 관한 진실을 알지 못했다. 그때 한 번뿐이었는지 아니면 더 계속되었는지.

그 후 모두 상관없게 되자 알고 싶은 마음도 사라졌다. 그들은 안개 속을 걷는 사람처럼, 일상을 되살려서 진실을 억누르려고 했다. 하루 일과를 꼼꼼히 설계하여 현실을 쫓아내려는, 어쩔 수 없는 욕구였다. 하지만 계속 살고 싶은지도 알 수 없는 삶을 어떻게 다시 시작할 수 있다는 말인가?

"아니, 처음 듣는 이름이다."

"1970년대에 온 편지들이에요. 그럼 할리나라는 이름을 못 들어 보셨단 건가요?"

"그래."

편지를 보관했다니! 어쩌면 그렇게 변한 게 없는지! 언젠가 그곳에 직접 가서 그 멍청이가 남기지 말았어야 할 것을 또 보관하지는 않았는지 봐야 할 것이다.

"개봉이 안 된 걸 보니 아버지가 읽었을 리는 없어요. 그냥 어머니가 아실까 해서 여쭤 봤어요."

"아니, 모르겠다."

이제 할리나는 세 번 부인되었다. 그때마다 알리세의 마음에서는 더욱 생생해졌다.

모든 것이 너무나 초현실적으로 느껴졌다. 인생의 한 순간이 삶을 결정지었다. 사소한 삽입구에 불과하던 문구가 옮겨져 헤드라인으로 바뀌었다.

서재에서 악셀과 색다른 시간을 보냈다는 점을 제외하면, 그날은 할리나가 초인종을 누르기 전까지는 종일 무척이나 평범했다. 그들은 자기도 모르는 새, 평소와 다름없는 시간을 고대하고 있었다. 곧 둘이서 저녁을 먹을 것이었고, 그러고 나면 알리세는 〈부자와 빈자〉를 볼 것이었다. 모든 게 완벽히 평범했다.

광기의 순간.

알리세는 너무나 무서웠다. 끔찍스러울 정도로 무서웠다. 그 일이 일어났을 때도 아니었고, 악셀이 할리나를 따라서 복도로 뛰어나가고 그녀는 굴욕을 느끼며 소파에 앉아 있던 때도 아니었다. 할리나가 그들의 인생을 망치기 위해 이러저러한 짓을 하겠다며 계속 위협하던 때도 아니었다. 그녀가 무거운 은촛대를 쥐고서, 성내며 다투는 목소리를 향해 걸어가던 때도 아니었다. 손에 촛대를 쥐고 서서, 할리나의 시신을 내려다보던 때도 그녀는 무섭지 않았다.

알리세가 느낀 것은 놀라움뿐이었다. 그녀는 촛대를 쥐고 있는 손을 보고는 그것이 자기 손이라는 사실에 놀랐다. 손이 본능에, 인류의 가장 원초적인 본능에 따른 것이다. 자신의 것을 지키기 위해서라면 살인도 불사하라는 본능에.

알리세는 자기도 모르는 새 내면 어딘가에 그 본능을 숨기고 있었다.

지극히 칭송받는 남자의 그림자에 가려진 삶. 알리세는 그 작은 성공을 위해 엄청나게 희생했다.

그 작은 성공을 위해, 살인도 할 수 있다는 것을 입증했다.

그때조차도 두렵지 않았다.

예르다의 절망적인 비명소리. 그 소리가 소리 없이 알리세의 귀를 때렸다.

악셀은 할리나 옆에 주저앉았다.

"무슨 짓을 한 거요? 무슨 짓을 한 거야? 무슨 짓을 한 거냐고?"

악셀은 그 말을 염불처럼 외웠고, 악셀의 목소리를 듣고 나서야 그것이 숨어들었다. 되돌릴 수 없다는 공포.

공포에 사로잡힌 그녀는 그들의 미래를 구원하기 위해 할리나를 흔들어 깨우려던 악셀의 손을 보았다. 그의 노력이 허사가 되자 의식이 몽롱해졌다.

깨달음이 그녀의 의식으로 파고들어 몽둥이처럼 그녀를 때리며 저절로 무릎이 꺾였다. 그가 한 짓을 알리세는 결코 용서할 수 없으리라.

그는 제 아이를 낳아 준 여자를 살인자로 만든 것이다.

전화기에서 얀-에리크의 목소리가 들리자 그녀는 흠칫 놀랐다.

"알았어요. 그냥 궁금했어요. 내일 아침 8시 10분에 모시러 갈게요."

27

루이세가 눈을 떴을 때는 이미 날이 밝아져 있었다. 그녀는 벌써 아까 깨어나 집에서 들리는 소리를 듣고 있었지만, 이불 속에 숨어서 일어나지 않았다. 현관문이 쾅 하고 닫히고 침묵이 찾아온 뒤에야 그녀는 모습을 드러냈다. 아무도 마주할 필요가 없으니까.

루이세는 오랫동안 그대로 누워서, 일어날 이유를 찾지 못한 채 숨만 쉬고 있었다.

그녀가 가면을 벗은 지 사흘이 지났다. 슬픔이 차고 넘쳐 그녀를 압도해 버린 그날, 그녀는 같이 연기하는 배우의 눈앞에서 무너졌다. 두 사람은 그 광대극을 매우 오랫동안 연기했다. 세심하게 준비된 대사로 그녀가 갑자기 가면을 벗어던졌을 때 상대 배우가 느낀 실망이란.

루이세가 원한 것은 그와의 소통뿐이었다. 그녀는 마지막 남은 한줌의 자존심을 희생하며 그의 관심을 간청했다.

그의 침묵은 크고 분명하게 말했다.

그녀가 아무것도 아니라고.

싸울 가치조차 없다고.

루이세는 얀-에리크가 집에 들어오는 소리를 들었을 때 재빨리 침대 옆 램프를 끄고 누웠다. 그가 들여다보자 잠든 척했지만 사실은 밤새 깨어 있었다. 비굴한 모습을 보이고 나니 그를 마주할 수가 없었다. 그저 도망치고 싶었다.

이루지 못한 꿈에서 도망치고 싶었다.

어제 모든 게 분명하게 다가왔다. 15년이 넘는 시간 동안 처음으로 그가 환상 속이 아니라 눈에 보이는 곳에 있었다. 그녀의 전 애인, 그녀에게서는 떠나 갔지만 그녀의 상상에서는 떠나지 않은 남자. 얀-에리크와 함께하는 동안 그는 점점 더 눈부신 빛으로 감싸였다.

레스토랑의 창가 쪽 테이블. 두 아이와 아름다운 아내. 그들은 함께 앉아서 서로에게 집중하며 웃고 떠들었다. 마치 진짜 가족처럼.

그녀는 길 건너편에서, 어떤 건물의 입구에 서 있었다. 그녀는 모습을 감추고 그들을 지켜보며, 자기가 늘 찾던 것을 그가 발견했다는 점을 고통스럽게 느꼈다. 그때 그가 허락하기만 했더라면 그에게 그토록 주고 싶었건만.

그가 루이세를 원하기만 했더라면.

어쩌면 그녀에게 뭔가 문제가 있는지도 모른다. 자기도 알지 못하는 뭔가가 있는지도. 냄새가 나나? 샤워는 매일 했다. 흥미로운 대화 상대가 못 되나? 나름대로는 세상 물정을 파악하려고 노력했다. 몸매가 끔찍한가? 그 나이의 여자들보다는 나은 편이었다.

루이세는 그것이 뭔지 몰랐지만 뭔가 있다는 건 분명했다. 사랑받을 수 없게 만드는 뭔가가.

루이세는 옆으로 몸을 둥글게 말고 이불을 끌어올렸다. 침대에서 일어날 이유가 있다고 자신을 달래려고 했다. 기다려지는 일이라고는 저녁 먹은 후 텔레비전 앞에 앉아서 와인을 한잔 하는 것뿐이었다. 그때까지는 거의 하루가 꼬박 남았다.

루이세는 식탁 위에서 메모를 발견했다. 얀-에리크가 시어머니를 병원에 데려다 주러 간다는 내용이었다. 루이세는 이번에는 또 뭘 검사해야 하는지, 무엇이 시어머니의 관심을 끄는지 궁금했다. 자기가 병원에 데려다 주지 않아도 된다는 점이 다행스러웠다.

일어서서 커피머신을 응시하고 있는데 전화벨이 울렸다. 굳이 받을 가치가 있나 싶었다. 무선 전화기는 부엌에 놓여 있었다. 그녀는 전화기를 들었지만 모르는 번호가 떴다. 예테보리의 번호였다. 전화기를 내려놓았지만 벨은 멈추지 않았다. 마침내 그녀가 졌다.

"루이세 랑네르펠트입니다, 여보세요?"

짤깍 하는 소리가 들렸다. 벌써 세 번째였다. 전화에 문제가 있는 게 아니라면 누군가 전화했다가 루이세가 받기만 하면 끊어 버리는 게 분명했다. 루이세는 텔레마케터들이 그런 수법을 쓴다는 이야기를 들은 적이 있다. 여러 명의 잠재 고객에게 동시에 전화해서 처음 받는 사람을 고른다는 이야기였다. 짜증이 난 루이세는 커피머신으로 돌아갔다. 그녀는 집에 있을 때 귀찮게 구는 사람에게는 절대로 물건을 사지 않는 주의였다.

그다지 배가 고프지는 않았지만 그릇에 콘플레이크와 우유를 넣었다. 커피나 조간신문은 당기지 않아서 우유 상자에 쓰인 문구를 읽었다.

오늘의 글.
용기: 결과를 두려워하지 않고 행동하는 능력, 보통 선한 대의를 위해서 위험을 알면서도 행동하는 것.

루이세는 숟가락을 내려놓고 창밖을 내다보았다. 그녀가 용감한 사람이었다면 모든 게 달랐으리라. 그녀를 꿈의 그림자로 둔갑시켜 버린 곳에서 달아날 수 있었을 것이다. 그녀가 기대한 모든 것들. 그녀가 꿈꾸던 모든 일들. 고분고분하게 정돈해서 더 이상 찾을 수 없는 곳에 고이 모셔 둔 모든 것들.

하지만 그녀는 용감하지 않았다.

루이세는 치료사에게 더 이상 가지 않겠다고 말했다. 자기 입으로 어떻게 해야 하는지 말해 놓고, 병원에서 나오면 용기가 없어서 말한 대로 실천하지 못하는 자신을 견딜 수 없었다.

다시 전화벨이 울렸다. 번호를 보지 않고 받았다.

"네, 여보세요?"

대답이 없었지만 상대방을 느낄 수 있었다.

"누구시죠?"

"얀-에리크와 통화하고 싶습니다." 여자 목소리.

"지금 집에 없어요. 누구라고 전할까요?"

다시 침묵. 하지만 오래가지 않았다.

"예테보리의 레나라고 해 주세요. 전화해 달라고 전해 주세요."

루이세가 수화기를 들고 있는데 반대편에서 전화를 끊는 소리가

들렸다. 얀-에리크를 찾는 여자라. 성도 붙이지 않고 부르다니. 전화
번호도 주고받았고.

예테보리면 며칠 전에 다녀온 곳 아니었나? 엘렌의 연극을 놓친
그때? 루이세는 전화기를 들고 버튼을 눌러 지난 며칠간 통화 목록
을 보았다. 같은 번호가 일곱 건 떴다. 레나가 일곱 번 전화한 것이
다. 반 시간 전에 걸었다가 끊은 것까지 합해서.

루이세는 뒤로 기대어 자신의 반응을 생각했다. 분노도 절망도
느껴지지 않았다. 그저 마침내 납득할 만한 이유를 알게 되었다는
안도감뿐이었다.

경멸이 아니었다.

얀-에리크는 단지 다른 사람을 사랑했을 뿐이다.

루이세는 일어나서 새로운 정보로 무장한 채 화장실에 들어갔다.
샤워를 하고 화장을 하고 옷을 입었다. 뭔가 분위기가 변했다. 갑자
기 숨쉬기가 쉬워지고 발걸음도 전만큼 무겁지 않았다. 얀-에리크
의 연인을 알고 나니 존엄을 되찾은 느낌이었다. 루이세는 무기로
사용할 진짜 비난거리가 있다는 사실에 힘을 얻고서, 패자라는 위
치에서 벗어났다. 루이세 자신도 놀랐다. 실망이나 비통은 느껴지지
않았다. 이제 그런 건 중요하지 않았다. 칙칙하고 암울한 정체 상태
에서 그녀를 끌어올리는 사건이 일어났고, 예테보리의 레나 때문에
거절당하는 건 차라리 가치 있는 일이라고 느껴졌다.

루이세는 코트를 걸치고 집을 나섰다. 오늘도 부티크를 닫아 두
기로 했다. 더 이상 거기에 있을 수 없었다. 카운터 뒤에서 홀로 시

간을 보내며, 어쩌다가 가게를 발견하는 고객과 진부한 대화나 나누기를 기다리는 건 이제 됐다.

루이세는 상쾌한 공기를 가득 들이마신 뒤, 괜찮다고, 용기가 자기 주위를 감싸고 있다고 생각하려 했다.

그녀는 운하 쪽으로 향했다. 평소 다니던 길에 접어들었는데 전화벨이 울렸다. 내버려 두고 계속 걷자 음성사서함 소리가 들렸다. 엘렌일지 모른다. 루이세는 전화기를 꺼내어 발신번호가 집이라는 걸 보고 메시지를 들어보았다. 얀-에리크였다.

"여보, 나야. 나 집에 왔어. 가게에 가 봤는데 없네. 어디야? 병원 일은 그리 좋지 않았어. 이번에는 정말로 뭔가 나왔는데, 심각한 거 같아. 어머니는 집으로 돌아가셨지만 내일모레 수술을 받아야 한대. 메시지 들으면 전화 줘. 끊을게."

루이세는 메시지를 지웠다. 시어머니가 아프다고? 정말로 아프다고? 루이세는 충격을 받았다. 그 오랜 세월, 있지도 않은 통증으로 그들을 성가시게 했는데 결국에는 옳았다니. 루이세는 죄책감을 느끼며 전화기를 주머니에 넣고 돌아서서 시어머니의 아파트로 향했다.

루이세는 자기 열쇠를 쓰려고 했으나 문에 손이 닿았을 때 마음을 바꾸었다. 시어머니가 침대에 있는데 놀라게 하고 싶지는 않았다. 그들의 관계에서는 그런 친밀한 행동이 결코 허락되지 않았다. 루이세는 초인종을 눌렀다.

알리세가 금세 나와서 문을 열어 주었다.

"오, 루이세, 반갑구나. 들어오렴."

루이세는 자신이 뭘 기대했는지는 몰랐지만, 지금 앞에 서 있는 시어머니의 모습을 기대한 것은 아니었다. 활기도 있고 술도 취하지 않은 데다 꽃무늬 앞치마를 입고 있다니. 알리세는 루이세가 들어가도록 옆으로 비켜섰다.

"오늘은 가게 안 나가니?"

루이세는 코트를 걸었다.

"하루 쉬려고요. 그이가 전화해서 검사 결과 알려 줬어요."

"그래, 보아 하니 상황이 그리 좋지는 않은 것 같구나. 들어오렴. 하지만 그것 때문에 가게를 닫을 필요는 없는데."

루이세는 우뚝 멈췄다. 지금 앞에 있는 시어머니는 예전과 달랐다. 루이세는 평소처럼 아무도 자기 말을 믿지 않는다고 불평하던 모습을 상대해 줄 생각으로 찾아간 거였다. 루이세는 알리세가 의기양양하게 침대에 자리를 잡고서 자기 연민에 빠져 비난을 쏟아 낼 거라고 상상했다.

알리세는 루이세에게 거실로 오라고 손짓한 뒤 부엌으로 사라졌다.

"커피 좀 마시겠니?"

"아뇨, 괜찮아요."

루이세는 난장판을 훑어보았다. 거실에 있는 물건이란 물건은 모조리 위치가 바뀌어 있었고, 바닥에는 책과 종이와 잡지와 자질구레한 것들이 하나 가득이었다.

알리세는 부엌에서 상자를 하나 들고 거실로 나왔다.

"청소 좀 하느라고 그런다. 둘러보고 갖고 싶은 게 있는지 찾아보렴. 사람을 불러서 나머지는 가져가라고 해야겠어."

알리세는 유리로 만든 작은 장식용 말을 집어 들었다. "엘렌이 어릴 때 이걸 무척이나 좋아했는데. 작은 기념품으로 갖고 싶어 할지도 모르겠구나."

루이세는 시어머니의 에너지와 생기에 놀라며 그녀를 지켜보았다.

알리세는 벽에 있는 그림 중 하나를 쳐다보았다.

"이건 얀-에리크가 갖고 싶어 할 것 같구나. 전에 맘에 든다고 했거든. 나카에 있을 때는 거실에 있었는데, 적어도 몇 크로나는 받지 않을까?"

"하지만 어머니, 너무 성급하신 거 아니에요?"

알리세는 상자를 내려놓고 아무 말도 못 들은 것처럼 주위를 둘러보았다.

"의사가 뭐라고 하던가요?"

"뭐, 누가 알겠니? 워낙 고상한 말을 써 놔서 사람이 알아들을 수가 있어야지. 하지만 걱정스러운 얼굴로, 가서 내일모레 조사해 봐야 한다고 하더구나. 그런데 이건 뭐지!"

알리세는 책꽂이로 가서 책을 한 권 꺼냈다.

"이런, 여기 있었군! 내가 거의 가장 처음 접한 책이다. 생각해 보렴, 벌써 몇 년째 못 봤는지 몰라. 잃어버린 줄 알았는데. 엘렌에게 꼭 주거라."

루이세는 얀-에리크가 시어머니를 혼자 두고 집에 갔다는 사실에 놀랐다. 시어머니가 흥분했다는 걸 알아차리지 못했을 리 없는데.

"그럼 내일모레 수술 받으시는 건가요?"

"그래."

알리세는 낮은 찬장으로 가서 제일 위의 서랍을 열었다.

"생각해 보렴. 평생 동안 사람이 물건을 얼마나 많이 모으고 또 그중에 실제로 얼마나 사용하는지."

알리세는 유쾌한 어조로 재잘거렸다. 루이세는 소파에 앉아서 뭘 해야 좋을지 몰랐다. 충격받은 사람에게는 어떻게 대해야 하는 건가?

알리세는 은그릇을 꺼내어 찬장 위에 얹어 놓기 시작했다.

"잘 닦으면 꽤 쓸 만할 거다. 우리 어머니 아버지에게 물려받은 거야."

루이세는 알리세의 뒤통수를 쳐다보았다. 오래전에 시어머니가 부모님과 연락이 끊겼다고 이야기한 적이 있었다. 왜인지는 말하지 않았다. 그때 후로는 한 번도 언급하지 않았고 그때도 자기가 아니라 엘렌이 물어본 것이었다.

루이세는 갑자기 용기가 나서 물어보기로 했다.

"부모님이 보고 싶으신 적 없으셨어요?"

"아니, 부모란 과대평가되게 마련이지."

심리학 책에서 인용한 것 같은 문구였다. 등을 돌린 상태에서도 시어머니가 그 주제를 더 파고들 생각이 없다는 점은 분명히 느껴졌다. 알리세는 테이블 스푼을 세심히 살펴봤다.

시어머니의 인생을 얼마나 모르는지, 그녀를 알기는 하는 건지 하는 생각이 루이세 머리를 스쳤다. 시어머니는 열다섯에 불과한 딸을 자동차 사고로 잃었다. 루이세는 지금까지도 그게 진정 무엇을 의미하는지 제대로 깨닫지 못했다. 엘렌이 앞으로 3년밖에 못 산다면. 도저히 상상할 수 없는 일이었다.

알리세는 서랍의 은그릇을 계속 살폈다. 한때 저 손으로 책을 썼 겠지. 알리세는 악셀과 같은 작가였다. 알리세는 1950년대에 소설을 몇 권 썼는데, 루이세는 굳이 읽지 않았다. 그리고 루이세가 알기로는 얀-에리크도 마찬가지였다. 루이세는 시어머니가 왜 더 이상 글을 쓰지 않는지 궁금했다.

알리세는 서랍을 다시 닫고서 은그릇을 들고 부엌으로 향했다.

루이세는 조용히 앉아서, 툭하면 시어머니를 경멸하던 자신을 떠올렸다. 그런 루이세의 마음은 어쨌거나 시어머니에게 존중받고 싶다는 욕망과 뒤엉켜 있었다. 어쩌면 루이세는 그저 두려웠는지 모른다. 루이세는 시어머니가 다른 사람들에 관해 어떤 식으로 말하는지 잘 알았기에, 안전한 자리를 차지해 비난을 피하고 싶었다. 시어머니는 독재자처럼 주위 사람들을 모두 심판했다. 누군가에게서 자신에게 없는 특징을 발견하면 금방 그것을 조롱거리로 만들었다.

물소리가 들렸다. 은그릇이 싱크대에 덜그럭거렸다. 루이세는 도우러 갔다가, 문 앞에 서서 시어머니가 지극히 현실적으로 행동하려고 노력하는 모습을 지켜보았다.

"어머니, 잠시 기다리면서 의사들 얘기를 들어보는 게 낫지 않을까요?"

알리세는 은 세척액을 흰색 면에 짠 뒤에 포크를 집어 들었다.

루이세가 다시 말했다.

"아직 모르잖아요. 그렇게 심각하지 않을지도 몰라요."

알리세의 손이 더 빠르게 움직이자 천이 시커멓게 변했다.

"전 어머니가 좀 더 기다렸다가 의사들 이야기를 들어야 한다고 생각해요. 그렇지 않을까요?"

알리세는 갑자기 거칠게 포크를 옆으로 던져 놓고 뒤로 돌았다. 전혀 준비도 안 된 루이세는 시어머니의 사나운 눈빛에 움츠러들었다.

"도대체가 너는! 내가 잊어버리게 내버려 두면 좀 안 되겠니?"

알리세는 순간적으로 속마음을 드러내 버렸고, 루이세는 그 광경에 숨이 막혔다. 알리세는 너무나 깊은 절망에 얼굴이 일그러졌다. 곧 그 순간이 지나가자, 알리세는 맹렬한 동작으로 몸을 돌려 은그릇을 닦기 시작했다. 루이세는 거실로 뒷걸음질 쳐 나와서 소파에 앉았다.

부엌에 서 있는 사람은 시어머니였지만 루이세가 본 것은 자기 자신이었다.

번쩍이는 깨달음의 순간, 루이세는 40년 후에는 바로 자신이 인생무상을 느끼게 되리라는 걸 알았다. 루이세는 시어머니처럼 가까운 사람들, 엘렌과 엘렌의 가족이 될 사람들에게 비통한 마음을 퍼뜨릴 것이다. 헛되이 보낸 인생을 보상하라는 헛된 임무를 딸에게 떠안기며. 다른 각도에서 보자 모든 것이 다르게 보였다. 딸에 대한 책임을 보는 시각도 이제까지 상상하던 것과 달라졌다. 누구를 위해 자신을 희생했던가? 누구에게 감사받기를 기대했었나? 왜곡된 애정관으로 삶을 살아가야 할 엘렌에게? 아니면 얀-에리크에게? 침묵으로 그의 행동을 묵인해 놓고서? 자신은 딸에게 어떤 역할모델이었나? 루이세는 행동하기를 두려워하는 자신의 태도가 단지 이기적인 비겁함에 불과하다는 점을 깨달았다. 이미 죽어 버린 엄마에게서 엘렌이 무슨 기쁨을 얻을 수 있겠는가? 이미 돌이킬 수 없게 되어, 가족을 지키기 위해 희생한 모든 것에 딸이 감사하기를 기대하는 엄마에게서.

루이세는 투항하고 싶은 마음뿐이었다. 오랜 세월 꽁꽁 가두어 둔 삶을 자유롭게 해 주고 싶었다. 그녀는 그 생명을 내면에서 느낄 수 있었다. 잠재된 가능성을 드러내려고, 산소를 들이마시려 몸부림치는 생명을.

결심한 순간 모든 게 평온해졌다.

유리로 만든 장식용 말이 창틀에 놓여 있었다. 루이세는 손을 뻗어 그것을 집어서 가만히 손에 쥐었다. 그러고는 부엌으로 돌아갔다. 알리세는 여전히 부엌에서 부모님의 은그릇을 뒤적거리고 있었다. 루이세는 시어머니에게 고맙다고 말하고 싶었지만 늘 그렇듯 적절한 말을 찾지 못해서 주저했다. 루이세는 머뭇거리며 시어머니 어깨에 손을 얹었다.

"이제 가 볼게요, 어머니. 다 잘되기를 빌어요. 이거 가져다가 엘렌 주려고요. 분명히 아주 좋아할 거예요."

28

토리뉘는 예르다의 부고 기사를 쥐고서 식탁에 앉아 있었다. 시한 줄 없었다. 애도하는 친척도 없었다. 언젠가 나올 자신의 부고처럼 알아주는 사람 하나 없었다. 누군가 신문에 실어 주기나 한다면 말이지만.

검정 양복이 현관 앞에 걸려 있었다. 그 옷은 이제 장례식에 갈 때만 입었다. 솔질은 새로 했지만 자신만큼이나 구시대적이었다. 그가 때때로 걸치는 가면이었다.

토리뉘는 누가 죽었는지 보려고 신문을 뒤적일 때가 많았고, 익숙한 이름이 보이면 장례식에 갔다. 나가서 시간도 죽이고 동정도 좀 받을 기회였다. 언젠가 할리나가 넥타이를 매 준 적이 있었다. 그는 결코 그것을 풀지 않았다. 그저 매듭을 조금 느슨하게 하여, 상징적인 물건으로 머리에 뒤집어썼다.

그는 성냥을 켜서 담배에 불을 붙인 뒤 창문을 조금 열었다. 아파트에서 담배 냄새가 난다고 이웃들이 불평한 후 생긴 습관이었다. 그곳은 그가 스톡홀름으로 이사 온 때부터 45년간 그의 집이었다. 젊은 열기로 가득했던 그는 자신에게 펼쳐질 세상을 만나기 위해 도심으로 이사했다. 그것은 흑백으로 양분되어, 회색의 음영이 아직 자리를 잡지 못한 세상이었다. 검정은 그가 뒤로한 것을 상징했다. 어린 시절, 아버지에게 물려받은 금속세공인이란 직업. 그는 아이일 때조차 남들과 다르다고 느꼈다. 그는 개성을 꺾으라는 사람들의 요구에 응하지 않았고, 이에 분개한 학우들이나 형제들이나 아버지가 그를 괴롭힐 때마다 고통을 숨기는 법을 일찌감치 배웠다. 작고, 마르고, 그리 강하지 않았던 그는 사람들에게 쉬운 먹잇감이었다. 그것도 그가 언어의 힘을 발견하기 전까지였지만. 새로운 무기로 무장한 그는 모든 적을 물리쳤고, 시간이 흐르면서 논쟁 기술을 완벽에 가깝게 연마했다. 괴롭힘 당하는 것을 피했다는 뜻이 아니다. 말이 어눌한 사람들은 오히려 툭하면 그에게 주먹을 휘둘렀지만, 이미 자기가 이겼다는 사실을 알고 나면 견디기가 좀 수월했다.

흰색은 앞으로 마주칠 것을 상징했다. 스톡홀름, 그곳의 문화 그리고 이제 시작된 작가로서의 삶. 그는 고향 사람들에게, 그들이 비웃은 인간이 어떤 사람인지 확실히 보여 줄 생각이었다.

그는 곧 78세가 된다. 황혼은 일찍 찾아왔고, 이제 삶은 저녁을 향해 움직이고 있었다. 하루하루 점점 적막해졌다. 그가 알던 사람은 모두 세상을 떠나거나 연락이 끊겼다. 기억을 나눌 사람이 거의 남지 않았다.

그는 신문에서 오려 낸 부고를 보았다.

토리뉘는 크리스토페르의 이야기를 듣고서 억겁의 시간이 흘렀다는 걸 인정하고, 수많은 나날을 허비해 버렸고 오래전에 그의 기다림이 무의미해졌다는 사실을 받아들여야 했다. 작은 소년은 성인이 되었지만, 크리스토페르는 토리뉘의 세계에서 아직도 몹시 그리운 네 살배기였다. 크리스토페르의 이야기는 할리나가 더 이상 살아 있지 않다는 사실을 마지막으로 확인시켜 주었다.

토리뉘는 크리스토페르의 전화번호나 성씨를 물어볼 경황이 없었다. 한때 자기 자식이라고 생각했던 소년은 나타났다가 다시금 사라져 버렸다. 무엇보다도 그는 크리스토페르가 다시 보고 싶었다.

크리스토페르가 하필 지금 나타났다니 참으로 기이했다. 예르다의 장례식 때문에 추억이 마구 떠오르는 때가 아닌가. 그에게 장례식에 참석하라는 건 지나친 요구였다. 그가 저지른 일이 의식에 떠오르며, 수치심을 감싸고 있던 얇은 막을 찢어 버린 지금은 그 자리에 나갈 수 없었다.

이제는 왜 애초에 장례식에 가고 싶었는지조차 이해가 가지 않았다. 어쩌면 자신의 인생을 망쳐 놓은 남자를 마지막으로 볼 수 있기 때문인지도 모른다. 마지막으로 한 번, 평생 유일한 동지인 증오를 되살리기 위해서.

토리뉘는 담배꽁초를 창밖으로 내던지고 창문을 닫았다. 더 이상 아무것도 기억하고 싶지 않아서 신문 더미 아래 부고를 묻어 버렸다. 하지만 소용없었다. 예르다 그리고 그녀와 연관된 모든 기억이 계속 마음을 떠돌았다. 토리뉘와 예르다는 서로 거의 몰랐다. 그가 그 집에 찾아갔을 때 가끔 한두 마디 했을 뿐이다. 토리뉘는 집에 들어가거나 집에서 나오는 길에, 예르다가 부엌에서 일하거나 화단에 무릎을 꿇고 있으면 잠시 멈춰서 말을 걸었다.

그가 마지막으로 예르다를 본 것은 그 일 직후였다. 그는 토하기 직전에 그 집에서 뛰쳐나와서 무릎을 꿇은 채 자신의 사악함을 모조리 게워 버리려고 했다.

그는 담뱃갑에서 한 개비를 더 꺼냈지만 창문은 닫은 채로 내버려 두었다. 맥주를 마시려고 일어섰지만 자기가 다 마셨다는 사실이 기억나서 의자에 털썩 앉았다.

자신이 진실로 행복했다는 것을 그때 알았더라면. 할리나와 크리스토페르가 곁에 있었고 글을 쓸 능력이 있었던 그때. 자신의 목소리를 낼 권리를 완전히 잃은 후 말의 뒤에 숨어서 웅크릴 필요가 없던 그때. 그는 전부 다 잃어버린 후에야 깨달았다. 좋을 때와 대비되어 고통은 더 커졌다.

보이지 않는 분기점.

그것은 한참 지난 후에야 등대처럼 분명해졌다.

할리나가 그에게 베스테로스로 데려가 달라고 한 순간이었다.

의심해 보았어야 했다. 한 번도 같이 가고 싶어 한 적이 없지 않았던가. 할리나는 늘 양육비가 너무 많이 든다고 말했었다. 그녀가 갑자기 마음을 바꾼 것은 악셀 랑네르펠트가 그곳에 간다고 말했을 때가 아니었던가?

지금까지도 수없이 그랬듯, 나중에 일어난 일들에 비추어 보니 모든 게 분명해졌을 때는 답을 알아도 아무런 도움이 안 되었다.

그 일이 있은 후, 할리나는 툭하면 악셀이 이랬네, 악셀이 저랬네 했다. 끊임없이 그를 찬양했고, 악셀의 책을 반복해 읽었다. 그 책들은 아파트 곳곳에 흩어진 채로, 악셀의 우월함을 시각적으로 확증해 주었다. 토리뉘는 상처를 숨기려 했지만 할리나는 그것을 즉시 알아내고는 다툴 때마다 써먹었다. 더 이상 나빠질 수는 없을 것 같던 어느 날, 어떤 암시가 마음속으로 비집고 들어왔다. 둘이서 베스테로스에서 몰래 밤을 보냈을 것이라는 의심. 은밀한 메모와 편지도 둘이 계속 연락했다는 것을 증명해 주었다. 뼈가 타는 듯한 질투를 느꼈다.

악셀 랑네르펠트. 늘 그보다 뛰어나고 그보다 재능 있음을 입증한 남자. 토리뉘가 갈망하던 존경을 한 몸에 받던 사람.

결국은 남자이자 연인으로서도 뛰어나다는 것인가.

토리뉘는 할리나가 가방을 싸서 크리스토페르를 데리고 집에서 나간 날을 떠올렸다. 그는 할리나를 잡지 않았다. 악셀이 그들을 기다린다던 할리나의 말을 믿은 것이다. 그가 찾기 시작했을 때는 너무 늦었다. 악셀이 아직도 가족과 함께 살고 있다는 사실이 분명해지고, 할리나와 크리스토페르는 땅속으로 꺼져 버린 듯 완벽히 사라진 후였다.

토리뉘는 일어서서 그림을 바라보았다. 언제나 그를 따라다니는 그녀의 눈길. 그가 어디를 보든 할리나는 거기에서 알 수 없는 눈으로, 그가 무의미한 발걸음을 내딛는 모습을 보고 있었다. 언제까지나 젊고, 항상 존재하며, 늘 손에 닿을 것 같은 그녀. 할리나는 고질병처럼 그의 가슴에 머무르며 떠나려 하지 않았다. 그가 사랑하는 것은 그녀인가, 아니면 둘의 사랑에 대한 추억일 뿐인가? 시간의 마법으로, 추억의 색에는 아름다움이 깃들고, 그녀의 변덕과 용서할 수 없는 배신은 흐릿해진 것인가? 할리나는 마음속을 떠나지 않고 계속 떠오르는 멜로디처럼 그를 매혹한 것인가?

그는 감옥에 갇혔다. 마무리되지 않은 것들로, 해명을 바라는 그의 욕망으로 만들어진 감옥. 모든 것이 다시 봉합할 수 없이 입을 벌리고 있었다.

처음에 토리뉘는 문자 그대로 마비되었다. 할리나를 찾는 일을 그만두고 이제 무엇을 해야 좋을지 모르던 때, 아파트 벽이 그녀의 부재를 강조하며 점점 가까이 다가와 그를 바깥으로 내몰았다. 사람들의 물결 속에 그녀와 같은 사람은 없었다. 사람을 만날 때마다 그것을 절실히 느꼈다. 그런 후 절망 속에서 그는 글을 쓰기 시작했다. 아파트에 처박혀 그녀를 되살려 내려고 애쓰며, 가슴 깊은 곳에서 그가 쓴 글을 읽는 날 할리나가 돌아오리라 상상했다. 그가 얼마나 눈부신지 그녀가 보기만 한다면.

『바람이 네 이름을 속삭이다』는 토리뉘가 쓴 최고의 작품이 되었다.

그러나 그마저도 할리나를 꾀는 데 실패했다.

이번에도 토리뉘는 패배했다. 그의 작품을 극찬하는 서평들이 문화계 페이지에서 밀려나고, 온통 악셀 랑네르펠트와 그의 노벨상에 관한 소식뿐이었다. 『그림자』라는 악셀 문학의 최고봉에 마침내 스웨덴 아카데미도 굴복했다. 극찬을 받은 『그림자』는 세기의 소설로 지목되었다. 처음에 토리뉘는 그것을 읽고 싶지 않았지만 결국 호기심에 지고 말았다. 그는 악셀이 무엇 때문에 그토록 우월해졌는지 그리고 무엇 때문에 자신이 그토록 무가치해졌는지 자기 눈으로 확인해야 했다.

그는 서점에서 그 책을 사면서도 얼마나 내키지 않았는지 떠올렸다.

그리고 첫 쪽을 넘기자마자 진실을 알게 되었을 때 얼마나 충격을 받았는지.

그는 랑네르펠트의 집 거실에서 사과할 수밖에 없었던 그 끔찍한 날을 겪은 지 1년 만에, 극악무도한 거짓말을 알아내고 말았다.

토리뉘는 굳이 초인종을 누르지 않았다. 그냥 문을 열고 쑥 들어가면서, 자신에게 그럴 자격이 있다고 생각했다. 아무리 경멸을 퍼부어도 부족한 남자 앞에서 더 이상 살금살금 걸을 필요도 없었다. 예르다는 그가 지나가는 모습을 부엌에서 보기는 했지만 너무 놀라서 입도 벙긋하지 못했다. 악셀의 집필실을 향해 성큼성큼 걸어가는 그를 재빨리 따라왔을 뿐이다. 그녀가 따라잡았을 때쯤 토리뉘는 이미 문을 열었다. 악셀은 의자에 앉아 있다가 펄쩍 뛰었으나 곧 자신을 추슬렀다. 하지만 토리뉘는 악셀의 눈빛에서 두려운 기미를 포착했다.

"괜찮아요, 예르다. 내가 알아서 할게요."

악셀은 토리뉘를 보지도 않고서 그의 옆을 지나가 예르다의 걱정스러운 얼굴 앞에서 문을 닫았다. 그러고는 한마디 없이 책상으로 돌아가 의자에 앉은 뒤 앞에 있는 탁상 위에 손을 깍지 낀 채 올려놓았다. 잠시 침묵이 흐른 뒤, 악셀이 탐색해 보려는 듯 어색한 웃음을 지었다.

"토리뉘, 오랜만이로군."

조심스러웠지만 적대적이지는 않았다.

토리뉘는 아직 문가에 서 있었다. 악셀의 불편한 표정을 보니 잠시 시간을 끌고 싶어졌다. 악셀의 거짓된 정중함, 목에 비치는 홍조. 토리뉘는 이상하게 차분했다. 진실을 자기편에 두어, 처음으로 유리한 고지에 섰다. 그는 힘에 취할 듯했다. 값비싼 샴페인이라도 되는 것처럼 상황을 음미했다.

"스웨덴 아카데미에 들어가게 된 거 축하해야겠군."

"고맙네."

토리뉘는 다소 오래 악셀을 응시하다가 방을 둘러보았다. 한쪽 벽으로 다가가서 증명서와 사진을 뚫어지게 쳐다보며, 침묵이 일으키는 어색함을 한껏 느끼고 있었다.

"특별히 원하는 거라도 있나?"

토리뉘는 등을 돌린 채로 계속 벽을 관찰했다. 그는 어떤 액자의 윗부분을 손가락으로 쓸어 먼지를 털어 냈다.

"예르다가 깜빡했나 보군."

토리뉘는 뒤로 돌아 천천히 방을 가로질러 책꽂이로 갔다. 고개를 한쪽으로 기울이고 책등을 읽다가 잠시 후 『바람이 네 이름을 속삭이다』를 발견했다.

"아니, 이런. 이런 잡문을 읽을 시간이 있었던가? 난 자네가 책 쓰느라 바쁜 줄 알고 있었는데."

"뭐 좀 마시겠나? 커피? 위스키?"

"아니, 됐네."

다시 침묵. 그 후 토리뉘가 손가락으로 악셀의 책을 따라 움직였다.

"뭔가 용건이 있어서 온 것 같은데. 난 자네가 방문한다는 사실도 몰랐고 달리 할 일도 있네."

토리뉘가 동작을 멈췄다.

"그러니까 내가 뭔가 용건이 있을 거라고 생각한다는 말이군?"

"그래."

토리뉘는 악셀을 보았다. "그럼 그 용건이 뭐라고 생각하나?"

악셀은 대답하지 않았다.

토리뉘는 『바람이 네 이름을 속삭이다』가 있는 책꽂이로 돌아가서 책을 잡아 꺼냈다. 그는 잠시 책의 무게를 가늠해 보았다.

"이 책이 누구에 관한 건지 아나?"

"미안하지만 아직 짬을 내지 못했네."

"아니, 이해할 수 있네. 자네 바빴잖은가. 내가 말해 주지. 자네의 귀한 시간을 낭비하면 안 될 테니. 이 책은 할리나에 관한 거네. 아마 기억하겠지? 1년 전에 헛간에서 우리가 아주 유쾌하게 이야기하던 여자 말이네. 뭔가 생각이 나나?"

"그래, 기억하네."

토리뉘는 생각에 잠긴 표정을 지었다.

"어디 보자. 난 그 대화를 거의 문자 그대로 기억하고 있다고 생각하네. 아주 불쾌한 일을 겪고 나면 보통 그렇게 되지. 특히 한 가지가 아주 잘 기억나는데, 그 이야기를 듣고서 무척 안심이 되었기 때문이네. 그건 자네와 할리나 사이에 아무 일도 없었다고 한 대목이었어. 그렇게 말하지 않았었나?"

"말한 그대로 아무 일도 없었네."

"그리고 서로 아무 관계도 없다고 했지."

"무슨 말을 하고 싶은 건가?"

악셀의 목에 비치던 홍조가 얼굴로 번졌다.

토리뉘는 고개를 흔들었다.

"그거 아나, 악셀? 난 자네를 질투한 적이 있네. 자네에게 정말 뭔가 특별한 게 있다고 인정할 수밖에 없었을 때였지. 그렇게 생각하게 된 건 자네 책뿐만 아니라 자네가 상징하는 것 때문이었어."

토리뷔는 깍지 낀 악셀의 손을 보았다. 주먹을 쥔 손이 하얗게 변해 있었다. 악셀은 이를 꽉 물고서 토리뷔의 말에 반박하지 않고 듣고 있었다.

토리뷔는 더 이상 평정을 유지할 수 없었다.

"도대체 어떻게 아직도 시치미를 뗄 수 있는 거지? 자기 실체가 드러난 줄 알면서, 네 놈이 얼마나 개 같은 사기꾼인지 내가 안다는 걸 다 알면서?"

악셀은 팔을 떨기 시작하더니 양손을 무릎 사이에 찔러 넣었다. 토리뷔는 책을 책꽂이에 다시 꽂아 놓고 『그림자』를 꺼냈다. 악셀은 토리뷔가 뭘 하는지 보았지만 도저히 눈 뜨고 볼 수 없다는 듯이 재빨리 고개를 돌렸다. 토리뷔는 악셀을 관찰하면서 그의 품위가 증발해 사라지는 모습을 잠시도 놓치지 않으려 주의했다.

"이 책으로 극찬을 받고 노벨상까지 받는 기분이 어떻던가?"

악셀은 움직이지 않았다. 그러더니 물속에 잠수하는 것처럼 숨을 깊이 들이쉬었다. 그대로 몇 초간 숨을 참았다가 내쉬었다. 몸이 앞으로 기울어지더니 이마를 타자기에 대고 기댔다. 토리뷔는 꼼짝 않고 서서 가식이 산산이 조각나는 모습을 지켜보았다.

"할리나는 어디 있나?"

몇 분이 지났다. 긴 시간이었다. 악셀은 집중력을 모두 발휘해야만 의자에 앉아 있을 수 있는 것처럼 보였다. 그러더니 말을 하려고 헉 하고 숨을 들이쉬었지만 말이 입술 사이로 나오기도 전에 멈춰 버렸다.

"날 도와주게, 토리뷔."

"어디 있는지 말해."

악셀이 겨우겨우 상체를 들자, 전혀 알아볼 수 없는 얼굴이 되어 있었다.

"모르겠네, 맹세하네. 폴란드로 돌아간다는 이야기는 한 적 있어. 토리뉘, 부탁이네. 이해해 줘. 그때 난 완전히 필사적이었어."

악셀은 절망 어린 눈길로 애걸했다. 토리뉘는 그 모습에 충격을 받았다. 악셀 랑네르펠트가 비굴하게 동정을 구걸하다니. 토리뉘는 한마디도 할 수 없었다. 눈에 보이는 장면이 역겨웠다. 그는 손에 쥔 책으로 눈을 돌리고는 손가락으로 책장을 휙휙 넘겼다. 그 모든 글자들, 그 모든 낱말들, 그것들은 뭉쳐서 인간이 도저히 견디기 어려운 최악의 지옥을 묘사했다. 수용소 여건이 묘사된 내용은 실제로 겪어 본 사람만이 쓸 수 있는 것이었다. 고뇌하며, 악령을 잠재우기 위해 쓴 것이었다. 악셀 랑네르펠트는 그녀에게서 모든 것을 강탈했다. 그녀의 생각을 훔치고, 그녀의 영혼을 강간했다.

"그 여자가 나에게 원고를 보냈고 나더러 마음대로 해도 좋다고 했네."

토리뉘는 폭발했다.

"망할, 할리나는 제정신이 아니었다고! 그걸 몰랐나! 이 소설을 쓰느라 얼마나 오랫동안 애를 썼는지 자네가 알아?"

"그녀는 원고에 신경 쓰고 싶지 않다고 했네. 폴란드로 돌아가서 새 삶을 시작하고 싶다고 했어. 지난 일은 다 잊어버리고 싶다고 했고, 또……"

악셀은 어깨를 축 늘어뜨리고 무릎을 내려다보았다. 오른손 손가락으로 결혼반지를 비틀기 시작했다.

"난 몇 년간 아무것도 쓸 수가 없었어. 단 한 작품도. 그래서 너무나 필사적이었네. 출판사는 들볶아 대지, 은행은 압력을 넣지, 대출금 갚을 돈은 없지, 식탁에 먹을 걸 대기도 벅찼네. 단 한 줄도 써지지가 않았을 뿐만 아니라 아예 글이 나오질 않았어. 다 사라져 버린 거지. 알리세에게 집을 팔아야겠다고 말하기로 결심한 차였네. 이곳을 돌아보면서 마음의 준비를 하고 있었는데, 하필 그때 부모님에게 전화가 와서는 여동생이 죽었다고, 심장마비였다고 하더군. 난 거의 30년간 여동생을 보지 못했어. 부모님이 나에게 물어보려고 얼마나 고민했을지 알겠더군. 겨우 말을 뱉은 거였어. 부모님은 나더러 장례식 비용을 댈 수 있겠느냐고 물어보시더군. 그런데 나는…… 도저히 사실대로 말할 수가 없었어. 내가 무일푼이라고, 실패했다고 인정할 수가 없었네.”

악셀은 얼굴을 손으로 감쌌고, 토리뉘는 잠시 그가 울고 있는 줄 알았다.

“그래서 벽장에 예전에 써 둔 게 없는지 뒤지기 시작했는데, 바로 그때 발견한 거네. 그곳에 그 글이 있었던 거지. 그리고 난…… 할리나는 나더러 그걸 마음대로 해도 좋다고 했어. 잘못이었다는 건 알았지만 그때는 다른 방법이 없었네.”

“이 썩을 놈의 노벨상 수상자 악셀 랑네르펠트! 맙소사! 도대체 쪽팔리지도 않나?”

토리뉘는 내뱉듯 말했고, 경멸이 혀를 태울 기세였다.

악셀은 의자에 웅크리고 앉아서 허공을 응시했다. 토리뉘가 본 악셀은 이제까지와는 전혀 다른 모습이었다.

“언젠가는 밝혀진다는 걸, 결국은 내가 읽을 거란 사실을 알았을 텐데.”

"그녀는 자네가 읽지 않았다고 했네. 아무도 읽지 않았다고 했어."

토리뷔는 할 말을 잃었다. 수년간 곁에서 격려하며, 할리나가 포기하려고 할 때도 계속하라고 설득했건만. 문장 하나하나에 논평해 주었고, 놀란 눈으로 그녀의 재능을 보며 그녀가 쓴 글이 얼마나 위대한지 알려 주려고 했건만.

그런데 읽지 않았다니!

"난 모험을 하기로 했네. 그때는 더 이상 나빠질 수는 없다고 생각했어. 일이 그렇게 커질 줄 알았다면…… 이렇게 되리라고는 꿈에도 상상하지 못했네. 그저 시간이나 좀 벌어서 쓰고 있는 글을 마칠 참이었어."

악셀은 토리뷔를 보았으나 얼굴에 동정심이 비치지 않자 고개를 돌렸다.

"자네는 내가 후회하지 않은 줄 아나? 내가 어떤 기분일 거라고 생각하지? 적어도 그 정도는 나를 알잖나. 이 모든 게 끝없는 악몽 같아."

악셀은 일어서서 창가로 걸어갔다.

"나도 되돌리고 싶어, 토리뷔. 그 무엇보다도 되돌리고 싶지만 그럴 수가 없잖나."

방 안에 침묵이 흘렀다. 바깥에서 나는 소리에 악셀이 몸을 돌렸다. 그는 가서 문을 열었지만 아무도 없었다. 아무도 듣지 않는다는 확신이 들자 다시 자리로 돌아가서 앉았다.

"자네에게 발설하지 말아 달라고 요청할 권리가 없다는 건 나도 알지만, 토리뷔, 원하는 게 있으면 뭐든 좋네."

토리뷔가 콧방귀를 뀌었다.

"상금의 반을 주겠네."

그 제안에 토리뉘는 깜짝 놀랐다. 시험에서 훔쳐보다가 들킨 작은 소년인가. 조금 더 술수를 쓰면 벗어날 수 있으리라 생각하다니. 토리뉘는 관자놀이가 불뚝거렸다. 피가 혈관을 뚫고 나오려고 했다. 내키지는 않았지만 동경하던 남자가, 반감은 있었지만 늘 자기보다 뛰어나다고 생각한 남자가 이제 벌레처럼 자기 앞에서 비굴하게 굴고 있었다. 도덕적인 고결함, 인격적인 힘. 그것과 정반대되는 측면은 이제껏 계속 가려진 채 눈부신 업적 아래 숨겨져 있었던 것이다.

"나더러 써도 좋다고 했단 말이네."

조용히 토리뉘를 설득하려는 마지막 시도였다.

토리뉘는 악셀을 보았다. 눈앞에 보이는 사람은 할리나의 사랑을 차지한 남자, 눈부신 명성으로 토리뉘와 할리나 사이를 갈라놓은 남자였다.

"언제 그렇게 말했지?"

악셀은 음흉한 눈길을 던졌다.

"원고에 동봉한 편지에 있었네."

"이보라고 악셀, 자네 입으로 할리나를 못 봤다고 하지 않았나."

"우편으로 보냈네."

"그럼 편지는 어디 있지? 볼 수 있나?"

"없애 버렸네."

"그렇군. 도대체 무슨 근거로 내가 자네 말을 믿을 거라고 생각하지? 그건 그렇고 베스테로스에서는 어떻게 된 건가? 갑자기 할리나의 이야기가 자네 이야기보다 훨씬 믿을 만하게 느껴지는군."

악셀은 답하지 않았다.

토리뉘는 눈을 감았다.

악셀과 할리나. 그의 등 뒤에서 몰래 그 짓을 하다니. 악셀의 손이 책상 위에 놓여 있었다. 탐욕스럽게 할리나의 몸을 더듬던 그 손이. 그리고 할리나는 기꺼이 그것을 받아들였다.

악셀은 토리뉘의 전부를 부당하게 빼앗았다. 그와 할리나의 전부를, 그들이 오랜 세월 키우고 다듬은 전부를, 상대의 기쁨을 보며 배운 전부를 빼앗았다. 책상 뒤에 앉아서 거짓말하는 저 자는 두 사람의 가장 내밀한 비밀을 벌거벗겼다.

할리나의 얼굴, 벌어진 입술, 혀끝이, 그녀의 입이 악셀의 부푼 성기 주변을 감싸고 있는 모습이 보였다. 반짝이는 그녀의 눈, 그녀가 엉덩이를 움직이는 모습, 악셀이 그녀의 안으로 밀고 들어갈 때 나던 소리.

그게 사실이라면 그를 죽여야 하리라.

"바지 벗어."

악셀이 그를 노려보았다.

"뭐라고?"

"바지 벗으라고 했어!"

"미쳤나?"

"네 놈 어딘가에 반점이 있지, 그렇지?"

악셀은 눈을 감았다.

"할리나는 자기 말을 믿게 하려고 내게 그 얘기를 했어. 심지어 종이에 그림까지 그려서 날 설득하려고 했어."

그 마지막 나날들에. 남은 것이라고는 그를 아프게 하는 것뿐이던 시절에.

"헛간에서 내가 한 말 기억하겠지? 거짓말이란 걸 알게 되면 죽여 버리겠다고 한 말?"

더 이상 말이 필요하지 않았다. 악셀의 얼굴에 진실이 드러났다.

"이 씨발새끼!"

"베스테로스가 처음이자 마지막이었어. 제발 용서하시게, 토리뉘. 할리나는 자네랑 연인이 아니라고, 그냥 친구일 뿐이라고 했어. 거짓말인 줄 알았으면 절대 건드리지 않았을 거야."

악셀은 일어섰다.

"아무 의미도 없었어, 토리뉘. 술을 너무 많이 마셔서 어쩌다 보니 그렇게 된 거야."

모든 게 꼬이기 시작한 시기도 베스테로스에 다녀온 이후였다. 할리나의 병이 재발한 때도 그 후였다. 그것은 마지막의 시작이었다.

아무 의미도 없었어, 토리뉘.

그는 씩씩거렸다.

시간이 흘러 지금 일어난 일을 계속 곱씹을 수밖에 없던 시절에, 그는 자신이 이성을 잃은 때가 바로 이 순간이었다고 생각한 적이 많았다. 배신했다는 사실에, 가장 내밀한 자아에 구멍이 뚫리며 악마가 풀려난 그 순간.

"한 번뿐이었어, 그때 한 번뿐이었네, 맹세해."

한 가지 소망뿐.

"이제 어쩔 셈이지, 악셀, 『그림자』의 진실이 전 세계의 예술계를 뒤흔들 텐데? 그땐 어느 구멍으로 숨어들어 갈 셈이지?"

자기 목소리인데도 나직하고 단조로워서 타인의 목소리처럼 들렸다. 뭔가가 그에게 씌웠다. 그것은 그의 인생을 망쳐 놓고 할리나와 아이를 그에게서 멀어지게 한 남자를 응시하게 하고, 주먹을 움켜쥐게 했다.

악셀은 토리뉘의 변화를 눈치 챈 게 틀림없었다. 그는 차분한 표정으로 앉더니 진실이 드러나기 전과 같은 자세를 취했다. 손을 깍지 끼어 책상 위에 놓고서, 뭔가 결심한 눈길로 토리뉘를 응시했다. 변명이 소용없게 되었으니 새로운 책략을 생각하는 게 분명했다.

"이렇게 말해서 미안하네만 자네가 내게 선택의 여지를 주지 않는군."

그는 잠시 멈추었다가 말을 이었다.

"자넨 아무것도 증명할 수 없네."

"내가 뭘 증명해야 하는데?"

"『그림자』에 관한 것들."

토리뉘가 콧방귀를 뀌었다.

"그러니까 네 놈은 내가 안다는 것으로는 부족하다는 말이지? 다른 사람이 모르면 이대로 살 수 있다는 거냐고?"

"내게 달리 무슨 방법이 있다고 생각하지?"

"이 개 같은 위선자."

"난 실수했다고 인정했네. 그 이상 뭘 바라나?"

"그렇다면 할리나의 작품으로 끝까지 찬사를 받으며 지내겠다는 건가?"

"난 『그림자』가 나오기 한참 전부터 노벨상 최종후보에 올라 있었네. 내가 그 책 때문에만 상을 받은 게 아니라는 건 자네도 잘 알 거야. 다른 작품도 충분히 반영된 거지."

"네가 직접 쓴 책 말인가?"

"이미 말했듯 자넨 아무것도 증명할 수 없어."

토리뉘는 꼼짝도 하지 않았다. 토리뉘는 할리나가 트레블린카 수용소에서 수모를 겪고 타인에게 사랑받을 수 없게 된 후로 얼마나 열등감을 느꼈는지 생각하고 있었다. 그는 평생 악셀이 존경과 명예에 둘러싸여 주목받는 모습을 지켜보면서, 그곳에 올라서야 할 사람이 다름 아닌 할리나라는 사실을 떠올릴 수밖에 없을 것이다. 문화계가 악셀에게 비굴하게 아첨하는 모습을 목격하고, 할리나가 고통을 승화시켜 힘겹게 위대한 예술로 탈바꿈시킨 작품을 악셀이 자기 것인 양 고개를 조아리는 모습을 지켜볼 수밖에 없으리라.

다음 거짓말은 자연스럽게 생각난 것으로, 미리 계획한 게 아니었다. 앞서와 똑같은 단조로운 목소리가 나왔다.

"집에 할리나의 노트가 있어. 조사하는 동안 받은 편지도 다 있고. 초고와 개요도 있지. 손으로 직접 쓴 거야."

효과가 있었다. 하지만 토리뉘는 악셀의 말이 옳다는 걸 알았다. 그를 잡아넣을 방법은 없었다. 증거도 없이 토리뉘의 말을 믿을 사람은 없었다. 어찌어찌 할리나를 발견하게 된다고 하더라도 마찬가지다. 악셀의 말이 사실이라면, 할리나는 어쩌면 진실을 부인하고 이번에도 악셀을 선택할지 모르는 일이었다. 계란으로 바위를 친 것처럼 악셀은 스캔들을 비켜 갈 것이고, 토리뉘는 저열한 짓을 했다는 수치만 감당해야 할 것이다.

토리뉘는 욕망이 뜨겁게 타오르는 걸 느꼈다. 악셀을 파멸로 이끌고 싶은 욕구가 타올랐다. 악셀도 똑같은 고통을 맛보게 하고 싶었다. 아무것도 중요하지 않았다. 그걸 위해서라면 무엇이든 하리라. 악셀의 작품을 망가뜨릴 수 없다면, 그의 인생을 파괴할 수밖에 없으리. 그 어둠이 얼마나 짙은지, 그 자신도 두려웠다. 그는 자신을 멈추게 할 뭔가를 더듬거리며 찾았지만, 어둠 속에는 아무것도 없었다. 그리고 저 멀리서 목소리가 다가와 극악무도한 계획을 발동했다.

어디서 들려온 목소리일까? 알 수 없었다.

"네가 사고 싶은 게 나의 침묵이라면, 한 가지 방법이 있지. 네가 어디까지 희생하려고 하느냐에 달려 있지만."

악셀은 가만히 앉아서, 그가 계속 말하기를 기다렸다.

"이런 말이 있지. 눈에는 눈, 이에는 이."

"무슨 소린지 모르겠군."

"넌 내 여자를 빼앗았어."

"토리뉘, 그때 한 번뿐이었고 자네 여자인지도 몰랐어. 자네가 지금 이러는 게 그것 때문인가? 단 한 번의 잘못 때문에?"

단조로운 목소리가 이어졌다.

"한 번은 실수고 두 번은 습관이라는 말도 있지?"

악셀이 이해하지 못하겠다는 듯 팔을 벌리자 토리뉘는 말을 이었다.

"나도 한 번이면 충분해."

"이해가 안 가네. 원하는 게 뭔가?"

"똑같이 하는 것."

악셀은 인상을 찌푸리며 혼란스러운 마음을 드러냈지만, 천천히 얼굴을 폈다.

"알리세 이야기인가?" 악셀이 콧방귀를 뀌었다. "알리세가 자네한테 그다지 관심이 있지는 않겠지만, 마음대로 한번 해 보시게나."

"알리세 이야기가 아니야."

악셀의 웃음이 사라졌다.

토리뉘는 이성과 의지 사이에서 몸이 무거웠다. 그는 미동도 하지 않고서 어둠이 자신을 삼키도록 내버려 두었다. 자신을 파멸의 길로 이끄는 발걸음을 떼기 직전이었다.

"네 딸 이야기야."

악셀은 의자에서 뛰어올랐다.

"지금 제정신인가?"

파괴할 힘을 얻기 위해. 어떤 가능한 수단을 이용해서라도 악셀의 인생을 망쳐 놓을 힘을 얻기 위해서다.

"네가 판단해. 네 명성은 얼마나 비싸지?"

"안니카는 이 일과 전혀 상관없어, 손톱만큼도 상관없다고. 어떻게 그런 일을 제안이랍시고 할 수가 있는지……." 악셀은 잠시 말이 없었다.

"도대체 나를 어떻게 보는 건가? 자네 말이 무슨 뜻인지 알기는 하는 건가? 날 유혹한 건 할리나였네. 그렇다고 달라질 것도 없겠지만. 왜 내가 한 일 때문에 내 딸이 수모를 당해야 하지? 그 애는 고작 열다섯 살이네! 열다섯! 자네에 관해서는 좀 안다고 생각했지만, 토리뉘, 이건 정말! 도무지 어디까지 타락할 셈인가?"

토리뉘는 웃었다.

"네가 스스로 생각해 봐야 할 의문이 바로 그거라고, 악셀. 넌 얼마나 타락할 준비가 돼 있지? 넌 이미 상당히 낮은 곳으로 떨어졌어."

악셀이 눈을 가늘게 떴다.

"분명히 말하는데 나도 그 원고를 결코 사용하고 싶지 않았네. 하지만 이미 일어난 일은 되돌릴 수 없어. 아무리 되돌리고 싶어도. 나보다 유리한 고지에 서서, 언제라도 진실을 폭로할 수 있다는 것을 아는 것만으로는 충분한 복수가 되지 않는 건가? 자네도 어떻게 될지는 너무나 잘 알지 않나, 혹시라도…… 아무리 자네라고 해도 그런 불행이 내게 닥치길 바랄 거라고는 상상이 안 가는군.”

토리뉘의 내면에서 날뛰고 있는 것이 얼굴에 드러났다면, 악셀은 마지막 말을 취소하고 싶어졌을 것이다.

“할리나는 나더러 원고를 마음대로 해도 좋다고 했어. 그런데 자네는 무슨 권리로 이런 비열한 협박을 하는 건가? 게다가 내가 상당 부분을 고쳐 썼어. 자네도 내 입장이었으면 똑같이 했을 걸세.”

“내가?”

“지금 거기서 의롭고 진실한 체하기는 쉽지만 난 자네를 알아, 토리뉘. 자네도 똑같이 했을 거네.”

“하지만 난 그러지 않았지. 그게 차이야.”

악셀은 다시 의자에 몸을 파묻고 손바닥을 펼쳤다. 그렇게 하면 토리뉘가 이성에 귀를 기울이기라도 할 것처럼.

“토리뉘, 합리적인 사람으로서 이야기해 보자고. 난 자네에게 경멸받아도 마땅해, 그건 인정해. 그리고 상금의 절반도 주겠다고 했어. 이제 집에 가서 생각해 보게. 지금은 너무 흥분해서 이성적으로 생각하기 어려울 거야. 자네가 방금 말한 건 잊어버리고 용서하겠네. 가서 내가 제안한 돈으로 조용히 지낼 수 있을지 생각해 보게.”

“할리나의 돈을 받을 생각은 없어.”

“그럼 뭘 원하지?”

“이미 말했잖아.”

"젠장할!"

악셀은 책상을 주먹으로 내리쳤다. 토리뉘는 웃었다. 욕하는 건 악셀의 점잖은 태도와 어울리지 않았다.

"네가 결정해. 네게 달렸어. 늘 그랬듯이."

악셀은 욕지기가 나서 고개를 절레절레 흔들었다.

"사람이 어떻게 그런 소릴!"

"이제 선택하시지, 노벨상 수상자 나리. 내 제의는 1분 후면 끝나니까." 토리뉘는 팔을 들어 시계를 보았다.

"자넨 지금 자기가 무슨 짓을 하는 건지 모르고 있어. 제정신이 아니라고!"

"45초."

악셀은 일어섰다. "장난은 그만해."

"30초."

악셀은 눈을 감았다.

토리뉘는 공허했다. 즐겁고 사악한 쾌감이 짙은 어둠 속으로 흩어져 갔다.

"정신이 돌아오면 후회할 거야, 토리뉘."

"10초."

악셀은 다시 의자에 풀썩 앉았다.

초침이 운명적인 원을 그리자 토리뉘가 팔을 내렸다.

"자, 악셀, 자네가 저 구석에 처박혀 있던 한줌의 명예라도 긁어모으는 모습을 보니 기쁘군."

악셀은 얼굴을 손에 묻고서 몸을 앞으로 숙였다. 토리뉘는 문으로 다가갔다. 문고리에 손을 얹은 순간 악셀의 목소리가 들렸다.

“잠깐.”

어둠 속에서 뭔가가 비웃었다. 토리뉘는 뒤로 돌았다. 악셀은 의자에서 일어났고, 토리뉘를 유린하고 있는 것에 견줄 만한 뭔가가 악셀의 눈에서 타오르고 있었다.

“자넨 내게 선택의 여지를 주지 않았어. 그건 알겠지.”

“사람은 언제나 선택할 수 있는 법이야, 악셀. 우선순위가 뭐냐가 문제지.”

악셀은 고개를 돌렸다. 호흡이 거칠었다.

“어떤 식으로 할 셈이지?” 속삭이는 목소리가 들릴락 말락 했다.

“그건 내가 알아서 하지. 오늘 밤 이 집에 혼자 있게만 해.” 토리뉘는 시계를 보았다.

“아내는 영화관이든 어디든 데리고 가고, 예르다도 해결하고. 난 모두들 떠날 때까지 이곳에서 기다리지. 그리고 자네가 주겠다고 한 위스키 가져오는 것도 잊지 말라고.”

“나쁜 놈.”

토리뉘는 웃었다.

“기분이 어때, 악셀? 이 기분을 잊지 마시게.”

악셀은 책상에 손바닥을 댄 채 앞으로 몸을 숙였다. 자신의 예전 모습을 보는 것 같았다. 토리뉘의 복수는 완벽했다. 남은 건 실행하는 일뿐.

악셀은 평소의 울림을 다 잃어버린 목소리로, 천천히 한 마디 한 마디를 강조하듯 말하며 대화를 끝냈다.

“나 외에 『그림자』에 연관된 사람이 있다는 추문이라도 나오는 날에는, 자네 책임을 물어 오늘 자네가 이곳에서 한 일을 폭로하겠네. 내가 무너진다면, 자네도 같이 무너지게 될 거야. 그리고 앞으로 절대로 내 앞에 나타나지 않겠다고 약속하게. 마지막으로 자네가 지옥으로 꺼져 버렸으면 좋겠군, 원래 자네가 있던 그곳 말이야.”

토리뉘는 정돈되지 않은 침대에 몸을 묻었다. 그는 그날 이후 절대로 사라지지 않던 어둠을 30년간 감내했다.

그가 어떻게 그럴 수 있었을까? 그 자신도 알 수 없었다. 오직 어둠이 자신을 삼켜 버렸다는 것 외에는. 그는 30년간 찾아 헤맸지만 어떤 변명도 발견할 수 없었다. 얼마 동안은 아닌 척했다. 겉으로 보이는 모습을 잘 가꾸며 어떤 비난도 거부했다.

하지만 종은 보이지 않을 정도로 작은 금이 가도 소리가 둔탁해지는 법이다.

악은 원래부터 그의 내면에 존재했던 것일까, 그의 타고난 일부로서? 아니면 그가 모든 걸 빼앗아 간 그때 침입하여 그에게 씌운 것일까? 복수하기 위해 파괴하는 힘밖에 남은 게 없던 그때.

토리뉘는 그가 복수한 대상이 결국 자신이었다는 것을 뒤늦게야 깨달았다. 자신이 어떤 짓을 저지를 수 있는지 보여 준 대가로, 감당하기에 너무 버거운 수치심을 떠안았다는 것을.

악셀의 마지막 바람은 이루어졌다.

토리뉘는 자신이 짐승이라는 것을 입증했고, 그의 여생은 그 짐승으로서 살아가려고 애쓰는 일이 되어 버렸다. 의도한 모든 것들은 결국 결과를 낳는 법이다. 그것을 이루려고 진실로 노력한다면. 그리고 토리뉘는 노력했다.

그리고 기대 이상으로 잘해냈다.

29

이른 아침이다. 일어나기도 전에 내가 행복하다는 걸 안다.

"예오리에." 그녀가 속삭이고, 그녀의 입술이 내 귀를 스친다. "봄이

왔어요. 창문 틈으로 봄 냄새가 들어와요. 이리 와요!"

소냐는 내 손을 잡고, 기다리고 있는 모든 것으로 나를 끌고 가려고

한다. 내가 눈을 뜨자 그녀가 웃는다.

신들이 질투를 느낄 수 있다면, 조심해야겠다.

부디 내게서 빼앗아 가지 마요, 나는 나직이 기도한다.

그녀가 듣지 못하게.

우리는 바구니를 챙겨서 물가로 내려간다. 담요를 펼치고 아침을 먹

는다. 소년은 모자를 집에 두고 왔고, 전에는 갈색으로 죽어 있었지

만 이제 초록빛으로 깨어난 들판을 데굴데굴 구른다. 나는 소년을

어깨에 태우고 봄 공기를 가로지르며 질주한다. 아이가 웃다가 거의

숨이 막힐 때까지. 그녀는 담요 위에 앉아서 웃고 있다. 저 멀리서 빨강 드레스를 입은 작은 점이 되어.

그런 뒤 아이는 그녀 무릎에 앉아 비스킷을 먹는다. 나는 어울리지 않는 컵에 커피를 따른다. 소년은 아이들만 볼 수 있는 뭔가를 발견하고는 저만치까지 걸어간다. 그녀는 아이를 계속 지켜본다.

더 무엇이 필요한가, 나는 생각한다. 그녀가 다시 건강해졌으니 더 바랄 게 없다.

하지만 그때, 그것이 담요에 앉은 우리 사이에 내려앉는다.

우리가 절대로 말하지 않는 그것.

그녀도 그 달갑지 않은 손님을 발견했는지 내 손을 잡는다. 전에도 수없이 그랬듯, 그녀는 내가 묻기도 전에 답한다.

"난 절대 넘어지지 않았어요. 가라앉았을 뿐."

"내가 있잖아."

내가 그녀의 뺨을 쓰다듬는다.

"나는 당신의 코로 숨 쉬고, 당신의 다리로 걸어요. 날 떠나지 말아요, 예오리에."

"난 당신을 떠나지 않아."

그녀가 소년을 본다.

"남녀 사이에서는 떠나지 않겠다고 약속할 수 있어요. 그 말이 무엇을 뜻하는지, 그러니까 그 말이 현재의 감정을 말하는 거고 언제든 바뀔 수 있다는 걸 아니까요."

"난 그렇지 않아."

그녀가 내 손을 잡는다.

"아이는 어른의 말을 믿어요. 난 우리 어머니가 날 결코 떠나지 않겠

다고 했을 때 그대로 믿었어요. 약속을 지킬 수 있을지 모르는 사람
은 어떻게 아이에게 약속할 수 있을까요?"

그녀는 다시 소년을 본다.

"난 저 아이를 사랑해요. 왜 그것으로는 부족할까요?"

크리스토페르는 토리뉘의 책을 내려놓았다. 이미 오후였지만 그
는 아직 침대에 있었다. 『바람이 네 이름을 속삭이다』를 조금씩 읽
다가, 때로는 그저 가만히 누워서 천장을 바라보았다. 이 책은 한꺼
번에 다 읽을 수가 없었다. 그의 숨겨진 세상, 그것은 그 오랜 세월
도서관에 있었던 것이다.

그는 내키지 않지만 자신의 정체성을 조정하려고 했다. 반쪽에
지나지 않았지만 희망이 있는 상태에서, 온전하지만 무의미한 상태
로 옮겨 가려고 했다. 그는 3년간 공정한 대우를 받기에 합당한 사
람이 되려고 분투하며, 선하게 행동하면 보상을 받게 되어 있다고
믿었다. 그는 타의 모범이 되려고 노력했고, 평범함에서 벗어나서 세
상을 더 나은 곳으로 만들려고 최선을 다했다. 자신의 부모가 어떤
사람일지 마음속으로 정해 놓고, 그들에게 어울리는 사람이 되려고
애를 썼다. 그는 알코올 중독을 받아들였고, 자신의 유전자 어딘가
에 숨어 있는 악마와 싸웠다. 그것이 어디에 있는지도 모르는 채.

진실은 등 뒤에서 그를 비웃었다.

계속 싸워 보라고, 이 멍청아, 조만간 쓰러지게 될 거다.

그의 과대망상증에 우주가 언짢아진 것이 틀림없었다. 어떤 사람
은 유전자 덕분에 남들보다 원래부터 우월하다는 믿음. 그리고 그게
맞다면 자신도 그런 우월한 사람에 속한다는 생각. 그것에 언짢아

진 우주가 드디어 거대한 손가락으로 그를 압정처럼 눌렀다.

크리스토페르는 책을 얼굴 가까이 들어 냄새를 들이마셨다. 담배 연기와 낡은 먼지의 악취가 풍겼다. 그의 어머니는 사랑받았다. 그걸 알고 나니 그래도 위안이 되었다. 책의 어떤 부분에서는 그도 사랑받았다고 나왔지만, 이미 이야기의 결말을 직접 겪은 그로서는 믿기 어려웠다. 현실은 토리뉘가 상상한 것과 그리 잘 맞아떨어지지 않았다.

그가 당한 부당함은 용서받을 수 없는 일이었다. 어머니의 병은 변명으로 충분하지 않았다. 누군가는 그런 상황을 분명히 알았을 테고, 뭔가 조치를 취해 그가 35년간 불확실한 상태로 지내지 않도록 막을 수도 있었을 것이다. 그들이 토리뉘를 떠난 날과 어머니가 크리스토페르를 버린 날 사이에는 넉 달이 있었다. 그 시간 동안 수많은 사람들이 그들과 마주쳤을 것이고, 어머니가 얼마나 안 좋은지 알았을 것이다.

누구도 그들을 구하러 오지 않았다.

크리스토페르는 우편함이 덜걱거리는 소리와 우편물이 현관 바닥에 떨어지는 소리를 들었지만 일어날 기운이 없었다. 우체부의 발걸음이 서서히 멀어졌다. 그는 고개를 돌려 컴퓨터를 보았다. 연극조차 더 이상 중요하지 않은 것 같았다. 그가 가장 감격시키고 싶은 사람들은 결코 연극을 보지 못할 테니까.

눈길이 코냑 병으로 향했다.

그는 무거운 한숨을 내쉬며 일어나 실내복을 조였다. 그는 발닦개에 놓인 우편물을 보았지만 그냥 내버려 두었다. 대신 책상 앞에 앉았다. 손을 무릎에 올려놓고 그곳에 오래도록 앉아 있다가 노트북을 열었다.

이메일 도착을 알리는 소리가 들렸다.

드디어 예스페르에게서 답이 왔다.

그는 이메일을 열었지만 메일에는 웹 링크만 있었다. 그것을 클릭했더니 웹페이지가 다운로드되기 시작했다. 페이지가 뜨는 데 유난히 오래 걸려서 그는 기다리면서 조바심 내듯 손가락을 두드리다가 예스페르의 번호를 눌렀다. 이번에는 음성사서함도 받지 않았다. 엉뚱한 번호로 전화를 건 것처럼 단조로운 기계음만 들렸다.

마침내 화면에 페이지가 다 떴다. 그는 현관으로 가서 우편물 더미를 발로 쿡쿡 눌렀다. 테이크아웃 음식점에서 날아온 전단지, 은행명세서, 손으로 쓴 편지. 그는 편지를 집어 들고 책상으로 돌아갔다. 플레이를 누르자 영상이 시작되었다. 예스페르가 자기 아파트에 앉아 있는 화면. 크리스토페르는 배경에 보이는 벽지를 알아보았다.

"예스페르 폴크라고 합니다. 이 동영상을 봐 주시고, 인간으로 태어날 때 부여된 의무가 무엇인지를 대다수가 잊어버렸다는 내 가설을 확인시켜 주셔서 감사합니다."

크리스토페르는 편지를 내려놓고 뒤로 기댔다. 예스페르를 보니 좋았다. 변해 버린 온갖 것들 사이에서도 믿을 수 있는 존재.

화면에서 예스페르는 100크로나짜리 지폐를 몇 장 흔들었다.

"이건 500크로나입니다. 지금 이걸 이 친구에게 줄 겁니다. 자 여기요!"

예스페르는 카메라 뒤쪽에 있던 사람에게 손짓했다. 잠시 후 머리가 나타났는데, 얼굴이 검정 스키마스크로 덮여 있었다. 구멍 사이로 파란 눈이 반짝였지만 크리스토페르는 누구인지 알아보지 못했다.

"손을 흔들어서 사람들에게 기쁘다는 걸 보여 주세요."

익명의 남자가 손을 흔들었다.

"난 저 친구를 500크로나에 사서 이 동영상을 인터넷에 올리도록 했습니다. 누구든 돈으로 살 수 있죠. 어떤 사람은 비싸고 어떤 사람은 쌉니다. 여러분은 자신의 값을 생각해 보았나요? 좋아요, 이제 가서 다시 앉으세요."

남자가 사라졌다. 방향으로 보아서 예스페르의 침대에 가서 앉은 것 같았다.

"이제 주제로 들어가죠. 난 『향수 - 견딜 수 있는 슬픔이라는 이상한 감정』이라는 소설을 썼습니다. 제목을 명심하세요. 7년이나 걸려서 쓴 그 소설을 어느 훌륭한 출판사에서 출간하기로 결정했습니다. 당연히 난 무척이나 기쁩니다. 그 책에는 몇 가지 중요한 게 있거든요. 내가 그걸 쓴 것은 세상을 바꾸고 싶기 때문입니다. 더 이상 이런 식으로 가면 안 되니까요. 그렇지 않나요?"

예스페르는 마스크를 쓴 남자에게 동의를 구했다.

"저 친구도 동의하는군요."

크리스토페르는 웃음을 참을 수 없었다. 예스페르가 마침내 소설을 홍보할 방법을 찾아낸 것이다.

"작가들이 다 그렇듯 나도 내 책이 특별히 중요하다고 생각하고, 작가들이 으레 그렇듯 나도 여러분이 그것을 읽어 주기를 바랍니다. 하지만 여기서 중요한 문제가 생기죠. 어떻게 해야 여러분이 다른 책을 제쳐 놓고 내 책을 읽게 할 수 있을까요? 보시다시피 난 꽤 못생겼습니다. 화려한 잡지 광고나 텔레비전 토크쇼에 활기를 불어넣어 줄 인물은 아니죠. 유명인사도 모릅니다. 나는 엄청 훌륭한 작가지만 말은 어눌하고, 바로 그 때문에 여기서도 큐 카드를 보고 읽고 있죠."

그는 동영상 밑에 있는 뭔가를 내려다보았다.

"여하간 책은 3월 4일에 출간될 겁니다. 잊지 마세요. 3월 4일. 『향수 - 견딜 수 있는 슬픔이라는 이상한 감정』. 적어 두세요. 아셨죠? 자, 이제 원래 주제로 돌아가죠."

이제 큐 카드가 화면 아래에 보였다.

"스웨덴에서는 매해 책이 약 4,500권 발행됩니다. 그렇다면 어떻게 해야 여러분이 내 책을 알아보게 할 수 있을까요? 한 가지 방법뿐입니다. 미디어에서 내 책 기사를 되도록 많이 쓰게 하는 거죠. 그럼 어떻게 그렇게 할 수 있을까요?"

예스페르는 잠시 멈추며 마치 누군가 질문에 답하기를 기다리는 듯했다. 그러더니 말을 이었다.

"어떤 사람은 신문이 중요한 일들을 기사로 다룬다고 생각합니다. 신문이 우리에게 정보를 제공해야 할 의무가 있기 때문이라고 하죠. 하지만 그건 사실이 아닙니다. 대다수 신문은 독자가 읽고 싶어 하는 기사를 씁니다. 그것만이 여러분이 신문을 사 보게 하는 확실한 길이기 때문이죠. 그러니까 기사에서 무엇을 볼지, 어떤 것이 우선순위가 돼야 할지 결정하는 건 여러분입니다. 힘을 쥐고 있는 것도 여러분입니다. 지갑을 열어서 뭔가를 살 때마다 여러분은 그 물건과, 그것으로 돈을 버는 누군가에게 인사를 하며 좋다고 말하는 셈입니다. 그래서 나는 여러분이 무엇에 관해 읽고 싶어 하는지 보려고 타블로이드의 헤드라인을 좀 보았습니다. 그러자 또 다른 문제가 생기더군요."

이번에도 예스페르는 큐 카드를 흘끗 보았다.

"나는 살인청부업자도 아니고, 소아성애자도 아니며, 늙은 여자를 강간한 적도 없고, 어린이를 학대한 일도 없고, 텔레비전에서 그짓을 한 적도 없으며, 리얼리티 쇼에 나온 적도 없습니다. 가슴에 실리콘을 넣지도 않았고, 돌림빵에 참여한 적도 없고, 벌거벗고 길거리를 뛰어다닌 적도 없습니다. 심지어 마약도 하지 않아요. 지극히 평범한 남자입니다. 뭐, 좋아요, 지독하게 못생기기는 했지요, 그래도 말이에요. 도대체 어떻게 해야 미디어에서 내 책 기사를 쓰고 싶은 생각이 들 만큼 흥미롭게 보일 수 있을까요? 잠시 생각해 보았더니 이런 방법이 떠올랐습니다. 난 이미 이 웹사이트가 방문자수 기록을 깨뜨릴 거란 사실을 알고 있고, 내 소설이 스웨덴 전역의 신문가판대에서 언급될 거란 것도 알고 있습니다. 여러분이 이런 걸 끔찍이도 좋아하기 때문이죠. 지금 이걸 보고 있는 여러분 모두가, 이것이 내 책을 세상에 알리는 최고의 방법이란 걸 보여 주는 증거입니다. 여러분은 이미 루머를 들어서 무슨 일이 일어날지 알면서도 이사이트에 와서 이 염병할 걸 보고 있죠."

그의 눈이 가늘어지더니 카메라에 손가락질을 했다.

"바로 여러분 같은 사람들 때문에 내가 책을 쓴 겁니다. 그리고 이 동영상을 본 후에 내 책을 읽지 않는다면, 그냥 뒈져 버려!"

예스페르는 잠시 멈췄다가 뒤로 기댔다.

"내가 지금 호의를 베풀고 있다는 걸 잊지 마세요. 난 지금 당신이 잊어버린 게 뭔지 알려 주려는 겁니다."

그는 손을 들어 목으로 가져갔다.

"지금 문제가 될 만한 건 패리스 힐튼이 치와와를 또 사는 바람에 내 책 이야기가 뒤로 밀려나는 거지만, 그러지 않기를 바라는 수밖에요.”

그가 칼라 안쪽에서 뭔가 만지작거리다가 팔을 치우자, 목 주위에 얇은 플라스틱 밴드가 나타났다. 물건을 포장할 때 쓰는 밴드였다. 한쪽 끝을 다른 쪽 끝으로 집어넣고 당기면 톱니바퀴가 있어서 꽉 조여지는 그런 것이었다.

“자 명심하세요.『향수 – 견딜 수 있는 슬픔이라는 이상한 감정』. 3월 4일입니다. 내 이름은 예스페르 폴크이고, 시청해 주셔서 감사합니다.”

예스페르가 카메라를 응시하면서 밴드의 한쪽 끝을 당겼다.

크리스토페르는 의자에서 벌떡 일어서다가 의자를 뒤로 넘어뜨렸다.

카메라가 줌인되었다. 플라스틱 밴드가 예스페르의 목으로 파고들었다. 그의 눈이 카메라 렌즈와 뷰어를 향해 레이저처럼 번쩍였다. 화면에서 일어나고 있는 일을 중지시키려고 크리스토페르의 손이 광적으로 키보드를 더듬거렸다. 그는 휴대전화를 잡고 익숙한 번호를 눌렀지만 이번에도 신호음만 나왔다. 화면에서 예스페르는 얼굴이 일그러졌고, 결의에 찬 표정도 무너졌으며, 반복적으로 눈을 깜빡였다. 그런 후 카메라 렌즈가 방향을 바꾸어, 마스크를 쓴 남자가 있던 곳으로 돌아갔다.

크리스토페르는 흐느끼기 시작했다. 그는 그 장면을 견딜 수 없었다. 예스페르는 그에게 도움을 요청했고, 책 홍보에 관한 두려움을 이야기하고 싶어 했다. 그러나 크리스토페르는 예스페르를 무시해 버렸다. 질투심에 그의 메시지를 지워 버렸다. 심지어 예스페르가 집 문 앞에 서 있는데도 들어오지 못하게 했다. 크리스토페르는 손으로 얼굴을 가리고 눈을 감았지만, 눈이 저절로 떠져서 예스페르의 손가락이 헛되이 플라스틱 밴드를 풀려고 버둥거리는 모습과 그의 눈에 죽음의 공포가 어리는 광경을 지켜볼 수밖에 없었다.

크리스토페르는 통곡을 멈출 수 없었다. 내면에서 폭발이 일어났고, 억눌렸던 절망이 송두리째 풀려났다. 신음 소리에 맞춰 예스페르의 목이 앞으로 꺾이고 그대로 멈췄다. 화면이 시커멓게 바뀌었다. 이미 모든 게 너무 늦은 후였다.

길가에서 자동차가 경적을 울렸다. 한 이웃이 화장실 물을 내렸다.

온전한 상태로 남아 있던 마지막 조각이 그렇게 부서졌다.

그가 무엇을 생각하든, 그가 무엇을 느끼든 이제는 중요하지 않았다.

책꽂이까지 네 발자국. 여전히 능숙한 동작으로, 그는 코냑 병의 코르크를 휙 뽑았다. 어떤 대가를 치르든, 그에게는 자비가 필요했다.

30

얀-에리크는 현관문이 열리는 소리를 듣고서 서둘러 냉장고로 가서 샴페인 병을 꺼냈다. 잔은 이미 식탁 위 촛대 옆에 차려 놓았다. 그는 성냥을 꺼내어 초에 불을 붙였다. 기다린 지도 몇 시간이나 지났다. 조리대에 캐비아 튜브가 남아 있는 걸로 보아 그가 샴페인을 사러 밖에 나갔을 때 루이세는 집에 있었던 모양이었다. 하지만 그가 돌아왔을 때는 집에서 나가고 없었다. 그녀는 전화를 받지 않았다.

그는 잠시 어머니 상태가 심각한 지금 상황에서 축하한다는 것이 적절한 일인지 곰곰이 생각했지만, 나중으로 미루면 더 안 좋을 듯했다. 이번만큼은 어머니가 아니라 자신에게 초점을 맞출 생각이었다. 어머니가 이 순간을 빼앗아 갈 수 없게 하리라.

얀-에리크는 샴페인으로 루이세를 놀라게 하고 애플타이저로 엘렌을 놀라게 한 다음에 명예로운 수상 소식을 말하려고 했다. 같이 휴가를 가자고 제안하는 것은 어떨까. 그날 이후로 줄곧 걱정한 가정파탄의 발걸음을 멈추는 것이다. 루이세가 눈물을 흘리며 무너져 결혼생활에 회의를 드러낸 그날부터 그는 불안이 가시지 않았다. 자신의 반응이 어찌나 강했는지, 그도 놀라고 말았다. 그것이 얼마나 중요한지, 그것을 얼마나 당연하게 생각했는지 깨달은 것이다. 결혼생활은 어떤 대가를 치르더라도 지켜야 했다. 그것은 그가 앞으로 나가게 해 준 토대이자 돌아가야 할 근원이며, 그의 삶을 지탱해 주는 뼈대이고, 모든 것을 쌓아 올린 바탕이었다. 세 사람이 한 가족으로 지낼 수 있다면 무슨 짓이라도 할 생각이었다. 하지만 그것이 무엇을 뜻하는지는 철저히 생각하지 않았다. 확실히 그는 결혼생활의 몇몇 부분을 생각하지 않으려 했다. 하지만 이런 식의 사고는 그의 노력을 의미 없는 것으로 만들 것이다. 루이세와의 섹스는 생각도 할 수 없었다. 그런 까닭에 축하 파티에는 엘렌이 있어야 했다. 그는 냉장고 문에 붙은 엘렌의 학교 일정을 미리 확인했다. 이제 30분 후면 엘렌이 집에 올 것이다. 생각조차 할 수 없는 상황이 일어나서는 안 된다. 루이세가 그의 의도를 어떻게 해석하든 간에.

얀-에리크는 초에 불을 켜면서 손이 떨리는 걸 느꼈다. 깜짝 파티를 준비하면서 술을 한잔 마시고 마음을 진정시키고 싶었지만 참았다. 비록 술은 거의 바깥에서만 마셨지만 혹시라도 그가 술을 얼마나 많이 마시는지 루이세가 알 것만 같아 때때로 불안했다. 하지만 이번에는 샴페인으로 건배를 하며 자연스럽고 적절한 축하 방식에 따라 한잔 하게 될 것이다.

그가 고개를 들자 루이세가 현관 앞에 서 있었다.

그는 훅 불어 성냥을 껐다.

"안녕."

그녀의 눈길이 그를 지나치고, 축하하기 위해 준비한 모든 걸 지나치더니 방황하다 창밖으로 향했다.

"와서 앉아. 축하할 일이 있어."

그는 샴페인 병을 쥐고 포일을 벗기며, 인사라도 좀 하면 어때서 그런가 생각했다. 와이어를 풀고서, 코르크를 빼낸 뒤 거품에 넘치지 않을 정도로 잔을 채웠다.

루이세는 아직도 문 앞에 그대로 서 있었다. 분명 구슬릴 필요가 있었다.

"이리 와."

어딘지 루이세가 전과 달랐지만, 그는 그것이 정확히 뭔지 몰랐다. 그녀가 깨어 있는 것을 마지막으로 본 지 사흘이 지났다. 사흘 전에 울고 있는 그녀를 남겨 두고 떠난 식탁을, 이제 그는 샴페인과 초로 장식해 두었다.

그는 가까이 가서 루이세에게 잔을 건넸다.

"내 말 좀 들어 봐. 내가 북유럽위원회 문학상을 받았어. 저자가 아닌 사람에게 상을 주는 건 처음 있는 일이래."

"축하해요."

기뻐하지도 않다니. 얀-에리크는 그녀의 얼굴에서 그것을 확실히 알 수 있었다. 하지만 그는 어떻게 하면 루이세의 마음을 움직일지, 루이세가 좋아하는 것이 뭔지 알았다.

"상금이 35만 크로나야. 덴마크화로. 실제로는 더 된다는 이야기지."

루이세는 샴페인에 입도 대지 않고 조리대 위에 잔을 내려놓았다. 루이세는 얀-에리크에게 등을 돌린 채로 거기에 서 있었다. 계속되는 그녀의 침묵에 그는 점점 화가 났다. 한 번도 고맙다는 말을 듣지 못했다. 그는 개처럼 일하는데, 다정한 말 한마디나 격려의 말을 한 번이라도 듣고 싶었다. 특별히 샴페인과 장식도 준비했건만. 그녀를 행복하게 해 주려고, 사흘 전 있었던 뼈아픈 대화 이후로 다가가려고 노력했다. 하지만 늘 그렇듯 그것으로는 충분하지 않았다. 뚱하고 불만족스러운 그녀는 이제 그를 더 성나게 만들 작정이었다.

"당신이 기뻐할 줄 알았어. 어디로 같이 여행가자고 이야기하려고 했어. 하지만 그것도 충분하지 않은 모양이군. 이번에도."

그는 잔을 비우고는 다시 채웠다. 샴페인 거품이 손에 흘러내렸다. 그는 손을 휙 털어 냈다. 등 돌린 루이세를 보고 있자니 미칠 것 같았다. 그는 촛불을 끄고 촛농이 식탁에 떨어져서 루이세를 짜증나게 하든 말든 신경도 쓰지 않았다. 그러고는 술병을 들고 거실로 나가서 소파에 앉았다. 하지만 다시 일어서서 이번에는 자기 방으로 가서 문을 발로 차 닫고는 책상 뒤에 앉았다. 그는 악셀 랑네르펠트 앞으로 온 팬레터 더미 사이에 샴페인 병을 놓았다.

루이세를 만족시키기가 불가능하다는 것을 인정하는 편이 나을지도 모른다. 루이세는 긍정적인 에너지를 모조리 빨아들여 삼켜 버리는 블랙홀이었다.

그는 다시 잔을 채우고 오크 나무 책상 위에 스며든 축축한 원을 손가락으로 만졌다. 루이세는 문을 두드리지 않고 단호하게 걸어 들어와서 독서용 의자에 앉았다. 그는 딴 데를 보았다. 루이세에게 친절하게 굴고 싶지 않았다. 이제 루이세가 노력할 차례였다. 그는 샴페인을 조금 마셨다. 이번에는 죄책감도 없었고 화를 낼 이유도 충분했다.

"엘렌에게 친구 집에 가서 자고 오라고 했어요. 당신하고 할 이야기가 있어서."

그는 분노를 누그러뜨리지 않으려 했지만 루이세의 목소리에서 심각함이 느껴져 주의를 기울이고 말았다. 위험한 그 소리는 악취나는 입김을 풍기며 스르르 다가왔다. 그녀를 보니 뭔가가 정말로 변했다는 것을 알 수 있었다. 솔직한 얼굴과 흔들림 없는 눈빛, 게다가 평소 그녀를 둘러싸고 있던 지뢰밭도 해체되고 없었다.

"시기가 너무 안 좋아서 미안해요. 당신은 상 때문에 들떠 있고 어머니 때문에 분명 걱정스러울 텐데. 하지만 솔직하게 말하는 편이 나을 것 같아요."

온 몸의 감각이 숨을 멈추었다.

"이혼해요."

복부를 얻어맞은 것처럼 폐 속의 공기가 뿜어져 나왔다. 루이세는 지극히 평범한 말을 한 사람처럼 안락의자에 차분하고 고요하게 앉아 있었다.

"우리 둘 다 그래야 한다는 걸 알고 있잖아요."

무엇보다 두려운 것은 그녀의 단호함이었다. 말하기도 전에 이미 모든 것을 철저하게 논의한 것 같았다. 얀-에리크는 이를 악물고 당혹스러움을 숨기려고 애쓰면서, 최근 며칠간 머릿속에서 일어난 어수선한 생각들 가운데 그가 의지해 온 한 가지 사실에 매달렸다. 루이세는 그의 지갑이 없으면 궁핍해지기 때문에 그에게 의존해야 했다. 물론 아버지가 죽는 날까지만 그렇겠지만, 잘하면 아버지는 아직 오래 살 수도 있었다. 그것이 그에게 최고의 방어막이었다. 악셀의 유언장에 어떤 조건이 붙어 있는지 루이세가 모른다는 사실이.

얀-에리크는 살짝 웃음을 보이고는 책상에 팔꿈치를 대고 손에 턱을 괴었다.

"생활비는 어쩔 생각이지 루이세? 당신 한 푼도 없잖아."

"어떻게든 될 거예요. 대학으로 돌아가서 학위를 끝낼 거니까 학생 대출을 받으면 돼요. 그러고 나면 토목기사로 돌아가서 일할 거예요."

그는 침을 삼켰다. 모두 다 계획되어 있었다.

"어디서 살 건데?"

"필리파와 이야기했어요. 잠시 그녀 아파트에서 전처럼 지내면서 어떻게 할지 생각할래요."

몰래 계획을 짜고 실행했다.

"엘렌은 여기 있을 거야, 참고로 말하지만."

"그럴 수도 있겠죠. 걔도 열두 살이고 그 나이 아이들은 보통 이혼한 후에 누구랑 살지 자기가 결정하니까."

그는 숨을 깊이 들이쉬었다가 속마음을 들켰다는 걸 알았다. 잔을 들었으나 손이 떨려서 다시 내려놓았다. 이제 둘의 역할이 바뀌었다. 그는 언제나 목표물 역할을 맡아, 그녀의 미사일을 교묘히 피하며 그녀가 뭘 던지든 넘어지지 않으려 했다. 이번에는 그녀의 침착함과 자신감에 놀랐다. 그는 그녀의 우월함을 무너뜨리고, 유리한 고지를 되찾을 만한 것이 없는지 더듬거렸다. 루이세의 의지력은 견고했다. 어떤 위협도 결심을 바꾸지 못할 것이다. 루이세는 그의 통제를 벗어났고 그의 손에서 빠져나갔다. 그는 갑자기 공포에 떨었다. 루이세는 정말로 그를 떠나려고, 홀로 남기고 가 버리려고 하는 것이다.

"이렇게까지 할 필요는 없잖아. 결혼한 부부면 누구나 문제를 겪게 마련이야. 우리는 잘해낼 수 있어, 루이세. 바뀔 거라고 약속할게. 원한다면 치료사도 만날 수 있어. 뭘 원하는지 말만 하라고."

"얀-에리크, 제발." 루이세는 고개를 한쪽으로 갸우뚱하며 아이처럼 애원했다. "우리가 서로 괴롭히고 있다는 거 모르겠어요?"

"아니, 모르겠어. 지금 당장 상황이 좀 힘들다고 해서 함께해 온 모든 걸 버릴 순 없어. 젠장, 좀 더 애를 써 봐야지."

"지금까지 충분히 오랫동안 해 보지 않았나요?"

그는 할 말을 찾으려 했지만 자신이 알고 있는 어휘에서는 찾을 수 없었다. 그것은 대답할 수 없는 질문이었다. 게다가 그더러 애원하고, 느낌을 말로 표현하라니. 그녀의 요구는 부당했다. 그가 원하는 건 이 모든 일이 끝나는 것뿐이었다. 예전으로 돌아가는 것뿐. 아직 선택할 수 있던 때로.

"그럼 엘렌은 어떻게 하고?"

"우리가 이혼하더라도 엘렌은 여전히 우리 딸이에요. 정말이에요, 얀-에리크. 우리는 같은 집에 사는 것 외에는 아무것도 공유한 게 없어요."

루이세는 의자에서 자세를 바꾸고 목을 가다듬었다. 꼭 이제야 마음이 불편한 것 같았다.

"레나가 전화로 당신을 찾았어요. 전화해 달라더군요."

그 목소리에는 분노가 없었다. 단지 사실을 전달할 뿐이었다.

"무슨 레나?"

"예테보리의 레나요."

처음에 얀-에리크는 루이세가 무슨 소리를 하는지 몰랐다. 그가 아는 한 예테보리에 아는 사람 중에 레나는 없었다. 하지만 그때 기억이 나며, 당혹스럽게도 얼굴이 붉어졌다.

"예테보리에 아는 사람 중에 레나는 없어."

그는 눈동자를 돌리고 싶지 않았지만 아무리 노력해도 벽 쪽으로 움직이는 걸 어쩌지 못했다.

그가 가끔 만나는 여자에게 전화번호를 알려 줄 때면 항상 휴대전화 번호를 주었다. 게다가 최후의 예방 조치로 한 자리를 엉뚱한 숫자로 알려 줘서 그가 연락을 원치 않는다는 점을 암시했다.

"상관없어요, 얀-에리크. 이상하게도 기분이 좋네요."

그는 그녀의 말에 놀랐다.

"무슨 소리야? 내가 예테보리에 있는 레나라는 여자와 바람을 피운다고 생각하는 거야?"

"그래요."

얀-에리크는 콧방귀를 뀌었다.

"그런 일 없어. 난 예테보리의 레나가 누군지도 모르겠는데. 아마 내 강의를 들은 사람일 테지. 내가 바람을 피운다고 생각해서 이혼하자고 하는 거야?"

"아뇨, 그건 아니에요."

그는 루이세가 어떻게 그렇게 차분하게 있을 수 있는지 이해가 되지 않았다. 어떻게 그렇게 겁내지 않고, 자신이 일으킨 무시무시한 변화를 마주 볼 수 있는 것일까? 어딘가에서 힘을 얻는 게 틀림없었다. 그러자 단번에 알 수 있었다. 남자가 있는 것이다. 자신의 자리를 차지한 남자가 있어서 루이세에게 이렇게 하라고 부추긴 것이다. 그녀가 나아갈 길은 이미 결정되어 있었다. 이혼하고 나서 그녀가 할 일은 그저 쭉 뻗은 길을 걸어가는 것뿐이다. 쓸데없이 남자를 찾아다닐 필요도 없고, 무시무시한 외로움을 견딜 필요도 없을 것이다. 남은 것은 그를 치워 버리고 더 나은 모델을 데려다 놓는 일뿐.

"아, 이제 알겠군. 당신은 온갖 비난을 나와 예테보리의 레나라는 여자에게 뒤집어씌우려고 하지만 사실 바람이 난 건 당신이었군!"

루이세는 눈을 내리깔았다. 그러고는 웃는 듯 마는 듯 그를 보며, 악의가 있는 것도 아니고 너그러운 것도 아닌 표정을 지었다.

"인정해! 다른 남자가 있다고 인정하라고!"

"아니에요, 얀-에리크. 그런 거 없어요."

그는 믿지 않았다. 루이세는 나쁜 여자가 되고 싶지 않아서 거짓말을 하고 있었다. 하지만 그때 루이세가 말을 다시 시작했고, 그 말에 그의 현란한 예측이 산산이 부서졌다.

"정말로 다른 사람이 있으면 얼마나 좋을까요."

그는 주먹을 꽉 쥐고, 곧 자신의 자리를 빼앗길 것이라는 상상에 몸을 맡겼다. 그는 침입을 지켜보기만 할 뿐, 막을 수 없을 것이다. 자신이 지키려고 하는 바로 그곳에서 철저히 외면당하는 사람은 다름 아닌 그였기에.

"당신은 엘렌의 아버지고 앞으로도 늘 그럴 거예요. 당신을 미워하고 싶지 않아요, 얀-에리크. 하지만 이곳에 머무르면 미워하게 될 거예요. 오늘 어머니 집에 갔었어요. 그렇게 행복한 모습을 한 번도 못 봤어요. 자신이 죽을 때가 되었다고 생각하니까 행복해진 거예요. 그 모습에, 바로 내가 그렇게 되고 있다는 걸 깨달았어요. 그리고 난 그렇게 되고 싶지 않아요. 게다가 당신은 날이 갈수록 점점 아버지와 똑같아지고 있어요."

모욕적인 말이 그의 심장을 곧장 찌르고 들어왔다. 격노가 사방 팔방에서 돌진해 들어와, 심장에 있던 것이 흘러나가 그를 익사시키지 않도록 막으려 했다.

"엘렌 양육권을 나눈다면 한 주씩 번갈아서 엘렌을 보게 될 거예요. 당신과 엘렌도 드디어 서로 알게 될 기회가 생기겠죠."

목이 따가웠다. 웬 덩어리가 성대를 막고 있었다. 그는 의자를 밀치고 자리에서 일어나 방을 나간 뒤 현관 앞 옷장에서 가방을 꺼냈다. 침실로 들어가서 손에 잡히는 대로 옷가지를 집어던졌다. 그는 거실로 돌아가는 길에 상표를 볼 생각도 않고 술을 몇 병 넣었다. 중요한 건 술병에 술이 얼마나 남았냐는 것뿐이었다.

루이세는 의자에 그대로 앉아 있었다. 그는 현관으로 가는 길에 그녀의 다리를 보았다.

그는 문고리에 손을 얹은 채 대화를 끝냈다.

"오늘 저쪽 집에서 잘 거야. 내일 돌아올 테니까 집 비워. 궁금한 게 있으면 변호사에게 연락하고."

31

무슨 권리로?

크리스토페르는 책꽂이에서 책들을 끄집어냈다.

무슨 권리로 그에게서 모든 걸 빼앗아 가는가?

한 모금 더 마시자 목은 화끈거렸지만, 술은 거부당한 연인처럼 그를 구하러 오지 않으려 했다. 예스페르의 모습은 그의 망막에 아로새겨진 채, 그가 쏟아 붓고 있는 용액에 용해되지 않으려 했다.

크리스토페르는 예스페르의 부모에게 전화해서 사망 사실을 확인했다. 이틀 전 그들은 예스페르의 아파트에서 그를 발견했다. 경찰 수사보고서가 작성되었고, 마스크를 쓴 남자의 수색 작전이 진행되었다. 그 남자에게 어떤 죄목을 붙여야 할지, 경찰은 아직 의견을 내놓지 못했다.

또다시 책들이 우르르 바닥에 쏟아졌고, 그는 책을 다 쏟고 나자 책꽂이도 쓰러뜨렸다. 헐떡거리며, 또 헤집어 놓을 게 없는지 주위를 두리번거렸다. 그 무엇도 아무 일 없다는 듯, 멀쩡하게 서 있어서는 안 되었다. 그의 발치에서 거치적거리는 저 책들. 잘난 학자 양반들이 쓴 저 책들은 세상에 논리가 존재한다고 그를 속였다.

그는 병을 입에 들이부었다. 그가 갈구하던 액체가 그의 목을 타고 흘렀지만, 날카로운 윙윙 소리만 들렸다.

그는 책상으로 고개를 돌리고 컴퓨터를 바닥으로 떨어뜨렸다. 화면이 나갔지만, 다시는 켜지지 않도록 하려고 발로 걷어찼다.

예스페르는 떠났다.

그를 남기고 가 버렸다.

예스페르는 죽었고, 크리스토페르에게 주었던 의미 있던 모든 것도 가지고 갔다. 크리스토페르에게는 사랑에 가장 가까웠던 감정마저도.

창밖으로 카트리나 교회가 변함없이 서 있었다. 나뭇가지들도 여전히 줄기에 붙어 있었다. 주위 건물에 유리창이 깨진 곳도 없었다. 그리고 저 아래 공동묘지에서는 아직도 공기가 들이쉴 만하다는 듯 누군가 걷고 있었다. 오직 그의 아파트에만 재앙이 일어난 것 같았다. 나머지 세상은 아무 일 없었던 것처럼 돌아갈 것 같았다.

예스페르는 떠났다. 다시는 존재하지 않을 것이다. 그의 앞에 펼쳐질 것 같던 미래도 더 이상 존재하지 않을 것이다. 그의 눈부신 관찰력은 결국 냉소주의에 삼켜졌다. 악은 별다른 방해도 받지 않고 승리했다.

기진한 크리스토페르는 의자에 몸을 파묻었다. 그곳에 앉아서 자기 숨소리에 귀를 기울였다. 무의식적인 반복. 생존의 전제 조건. 살아 있게 해 주는 본능.

그는 기꺼이, 뇌가 멍해질 때 찾아오는 해방감이 강해지는 것을 느꼈다. 더 이상 고통의 깊이를 가늠할 수 없게 되었을 때 찾아오는 해방감. 왜 인간은 처음부터 이렇게 태어나지 않을까? 아예 혈액에 알코올을 약간 타서 태어나면 어떤가? 방어기제가 풀리고 영혼이 평온해지도록.

생존은 이 모든 고통을 압도할 만큼 중요한가?

그는 술을 또 한 모금 마셨다. 책상 앞에 편지가 한 장 있었다. 아직 예스페르가 살아 있을 때 현관에서 가지고 온 편지였다. 열어 봐야 할 이유가 있다는 점이 꼭 무슨 대단한 성취처럼 느껴졌다. 〈발신자: 마리안네 폴케손〉. 그는 봉투를 뜯었다. 안에는 메모와 또 다른 편지가 있었다.

이걸 예르다의 아파트에서 발견했어요. 장례식에서 뵈어요.
마음을 담아,
마리안네

흰 봉투에 그의 이름이 씌어 있었다. 유려한 필체였다.

내가 죽은 후에 전달할 것.

그는 무기력하게 봉투를 뜯고 읽기 시작했다.

32

"엘렌에게 전화해서 말할 거야. 모두 내 잘못이라는 거짓말로 당신이 엘렌을 속이게 내버려 둘 순 없어!"

"난 그럴 생각 없어요. 얀-에리크. 제발, 오늘 밤에는 전화하지 말아요. 전화로는 안 돼요. 엘렌과 함께 앉아서 얼굴 보며 이야기해야 해요."

"그렇게는 안 되지. 당신의 역겨운 마음을 감추도록 도와줄 것 같아? 혼자 힘으로 해 보라고."

"얀-에리크, 제발……."

하지만 얀-에리크는 수화기를 쾅 하고 내려놓고서, 협박한 대로 엘렌에게 전화했다.

"엘렌? 엘렌, 아빠야. 엄마가 먼저 전화해서 널 속이고 거짓말할까 봐 아빠가 사실대로 이야기해 주려고 전화했어. 엄마는 이혼하기로 결심했어. 더 이상 함께 살지 않기로 했다고. 엄마는 네가 엄마아빠와 일주일씩 번갈아 가면서 지내야 한다고 말했지만 아빠는 엘렌이 그냥 아빠와 살아야 한다고 생각해. 엘렌과 아빠는 집에 계속 사는 거야. 그럼 엄마도 최대한 거기에 맞춰야 할 거야. 분명히 말하는데 이걸 결정한 사람은 엄마야. 아빠는 그러지 말라고 했는데 엄마는 자기 생각만 하고 있어. 하지만 엘렌, 아빠랑 너는 같이 사는 거야."

엘렌이 울음을 터뜨린 것은 루이세의 잘못이었다. 그가 술에 취하여 캄캄한 어린 시절 집에서 길 잃은 사람처럼 방황하는 것도 루이세의 잘못이었다.

난방이 최대치로 작동되고 있었지만 아무리 해도 냉기가 파고드는 걸 막지는 못했다. 그는 그곳에 있고 싶지 않았다. 벽에 흠뻑 스며든 추억들 사이를 걸어 다니고 싶지 않았다. 그는 그 집의 먼지 한 줌까지, 벽을 지탱하는 나무판자와 못 하나까지 싫었다. 그곳의 분위기가 피부로 스며들어 혈관을 타고 흘렀다. 그는 싸우고 싶었지만 때릴 상대가 없었고, 소리치고 싶었지만 겁 줄 상대가 없었다.

맹세코 루이세에게 보여 주리라! 그녀가 아버지를 홀려서 유언장에 자기 이름을 쓰게 하기는 했지만, 기금을 계속 관리할 사람은 자신이었다. 강연 기금을 모으고, 루이세의 탐욕스러운 손가락이 미치지 않는 계좌로 현명하게 투자하며, 저작권을 모조리 자기 이름으로 양도받을 방법을 찾아낼 것이다. 루이세가 물려받는 몫은 최소한으로 줄일 것이고, 늙은 악마가 마침내 죽는 날에 맞춰 계획을 세워 두리라. 자신이 얼마나 많이 잃었는지 깨달으면, 루이세의 의기양양함도 금세 탄식으로 바뀔 것이다.

얀-에리크는 아버지의 집필실 바깥에서 멈췄다. 평소처럼 문지방을 넘으려고 하자 자기도 모르게 몸이 머뭇거렸다. 램프 걸이를 보자마자 곧바로 눈길을 돌렸다. 안니카도 그를 저버렸다. 그녀도 그를 떠난 사람 중 하나였다.

그는 벽장을 보았다. 해결책을 찾을 곳은 거기였다. 악셀 랑네르펠트 사후 기념판으로 사용할 미발표 원고가 분명히 있을 것이다. 그 소득은 루이세가 훔쳐간 유산의 일부를 대체할 것이다.

벽장으로 다가가서 문을 열었다. 어둠이 뿜어져 나오자, 그는 책상에 그대로 놓여 있던 손전등을 집어 들었다. 벽장 문 앞에서 검정 쓰레기 봉지에 발이 걸려 비틀댔다. 격하게 봉지를 찢고는 벽장 바깥으로 가지고 나가서 봉지에 든 내용물을 바닥에 쏟았다. 종이들이 카펫 위로 흘러나왔다. 쪼그리고 앉았지만 균형을 잃었다. 바닥에 주저앉은 그는 손으로 문서를 하나하나 더듬으며 살피다가, 웬 두툼한 원고를 발견하고는 작은 흥분의 불씨를 느꼈다. 아버지는 버린 원고지만 얀-에리크 눈에는 아마 충분할 것이다. 제목이 붙은 페이지에 작은 메모가 붙어 있기에 훑어보았다.

악셀, 지난 시간은 외롭지 않았어요. 당신은 아직도 제 마음속에 함께 있어요. 여기서 벗어나기가 쉽지 않으니 그냥 책을 보내는 편이 낫겠다고 생각했어요. 당신의 현명한 의견을 들을 수 있다면 좋겠어요. 아무도 읽지 않았어요(보면 알 테지만 토리뉘에게는 너무 수준이 높아서). 내 책은 오직 당신의 사랑스런 눈이 읽어 주기를 기다린답니다.
당신의 할리나.
추신. 드디어 만나서 너무 기뻐요! H

얀-에리크는 속으로 욕을 했다. 또 그 여자군. 벽장 곳곳에서 마치 전세라도 낸 것처럼 계속 튀어나오네. 그는 손으로 쓴 원고를 별 관심 없이 넘기는데, 갑작스런 소리에 정신이 번쩍 들었다. 소리는 집 내부가 아니라 근처에서 들렸고, 리듬에 따라 울리는 듯했다. 그는 원고를 내려놓고 자리에서 일어섰다. 창밖이 칠흑처럼 어두워서, 좀 더 잘 보려고 머리 위의 등을 재빨리 껐다. 어두운 정원에서는 아무것도 움직이지 않았다. 그는 손전등을 들고 어두운 방들을 가로질렀다. 창문을 하나 지나칠 때마다 뒤뜰을 내다보았지만 아직 그럴듯한 뭔가를 찾지 못했다. 거실에서도, 식당에서도, 부엌에서도 아무것도 보이지 않았다. 그는 예르다가 살던 방문을 열고, 뚜껑이 달린 책상으로 다가가 그 위에 나 있는 작은 원형 창으로 밖을 보았다. 바깥에서 뭔가 움직이고 있었다. 잔디 저쪽 덤불 근처에 검은 실루엣이 보였다. 그곳은 한때 온실이었지만 그가 미국에서 귀국해 보니 판석을 깔아 둔 파티오로 바뀌어 있었다. 그는 그대로 서서 어둠에 익숙해질 때까지 지켜보았다. 그때야 그는 그 소리가 무엇인지 알았다. 삽이 판석을 때리는 소리였다.

처음에는 멍했다. 보기는 했지만 이해가 가지 않았다. 하지만 다음 순간 그는 누군가 자기들의 파티오를 망가뜨리고 있다는 분노에 감싸였다. 그는 손전등을 켜고 바깥에 있는 사람을 향해 들었다. 검은 실루엣이 남자로 변했고, 섬광이 자기에게 집중되자 남자가 얼굴을 돌려 이쪽을 보았다. 얀-에리크는 단번에 그를 알아보았다. 예르다 페르손의 유산을 물려받기로 되어 있는 업둥이였다.

얀-에리크는 창문을 열었다.

"대체 여기서 뭘 하고 있는 거지?"

남자는 답하지 않았다. 그는 얀-에리크에게 등을 돌리고 계속 땅을 팠다.

"내 말 안 들려? 당장 그만두지 않으면 경찰 부를 거야!"

무반응.

얀-에리크는 창문을 쾅 하고 닫고는 현관으로 나가 신발을 신고 상의를 걸친 후 도움을 요청할 일이 있을 때를 대비해 휴대전화가 주머니에 있는지 확인했다. 바깥 불의 스위치를 눌렀지만 불은 켜지지 않았다. 짜증이 난 그는 문을 쾅 닫고 비틀대며 계단을 내려가 잔디를 가로지르며 걸어갔다. 손전등 불빛이 땅 위에서 반짝였다. 그는 손질하지 않은 화단과 덤불을 피하며 걷다가 마침내 크리스토페르가 파 놓은 구덩이에 빛이 닿는 곳까지 갔다. 판석들이 흙 아래 흩어져 있었다.

"지금 무슨 짓을 하고 있는 거지? 여긴 사유지라고. 당장 그만두지 않으면 경찰을 부르겠어."

크리스토페르는 코웃음을 치고는 손으로 얼굴을 문지른 후 다시 일을 시작했다. 얀-에리크가 삽을 잡으려고 했지만 크리스토페르가 손을 쳐냈다.

"계속 알고 있었던 겁니까?"

얀-에리크는 젊은이의 얼굴에 불을 비췄다. 눈이 벌겋게 부어 있었고 눈물이 뺨을 타고 흘렀다. 크리스토페르는 눈부신 빛을 손으로 가리다가 다시 계속 땅을 팠다. 얀-에리크는 황당했다. 이 우스꽝스러운 상황, 침입자의 명백한 정신적 불안정, 루이세의 이혼 요구, 그가 마셔 버린 알코올까지. 대혼란이었다. 그는 갑자기 기진해서 손전등을 내렸다.

이해가 되지 않았기 때문이다. 게다가 정말로 이해하고 싶은지도 알 수 없었고, 왜 예르다의 유산 상속자인 업둥이가 정원에서 구덩이를 파고 있는지 정말로 알고 싶은지도 알 수 없었다.

크리스토페르는 하던 일을 멈추고 접힌 종잇조각을 주머니에서 꺼냈다. 그는 구덩이 건너로 종이를 내밀어 얀-에리크에게 줬지만 얀-에리크는 팔을 들어 올릴 수가 없었다. 그는 치명적인 바이러스에 감염되기 직전이었다. 절대로 그를 떠나지 않을 만성 질병에.

크리스토페르가 종이를 흔들어 댔다.

"읽어 보라고요!"

이제 증명되겠지. 앞에 서 있는 이 낯선 남자가 배다른 형제라는 사실이. 유산의 일부가 또다시, 손가락 하나 까딱하지 않은 사람에게 가 버릴 테지.

하지만 그것과 구덩이 파기는 무관하다. 얀-에리크가 느낀 불안은 상상할 수 없을 정도였다.

종이를 쥔 손이 타는 듯했다. 손전등 불빛 아래서 예르다의 유려한 필체가 드러나며, 장식용 예술 작품처럼 물결치는 글자들이 눈에 들어왔다. 언뜻 보니 그리 해가 되지는 않을 것 같았다. 하지만 그는 알았다. 악의 없이 보이는 표면 아래 뭔가 끔찍한 것이 숨어 있으리란 사실을. 단어와 단어가 더해져 문장이 되고 나면, 뭔가가 파괴되어 다시는 돌이킬 수 없을 것이다.

삽이 땅을 파는 소리에 그는 읽기 시작했다.

친애하는 크리스토페르에게,

이 편지를 쓰는 것이 옳은 일인지 모르겠지만 자책이 너무 심해져서 가만히 있을 수가 없구나. 이 편지를 쓰는 건, 내가 어쩔 수 없이 가담하게 된 일을 바로잡기 위해서라고 믿고 싶다. 오랜 세월이 흘렀지만 하루도 잊고 지낸 날이 없었는데, 이제 나도 나이가 드니 떠날 날이 다가오는 게 느껴지는구나…….

왜 눈은 읽고 싶지 않은 문장을 좇고 있는 건가? 왜 뇌는 이해하고 싶지 않은 말을 해석하고 있는 건가? 한 글자 한 글자 읽을 때마다, 뭔가를 잃어버렸다. 비밀은 숱한 시간을 헤치고 가만히 그를 뒤따라 왔다. 부모님은 가식적인 행동이라는 가면을 쓰고, 얀-에리크가 사실은 존재하지도 않은 것을 토대로 세계관을 형성하도록 내버려 두었다. 금박 표면 밑은 텅 빈 구멍뿐이었다. 그의 근본 자체가 순전한 환상에 불과했다.

……그 끔찍한 일이 있은 다음날 아침, 나는 헛간에서 널 발견했다. 랑네르펠트 부인은 침대에 누워 있었는데 진정제를 먹은 상태였지. 그래서 그녀는 아무것도 몰랐고, 지금까지도 몰라. 랑네르펠트 씨는 어쩔 줄 몰랐어. 그러더니 잠시 후 내게 시내로 차를 몰고 가서 누군가 너를 발견할 만한 곳에 널 두고 오라고 했단다. 난 감히 거역하지 못했어. 그 끔찍한 일을 목격했지만, 윗사람에게 대들면 안 된다는 가르침을 받으며 자랐기 때문이야. 그 사람이 직접 저지른 짓과 내게 시킨 짓을 생각하니 혐오스럽구나…….

"이건 도무지 말이 안 돼. 예르다가 치매에 걸린 게 틀림없다고. 누가 봐도 빤하잖아. 당신도 이걸 쓴 사람이 노망들었다는 건 알겠지? 예르다가 지껄이고 있는 건 악셀 랑네르펠트라고. 그 사람이 누군지 몰라? 잘 생각해 보라고, 그 사람이 그런 짓을 한다는 건 절대 말도 안 되는 일이야!"

크리스토페르는 힘겨운 노동에 숨을 헐떡이며 동작을 멈추었다.

"그러니까 당신 여동생이 자살한 게 아니란 말이죠?"

"뭐라고?"

"전부 읽은 거 아니요? 동생이 왜 그랬는지도?"

뭔가 묵직하고 단단한 것이 그의 내면에서 쿵 하고 내려앉았다. 그의 혼을 둘러싼 방어벽이 무너지는 소리였다. 몇 초가 흐르고 난 후, 그는 자기도 모르는 사이에 입장을 결정했다.

"내 여동생은 차에 치였어!"

……랑네르펠트 씨 집필실 바깥에는 청소도구를 넣어 두는 벽장이 있었어. 거기 있으면 집필실에서 하는 이야기를 다 들을 수 있었는데, 나는 집에서 일어나는 상황을 알고 있는 편이 견디기 쉽다고 느껴서 가끔 그곳에 서서 엿들었단다. 잘못된 행동이란 걸 알았지만 여하간 그랬어. 랑네르펠트 씨가 노벨상을 받은 지 몇 달 후에 작가인 토리뉘 벤베리 씨가 찾아왔는데, 나는 토리뉘 씨가 네 엄마와 아는 사이라는 걸 알았단다. 그래서 그 사람이 전부 폭로해서 나도 죄인이 되면 어쩌나 두려웠어. 그래서 벽장에서 이야기를 엿듣고 있는데……

그의 앞에서 크리스토페르가 무릎을 꿇었다. 얀-에리크는 손전등을 구덩이에 비추며 공포가 온 몸을 타고 흐르는 것을 느꼈다. 크리스토페르는 찾고 있던 것을 발견했다. 그와 동시에 예르다의 말이 입증되었고, 다시는 반박할 수 없게 되었다. 얀-에리크는 구덩이에서 본 것이 보이지 않게 하려고 불을 껐다.

"불 켜!" 크리스토페르가 소리쳤다. "도로 켜라고 했지!"

얀-에리크는 불을 켜며, 누군가 그들의 말을 들었을까 봐 더럭 겁이 났다.

크리스토페르는 꽤 오랫동안 그냥 그곳에 앉아서 거칠게 숨을 쉬며 어두운 구덩이를 내려다보았다. 쉴 새 없이 소매로 코를 훔쳤고, 젖은 뺨은 희미한 불빛에 반짝였다.

"날 버린 게 아니었군요."

얀-에리크는 목이 탔다.

크리스토페르는 힘겹게 몸을 일으켰다.

"생존자가 뭔지 압니까?"

얀-에리크는 대답하지 않았다. 지금까지 중요하던 모든 것이 한순간 지워졌고, 그 빈자리를 무엇이 차지했는지도 알 수 없었다.

"생존자란 남다른 일을 해서 그 사람에 대한 기억이 언제나 살아 있는 그런 사람을 말합니다. 악셀 랑네르펠트가 내겐 그런 사람이었어요. 하지만 내가 죽는 한이 있어도, 그 개자식이 있는 그대로의 모습으로 역사에 기록되게 할 겁니다."

얀-에리크는 내면에서 자신의 목소리를 들었다. 그가 무대에서 스포트라이트를 들으며 수없이 반복한 말들이었다.

아버지는 우리의 행동이 우리의 아이들과 같다는 사실을 알고 있었습니다. 우리의 행동은 고유한 생명력으로, 우리 자신이나 우리 의지와 무관하게 계속해서 영향을 미칩니다. 요제프 슐츠와 아버지는 선한 행동의 보상이 선한 행동을 했다는 사실 그 자체라고 깨달은, 몇 안 되는 사람이었습니다.

이제 강연은 끝이었다. 다시는 무대에 서서 찬양의 물결을 느낄 수 없을 것이다. 다시는 자기 이름을 언급할 때 비치던 존경 어린 시선도 보지 못할 것이다. 이제부터 그 이름은 흉터처럼 따라다닐 것이다. 북유럽이사회에서 문학상을 받을 일도 없을 것이고. 루이세는 결코 그를 떠난 걸 후회하지 않겠지.

모든 것을 빼앗길 것이다.

크리스토페르는 얀-에리크의 손에서 편지를 빼앗았다. 구덩이를 잠시 응시하던 그는 문을 향해 걷기 시작했다.

"잠깐 기다려!"

크리스토페르는 계속 걸었다.

"잠깐, 잠깐만, 이야기 좀 할 수 없을까?"

얀-에리크는 죄가 없었지만, 처벌을 감당해야 할 사람은 바로 그였다.

"돈을 주겠어. 35만 크로나. 덴마크화로."

크리스토페르는 우뚝 멈춰서 돌아섰다. 얀-에리크는 그의 표정을 읽을 수 없었지만, 그의 답을 듣는 순간 희미하게 빛나던 일말의 희망마저 소멸되었다.

"뒈져 버려!"

크리스토페르는 정문을 향해 계속 걸었고, 손에는 위협적인 흰 종이가 펄럭이고 있었다. 문 바깥으로 나가면 예르다의 이야기가 꽃가루처럼 퍼질 터였다.

얀-에리크는 생각할 겨를이 없었다. 허리를 굽혀 손으로 삽자루를 쥐었을 때도. 따라잡으려고 달리기 시작했을 때도. 문에서 몇 미터 떨어진 곳에 서서 자갈길에 누워 있는 움직임 없는 시신을 보았을 때조차도. 그가 느낀 것은 놀라움뿐이었다. 가로등 불빛이 삽을 쥐고 있는 손에 닿자, 그는 그것이 자기 손이라는 사실에 놀랐다. 손이 본능에, 인류의 가장 원초적인 본능에 따른 것이다. 자신의 것을 지키기 위해서라면 살인도 불사하라는 본능에.

그는 자기도 모르는 새 내면 어딘가에 그 본능을 숨기고 있었다.

그 오랜 세월 분투하여 일궈 낸 작은 성공.

지극히 칭송받는 남자의 그림자에 가려진 삶.

그 작은 성공을 위해, 그는 살인도 할 수 있다는 것을 입증했다.

* * *

구덩이는 이미 파헤쳐졌다. 처음 땅을 판 것은 앞서 간 사람들이었다.

31년 뒤에 그곳을 가족묘지로 만든 것은 다음 세대였다.

33

어여쁘구나 땅이여, 어여쁘구나 하늘나라여
아름답구나 영혼의 순례여.
풍요로운 땅을 헤치고
노래하며 천국으로 행진하네.

마리안네 폴케손은 찬송가를 손에 쥐고 긴 의자에 홀로 앉아 있었다. 그녀는 그 곡을 외웠을 뿐만 아니라 수많은 장례식에서 불렀다. 오르간의 웅장한 음조가 석벽 사이에서 울려 퍼졌다. 그곳에는 마리안네, 목사, 성가대 선창자, 장의사뿐이었다. 크리스토페르 산데블룸도, 랑네르펠트 가족도, 토리뉘 벤베리도 없었다.

예르다 페르손은 생전에 홀로 지냈던 것처럼 영원한 안식으로 가는 길도 홀로 갈 것 같았다.

세월이 오고 세월이 가며
한 세대가 다음 세대를 따라가네.
기쁨 가득한 영혼의 순례 노래에서
하늘의 음조는 결코 약해지지 않네.

마리안네는 얀-에리크 랑네르펠트가 제안한 대로 붉은 장미로 장식된 흰 관을 바라보았다. 꽃 장식은 사치스럽지는 않았지만 이번에도 근사했다. 진홍색에 초록색 테두리로 장식하니 품위도 살아났고, 일을 제대로 못했다는 마리안네의 마음도 누그러졌다.

교회 종이 울리고 문이 닫히기 직전에, 마리안네는 교회 계단에 서서 크리스토페르 산데블롬에게 전화했다. 아무 응답도 없었다. 마리안네는 그가 마음을 바꿔서 장례식에 참석하지 않기로 한 것이 예르다가 보낸 편지 때문인지 궁금했다. 편지를 부친 후로 무슨 내용인지, 유언장 내용을 설명하는 글인지 줄곧 알고 싶었다.

아무도 나타나지 않은 데 실망한 마리안네는 교회 앞자리에 앉아서 젊은 목사에게 고개를 끄덕였다. 슬프게도 더 기다릴 까닭이 없었다.

영혼들이 기뻐하네, 구세주께서 오셨도다.
땅에 평화 있으라, 주께서 선언하셨네.

오르간 소리가 천천히 약해졌다. 목사가 올라가서 관 옆에 섰다.
"성부와, 성자와, 성령의 이름으로."
마리안네는 선창자가 성가대 자리에서 이리저리 움직이는 소리를 들었다. 찬송가 소리가 텅 빈 공간에 크게 울려 퍼지자 그녀의 슬픔이 잠잠해졌다. 목사는 마리안네 앞에서 그녀가 준 종이를 펼쳐 보았다. 예르다에 관한 짤막한 정보였다. 마리안네는 아는 게 별로 없어서 조금밖에 적지 못했지만 목사가 적절한 추도사를 생각해 냈기를 바랐다. 마리안네는 의무를 다했을 뿐만 아니라 하지 않아도 될 일까지 했지만, 여전히 뭔가 부족한 느낌이었다.

목사는 종이에서 눈을 들어 말하기 시작했다.

"우리는 지금 예르다 안나 페르손에게 작별을 고하기 위해 이곳에 모였습니다. 예르다는 2006년 10월 4일에 우리 곁을 떠났습니다. 긴 생애가 끝났고, 그간 세상에도 무척 많은 일이 일어났습니다. 1914년 예르다가 윌란드의 보리홀름에서 태어난 후로 92년이 지났습니다. 학교에서 6년을 보낸 후인 13세에 예르다 페르손은 칼마르에 있는 한 집에서 가정부로 일하기 시작했습니다. 4년 후에는 스톡홀름으로 이주하여 계속 그곳에서 지냈습니다. 그동안 스톡홀름 시내와 근방의 여러 집에서 가정부로 일했습니다. 가장 오래 일한 곳은 저명한 작가 악셀 랑네르펠트와 그 가족이 살던 집으로, 예르다는 그곳에서 일하다가 1981년에 은퇴했습니다."

목사는 종이를 내리고, 손에 쥐고 있던 성경책 사이에 끼웠다. 마리안네는 예르다의 관에 올려놓을 장미를 만지작거리며 목사가 좀 더 말해 주기를 바랐다. 예르다를 위해 좀 더 애써 주기를. 그녀가 포기하려는 찰나, 목사가 텅 빈 좌석들을 둘러보며 마치 교회에 사람이 가득한 것처럼 말하기 시작했다.

"예르다의 인생을 상상하다 보면, 진부한 이야기에 기대기 쉽습니다. 저 역시 이 일을 맡았을 때 그러했음을 인정합니다. 요즘의 기준에 비춰 보면, 예르다의 삶은 언뜻 보기에 부럽거나, 우리 자신과 자녀에게 기원할 만한 것이 없는 것처럼 보입니다. 오히려 단조롭고 무척 힘겨웠던 것처럼 보이지요. 하지만 우리가 한 인간의 삶에 관해 정말로 얼마나 알고 있나요? 매일 일어난 일들에 관해서, 슬픔과 기쁨에 관해서, 그녀가 품었을 꿈과 실현된 꿈들에 관해서. 우리는 예르다에 관해 거의 모릅니다. 다만 그녀가 이제, 삶의 영원한 수수께끼의 답을 발견한 사람들 곁에 있다는 것만 알 뿐입니다. 그러므로 이렇게 묻겠습니다. 그녀가 우리에게 인생무상을 일깨워 줌으로써, 뭔가 가르침을 줄 수 있을까요?"

마리안네는 뒤로 기댔다. 예르다를 기리기 위한 마지막 기회를 살리고 싶다는 마리안네의 소망을, 목사는 이해하고 받아 주었다.

"요즘에 사람들은 행복에 관해 자주 말합니다. 책도 나오고, 강연도 열리고, 어떤 사람은 실제로 돈으로 사려고도 합니다. 행복하다고 느끼는 것은 하나의 권리가 되었고 우리는 행복을 찾으면 모든 문제의 해답을 찾게 될 거라고 확신하며 행복을 좇습니다. 행복하지 않다는 것은 실패와 동일시되어 버렸습니다. 하지만 결국 행복이 무엇입니까? 깨어 있는 매순간, 날마다, 1년 내내 행복할 수가 있나요? 그것이 진정 진력할 가치가 있는 일인가요? 고통을 경험한 적이 없는데 어떻게 행복을 생각할 수 있을까요? 가끔 저는 오늘날 우리가 행복을 찾기 어려운 이유가 고통을 너무나 두려워하기 때문은 아닌지 생각합니다. 어쩌면 우리는 어둠에서 배울 수 있는 교훈을 잊어버린 것은 아닐까요? 어둠이란 우리가 가끔 경험하여, 결국 빛과 별을 구분하게 해 주기 위해 존재하는 것이 아닐까요? 우리가 그토록 부지런히 좇는 행복이 실제로 어떤 느낌인지 이해하기 위해서 말입니다. 슬픔 없는 인생은 베이스 없는 교향곡입니다. 항상 행복하다고 진실로 주장할 수 있는 사람이 있습니까? 저는 그런 사람을 만나 본 적이 없습니다. 이와 달리, 만족한다고 말하는 사람, 행복해 보이는 사람들은 만나 보았습니다. 국립백과사전에서 행복이란 단어를 찾아보았더니, 합당한 목표나 소망을 얻거나 성취했을 때 느끼는 감정이라고 나왔습니다. 그리고 그걸 읽으면서, 아마 우리가 행복을 추구하는 과정에서 길을 잃은 게 아닌지, 우리가 진정 추구해야 할 것은 만족할 줄 아는 마음이 아닌지 싶었습니다. 어떤 이유로 우리는 행복으로 이르는 길이, 순간의 환희와 감각적 황홀경이라고 믿게 되었습니다. 하지만, 어쩌면 필요한 것은 마음을 가라앉히고 지금 가진 것에 만족하려고 하는 용기일지 모릅니다."

그는 관을 보았다.

"예르다, 당신이 어떻게 느끼는지 우리는 절대 모를 겁니다. 우리는 단지 당신이 자신의 인생을 살았고, 자신이 처한 상황에서 최선을 다했다는 것만 알 뿐입니다. 이 추도문을 쓰면서 행복에 관해 묵상할 수 있게 해 주어서 감사합니다."

마리안네는 웃었다. 목사와 눈이 마주치자 진심으로 감사하며 고개를 끄덕였다. 목사는 화답하며 웃었고, 관의 머리 부위로 가서 흙을 한줌 집었다.

"흙에서 왔으니 흙으로 돌아가리라."

흙이 세 차례 뿌려졌고, 마리안네는 최선을 다했다는 것을 느꼈다.

아직 예르다의 아파트 열쇠가 작은 가죽가방에 들어 있었다. 마리안네는 추도식이 끝난 후에 크리스토페르를 그곳에 데려갈 생각으로 열쇠를 핸드백에 넣어 두었다. 마리안네는 교회 계단에 서서 주저하다가 다시 전화를 걸었다. 첫 벨소리가 난 후 음성사서함으로 돌아가기에, 마리안네는 연락해 달라는 메시지를 남겼다. 그녀는 아파트를 비워야 했기 때문에 크리스토페르가 없지만 작업을 시작하기로 했다. 그가 원할 만한 물건을 발견하면 잠시 맡아 둘 생각이었다.

에스컬레이터를 타고 지하철역으로 내려간 마리안네는 키오스크에 들어가 먹을 걸 좀 샀다. 오후 늦은 시각이어서 곧 배가 고파질 터였다. 석간신문 광고를 보자 랑네르펠트 가족이 떠오르며, 다시금 텅 빈 교회 생각에 화가 치밀었다. 예르다가 죽은 게 얼마나 무의미했으면 다른 일을 하러 갔을까. 그렇게 관심을 보이던 얀-에리크조차 오지 않다니.

마리안네는 샌드위치와 과일을 산 뒤 충격적인 헤드라인에서 눈을 돌렸다.

한 작가 자신의 자살 장면 녹화해 인터넷에 게재

마리안네는 예르다의 아파트에 도착한 뒤 현관에 코트를 걸고는 할 일이 엄청나게 많다는 데 한숨지었다. 예르다의 물건 중 무엇이 귀중한지 무엇을 버려야 할지 결정해야 했다. 그녀는 침실 옷장부터 시작했다. 깨끗하고 상태가 좋은 것은 자선단체에 기부할 것이고 나머지는 쓰레기통에 넣을 것이다.

첫 번째 옷장에는 옷이 가득했다. 마리안네는 옷을 하나하나 조사하여 분류했다. 검정 쓰레기 봉지가 곧 가득 찼고, 코트 한 벌만 자선단체 상자에 덩그러니 있었다. 다음 옷장은 앞치마와 다림질한 천이 가득했다. 깔끔하게 줄지어 쌓여 있어서, 그녀는 곧바로 자선단체 상자에 있던 외로운 코트 옆자리에 넣었다.

마리안네가 그것을 발견한 것은 서랍 윗부분을 정돈한 후였다. 뒤쪽에 검정색 공책들이 쌓여 있었다. 마리안네는 펼쳐 보기도 전에 그것이 무엇인지 알았다. 첫 일기는 1956년 8월 4일자였다. 마리안네는 의자에서 내려갔다. 장례식 전에 그것을 발견하지 못했다는 사실에 욕이 나왔다. 친척들을 훨씬 쉽게 찾을 수도 있었을 텐데.

마리안네는 예르다의 비밀이 전부 담긴 물건을 손에 쥐고 침실에 서서, 자신에게 그걸 읽을 권리가 있는지 자문했다. 일기를 썼는데 자기가 죽은 후 누군가 그것을 발견했다면? 수심에 잠긴 그녀는 공책들을 침실 탁자에 올려놓고 옷장으로 되돌아갔다. 옷장 옷걸이에서 드레스를 멍하게 꺼내는 와중에도 공책은 그녀를 자석처럼 끌어당겼다. 장례식에도 나타나지 않은 상속인이 설마 그걸 읽고 싶어 하겠는가? 예르다는 누구도 읽기를 바라지 않았다면 그것을 처분했을 것이다. 또 그것이 특정인을 위한 것이라면, 크리스토페르 산데블롬에게 편지를 썼을 때처럼 메모를 남겼을 것이다. 지금은 오직 마리안네만이 예르다 페르손과 그녀의 삶에 대해 궁금해 한다. 다시금 마리안네의 마음에 의문이 떠올랐다. 자신이라면 어땠을까? 즉각 답이 나왔다. 죽는 순간 아무래도 상관없다. 남아 있는 자들은 스스로 최선이라 생각하는 일을 하면 된다.

마음을 정한 마리안네는 드레스를 내려놓고 일기를 가지고 부엌으로 가서 예르다의 탁자에 앉아 읽기 시작했다.

34

가녀린 달빛이 악셀 방의 커튼 사이로 스며들었다. 사람들이 그를 눕혀 놓아서 그는 눈으로 천장에 비친 빛을 따라갈 수 있었다.

지금 보는 것이 살면서 마지막으로 보게 될 것이라면 당신은 무엇을 보고 싶을까? 이 질문은 악셀의 첫 소설에 나온 내용이었다. 그것을 쓴 시기는 지금 그를 기다리는 순간과는 멀찍이 떨어져 있었다.

그것은 닫힌 문을 지나 가만히 방으로 미끄러져 들어왔다. 악셀은 감사한 마음으로 그토록 오래 기다려 온 그 존재를 감지했다. 마침내 그를 감옥에서 풀어 줄 존재였다. 그는 오후 내내 그렇게 앉아서, 곧 일어나리라 예상한 일을 한껏 고양된 상태로 고대했다.

그러다 낮이 저녁이 되고 어둠이 천천히 내렸다. 하지만 방에 내려앉는 어둠이 짙어질수록 불안도 점차 강해졌다. 기다리던 그에게 두려움이 기어들어 와 강렬한 예감을 일깨웠다. 어마어마한 두려움이 그를 때렸다. 신의 은총을 즐기게 되리라 상상하던 마음이 사라지고, 소멸될 것이라는 불안에 휩싸였다. 혼돈과 부패가 올 것이란 두려움을 느꼈다.

간호사들이 들어와서 그를 침대에 눕힐 때 악셀은 그들에게 거기 있어 달라고, 눈에 안 보이는 그것이 구석에 숨어 있는데 자기를 혼자 남겨 두고 가지 말라고 소리치고 싶었다. 아무 낌새도 못 느낀 그들은 악셀을 눕히고 이불을 덮은 뒤 부주의하게 떠들어 대며 그에게 듣기를 강요했다. 악셀은 그들이 자신을 외로운 절망 속에 남겨 두고 나가는 모습을 지켜보았다.

* * *

악셀은 죽고 싶지 않았다. 이제는 가고 싶지 않았다. 5년 동안 죽음이 찾아오기를 바랐는데, 마침내 죽음이 그를 맞이하러 오자 준비가 안 되었다는 사실을 깨달았다. 피할 수 없는 마지막에 직면하자, 그가 본 것은 죽음이 아니라 그 자신이었다.

점점 숨쉬기가 힘들어졌고, 가슴이 엄청난 무게에 짓눌렸다. 그의 육체는 포기하고 싶지 않은 생명을 지키려고 격렬하게 발버둥 쳤다. 저 멀리에 빨강 경보 버튼이 보였다. 구하러 올 사람들과 그를 연결해 주는, 손에 닿지 않는 고리.

가슴이 점점 더 무거워졌고, 방에서 악취가 났다. 눈에 보이는 것은 흐릿한 형체뿐이었고, 더 이상 그것이 무엇인지 알 수 없었다.

그는 알리세를 불러서, 와서 구해 달라고 말하고 싶었다. 하지만 알리세는 저기 책상에 등 돌린 채 앉아서 그에게 아무런 주의도 기울이지 않았다. 알리세의 타자기 소리가 들렸다. 그는 그곳으로 가서 알리세의 목 뒤에 코를 대고 향기를 들이쉬고 싶었다.

악셀은 점점 빠르게 떨어지고 있었지만, 쓸모없는 그의 팔은 그를 보호하지 않으려 했다. 그는 자신이 살아온 인생과 자신이 맞이할 죽음의 진정한 목적을, 그 의미를 앎으로써 위로받고 싶었다. 도피로 세상을 떠나는 것이 아니라, 업적을 남기고 떠나고 싶었다. 은신처에서 등을 떠밀린 그는 속삭이는 목소리들을 지나치며 무기력하게 떨어지고 있었다. 그가 말없이 무시한 모든 사건이 질주하듯 스쳐갔다.

그는 얼어붙을 것 같아서, 누가 자기를 좀 따뜻하게 해 달라고 애걸했다.

이제야 그는 죽음이 불가피하다는 사실을 이해했다. 모든 길이 그가 감각을 통해 알았던 것들에서 멀어지는 것임을. 마음이 지나온 삶을 질주하며, 공포를 덜어 줄 만한 기억을 찾아 더듬거렸다.

이름이 전 세계에 알려졌다. 왕들과 대통령들과 악수도 했다. 역사에 이름을 새겼다.

그래서 얻은 것이 무엇인가? 기다리는 것이라고는 파멸뿐인데.

그는 이름 모를 수백만 명에게 존경받았지만, 그 누구도 그에게 위안을 줄 수 없었다.

그가 늘 찾아 헤맨 것은 무엇이었나?

가슴이 내려앉으며 심장이 멈추었을 때, 마지막 의문이 메아리쳤다.

그 거창한 명예가 무엇을 위해 필요했던가?

머리 위로 드리운 나뭇가지들 틈새로 한 줄기 햇살이 파고들었

다. 눈이 시렸다. 그는 사과나무 아래의 좁은 잔디 위에 누워 있었
다. 아버지의 망치 소리가 규칙적으로 들렸고, 어머니가 정원에서 어
슬렁거리는 소리가 들렸다.

　그는 '지복'으로 돌아갔다.

　생애에 가장 행복한 순간으로.

장르문학을 참 좋아한다. 어린 시절부터 읽은 추리소설만 줄잡아
도 수천 권은 된다. 보통 번역할 책을 받으면 처음부터 끝까지 가볍
게 읽으면서 문체나 분위기나 인물 등 큰 줄기를 느껴 보는데, 처음
받아서 읽기 시작할 때만 해도 이 책이 평범한 추리소설인 줄 알았
다. 출판사에서도 그렇게 이야기했고, 책 소개에도 범죄소설로 분류
되어 있었다. 책을 펼쳤다. 길 잃은 아이, 평범해 보이는 노인의 죽
음과 그것을 조사하는 여자, 사건과 관계된 인물들의 등장. 마음에
걸리는 것이 없지는 않았지만 추리소설의 시작으로 큰 무리는 없는
듯했다.

읽어 나갈수록 이것이 추리소설이라기보다는 추리 혹은 스릴러
의 형식을 빌린 순수문학이라는 느낌이 들었다. 존경받지만 모습을
잘 드러내지 않는 유명 작가와 그 가문의 어두운 비밀이 한 꺼풀씩
베일을 벗으며 충격적인 결말로 치닫는다는 점에서는 스릴러나 추

리의 요소가 있다고 해야겠지만, 인간의 본질을 다루는 주제의식과 사건 중심이 아니라 인물 중심으로 써나가는 스타일이 전형적인 추리나 스릴러와는 동떨어져 있었다.

성격상 책을 해설하거나 장황하게 분석하고 평하는 걸 좋아하지 않는 편인 데다가, 어차피 문학이란 것이 읽는 사람 각자의 상황과 세계관에 따라 다르게 느끼고 받아들여야 한다고 여기는 쪽이라, 나의 인물 분석이니 작품 해석을 넣고 싶지는 않다. 그저 이 책을 번역하면서 느낀 점을 좀 이야기해 보려 한다.

나는 장르문학은 무척 좋아해서 많이 읽은 편이지만, 순수문학은 그만큼 좋아하지 않는다. 무엇보다 그다지 재미도 없고, 인간의 본질을 알고 싶으면 차라리 직접 부딪혀 체험하고 느껴 보는 편이 낫다고 생각하는 쪽이다. 그런 나지만 이 책은 흥미진진하게 읽어 나갈 수 있었다. 작가는 자칫하면 지루하게 느껴질 수 있는 인물들 이야기를, 그것도 적지 않은 인물이 각 장의 주인공이 되어 과거와 현재를 넘나드는데도, 각 인물의 좌절과 욕망을 교묘히 보여 주며 이야기가 어떻게 펼쳐질지 궁금하게 만든다. 또 어느 정도는 예측할 수 있는 결말이었는데도, 어느새 등장인물들에 공감하게 되었는지 안쓰럽고 측은한 마음이 일어난다. 그러면서 나도 모르게 인간이 어떤 존재인지 다시금 곱씹어 보게 된다.

작가인 카린 알브테옌은 작가 소개에 나오듯 『삐삐 롱스타킹』 시리즈의 저자 아스트리드 린드그렌의 조카손녀인데, 이와 관련하여 저자 홈페이지를 보다가 흥미로운 이야기를 발견했다.

작가는 이 소설의 씨앗으로 두 가지를 꼽는데, 첫째는 스웨덴 백과사전에 자기 이름이 실려 있었다는 점이다. 그녀는 기쁜 마음에

백과사전을 펼쳐보다가 어떤 문구에 마음이 쓰였다. "……간결한 인물 묘사, 특히 여성 묘사에 뛰어나다." 이 글을 보자마자 그녀는 다음 소설의 핵심인물이 남자가 될 것이라고 예감했다. 작품 활동의 중요한 원동력 중 하나가 자신에게 도전하고 성장하려는 마음이기 때문이었다.

또 다른 씨앗은 위에서 언급한 아스트리드 린드그렌과 연관된다. 아스트리드 린드그렌은 스웨덴에서 매우 존경받고 사랑받는 특별한 작가이기도 하지만, 그녀에게는 독특한 인물이기도 했다. 작가는 지금까지도 아스트리드 린드그렌을 좋은 역할모델로 여긴다. 직접 만나 본 이들은 그녀가 듣던 것만큼이나 좋은 사람이라고들 한다. 그런데 어느 날 문득 이런 생각이 들었다. 이것과 정반대라면 어떻게 될까? 세계적으로 존경받는 노벨상 수상 작가가, 선과 악을 주로 다루는 문인이 실제로는 비열한 인간이라면? 그런 그가 일생의 업적과, 흠잡을 데 없는 삶이라는 평판을 지키기 위해 무슨 짓이든 해야 할 상황에 닥친다면?

이런 두 가지 씨앗과 몇 가지 생각들이 버무려졌다고 한다. 언론의 분위기가 우리에게 어떤 영향을 미치는가? 모든 일이 비극으로 흘러갈 때 과연 가장 나쁜 사람은 누구인가? 어린 시절이 우리 삶에 얼마나 깊게 각인되는가?

이런 생각의 씨앗을 바탕으로 인물과 플롯이 차츰 여물었고, 1년쯤 후에 집필하기 시작했다고 한다. 쓰는 내내 그녀의 마음을 떠나지 않던 의문은 이것이었다.

진정한 성공이란 과연 무엇인가?

옮기는 작업을 시작한 지 얼마 되지 않았을 때 교통사고를 당해서 허리를 다치고 말았다. 그 때문에 몇 달간 거의 아무것도 하지 못하고 치료하며 회복하는 데 집중해야 했다. 그리고 나서도 작업하는 내내 허리 통증이 종종 도져서 하루에 몇 시간 이상 일에 몰두할 수가 없었다. 더구나 어두운 인물과 비극적인 이야기에 마음이 처져서 작업 속도가 나질 않았다. 원고가 많이 늦어졌는데도 말없이 믿고 기다려 준 담당 편집자와, 몸과 마음이 지쳤을 때 곁에서 격려해 준 동반자에게 감사의 마음을 전하고 싶다.

2010년 6월 임소연

그림자 게임

| 펴낸날 | 초판 1쇄 2010년 7월 10일 |
| | 초판 2쇄 2010년 8월 23일 |

지은이	카린 알브테옌
옮긴이	임소연
펴낸이	심만수
펴낸곳	(주)살림출판사
출판등록	1989년 11월 1일 제9-210호

경기도 파주시 교하읍 문발리 파주출판도시 522-1
전화 031)955-1350   팩스 031)955-1355
기획·편집 031)955-1395
http://www.sallimbooks.com
book@sallimbooks.com

ISBN   978-89-522-1456-0   03890

※ 값은 뒤표지에 있습니다.
※ 잘못 만들어진 책은 구입하신 서점에서 바꾸어 드립니다.

책임편집 최은하